牡丹花正开

张慧敏 著

山东教育出版社

图书在版编目（CIP）数据

牡丹花正开 / 张慧敏著 . — 济南：山东教育出版社，2021.8
ISBN 978-7-5701-1750-5

Ⅰ. ①牡… Ⅱ. ①张… Ⅲ. ①长篇小说 – 中国 – 当代
Ⅳ. ①I247.5

中国版本图书馆 CIP 数据核字（2021）第126745号

MUDAN HUA ZHENG KAI

牡丹花正开

张慧敏　著

主管单位：山东出版传媒股份有限公司

出版发行：山东教育出版社

地址：济南市市中区二环南路2066号4区1号　　邮编：250003

电话：（0531）82092660　　网址：www.sjs.com.cn

印　　刷：山东星海彩印有限公司

版　　次：2021年8月第1版

印　　次：2021年8月第1次印刷

开　　本：787毫米×1092毫米　1/16

印　　张：24

字　　数：316千

定　　价：56.00元

（如印装质量有问题，请与印刷厂联系调换）印厂电话：0531-88881100

目 录

上部

年迈的刘喜宝看着眼前这片盛开的牡丹花感慨万千，一瞬间，他似是回到了久远的过去，又像是看到了繁盛的未来。

一

　　风风火火的杨春桃来鲁华大学找刘喜宝时，他正在宿舍里忙着整理行李。

　　不时有"留守团"的同学背着行囊从门口路过。刘喜宝一阵心急，加快了动作收拾东西。

　　去年七七事变之后，省城的几所大学西迁了，校园里空旷荒芜。但各校都有师生留下来护校，名曰"留守团"。刘喜宝就是鲁华大学"留守团"的一员。

　　如今，日军已占领省城一段时间，"留守团"被迫撤离。

　　刘喜宝最后把床上的枕巾拿起来，飞快地折叠了要塞进行李包里，忽然他像是想起了什么，又把枕巾打开端详。

　　枕巾是母亲亲手绣的，上面是一簇盛开的牡丹花。

　　这枕巾上的牡丹花让刘喜宝立刻想到了几百里地之外的曹泽老家，想到了父亲和母亲，想到了妹妹，想到了曹泽乡下自家名叫"三棵树"的那块牡丹地。只是这西迁令来得过于突然，他不能回家与父母告别。刘喜宝心中涌起一阵酸楚，但瞬间就被一句话冲淡了，"好男儿志在四方"。

这句话是小时候在曹泽乡下的老宅子里，马三爷在屋檐下看着满天的星斗对他讲的。童年的无数个夜晚，在曹泽乡下刘庄老宅子里听马三爷讲故事的一幕幕情景浮现在眼前。

心里弥漫着童年的片片记忆，刘喜宝拎起简单的行李向门口走去。不料，一股风裹挟着一个女子冲进门来。不等刘喜宝反应过来，那女子就快言快语地说："幸亏我来得及时！"

是隔壁女子师范的杨春桃。杨春桃是刘喜宝的曹泽同乡，两人是小学和中学的同学，彼此熟悉得像亲兄妹。

杨春桃是个充满活力的女孩，爱笑爱说。高挑丰满的身材，俏丽的圆脸，大大的眼睛，肤白如凝脂，一开口朗朗的声音像银铃一般。

与高挑丰满的杨春桃相比，中等个子的刘喜宝略显瘦小单薄。但他周身透出一种超出 18 岁年纪的干练和精明。浓密的头发，瘦削的面庞，不大却笃定有神的双眼。温润的双唇四周长出一层软软的绒毛，于干练和精明中，又带着一股敦厚与随和。

刘喜宝忙着出门，问："找我有事？"

杨春桃拍了一下刘喜宝背在身上的行李，说："你这是要回家吗？正好帮我把这个捎回去——从仁济药店给我娘买的中药丸，听说效果特别好。我娘有哮喘病，你知道的。"

杨春桃是个让刘喜宝头疼的主，说话稳准狠，一点儿不饶人。长这么大，刘喜宝啥都不怵，就是有点儿怵杨春桃那张嘴。

说着，杨春桃把一个用油纸包裹好的药袋往刘喜宝手里塞。刘喜宝却没有接。他说："我不回家。"

杨春桃脸上露出一丝失望："你要西迁？你爹不是让你回家种牡丹吗？"

刘喜宝前一阵子收到过父亲托人写来的信，父亲的确是让他回家帮着料理家业，但他不想回去。大学只读了一半，他不甘心，想随"留守团"西迁继续完成学业。刘喜宝的人生愿望是等大学毕业了当个教书先生，现在学才上了一半，哪个学校肯要他？再说了，周田民老师也支持他西迁继续读书。别人的话可以不听，周老师是刘喜宝最敬重的人，他的话必须听。

得知刘喜宝不回曹泽老家，杨春桃有些愠怒地说："鬼子都打进来了，哪还有什么闲心读书？"

刘喜宝问："你不西迁？"

"不去！"杨春桃说。

刘喜宝问："那你要去哪里？"

杨春桃一愣，想回答又觉得不能说，因为那还是个秘密，于是敷衍说："我的事不用你管。"

刘喜宝眼前闪过一个画面。前些天，他从周老师那里开会出来，远远地看到杨春桃和一个高个子青年从远处走过，还没等看清楚那高个子青年的眉眼，他俩就拐进了一个胡同。

刘喜宝就说："你是要跟着如意郎君去婆家吧？"

杨春桃又羞又气，脸一下子变得绯红，声音很大地说："你胡扯！"

刘喜宝立时觉得拿住了杨春桃的软肋，趁杨春桃害羞之际，一跃跑出宿舍，没事找事地说："杨春桃，快去找你的如意郎君吧！"

杨春桃站在刘喜宝宿舍门口直跺脚。

刘喜宝越跑越远，一转眼就不见了人影。

杨春桃拎着那包用油纸包裹着的中药丸，有些沮丧地缓缓离去。夕阳西下，天边最后一抹阳光透过两座房屋的间隙，懒洋洋地照在她身上。

出了学校的大门，刘喜宝走到大观园时，听到几个同学一齐叫他："刘喜宝，刘喜宝！"

刘喜宝赶忙答应。

一个同学说："周田民老师找你，让你到大观园门楼下找他。"

刘喜宝有点儿摸不着头脑，下午他刚刚见过周老师，这会儿突然又找他，肯定是有紧急的事情。这样想着，刘喜宝就挤出人流，向不远处的门楼跑去。

一身蓝衣蓝裤的周老师把刘喜宝领到了大明湖。在一棵柳树下，周田民对刘喜宝说："组织临时决定，你不要随'留守团'西迁了。"

得知周老师让自己回老家曹泽，刘喜宝想不明白。

周田民说："这是组织的紧急临时决定。"

刘喜宝说："我不想回老家享清福。"

周田民一下子笑了："谁告诉你回老家就是享清福了？"

看着刘喜宝脸上的孩子气，周田民心中泛起一阵怜惜。周田民是刘喜宝的国文老师，他作为省城地下党主要负责人之一，一年前发展刘喜宝为中共党员。周田民很喜欢刘喜宝的个性，小小年纪，随和而有主见，自律又充满朝气。

周田民把省城党组织的紧急决定告诉刘喜宝。

原来，陕北延安中央军委已经决定在黄河湾一带开辟抗日根据地，让刘喜宝回老家是让他与曹泽的地下党组织负责人——抗日救国会会长赵启明取得联系，迎接即将从陕北来的主力部队，共同开辟黄河湾根据地。

周田民又告诉刘喜宝，赵启明是他燕京大学的同学，两人在读大学时一起加入了共产党。后来，九一八事变进步学生去南京国民政府请愿时，赵启明因被军警用枪托打成重伤回曹泽养伤。后来，赵启明成为地下党在曹泽的负责人。

刘喜宝听到这里，一下子高兴起来，说："和陕北来的主力部队一起开辟抗日根据地，太好了！我马上就出发回曹泽！"

刚走进燕兰楼饭店，杨春桃就意识到与徐天凯约在这里见面失策了。

杨春桃比徐天凯早到，她找了个靠窗户的地方放下行李，坐下来点菜。

杨春桃带着行李，是因为几天前就与徐天凯约好，今天在这里碰头，吃过饭后两人就一起去苍梧。

战局动荡，往日燕兰楼里熙熙攘攘的食客少了很多。更别扭的是，在这不多的食客中，掺杂着几个日本人。

邻桌又坐过来两个日本人，他们还扛了枪，把枪咔嗒一声竖在饭桌一边，让人看了暗暗心惊。

去苍梧的想法是徐天凯提出来的。杨春桃听后，生出阵阵憧憬。

徐天凯是鲁华大学体育系的。杨春桃每每想起与他相识的过程，都忍不住想笑。就在杨春桃嘴角刚刚露出一丝笑意时，高大俊朗的徐天凯带着简单的行李走了过来。

徐天凯点完菜，把一个意外的消息告诉杨春桃。杨春桃听了，顿时就吃不下饭了。

徐天凯说，今晚不能跟她一起离开省城去苍梧了。

徐天凯要回胶东老家一趟，让杨春桃在省城再等他几天，等他处理完老家的事情之后，两人一起去苍梧。

杨春桃问徐天凯："老家有什么事要这么急着回去？"

其实对这个问题，徐天凯也说不清楚。就在今天上午，他收到了哥哥徐天义从苍梧寄来的一封信，让他抓紧时间回老家一趟，说是有急事，但并没说是什么事。在苍梧国民党五三五旅当团长的哥哥说有事离不开，只能拜托弟弟回家处理。

看着窗外，杨春桃突然转过脸对徐天凯说："我跟你一起回胶东老家。"

徐天凯听后，起初眼睛一亮，随即说："你还是在这里等我吧，我就回去几天。铁路线让鬼子占了，还要爬火车，太辛苦了。"

说着，徐天凯就用手拍了拍杨春桃的肩膀，又把一块鸡肉夹到杨春桃的盘子里，体贴地说："多吃点儿！"

恋爱中的人，对方一句话、一个眼神、一个动作，都感觉甜蜜得如同飘在云端。此时的杨春桃听着徐天凯那极富魅力的磁性声音，心里荡起一阵阵幸福的涟漪。一向大大咧咧的她柔声说："你要一个人赶夜路，你也多吃点儿。"

不料，就在此刻，邻桌一个喝了酒的日本人猛地冲过来，抓住了她的胳膊。杨春桃的筷子掉到地上，发出一阵脆生生的响声。餐厅里，所有人的目光都集中过来。

杨春桃还没有搞清楚什么状况，一张带着酒气和猥亵笑容的脸就向她的粉脸贴了过来。她本能地向后躲闪着，那人俯身紧逼，嘴里还叽里咕噜地说着日语。

杨春桃的后背已经挨着墙了，就在她躲无可躲之际，旁边的徐天凯顺手抄起一把椅子重重地拍在了那个日本人头上。那人一下子瘫软在地上，晕了过去。徐天凯见此情形，拉起杨春桃就向外奔。杨春桃看到躺在地上的日本人，一时没反应过来，跟着徐天凯机械地迈动着脚步。

在一片食客的惊讶声和其余日本人操刀拿枪的叮当声里，杨春桃被徐天凯拉着飞奔出了燕兰楼，拐弯冲进旁边的胡同。后边传来喊叫和脚步声，两人用尽全力奔跑，不知过了多久，身后的声音渐渐小了，直至安静下来。

朦胧的夜色中，看着徐天凯挺拔的身姿和英俊的面庞，杨春桃心中涌上一阵羞涩，忙挣脱那只被徐天凯牢牢握着的手。

"不好意思，把你的手给拉疼了。"徐天凯低头看着杨春桃说。

四周一片寂静，只有几声蛙鸣从草丛里传来。杨春桃仿佛听到了自己的心跳。她忙说："你该走了，快去快回。"

徐天凯说："我先把你送回学校。"

杨春桃说："不用，我自己回去就行。"

徐天凯不容分说，拉着杨春桃的一只手便走。

在女子师范学校门口，杨春桃和徐天凯依依惜别。直到看着徐天凯的背影消失在暗夜里，杨春桃才拎着给母亲买的药向校园深处的宿舍走去。

看到手里的药，杨春桃猛然想起，刚才匆忙中把行李扔在燕兰楼了。

杨春桃无奈地笑了一下。已经到了这一步，自然是不能回去取了，就在宿舍里凑合几天吧。此时的校园一片寂静。杨春桃就这么胡思乱想着，不知不觉到了宿舍门口。

屋子里是黑的，同寝室"留守团"的姐妹们都已离开。

忽地，杨春桃的心里泛起一阵莫名的恐惧。孤独、担忧，似有一万种不好的情绪一起涌上心头。杨春桃故作镇静地咳嗽了几声，附近树上一只鸟儿扑棱棱飞走了。

杨春桃又觉得是自己吓唬自己，日本人多半不会来校园的，省城那么多好玩的地方，来这空荡荡的校园干什么。

这么想着，杨春桃就掏出了钥匙开门。

就在钥匙发出叮当响声的时候，杨春桃忽然听到身后传来一阵窸窸窣窣的响动，不等她回头细看，就觉得有人在身后牢牢地控制住了她，紧接着她的眼前变得一片漆黑，脑袋似是被什么蒙住了，手里拿着的药也不知掉到了哪里。

另有一人背起她就走。凭感觉，杨春桃判断是三个人在对付她一个。她一阵心慌，嘴里喊着："放开我，放开我！"

杨春桃嘴里瞬间被塞了一团布，再也喊不出声来。她的直觉是，完了，八成是落在日本人手里了。

杨春桃感到三个歹人似是把她放到了一辆平板车上。在一片黑暗里，载着她的车子飞快地离开了。

刘喜宝路过女子师范大门口时，突然想起杨春桃让他捎药的事。这样想着，他就一个转身飞奔进了女子师范的大门。

一阵小跑来到杨春桃宿舍门口，屋子里是黑的，没人。刘喜宝上前敲了几下门，没有动静，用手一摸，锁头还在上面。

看来杨春桃离开了。转身之际，刘喜宝的脚被什么东西绊了一下。低头捡起来一看，正是杨春桃给她母亲买的那袋药。

刘喜宝拿着药，心里浮起难以名状的担忧。

杨春桃去了哪里？她怎么会把给母亲买的药扔在这里呢？

二

傍晚的时候，曹泽城里牡丹街柳子戏院没有按时演戏。早早就坐在台下等着听戏的刘喜宝母亲刘陈氏有点儿坐不住了。与花农出身的刘喜宝父亲刘贵禄不同，刘陈氏出身大家，一直保持着听戏的习惯。

刘陈氏心想，这柳班主可是从来不误事的，今儿是怎么了，难不成是因为日本人就要来了的传言？看看四周座位上零零星星少得可怜的观众，刘陈氏心里涌上一阵莫名的慌乱。

站在刘陈氏身边的运来，手里还拎着给柳子戏班的角儿柳小红带的牡丹花饼。他见自家太太着急，就说去看个究竟。

运来赶到柳子戏班居住的院子门外时，柳小红正搬着个道具箱子往外走。柳小红看上去十五六岁的样子，美丽又乖巧。她小小年纪，眉宇间却有一种淡淡的忧郁。她后面紧跟着二十多岁的柳二红，柳二红手里也拎着沉甸甸的箱子。

运来看到柳小红，忙问："柳小姐，你这是——"

柳小红刚要开口，身后跟上来的柳二红抢着说："运来呀，我们要搬家了。"

柳班主也拎着东西走过来。

运来问："柳班主，今晚的戏怎么不唱了？我们家太太还在戏园子里等着呢。"

柳班主把运来拉到一边，告诉他今晚不唱戏，这事早就通知了。运来问为什么不唱了。原来，柳班主担心日本人要来，打算把戏班子搬到乡下去。

运来见说不动柳班主，就走到柳小红面前，把手里的牡丹花饼递给她，告诉她这是刘家太太的一点儿心意。柳小红羞涩地不肯收，一边的柳班主让她收着，不要辜负了刘家太太的一番好意。

柳小红这才接过牡丹花饼，躬身让运来转达谢意。

运来陪着刘陈氏回了家。刘喜宝的父亲刘贵禄和妹妹刘喜丹得知刘陈氏没听成戏，并不觉得奇怪。在桌子旁边算账的刘贵禄说："这都什么时候了，还听戏？听说日本人已经往这边打过来了！"

刘陈氏又替在省城读书的儿子刘喜宝担忧起来。

柳班主一语成谶。就在戏班离开曹泽城的第二天，日军大队长冈田宗一带领数百名鬼子疯狂地攻打曹泽城。

战事整整持续了三天，国民党军队的一个师长阵亡了，部队伤亡严重。曹泽国民党行政公署专员黄文韬抵挡不住日本人，带着警备队残部逃到马池口镇。

城里死人无数，四处都是哀鸣。交战中，曹泽城东门一百多年的牡丹门楼子被日军炸毁，沿街的一棵棵牡丹和芍药被炮弹连根炸出来，一片惨烈景象。

　　刘喜宝回到曹泽已经是第三天下半夜了，总算是在朦胧中看到了曹泽城。

　　走着走着，刘喜宝一下子定在了原地。城东高高的牡丹门楼怎么不见了？刘喜宝以为看错了，急忙揉了揉眼睛，牡丹门楼的确不见了。他加快步子，急奔到近前。残垣断壁，一片狼藉，原本两根镂刻着牡丹花的大石柱断成若干截儿，散乱地躺在瓦砾之中。

　　一股愤怒瞬间涌上刘喜宝心头，疲惫的双眼布满血丝。

　　刘贵禄四更天的时候就醒了。他下了床，来到后院。刚推开后院的门，就传来一片隐隐的躁动。后院养着十几匹马，那些马儿看到主人到来，发出兴奋的鼻息声。刘贵禄像检阅部队一般，一匹马一匹马地抚摸过去。拍拍马头，揪揪马鬃，用别人几乎听不到的声音喃喃自语。

　　此时，浮现在刘贵禄脑海里的是以往的岁月，南下催花途中那一幕幕温馨往事。他记得每一匹马儿奔驰的模样和姿态。

　　几十年来，他子承父业，操持着种植牡丹这门祖传的营生。以前是在乡下的刘庄，十多年前搬到曹泽城里，置办了家业，扩大了规模。就在日子越来越好的时候，想不到来了横行霸道的日本人。

　　刘贵禄长叹一声。这时，跟在他身后的运来说："不知什么时候是个头儿？这马也不能老关着呀！"

　　刘贵禄的思绪又飞了，他对运来说："去省城把喜宝叫回来吧。"

　　就在此时，前院传来一声压抑着的惊呼："大少爷回来了！"

　　刘贵禄走进堂屋时，妻子刘陈氏正命厨娘给儿子煮荷包蛋，喜丹围在哥哥身边转。

　　刘喜宝用通红的眼睛看着父亲说："牡丹门楼被炸毁了。"

刘贵禄说："日本人不光炸了牡丹门楼子，还杀了很多人！"

厨娘把荷包蛋端到桌子上。母亲催刘喜宝快点儿吃。

刘贵禄也说："快吃，吃完了跟我去趟乡下的老宅。"

刘喜宝想起去乡下姚家渡与赵启明接头的事，迟疑了一下说："爹，我还有点儿事，一会儿要出去一下。"

刘贵禄的脸一下子拉长了，一字一顿地说："你要去哪里？有什么事比守住我们的家业更重要？"

一边的刘陈氏眼见丈夫就要发火，忙在中间打岔和稀泥。最会察言观色的喜丹忙推着刘喜宝进了他的房，一边推一边说："哥，你快去睡一会儿吧。"

当初把刘喜宝送到省城读书，是刘陈氏的意思。刘贵禄是不同意的，可他扛不住刘陈氏的唠叨，最终妥协了。他也希望刘喜宝能像刘陈氏说的那样，到省城读几年书开开眼界，将来能支撑起门户，让刘家更上一层楼。想不到，去年刘喜宝告诉他将来想当个教书先生。放着好好的生意不做，当教书先生能挣几个钱？儿子的这些想法，刘贵禄打算慢慢地纠正。

想不到，如今日本人来了，万贯的家业眼看就要不保，儿子不但不着急，竟然还有别的什么事情要去办。

想到这里，刘贵禄有些气愤，大声对着刘喜宝的屋子喊："你给我听好了，什么事也比不过守住我们的家业更当紧。"

刘喜宝在屋子里听到了父亲的吆喝。一边的喜丹看着刘喜宝拿回来的中药问："哥，这是什么？"

刘喜宝说："这是杨春桃给她娘买的治哮喘的特效中药丸。"

刘喜丹脸色一沉，悲痛地说："哥，春桃姐家出事了，她娘和她大姐都让日本人给杀了。"

刘喜宝愣住了。

经过长时间的挣扎和颠簸，杨春桃失去了力气，静静地躺在平板车上。

杨春桃不知道歹人要把她带到哪里去，也不知道究竟要走多久。

几个歹人都不说话。一开始，杨春桃觉得八成是日本人找她寻仇，走了这么远的路，又觉得不像。后来，杨春桃猜测自己是被绑架了。从歹人对待她的态度可以看出来，并无要她性命的意思。到了饭点儿给饭吃，该上茅房让上茅房，但就是不给她揭开头套，也不给她松绑。想到这里，她心宽了不少。要是父亲知道她被绑架的事，一定会出钱把她赎回去的。

被一阵紧似一阵的颠簸惊醒时，杨春桃忽然听到一个人低声说："总算到了。"

杨春桃心中一凛。

另一个人大声说："掌柜的，二小姐回来了。"

天哪，竟然是家里伙计二顺的声音，这是杨春桃万万没想到的。

二顺给杨春桃摘了头套，解了手上的绳子，又把她从平板车上扶下来。

五更天朦胧的光线中，杨春桃回头看了一眼平板车。平板车被伪装成了一顶轿子，四周围了一圈紫红色的碎花土布帘。怪不得一路上没有人站出来搭救，原来别人看不到她。

愤怒让杨春桃恢复了些体力，她顾不上刚自由了的胳膊腿一阵阵酸疼，使足了浑身的力气给了二顺一个耳光。

另外两个伙计躲得远远的，杨春桃看着眼生，想必是刚来的。杨春桃料定了主谋就是这个被父亲赏识的二顺，于是抬起手又要给他第二个耳光。

旁边的杨家富大喝一声："住手！让你回来是为了你好！"

杨春桃心里别提有多委屈了，嗓子里喷火一般地吼："爹！"

杨家富又说："别在那儿号，要号到这边来，你娘跟你姐都在这儿呢！"

杨春桃猛然觉出了不对劲儿，娘和姐都不在眼前哪。又抬头看四周，原来这儿是自家的祖坟场。

目光突然就落在两个崭新的坟包上，她心里涌上一阵莫名的惶恐。

弟弟春兴哭着说："二姐，咱娘和大姐都让日本人给杀了。"

杨春桃蒙了，觉得像是在做梦。她顾不上生气，连滚带爬来到母亲和姐姐的坟墓旁，眼泪止不住地掉下来。

弟弟杨春兴也蹲在坟前哭。

杨家富这才把他的一番苦心和家中的变故说给杨春桃听。

"几天前，我和你娘商量着，让二顺他们去省城接你回来，一家人在一起也好有个照应。我知道，就你那个脾气，不用这个法子你是不会回来的，是我让二顺这么做的。想不到，你倒是回来了，你娘和你姐却……"

杨春桃的情绪一下子失控了，忍不住号啕大哭起来。

杨家富赶忙走到杨春桃面前，低声道："现在不是哭的时候，把日本人引来了我们都得死。"

杨春桃竭力把悲伤咽到肚子里，不停地抽泣着。

刘喜宝一直想着与抗日救国会会长赵启明接头的事，刚打了个盹儿就醒了。

一伸手，碰到那袋中药丸，刘喜宝又想起了杨春桃。他打算借着给杨家送药的机会问问，杨春桃去了哪里。

此时，杨春桃家里亮着灯，大家坐在堂屋里不吱声。就在刚才，又传来一个噩耗。这个噩耗把杨家富带入新一轮的痛苦绝望和忧虑当中。

杨家富让二顺强行把杨春桃带回家，有他的盘算。他觉得在兵荒马乱的岁月里，让女儿赶紧嫁人是保护她的最好方法。

一年前，杨家富做主，把杨春桃许配给了城南赵家油坊的三儿子。尽管在外头读书的杨春桃不同意，但杨家富顾不了那么多了，保命最要紧。

杨春桃到家之前，杨家富与赵家沟通了，赵家同意赶紧让两个孩子成亲。

不料，就在刚刚，他们一行人回家不久，赵家派人来报丧。赵家的三儿子让日本人打死了，就因为言语上顶撞了几句。

知道这些之后，杨春桃悄悄地拿定了主意，去苍梧，一定要抓紧时间去苍梧。

就在此时，有人敲门。大家的心里又一沉，不知还会有什么坏消息传来。

二顺打开大门，来人正是手里拎着一袋药的刘喜宝。

见杨春桃已经在家里了，刘喜宝放下心来。想到杨家刚有两位亲人被日本人杀害，刘喜宝用低沉的语气先与杨家富打招呼。

"杨叔，是我。"

几乎是看到刘喜宝的第一眼，杨家富就转起了一个新念头：喜宝也从省城回来了，何不把他与女儿春桃攒成一对儿？

杨春桃从刘喜宝手里接过中药放在一边："用不上了，我娘已经不在了。"

刘喜宝说："我听说了，请节哀，药还是得送过来，这是你对婶婶的一片心意。"

杨春桃的眼圈又红了，哽咽着说："这些该杀的日本人。"

杨家富想让刘喜宝与杨春桃多聊会儿，杨春桃似是明白了父亲的用意，猛然站起身说："我想静一会儿，刘喜宝你回吧。"

刘喜宝刚回到家，杨家富就跟来了。

杨家富主动与刘贵禄说起了刘喜宝与杨春桃的婚事，这一切都被躲在堂屋窗外的刘喜宝听得一清二楚。

刘贵禄没有立刻答应这门婚事。杨家富见刘贵禄在摆谱，生气地说："行不行的，给个痛快话！你要不同意，算我什么也没说！"

说着，杨家富越发地来了脾气，站起身就走。

刘贵禄不紧不慢地说："我这不一直在听嘛，我也觉得俩孩子挺般配的。"

窗外的刘喜宝听到这里，心里咯噔一下，这下杨春桃还不得和他拼命。

此时，外出打探消息的运来哐当一声推开大门进来了。

运来走进堂屋，向刘贵禄禀报："老爷，打今儿开始，日本人在几个城门口都设了哨兵，无论进城还是出城都要领票，今天出城的票已经发完了。"

刘贵禄低声骂道："什么东西，我回趟老家还得他日本人批条子？"

一边的杨家富忙对刘贵禄说："亲家别生气，今天不能回乡下，咱正好可以把两个孩子的事给办了。"

杨家富回到家，把这个消息告诉杨春桃，一向脾气倔强的杨春桃竟然一口答应了。

父女俩正说着，二顺跑进来，说刘喜宝送彩礼来了。

杨家富担心杨春桃不高兴，假装生气说："怎么这么着急，连个说话的工夫都不给？"

杨春桃却并不生气，说正好和刘喜宝商量商量。杨家富似是不相信自己的耳朵，这倔脾气的春桃啥时候变得这么顺从听话了？又一想，家里发生这样大的变故，她是一下子懂事了。

杨春桃沉浸在失去母亲和姐姐的悲痛中。等父亲出去后，她红着眼圈对刘喜宝说："喜宝，你要帮我，我爹让二顺把我绑了回来，你要帮我离开家！"

大大咧咧的杨春桃平日里没少戏弄刘喜宝，那是因为两个人是发小。到了关键时刻，杨春桃知道刘喜宝会帮她的。

刘喜宝担忧地问："你要去哪里？"

杨春桃想到那个秘密，说："反正我要离开家。我爹看得紧，你帮我就是。"

刘喜宝点点头，心想，杨春桃八成要去找那个如意郎君，自己一定帮她这个忙。

不料，杨春桃像是看穿了刘喜宝的小心思，说："你不要想多了，我要去打鬼子，给我娘和我姐报仇！"

刘喜宝眼睛一亮："你要去哪里打鬼子？"

杨春桃犹豫了一下，还是没说出藏在心里的秘密："这个不用你管。"

刘喜宝半夜从新房里跑出来，把杨春桃逃走的消息告诉了父母。刘贵禄"哎呀"一声从床上爬起来，二话不说，披上衣服就去了街对面的杨家。

半睡半醒的杨家富听到敲门，一咕噜就从床上爬了起来。听刘贵禄声讨般地说完事情经过，他似是一下子明白了什么，拍着脑袋说："这个死丫头，我说她怎么会这么顺从呢，原来是早就打定了主意。"

这时，被吵醒的春兴从姐姐屋子里发现了一张纸条。寂静的夜里，春兴用稚嫩的童音念道："爹，我走了，去打鬼子给娘和姐姐报仇！您要多保重，不要担心我，女儿拜别！"

杨家富气得一时不知说什么才好。就在这时，春兴说："后面还有一句。"

"是什么？"刘贵禄问。

春兴又认真地念道："那些彩礼我放回刘喜宝家东厢房的桌子上了。"

刘家的堂屋里，最了解儿子的刘陈氏悄悄问刘喜宝是不是早就与杨春桃串通好了。刘喜宝如实告诉母亲，杨春桃早就有了意中人，自己是想帮她离开家，才答应了这场假婚礼。

刘喜宝叮嘱母亲，千万不要把"假结婚"这事告诉父亲。刘陈氏点点头，低声说："知道，要是说了，你爹还不得扒了你的皮。"

三

鼻尖上长着一颗醒目黑痣的少佐冈田宗一是个中国通，一眼看上去，他不像军人，更像个读书人。

此刻，冈田宗一坐在日军驻曹泽大队院子的大树下，透过厚厚的近视镜片，翻看着一本《东山省田野考察地图》。他反复翻看地图上曹泽那几页，最后，目光落在那个深深印在他记忆里的地方——三棵树。

15 年前，冈田宗一作为日本学生，跟随一个"田野考察团"来中国进行所谓的"田野大旅行"。

冈田宗一来的地方正是曹泽。《东山省田野考察地图》上的曹泽部分，就是当时冈田宗一和几个同学一起绘制的。

看到地图上那些熟悉的标记，冈田宗一清晰地回想起 15 年前的情景。他到曹泽的时候正是牡丹花盛开的季节。那繁花似锦的美丽景致，给了他很大的震撼。从那以后，牡丹花的典雅高贵就深深印在了他的脑海里。这次，得知上司派他来曹泽，冈田宗一瞬间就产生了一个念头，一个关于牡丹花的念头。

冈田宗一带着旧地重游的心情来到曹泽，想重新看看这里的一切，包括那饱含古韵的牡丹门楼。想不到，牡丹门楼竟然让手下一个莽夫中队长下令炸毁了。他一气之下抽了那个愚蠢的中队长一个耳光。

冈田宗一的目光停留在地图中的牡丹门楼上，喃喃说："始建于清朝康熙年间，高 18 米，两侧廊柱宽、厚皆 0.6 米。可惜了，真是可惜了！"

为了不再出现类似的事情，冈田宗一令善解人意的加藤中队长通知全体日军，要爱惜这里的一切。冈田宗一这么做，是因为他已经从心底把这里的一切看成是日本的一部分了。

加藤走进院子，向冈田宗一报告，全城设置哨卡的任务全部完成，派往辖区各县的日军中队也已到位。

冈田宗一让加藤坐下喝茶。见冈田宗一还在翻看那本《东山省田野考察地图》，加藤就恭维了几句，说冈田宗一是个中国通。冈田宗一来了兴致，向加藤介绍起曹泽的牡丹花。

冈田宗一说："曹泽牡丹品种繁多，历史悠久。牡丹栽培始于隋，兴于唐，盛于明。至清，曹泽成为中国牡丹栽培中心。"

加藤说："大队长，您学识渊博，今日再次受教！"

冈田宗一说："关于牡丹的事情，你要多加留心。"

加藤答道："是！我正按照您的旨意，一步步实施。"

冈田宗一说："也不要操之过急，多做功课，循序渐进，既出其不意又能达到我们的最终目的。"

加藤赶忙点头称是。

冈田宗一憧憬地说："抽空我带你去个地方。"

加藤问去哪里。冈田宗一说："去了你就知道了。"

加藤是崇拜冈田宗一的。在加藤心目中，冈田宗一总是能把紧张的军队生活过得有声有色，还能取得不错的战绩。而且冈田宗一在加藤的心目中带有几分神秘，就像此刻，他无法猜到冈田宗一接下来会带他去哪里。

春日斑驳的树影中，冈田宗一话锋一转，突然问加藤："你知道我父亲最喜欢什么？"

加藤用专注的眼神看着冈田宗一。

冈田宗一说："家父是个花农，奈良公园里照管樱花的花农。他一直对支那的牡丹花充满向往！我做这一切，也是为了完成家父的心愿。"

加藤赶忙点头："明白了！哪天行动提前告诉我，我带上一些精锐的士兵！"

冈田宗一摇摇头："不，就我们两个，这不是去打仗，是去瞻仰，以一个日本花农的身份。"

加藤用敬佩的眼神看着长官。

一大早，刘喜宝就跟着刘贵禄和运来一起出了曹泽城，向刘庄走去。

刘庄在曹泽城的正北方向，距离曹泽城16里路。出了曹泽城走8里是泽县，再走5里是牡丹镇，过了牡丹镇再往北走3里，就是刘庄了。

一心想与赵启明接头的刘喜宝早就打定了主意，到了刘庄就找机会离开，去刘庄北边的姚家渡找赵启明。

刘贵禄像是猜到了刘喜宝的心思，一路上他和运来一前一后，把刘喜宝夹在中间，生怕他溜号。

来到刘庄村外长着三棵银杏树的地方，刘贵禄站住了。眼前是一片牡丹地。三棵树这块地，地势高，土质好，是种牡丹最好的地方。往年去南方催花，牡丹苗都是在这块地里培植的。

如今来了日本人，没法去南方催花了。刘贵禄在地头站了一会儿，默默离开了。

三人刚进了刘庄的围子墙，就碰上去县里卖猪的村长刘老冒。只见和刘喜宝差不多年纪的聋哑人大盛推着独轮车，上面放了一头哼哧哼哧叫的猪。

大盛是刘喜宝小时候的玩伴。他把车子停下来，咿咿呀呀向刘喜宝比画着。大盛是个孤儿，父母早就过世了。为了混口饭吃，他四处打杂，鬼子来了，只好回到了村里。

大盛他们刚走远，马三爷就迎了上来。

马三爷原本是曹泽武校的教头，排行老三，所以人称"马三爷"。马三爷除了会武功，还熟知历朝历代的文武故事。刘喜宝就是在马三爷的各种故事里熏大的。

刘喜宝叫马三爷"师傅"。

其实，马三爷并不是刘贵禄给刘喜宝请来的拳脚师傅。他是刘贵禄请来照看刘家老宅的。马三爷来刘庄刘家老宅那年，刘喜宝还不到 5 岁。已经搬到曹泽城的刘贵禄把这老宅交给马三爷打理，连同刘庄四周那越来越多的刘家土地。

每到夏天，刘喜宝都会到刘庄住上一阵子，那是最开心的日子。除了乡下与城里的景致不一样，刘喜宝最开心的事就是听马三爷讲故事。在那一个又一个故事里，有人侠肝义胆，有人古道热肠，童年的刘喜宝留下了深刻印象。

进了刘家老宅，就见厨娘水芹正在准备午餐。她端着一盘刚炒好的菜，从外边的灶房一溜碎步走进来，放到八仙桌上。

刘贵禄叫了刘喜宝去祠堂祭祖。祠堂设在与刘宅紧挨着的西院里，中间有个门可以穿过去。祭祖是刘喜宝每次回刘庄老宅的固定程序。父亲在左，刘喜宝在右。两人各自拿三炷香点燃了，之后跪下。

就在父子俩祭祖的时候，院子里传来大盛咿咿呀呀的声音。大家草草结束祭拜，奔了出去。大盛又震惊又害怕，飞快地比画着。刘喜宝见他裤腿上溅了血。有一滴血溅在大盛的脚腕上，没有干透，闪着晶莹黑红的光。

从小与大盛一起玩耍的刘喜宝听明白了，村长刘老冒被日本人杀了。

刘贵禄刚要上前仔细询问，村子里的教书先生陶致萌冲进了院子。

陶致萌也是被溅了一身的血，失去了平日里教书先生的斯文。

原来，村长刘老冒刚走出村子不远，就遇到南野龙井带着驻扎在泽县的鬼子小队下乡。南野龙井想要独轮车上的那头猪，刘老冒不肯给。南野龙井给旁边一个兵使了个眼色，那士兵上前就冲着刘老冒的胸口刺了一刀，鲜血喷溅得到处都是。

陶致萌述说这一惨烈经过时，刘宅大门口围满了人。大家吓傻了，一片沉寂。

刘贵禄虽然平日里不住在刘庄，但在村里有威望。陶致萌仓皇中说完经过，问他："刘叔，您说我们该咋办？"

听了事情的经过，刘贵禄也慌了，还以为乡下太平，没想到一个样。他一时不知该如何回答。

一个村民说："还愣着干什么？赶紧跑吧！"

此话一出口，聚集在大门口的村民就躁动起来。人们纷纷吵吵着要逃亡到别处躲躲。

不一会儿，街上就出现了拖儿带女推着小车背着包袱的逃亡村民。

逃亡的气氛是传染的，越来越多的村民加入逃亡队伍，村子里的街道变得拥挤起来。

看到这种情形，刘喜宝着急了。党组织派他来曹泽配合主力部队发动群众开辟根据地，这主力部队还没来，群众都走了可怎么办？想到这里，刘喜宝就冲到群众面前挽留。

"乡亲们，不要走，我们总归有办法对付日本人的！外面也不太平，逃到哪里都有可能碰到日本人！"

乡亲们想着刚刚被日本人残忍杀害的村长刘老冒，哪里肯听刘喜宝的劝说，纷纷向村子外边拥去。刘喜宝喊哑了嗓子。有些乡亲听从刘喜宝的劝说留了下来，有些人义无反顾地离开了村庄。

一边的刘贵禄突然觉得后衣角被人拉了一下，扭头一看，是王发根。王发根背着包袱，手上牵着儿子王东明。

刘贵禄问："你也要走？"

王发根是刘家雇的花农，打理牡丹的一把好手。他说："东明还小，他娘走得早，我怕鬼子来了有个三长两短。"

王发根还有事情要与刘贵禄商量，把刘贵禄拉到一边，低声问："老爷，咱家还买地吗？"

刘贵禄有些意外，他没料到这个时候王发根还想着要卖地兑现。

见刘贵禄发呆，王发根又说："我这身上没几个钱，到哪里都要吃饭，不如先把我家那两亩地卖了，过了一时算一时。"

刘贵禄刚要开口，王发根19岁的侄子王东岳冲了过来。

王东岳坚决反对卖地，拉着叔叔就走。

王发根硬是不走，与刘贵禄商讨价钱。

王东岳急了："叔，你忘了俺爹俺娘咋死的了？不就是为了度一时饥荒把地卖了，后来没地种，又气又悔病死的吗？"

王发根不死心，还想把地卖了当盘缠，追着刘贵禄谈价钱。

王东岳生叔叔的气，更生刘贵禄的气，气不过就开始骂地主老财都不是好东西。

村民胡狗剩也上前劝王发根不要卖地，说地是农民的命根子。平日里，胡狗剩在村子里是那种说话有号召力的人，但王发根还是不肯听，铁了心要拿钱上路。

刘贵禄从马三爷手里接过一袋银圆，点了20个递给王发根。

刘贵禄说："发根，你在我家也干了这么多年的活儿了，这20个银圆就算是我预支给你的工钱吧。地，你留着等回来再种。"

王发根料不到会有这等好事，赔着笑千恩万谢地拉着儿子王东明走了。

就在此时，刘喜宝听到身后的父亲用更大的声音对着众人喊："谁家想卖地的咱接着谈，价钱好商量！"

刘喜宝是在父亲叫他的声音里，混进人群溜走的。

父亲叫他帮着记账。一群即将踏上逃亡之路的村人围着父亲要卖地，以期带上银圆或法币上路。

此刻的刘喜宝一心想着早些与赵启明见面，把乡间发生的事情汇报给他。

走在一片茅草地里，刘喜宝想起了周田民老师。

一年前，由于淋了雨，刘喜宝在周田民的国文课上发起了高烧。周田民亲自把刘喜宝送到医院，陪他打针开药，还给他熬了暖胃的姜汤。病好了，刘喜宝就成了周田民老师办公室的常客。后来，周老师介绍刘喜宝加入了中国共产党。

而眼下去与赵启明接头，就是周老师的叮嘱，刘喜宝不敢有丝毫懈怠。

一路上，除了庄稼地就是盐碱滩里的茅草。

为了早些见到赵启明，刘喜宝几乎一路都在小跑。大约走了一半的路程，刘喜宝突然一个跟头栽倒在地，两个膝盖被干硬的盐碱地磕得生疼。他抬头张望，两边都是一人多高的茅草。刘喜宝正要爬起来，小路两侧的茅草浮动，随着唰唰一阵响，四个人走上前把他围了起来。

"刘公子受惊了。"一个 30 岁左右、又瘦又黑、一边耳朵上别了一根洋烟的人带着不怀好意的笑对刘喜宝说。

"你们是谁？"刘喜宝惊问。

旁边一个大个子、头上有道白疤的人粗声粗气地吼道："我们是谁你不用管！"

两个人过来把刘喜宝捆了。刘喜宝拼命挣扎。

又瘦又黑的那人小声提醒刘喜宝："刘公子，别费力气了，这荒郊野外的，你就是喊破嗓子也不会有人听到的。"

刘喜宝的头被死死按在地上，重重地往盐碱地上连磕几下。

刘喜宝看到一根绳子，与黄土路一个颜色。这根绳子横跨小路两侧，原来他是被绳子绊倒的。

"你们是土匪？"刘喜宝问。

头上带疤的大个子脸上挤出一丝坏笑："别说得那么难听，我们是响马，打家劫舍杀富济贫的响马！"

说到这里，他指了一下那个又瘦又黑的人说："这是我们葛二爷。"

葛二说："明人不做暗事，我是'小刀会'的葛二，盯你一上午了。我们想做什么，料你能猜个八九不离十。"

说着，大个子从口袋里掏出一条白色的手帕，铺在刘喜宝面前的地上，让他写血书。

刘喜宝拒绝。两个小土匪冲上来，一个按住刘喜宝，一个拿着一把明晃晃的匕首，飞快地在刘喜宝的右手食指上划了一下。

鲜红的血像一颗颗红色的珠子滴落在干涸的盐碱地上，瞬间便渗进泥土里。

刘喜宝不肯就范。大个子硬握着他的右手在白色的手帕上写下一行字："爹，八百大洋救命！"

刘喜宝这才明白葛二的用意，原来他们是绑了他之后再去找他爹敲竹杠。

眼看那个拿着手帕的小土匪飞跑着往刘庄的方向去了，刘喜宝转过头要骂葛二，但话到嘴边又打住，葛二的侧影让他想起一个人。刘喜宝心生一计。

"我认识你，你是葛三泰的二哥。"刘喜宝对葛二说。

葛二一惊："你认识三泰？"

刘喜宝答："我俩是小学同桌。"

葛二脸色一板："别想拿这些陈芝麻烂谷子的旧事和我套近乎，你爹不出八百大洋，你休想活命。"

刘喜宝说："我这里还有三泰出事前送我的一件礼物。"

葛二忍不住问："是什么？"

刘喜宝说："只能咱俩看。"

葛二说："别想着搞什么幺蛾子，你跑不掉的。"

刘喜宝说："你随便。"

说着，大个子土匪就开始搜身。

刘喜宝笑着说："你是找不到的。"

大个子土匪把刘喜宝的口袋挨个儿掏了，没找到什么，就对葛二说："这小子胡说，他身上什么都没有。"

葛二好奇心强，想看看13岁时掉进河里意外丧命的弟弟到底给了刘喜宝什么礼物。于是，葛二冲着大个子土匪和另外一个小土匪挥挥手，示意他们走远点儿。

穿一身宽松黑衣的小土匪一路飞奔着来到刘庄找上刘家的时候，刘贵禄正坐在老宅子门口买地。运来记账，马三爷支付钱钞，刘贵禄亲自与卖家谈价钱。

小土匪轻手轻脚地凑了过来。

他把带着刘喜宝血字的手帕递到刘贵禄眼前，用不大的声音说："老爷，给您的！"

刘贵禄一心想着买地，眼前突然出现一张手帕，他一时没明白过来发生了什么。

运来一把抓起带血的手帕，盯着小土匪问："少爷在哪里？"

马三爷也明白了事情的严重性："喜宝被绑票了！"

小土匪说："不是绑票，是我们葛二爷请他吃酒，在荒草滩。"

"吃酒"是曹泽一带对于土匪绑票的斯文称呼。谁被谁给叫去荒郊野外"吃酒"了，就是谁被谁给绑架软禁了。刘贵禄终于从买地的兴奋中清醒过来。他又急又气，这儿子也太不争气了，刚才还在这里，怎么一会儿就被绑票了。败家子一个。

运来一只手拿着带血的手帕，另一只手掐紧了小土匪的细脖子："小王八羔子，还不带我去救少爷？"说着就要走。

刘贵禄站起身来："运来，慢着！"

运来极不情愿地把手松开。刘贵禄走到小土匪面前说："回去告诉葛二，让他好好伺候少爷，我会打点他满意的。"

小土匪应了一声，转身跑了。

刘贵禄对马三爷说："备点儿法币，去马池口。"

马三爷说："不去荒草滩？"

刘贵禄说："这种事，找他姐夫黄文韬更好使！"

去马池口的路上，刘贵禄越想越恼火。这儿子真是不让他省心，刚回来没几天，就捅出两个大娄子。娶媳妇媳妇跑了，回乡下又被绑了票。

刘贵禄问了马三爷又问运来，喜宝去荒草滩究竟要做什么。马三爷和运来都说不知道。

马池口在刘庄西北边，两地隔着五里地，三个人都心急，不一会儿就到了。

进了镇子，三个人一路打听着找到了曹泽国民党行政公署黄文韬部现在的落脚地。

一座破旧的农家院里，勤务兵引着刘贵禄一行三人进了屋。行署专员黄文韬正在组织人开会，看见刘贵禄来了，就让他先到旁边的屋子里站上一站，等散了会再招呼他。

刘贵禄脸上带笑应着，跟勤务兵去了西屋候着。

黄文韬来曹泽当专员这一年多，三天两头召集商贾乡绅开会，还成立了个曹泽商会。日子久了，刘贵禄就看出了门道，无非是想让曹泽的有钱人家给他进贡。有段时间，黄文韬提议让刘贵禄当会长。刘贵禄一看势头不对，不想当冤大头，就找了个理由拒绝了。

黄文韬人未到声音先到："刘先生，我才搬到这里两天，您就找来了，有何要紧事？"

刘贵禄看了看跟在黄文韬身后的赵耿，赔笑说："专员大人的内弟葛二爷，请了我家小儿去荒草滩吃酒——"

黄文韬听到这里，脸上原本敷衍的笑容一下子僵住了，冲跟在他身后的赵耿挥挥手。赵耿自然明白黄专员碰上了忌讳，转身走了。

那赵耿走了几步又回头看了马三爷一眼，马三爷故意把目光投向别处。

黄文韬问刘贵禄："这事没搞错？"

马三爷从口袋里掏出血书手帕，摊开给黄文韬看。

黄文韬伸着脖子盯着手帕看，圆圆的脑袋一动不动。突然，黄文韬脸上绽出笑容，打着哈哈说："年轻人交朋友嘛，开个玩笑不伤大雅。府上公子不是在省城读书吗，什么时候回来了？"

刘贵禄说："犬子已经回来两天了，恳请黄专员让葛二爷早些把犬子放回家，我还等他帮我料理家中杂事。"

不料，黄文韬阴阳怪气地笑着说："都是年轻人，多玩些时日也无妨。"

马三爷打破僵局："黄专员，您是咱这一方的父母官，这事还得靠您出面说和说和，年轻人在一起打打闹闹没个节制，万一闹出点儿事来大家脸上都不好看。"

黄文韬还在打哈哈："这有什么不好看的？一人做事一人当！"

马三爷又说："我家老爷说了，这事也不能让您白说和，会记着您的好呢。"

黄文韬脸上绷紧的肌肉松弛了些："乡里乡亲的，好说！"

马三爷说："就是这八百的酒钱，多了些，三百怎么样？"

黄文韬眉毛一竖，说道："那我可不敢保证能说和成，葛二是葛二，我是我，他不见得听我的。"

马三爷说："那就五百。"

黄文韬答应派人去说说。

刘贵禄起身告别。黄文韬又说到了成立商会的事情上，说虽然日本人来了，但曹泽的商会还要办，要靠大家的力量招募人手打鬼子。没有钱，怎么养活警备队？没有警备队，怎么打鬼子？最后，还是落到了钱上。黄文韬提议大家集资办商会，又说刘贵禄是大户，要带个好头才是。为了救出儿子，刘贵禄只得答应再出两百大洋用于办商会。

刘贵禄一行三人刚走出曹泽临时行政公署的大门，就听后面有人叫了一声"师傅"，追了上来。

是赵耿。

刘贵禄和运来都是一脸茫然。只听马三爷用低沉的声音说："我以为你不认得我这个师傅了呢。"

赵耿说："刚才……"

马三爷说："刚才的事不用说了，以后也不用再叫我师傅，你好自为之。"

赵耿还想解释，马三爷愤然道："你们这么干和直接当土匪有什么两样？"

赵耿低语："师傅保重，我这就去荒草滩通知葛二放人。"

马三爷让刘贵禄先回城里等着，自己紧跟着去荒草滩找刘喜宝。

赵耿赶到荒草滩时，正赶上葛二从荒草滩深处送刘喜宝出来。

赵耿走上前小声对葛二嘀咕了几句。葛二尴尬一笑，走到刘喜宝面前说："喜宝兄弟，这事可不赖我，你爹去找了黄文韬。"

虽然才回来两天，但刘喜宝已经从父亲嘴里知道了黄文韬这个人，更知道他疯狂敛财和扔下满城人带着警备队跑到乡下的事情。父亲去找他，就意味着……想到父亲肯定是花了钱，才托了这个赵耿来说情，刘喜宝十分气恼。

此时，刘喜宝看到马三爷也赶来了，走上前说："马三爷，我在这里好好的，吃了肉，喝了酒，葛二爷正要送我回去，你们去找黄文韬干什么？"

马三爷上前一把拉住刘喜宝的手："喜宝，不得口出狂言，托黄专员和葛二爷的福，我们回家。"

孰料，这个葛二偏偏是个不给黄文韬面子的人。他走到马三爷面前，明明白白地把自己与刘喜宝聊得投机，放弃了向刘喜宝要"酒钱"的事情说了出来。临了，葛二还拍着赵耿的肩膀说了句："赵秘书，让刘喜宝回去和你来不来一点儿关系都没有。"

一时间，赵耿脸上有些挂不住。

马三爷啥也不说，拉着刘喜宝就走。刘喜宝一心去见赵启明，不肯跟他回去。就在此时，一个人在不远处叫了刘喜宝一声。

这人三十上下，瘦高身材，一副书生模样，但眼神笃定，神采奕奕。

此人正是刘喜宝一心寻找的赵启明。

原来，这几天赵启明在附近宣传抗日。上午在管庄时听说刘喜宝跟着父亲到了刘庄，他忙带着两个人去刘庄与刘喜宝接头，正巧看到小土匪到刘家大门口送手帕。等小土匪离开刘庄，赵启明带人一路跟踪到村子外边的荒僻处拦截了细问，才知道刘喜宝被葛二绑架的消息。

得知刘喜宝在荒草滩，赵启明就带了人前来营救。

刘喜宝不认识赵启明，正纳闷儿之际，就见从赵启明身后走出了王东岳。王东岳向来看不上刘喜宝，觉得他是个不食人间烟火的阔少爷。见刘喜宝不认识赵启明，王东岳忍不住站出来介绍。

不料赵耿抢了先，他冲赵启明行了一个拱手礼："失敬，失敬，原来是抗日救国会的赵启明会长！"

赵启明看向赵耿，收敛脸上的笑容："不敢当！"

刘喜宝大喜，向赵启明走去："您就是抗日救国会的赵启明会长？我是刘喜宝，正要去找您呢。在这里遇见您，太好了！"

赵耿本想与自己敬重的赵启明再聊上几句，见完全插不上话，只得悻悻作罢。

马三爷牢记刘贵禄的叮嘱，一再要拉着刘喜宝离开，但终究没能说服刘喜宝，眼看刘喜宝跟着赵启明一行穿过茅草丛走远了。

那不停翻滚的茅草波浪牵动着马三爷的神经。一时间，他倍感失落。

马三爷匆匆赶到曹泽城向刘贵禄报告。刘贵禄在堂屋里暴跳如雷。

"什么？他跟着抗日救国会的赵启明走了？他，他这不是没事找事作死吗？"

刘贵禄很少发这么大的火，运来和下人们都吓得远远躲开。马三爷也不知道怎么劝说东家老爷，只好硬着头皮一声不吭站在那里。

刘陈氏替刘喜宝说情。

刘贵禄火更大了，指责刘陈氏当初不该提议让刘喜宝去省城读书："都是读大学读的，不就算个账嘛，用得着去读大学吗？这下好，心野了，人飞了，不知道还会捅出什么娄子来！那日本人是那么好招惹的吗？还抗日救国会？国民政府的黄文韬有人有枪，看到日本人来了还不是跑到乡下去了？"

刘贵禄一个人去了后院。他倚靠在马厩上，点上一袋烟。

烟雾缭绕中，刘贵禄似是看到了一路走来的艰辛。

五

姚家渡镇一个普通农舍堂屋里，破旧的八仙桌前，刘喜宝向赵启明汇报回曹泽这几天的所见所闻。日军杀人无数，牡丹门楼被炸，乡下各路土匪横行。赵启明告诉刘喜宝，眼下的任务就是发动群众，迎接八路军主力部队，建立抗日根据地。

赵启明表面上是民间组织曹泽抗日救国会的会长，实际上是中共地下党在曹泽的负责人。曹泽的地下党员一共有十几个，王东岳是其中一员。每个人都有不同的想法，赵启明挨个儿做工作，刚给刘喜宝解释清楚当下的工作任务，又去做王东岳的思想工作。王东岳看不上刘喜宝，说他是阔少爷，说赵启明看错了人，不该让刘喜宝加入曹泽地下党组织。

无论赵启明怎么解释，都无法说服王东岳。

第二天，赵启明组织大家学习《共产党宣言》。

外面的阳光照进来，有些晃眼，赵启明给大家朗读《共产党宣言》。

在赵启明的朗读声中，刘喜宝想起童年时马三爷给他讲的那些"匡扶天下""救民于水火"的先人故事。不知怎的，那些故事与这眼前的《共产党宣言》有了某种神奇的联系，一股凛然正气从心里升腾起来。

"让统治阶级在共产主义革命面前发抖吧。无产者在这个革命中失去的只是锁链。他们获得的将是整个世界。全世界无产者，联合起来！"

赵启明读完最后一句话，刘喜宝觉得两束冷冷的目光向他投来。那目光来自王东岳。

会议之前，当赵启明把他介绍给大家时，刘喜宝就感觉到了那份来自王东岳的敌意。

正如王东岳没料到刘喜宝是党员一样，刘喜宝也没料到王东岳会是党员。

刘喜宝没有把这份惊讶说出来。王东岳就不同了，他直接把自己的想法说了出来。

王东岳说："刘喜宝不是无产阶级，他家是大财主。"

赵启明似乎并不惊讶，笑着说："我们每位同志，虽然不能选择出身，但前途是可以选择的。刘喜宝同志能选择这条路，更是难能可贵。"

王东岳的眼神仍然透着不服气。

开始吃饭，吃的是掺了野菜的玉米窝头饼子就咸菜。王东岳不动声色地吃着，眼睛死盯着刘喜宝。实话说，刘喜宝没吃过这种饼子，有些打怵。但王东岳的目光让他不得不假装毫无障碍地吃下去。

赵启明开始分配下一步工作，让大家继续深入乡村发动群众，等待八路军主力部队到来共同抗日。不是冤家不聚头，刘喜宝与王东岳竟然分配在一组。他俩负责在刘庄、管庄和陶庄一带发动群众。

回刘庄的路上，王东岳飞快地走在前头，理也不理刘喜宝。

让王东岳停下脚步的是在马池口镇演出的柳子戏班。喜欢听戏的王东岳看到柳子戏班，一时放下了对刘喜宝的反感，忍不住向他介绍起来。戏班里有著名的"三红"：柳大红、柳二红和柳小红。柳大红前几年嫁了人，眼下撑台的是柳二红和柳小红。

"三红"并非亲姐妹，因戏班子的班主恰好姓柳，唱的又是柳子戏，柳班主就干脆给三个女角儿都起了柳姓的艺名。

以前柳子戏班多在曹泽城的戏院演出，也受邀去大户人家唱堂会，偶尔会来乡下。近来为了躲避日本人，柳班主干脆把戏班子搬到了乡下，在各个镇上唱戏谋生活。

台上正在演出柳子戏《红罗记》。向刘喜宝介绍完，王东岳就挤到前边看戏去了。

由柳二红扮演的于桂春唱道："花披露，月有荫，对青灯吟赋漫评——"

刘喜宝上前拉了一下王东岳，说："我们快点儿回去吧。"

王东岳对刘喜宝说："看到了吧，这个唱于桂春的是戏班子里的名角儿柳二红。后边那三个跳舞的，最中间的是柳小红，虽然年龄小，也是个名角儿。"

台上的柳二红继续唱道："香闺袖冷，良夜观罢多显兴——"

见王东岳还盯着舞台痴痴地看，刘喜宝用手推了他一下，催促说："你忘了我们的正事了吧？"

王东岳这才一步三回头地离开。

路上，刘喜宝问王东岳："你喜欢听戏？"

王东岳点点头，又摇摇头，一副不置可否的神情。

到了刘庄，两个人绕着刘庄、管庄和陶庄转。大多数村民已经逃走，家家关门闭户，街上人烟稀少。转了一会儿，好不容易在刘庄的街上看到胡狗剩、陶致萌、大盛等几个村民在闲聊，两人忙上前去搭讪。

听刘喜宝和王东岳说要发动大伙儿打鬼子，胡狗剩不敢相信，调侃道："就你俩，想带领大伙儿打鬼子，你俩行吗？有枪吗？"

刘喜宝说："只要大伙儿心齐，一切都会有的。"

胡狗剩又调侃道："那等你给我发了枪再说吧。"

大家看着两手空空的刘喜宝和王东岳，大笑起来。

天快黑的时候，刘喜宝想回老宅吃饭。想到王东岳家里就他一个人，就叫着他一起。

王东岳冷笑了一下，说："你家的饭，吃不起。"

说着，王东岳闪身离开了。

看着推门而入的刘喜宝，马三爷喜不自禁。他吩咐水芹赶紧给刘喜宝准备饭菜。

不一会儿，饭菜端了上来。鸡蛋炒青椒、猪肉炖粉条，主食是烤得香喷喷的白面烧饼。

几天来的窝头咸菜，已经让刘喜宝饥肠辘辘，他抓起一个烧饼，三两口就进了肚。

"吃完饭，我送你回城里。"马三爷说。

"我在这里陪您住些天。"

马三爷对刘喜宝的心思吃不准，不知道他究竟想些什么。

"不在赵启明那里干了？"马三爷试探地问。

刘喜宝犹豫了一下，反问马三爷："您说我们应该打鬼子救国吗？"

马三爷说："鬼子该打，只是这不是咱平头老百姓该琢磨的事。"

刘喜宝说："可那黄文韬也指望不上呀！"

马三爷问："你想跟着赵启明打鬼子？就他那几个人，连一杆匣子枪都没有，怎么打？"

刘喜宝说："只要心齐，总会有办法的！"

马三爷凑到刘喜宝跟前说："吃完饭，还是我送你回城里吧，别让老爷担心。"

刘喜宝说："求个情，让我再待几天。"

马三爷似是看到了刘喜宝小时候的模样，不忍心拒绝："三天，最多三天！"

刘喜宝答应着说好。他想，先在家里住上三天，大不了三天后住到王东岳家里去，和他一起啃窝头。

不料当天晚上就出了事。

刘喜宝被喊杀声惊醒时，还以为自己是在做梦。想再睡，王东岳已经站在床前叫他了。

"你倒是睡得踏实，有情况了！"

两人来到院子里，马三爷已经从外边回来了。几个长工也醒了，追问发生了什么事。马三爷把打听来的情况告诉大家。原来是邻村陶庄的大户韩家被"圣道会"的土匪给抢了。

"'圣道会'是什么？"刘喜宝不解。

马三爷说："另一股土匪。"

"'小刀会''圣道会'，怎么这么多土匪？"

一个长工说："这都是小股土匪，最厉害的要数'白刀会'，有好几千人。"

王东岳等不及，转身就往外走，刘喜宝紧跟着出去。

马三爷搞不懂刘喜宝怎么又和王东岳搞到了一起，也跟了出去。

等刘喜宝与王东岳赶到陶庄时，"圣道会"的土匪已经得逞。他们正带着掠夺的财物骑着快马扬长而去。

留下的是韩家被抢过后的悲情场面。

男主人韩家忠因为阻止土匪抢劫而命丧黄泉，横尸在韩家大门口。韩家忠的妻子小脚女人张桂之与16岁的儿子韩青川正伏在尸体上痛哭。

就在这时，又飞奔来一队人马。

领头的那个手持匣子枪骑在一匹红马上。众人惊讶之际，那人自我介绍："各位乡亲不要惊慌，我们是负责咱们曹泽地区联保的'七路军'。"

那人旁边一个也骑在马上，手里挥着大刀的人介绍说："这是我们安司令！我们'七路军'的职责就是保一方百姓平安，除暴安良，惩恶扬善！"

一直伏在丈夫尸体上痛哭的张桂之站起身来，走到安司令马前说："'圣道会'杀了我家当家的，又抢走我家财物，请为我们做主！"

安司令说："为民做主这是自然的！改天我们就去找'圣道会'帮你讨回公道。养兵千日，用兵一时，这个你尽管放心就是！"

越来越多的"七路军"趁着说话这当口儿拥进张桂之家的院子里。张桂之意识到情况不对，赶忙冲上去问他们要做什么。

骑在马上的安司令又发话了："我的这些兵总要吃饭，不吃饭怎么替你讨回公道？"

说着，院子里的那些人就奔着粮垛去了。张桂之拼了命奔过去，整个人挡在粮垛上，眼里射出愤怒的火花。

"你们也是土匪，我和你们拼了！"

韩青川也奔过去，与张桂之一起护着粮垛。

土匪们上去就把张桂之和韩青川掀翻在地，解开护在粮垛上的柴草，拿出口袋，开始装小麦和玉米。

刘喜宝再也忍不住，上前斥责安司令："你们有能耐去打日本人，在这里欺负老百姓算什么本事？"

说着，刘喜宝就冲进院子阻止。王东岳紧跟在他身后。

安司令看着刘喜宝，突然笑了："哪里来的小王八羔子，胆量不小！跟着我干吧？保管你不愁吃喝！"

见刘喜宝和王东岳丝毫没有退缩的样子，安司令又说："我可不想闹出人命来，你们两个小王八羔子别不识抬举！"

几个正忙着抢粮食的土匪见刘喜宝和王东岳还站在粮垛前拦着，就用枪托捅他们。旁边一个人抄起一根木棍，狠狠地向刘喜宝腿上抡过去。刘喜宝一个跟跄倒在地上。

那人要再打刘喜宝，刚刚赶来的马三爷冲上前护住。

安司令看到马三爷，一下子呆住了，悄悄对旁边那个手挥大刀的副手说："快撤！"

那人问："怎么了？"

安司令低声说："三师兄。"

说着，安司令勒紧缰绳就要转头溜走。

马三爷认出了当年的小安子，大声吼道："小安子，你就是这么为民除害的？"

安司令没狡辩，勒紧了缰绳，骑马飞奔而去："三师兄，后会有期！"

那些哄抢粮食的土匪见安司令都躲着这个"三师兄"，只好把粮袋放下，纷纷离去。

张桂之拉着韩青川走到马三爷跟前："马三爷，谢了！"

回家的路上，马三爷数落刘喜宝多管闲事。刘喜宝不服，说看到这种事不管，天理何在？

马三爷说："曹泽的司令多如牛毛，这种事根本管不过来，能自保就不错了。"

刘喜宝说："那您刚才还不是管了？"

马三爷说："我是他师兄，谅他也不敢把我怎么样！"

王东岳跟上来，趁机讽刺刘喜宝："刘少爷，好好回家养伤吧。"

刘喜宝说："我不会耽误事的，明天去找你，咱们继续。"

马三爷纳闷儿，这原本与刘喜宝死活不对付的王东岳，怎么和刘喜宝搅和到一块儿了，还"咱们继续"，继续什么？

马三爷把刘喜宝挽回家，发现刘喜宝的脚腕伤得厉害，皮肤肿胀得乌黑发亮，伸手摸了摸，好在没有伤到骨头。他让水芹拿来跌打膏药贴了，又从地窖里拿来冰块冷敷。

刘喜宝迟迟不肯睡去，说想与马三爷聊聊他师弟安司令的事。马三爷让水芹端来茶水，说要陪着刘喜宝聊个通宵。不料，刘喜宝一杯茶喝下，就低头沉沉睡去。

水芹见刘喜宝如此快就睡去，惊叹道："少爷这是怎么了？"

马三爷毫不隐瞒，说："我给他的茶里下了药，趁他没醒，赶紧找人找车把他送进城里，不能让老爷一直担心。"

六

早晨，当刘喜宝醒来时，他已经躺在曹泽城里家中的床上了。马三爷早已回了刘庄。

听说刘喜宝醒了，刘贵禄迫不及待地走进来。马三爷半夜送刘喜宝回来的时候，透给刘贵禄一个消息，说喜宝八成是加入了什么组织。至于具体是什么组织，马三爷也说不清楚。刘贵禄不由得担心起来。这兵荒马乱的，千万不能没事找事，节外生枝。所以，当务之急是把刘喜宝看紧点儿。

来到刘喜宝床前，刘贵禄放下以往的架子和脾气，再次苦口婆心地劝说儿子："现在兵荒马乱，外边的事我们无法左右，也左右不了，保住命、守住财是根本。"

刘喜宝说不赶走日本人，中国人过不上好日子；又说乡间土匪嚣张，民不聊生。

一边的运来说："少爷，老爷都是为你好。"

刘喜宝想起赵启明给自己的任务，一时忘记了脚伤，翻身就要下床。不料，脚刚沾地，就是一阵钻心的疼痛。

刘贵禄脸上露出一丝笑："好好养着吧，别往外跑了。"

话音未落，杨家富面无表情地从外边进来了。来到刘喜宝跟前，他挤出一脸笑："是贤婿回来了？还记得我是你老岳父这回事吧。你那媳妇我那闺女春桃呢？你俩可是成了亲的，她可是你明媒正娶的媳妇，生是刘家人，死是你们刘家的鬼。你还不快去把她给找回来！"

刘喜宝简直是要疯掉了，一个爹已经够他受的了，又来了个找他要闺女的"老岳父"，这日子没法过了。

好在刘喜宝的伤是皮外伤，没有伤到筋骨，在家里养了几天，就能下地走路了。但一心想去乡下找赵启明的他长了个心眼儿，装成一副不能走路的样子。刘贵禄见他不能走路，放松了警惕。

这天中午，一家人围着桌子吃饭。刚吃了没几口，外面有人敲门，运来慌里慌张地跑进堂屋通报，说是透过门缝看到大门外站了两个鬼子。一家人都受惊不小，刘贵禄赶紧让喜丹藏到里屋，自己定了定心神，硬着头皮迎上去。

站在刘贵禄家门外的两个日本人是冈田宗一和加藤。

冈田宗一是有备而来。就在几天前，"圣道会"和"七路军"抢劫陶庄的夜晚，冈田宗一带着加藤趁夜黑人静去了刘庄村外三棵树那块牡丹地。看着满地的牡丹，冈田宗一有了一个大胆的想法。回来后，他把想法说给加藤听，加藤连声叫好。

接下来这几天，加藤按照冈田宗一的吩咐，很快就打探到三棵树那块牡丹地的主人是刘贵禄，刘贵禄眼下就住在曹泽城里。此刻，冈田宗一带着对牡丹花的向往来见刘贵禄。为了实现自己的设想，冈田宗一对刘贵禄多了一些客气。

加藤带了几十名护卫。走到刘贵禄家大门口，冈田宗一却停住脚步，挥挥手说："加藤，你跟我来，其余人在此候命！"

几十名护卫立刻分成两队，立在大门两侧。

刘贵禄打开大门，见门口站着冈田宗一和加藤，用眼睛余光看到大门两侧立着的两队日军，不禁倒吸一口凉气。

冈田宗一给刘贵禄鞠了一个躬，之后自报家门。得知眼前这个鼻尖上长着黑痣的人是日军大队长冈田宗一，刘贵禄又倒吸了一口凉气。刘贵禄飞速转动脑筋，想不明白冈田宗一的意图。

冈田宗一貌似彬彬有礼地说："刘先生，到府上有要事请教！"

刘贵禄摸不着头脑，嘴上只得说："欢迎，欢迎，请进！"

在刘贵禄的带领下，冈田宗一和加藤向堂屋走去。进了屋，两人好奇地四处打量。刘贵禄吩咐运来倒茶。

冈田宗一和加藤被博古架上一盒盒牡丹花茶吸引了，刘贵禄耐心地讲解喝牡丹花茶的种种好处。冈田宗一和加藤听得眼睛发亮，刘贵禄做顺水人情，说走的时候送他们几盒。冈田宗一用流利的中文说"谢谢"。

刘贵禄陪冈田宗一和加藤坐下来喝茶，喝的正是牡丹花茶。冈田宗一连声夸赞，说这牡丹花茶清香淡雅，味如甘露。

刘贵禄想不到这光听名字就让人不寒而栗的冈田宗一这么喜欢牡丹花茶，笑起来的样子也不像传说中那么凶神恶煞。

更想不到的是，冈田宗一竟然是来向他咨询牡丹种植和催花技术的。这是刘贵禄的老本行，就逢场作戏地简单介绍了些。冈田宗一十分高兴，说以后会经常来讨教。刘贵禄心里一沉，脸上也不好表现出来，总算是硬着头皮应付过去了。

整个过程，刘喜宝拄着拐杖弯着腰站在堂屋门口，装成一副傻呵呵的样子，看着眼前的一切。

冈田宗一和加藤喝了茶，又带了几盒牡丹花茶，总算是离开了。

刘喜宝对父亲很失望。刘贵禄当然知道儿子心里怎么想的，说："我也知道这些日本人不是什么好东西，但好汉不吃眼前亏。"

刘陈氏和喜丹从里屋走出来。刘陈氏忧心忡忡地说："这两个日本人葫芦里究竟卖的什么药？"

当天下半夜，刘喜宝溜出屋子，走到后院翻墙跳了出去。不料，脚刚落地，身后就传来一个声音，让他站住。刘喜宝一下子呆住了。

身后那人是杨家富。刘喜宝转过身，叫了声"杨叔"。

原来，杨家富白天来刘家，看到刘喜宝在后院四处张望，就猜出了十之八九。杨家富说："白天看见你踩点，就知道你小子要跑。"

刘喜宝说："杨叔，不是跑，我是要去乡下。"

杨家富挥挥手："走吧，快走吧！你爹是个老脑筋，把你看得死死的，你不出去怎么找春桃？快走吧！我来就是告诉你，无论如何也要把春桃找回来！"

刘喜宝说："杨叔，春桃有意中人，不是我，我和她只是朋友和同学。"

杨家富说："我不管你们是什么，就算只是邻居，你也要帮这个忙。见到春桃，一定让她回来见我！"

刘喜宝冲杨家富点点头，转瞬间身影就消失在墙角。

七

徐天凯迟迟没有去苍梧，是因为在曹泽碰到了意外。

这个下午，徐天凯途经马池口镇，正遇上柳子剧团在镇上演出。赶了大半天的路，徐天凯已是饥肠辘辘。他在一个小食摊前坐下，要了一碗羊汤和两个烧饼，一边吃一边听戏。

台上的柳二红和柳小红正唱得起劲，不知从哪里突然冒出来三个鬼子，也站在后边看戏。

那三个鬼子似乎并没有为非作歹的意思，饶有兴致地看着演出，脸上带着些许欣赏的笑容。鬼子身边的观众没有这份淡定，他们先是大吃一惊，接着悄悄地躲开了。慢慢地，那三个本来隐没在观众群里的鬼子越加显眼起来。

台上正亮着嗓子唱"含悲愤问苍天"的柳二红不经意间看到了站在远处的三个鬼子，鬼子的种种罪行瞬间涌入脑海，一时没忍住，发出一声惊叫。人们顺着柳二红惊恐的目光也发现了台下的三个鬼子，纷纷四散开去。台上台下一片大乱。

不料，那三个鬼子似是意犹未尽，对眼前的混乱局面十分不满。他们端着枪直奔上舞台，拉着柳二红一通叽里呱啦乱嚷，不让她离开。

柳班主上前劝说，要拉着柳二红和柳小红离开。鬼子瞬间就翻了脸。一个鬼子朝着柳班主的胸口开了一枪，柳班主倒地挣扎了几下就不动了。

三个鬼子一齐上前拉着柳二红走。柳二红更加惊恐，死活不走。柳小红上前阻拦。鬼子没有认出女扮男装的她是个女孩，重重地给了她一枪托，柳小红倒在了地上。

　　眼看三个鬼子就要带走柳二红，柳小红拼命拉着柳二红的一条裤腿不放。

　　鬼子用脚狠踢柳小红，柳小红不敢抬头，但死也不肯放手。就在柳小红扛不住时，随着一声枪响，那狠踢她的鬼子突然停了下来。柳小红抬起头来一看，惊呆了。

　　原来，一个学生模样的高个青年上前夺过狠踢柳小红的鬼子的枪，向那个鬼子开了一枪。鬼子倒在柳小红身旁，刚刚踢过柳小红的皮鞋上沾着血。

　　这个青年正是途经马池口镇，在小食摊前吃饭的徐天凯。

　　柳小红的第一反应就是完了，出大事了。那两个鬼子绝对不会善罢甘休。一对二，那青年怕是抵抗不住。青年抵抗不住，自己和柳二红也就完蛋了。自己和柳二红完蛋了不说，还连累了这个学生模样的青年。

　　正担忧之际，又一声枪响，一个鬼子向柳二红开了枪。柳二红腹部中弹，瞬间倒地。柳小红来不及悲伤，就见那个青年又向击倒柳二红的鬼子开了枪。鬼子中弹的同时，青年被另一个鬼子击中腿部。他忍着伤痛向最后一个鬼子射击，不料枪里没了子弹。惊魂未定的鬼子脸上露出一丝狰狞的笑容。他似乎并不急于开枪，端着刺刀向那青年一步步逼近。

　　也不知道是出于什么力量，柳小红竟匍匐着身子，上前用身体挡住了那个青年。慌乱惊恐之中，一种直觉驱使着她这么做。青年为了救她和柳二红卷进这场厮杀，即便到头来她和这个青年都要死掉，她也不能让救她的人死在前头。

　　柳小红起身抬头的瞬间，原本女扮男装被盘起来的头发像黑色的瀑布一样倾泻下来。她那张稚嫩的脸虽然沾满血迹，却美丽无比，满怀誓死之心直视着鬼子。

　　鬼子一愣，迟疑片刻，向柳小红举起了枪。

　　柳小红闭上眼睛坦然受死。此时，她没有丝毫惧怕。她从小就是孤儿，到戏班后师姐柳二红像母亲一样无微不至地照顾她。如今柳二红中弹倒下，巨大的悲愤让她忘记了对死亡的恐惧。

枪声再次响起。耳边传来一阵喊杀声，柳小红在震惊中睁开眼。她并没有中弹，映入眼帘的是意想不到的情形。原本要向她开枪的鬼子中弹倒地，几个年轻人在一个手持短枪的中年人带领下，冲过来解救他们。

还没等柳小红开口说什么，她和受伤的青年以及倒地昏迷的柳二红就被这几个人救走了。

中年人正是赵启明，那几个年轻人里有刘喜宝和王东岳。

原来，刘喜宝归队后，赵启明就奉上级指示，带着刘喜宝、王东岳他们到马池口镇找黄文韬谈国共合作。刚见到黄文韬，就听到外面传来枪声，他们赶到戏台前，看到如此危急的场面，连忙上前搭救。黄文韬却趁着混乱匆匆溜走了。

刘喜宝亲眼看到黄文韬逃跑的背影，对曹泽国民党行政公署彻底失去了信心。他们空有好装备，却没有与鬼子对抗的勇气，这样的合作还有什么意义？

怕日本人追来，赵启明一行不敢进村子，把三个伤者转移到刘庄村外僻静处。一心要救柳二红的王东岳飞跑着去找牡丹镇的陆郎中。

三个伤员里，柳小红伤势最轻，只是受了些皮外伤。伤得最重的是柳二红，一直处在昏迷中。柳小红伏在她耳边不停地叫着："姐，醒醒，你醒醒！"柳二红脸色惨白，丝毫没有反应。

徐天凯神志倒是清醒，只是腿上的伤口一直在流血。刘喜宝撕了衣服给他堵伤口，殷红的鲜血很快就把布浸透了。

陆郎中拎着药箱跟着王东岳跑过来，一时不知道该救谁。徐天凯指指躺在地上的柳二红说："我没事，先救她！"

陆郎中跪在地上，屏声静气给柳二红号脉。过了片刻抬起头："怕是没救了。"

柳小红伏在柳二红身上放声痛哭。王东岳抹着眼泪。

正在这时，刘喜宝看到徐天凯脑袋一耷拉，躺倒在地昏了过去。刘喜宝赶忙招呼陆郎中。

陆郎中跑到徐天凯跟前给他号脉，结论是失血太多，要赶快止血。

陆郎中把徐天凯的裤子撕开，只见大腿内侧的伤口不停地流血。他在伤口上端绕着大腿根捆了一圈绳子，打开药箱拿出一种药粉撒在伤口上。汩汩冒出的血瞬间就把药粉冲开了。陆郎中又拿出一沓白布，把药粉撒在白布上，按压在伤口上。即便这样，殷红的血瞬间湿透了白布。

陆郎中慌张起来，结结巴巴地说："止不住血，怕是大血管破了。"

赵启明问："那怎么办？"

陆郎中说："要赶紧手术止血，否则也是性命不保。"

正伏在柳二红身旁哭泣的柳小红听陆郎中说徐天凯也可能性命不保，赶忙过来哀求陆郎中，让他救救这个好心人。

刘喜宝原本以为徐天凯是柳子剧团的，听柳小红这么一说，才知道徐天凯是打抱不平，不由得生出敬意。

陆郎中说，我哪里做得了手术，要到省城的大医院才可以，咱整个曹泽，怕是找不出一个能做手术的大夫。

无论刘喜宝和柳小红怎么摇晃拍打，徐天凯都毫无反应，大家万分焦急。

看着已经陷入昏迷的徐天凯，刘喜宝十分难过。不知道他来自哪里，也不知道他要到哪里去，甚至连名字都没来得及问。看样子他的年纪应该和自己不相上下，要是就这么走了，实在是太可惜，太遗憾。

刘喜宝跑到陆郎中跟前，恳请他再想想办法。陆郎中摇摇头说："我真的不会做手术！"

赵启明看着奄奄一息的徐天凯，建议火速送这个年轻人去省城。刘喜宝马上召集人找平板车。陆郎中丧气地说："怕是来不及，太远了。"

　　就在一干人六神无主之际，一个在远处负责放哨的年轻人跑过来，把赵启明拉到旁边，对他说了几句。赵启明一听，大声说："太好了，赶紧迎接！"

　　原来，大家盼望已久的八路军杨旅长带着百十号人的部队来到曹泽了。

　　赵启明一路小跑着迎上前去，紧紧握着杨旅长的手。赵启明早已在上级的文件里知道了参加过长征的杨旅长。如今见到了，想不到竟是如此风尘仆仆。再一看，杨旅长身边的那些兵，个个衣衫破旧，面黄肌瘦。

　　赵启明心里想，看来主力部队的条件也不好，他担心部队里没有能动手术的医生。

　　来不及寒暄，赵启明就问杨旅长，有没有能动手术的医生，一个年轻人让鬼子打伤了，危在旦夕。

　　杨旅长从队伍里喊出卫生队长杨坤，对他说："快去救人！"

　　杨坤看上去很年轻，和别的兵没什么两样，也是一身破旧军装。他拎着一个带红十字的药箱，答了一声"到"，站到杨旅长跟前。

　　杨旅长拍了一下杨坤的肩膀，让他快去给徐天凯做手术。一直焦急等候在旁边的刘喜宝带着杨坤急匆匆向刘庄走去。

　　杨旅长告诉赵启明，杨坤是协和医学院的高才生，是专做手术的外科医生。赵启明这才放下心来，开始向杨旅长介绍曹泽的情况。刚说了没几句，就听见刘庄那边传来争吵声。

　　杨旅长拉着赵启明说过去看看，两个人急忙向刘庄走去。

　　杨坤简单检查了徐天凯的伤势，决定马上手术结扎血管。考虑到在野地里做手术容易感染，杨坤提出到村子里找间屋子做手术。王东岳说可以到他家里做手术。不料几个人抬着徐天凯进村时，被胡狗剩带着村民拦住了。

胡狗剩不同意他们进村子，说徐天凯是让鬼子打伤的，如果在刘庄做手术，鬼子找来算账怎么办？

王东岳怒火中烧，说："我带人回的是自己的家，凭什么不让进？"胡狗剩一点儿也不让步，对王东岳说："你回家可以，但这些生面孔，哪个也不能走进村子一步。"

刘喜宝解释："这是八路军，来帮咱老百姓打鬼子的，他们都是好人。"

胡狗剩看一眼破衣烂衫的八路军队伍，有些不屑地说："就他们，穷成这样了，还能打鬼子？"

旁边的一个村民说："哄抢陶庄韩家粮食的是七路军，现在又来了八路军，八路比七路能好到哪里去？"

双方正吵得激烈，杨旅长和赵启明赶来了。听明白事情的经过，杨旅长当即指示，不进村惊扰村民，另外找地方做手术。

就在杨坤为难之际，杨旅长身后闪出一个中年人，挑着两个大箱子。他身材瘦小，面孔黝黑，一双不大的眼睛炯炯有神，周身透着干练。他操着四川口音说："莫愁，莫愁，我来搭个帐篷。"

说着，打开其中一个箱子，变戏法一样拿出一团墨绿色的帆布。

此人叫朱有梁，是杨旅长的挑夫。他的任务原本是给杨旅长保管文件，但他有个习惯，每次打扫战场，都会捡一些别人不要的东西以备不时之需。他挑的两个大箱子简直就是百宝箱。

朱有梁找了棵大树，就着枝杈很快搭好了帐篷。刘喜宝、王东岳等把徐天凯轻轻抬进帐篷里，杨坤开始做手术。

手术一直持续到快天黑的时候才做完。杨坤走出帐篷，告诉大家手术很成功，血管结扎住了。由于伤员大量失血，要补充液体，最好找些白糖来。

刘喜宝想起刘庄的老宅里有，转身冲进村子。一进老宅，他就被马三爷看到了。刘喜宝来不及打招呼，拿了糖罐就往外跑。跑了几步，又抄起一个篮子，走进灶房，装了些鸡蛋和烧饼跑了出去。

"喜宝，你这是给谁拿的？"马三爷在身后问。

刘喜宝答了一声："救人命的！"

话音未落，就不见了人影。马三爷知道，刘喜宝一准又是和那赵启明搅和在一起了。

出于好奇，马三爷一路跟着刘喜宝来到村头。见村子外边不远处是一队破衣烂衫的兵，便停下了脚步。

几个村民正在不远处看热闹，胡狗剩走到马三爷跟前，用不太恭敬的语气说："七路军抢了陶庄的韩家，如今刘喜宝又引来了八路军，不定会惹出什么事端来！"

马三爷心里不禁咯噔一下。

哑巴大盛听不见别人说什么，正皱着眉头，看着不远处这支破衣烂衫的部队。

胡狗剩的儿子8岁的胡小剩没有大人们这些烦恼，他正与几个小孩子一蹦一跳地在旁边玩耍。他虽然年龄小，但有个绝招，手里有准头，无论打什么一打一个准儿。这会儿，他看到一只狗正在欺负一只猫，便捡起一块石头扔过去。那被石头击中了后腿的狗吱吱哇哇一溜烟儿跑了。

胡小剩是个孩子王，见狗跑了，又吆喝其他孩子去村子外边的草垛上玩耍，被胡狗剩一把拉了回来。

八

夜幕降临，杨旅长的兵三个一堆、五个一伙地蹲在野地里吃饭，一律窝头就咸菜。

赵启明见八路军也吃窝头，于心不忍，问起八路军的供给。

杨旅长啃一口窝头，向赵启明介绍情况。原来，延安财政紧张，临来时朱老总特批了一些银圆，要省吃俭用才行。

赵启明向杨旅长介绍曹泽的情况，说这里是一望无际的平原盐碱地，没有大山做掩护，鬼子横行，土匪无数，民不聊生，在这里建立根据地实在是困难重重。

杨旅长把中央军委的指示精神说给赵启明听："黄河湾是战略要地，在这里建立根据地意义重大。还有，国民党不作为，鬼子残暴，这里的人民生活在水深火热之中，我们共产党八路军不能不管，要救人民于水火之中。"

刘喜宝如醍醐灌顶，一一记录下来。

杨旅长总结说："我们的保护屏障不是山不是水，而是人心和民心！我们现在面临的问题很多，说是一个旅，实际上一个团的人数都不到。我们要发动群众，扩大兵力。"

刘喜宝忍不住插话："说得太好了，我都记下来了！"

杨旅长和赵启明看着刘喜宝微笑。赵启明向杨旅长介绍了刘喜宝的大概情况。杨旅长得知刘喜宝是大学生，有文化，说部队就缺这样的有为青年，问刘喜宝想不想参加八路军。

参加正规军一直是刘喜宝的愿望，如今杨旅长主动问起，他年轻稚嫩的脸上荡漾起喜悦的笑容，不假思索地回答："想！"

不料赵启明不肯放人。他说刘喜宝是个开展群众运动的好苗子，又是曹泽本地人，与老百姓沟通起来方便，让刘喜宝跟着他继续做群众工作。

杨旅长哈哈笑起来，让刘喜宝自己选择。

刘喜宝看看杨旅长，又看看赵启明，觉得自己不好硬坚持，只好笑笑说："只要能打鬼子，干什么都行！"

其实，刘喜宝想报名参加八路军，一方面是想直接扛枪打鬼子，还有一个不好意思说出口的理由，就是想穿那身军服。虽然八路军的军装破破烂烂，但要的就是那份军人的仪式感。

见赵启明跟着杨旅长去视察部队，刘喜宝转身弯腰进了帐篷。

帐篷里，柳小红和王东岳正在照顾徐天凯。看到徐天凯醒了，刘喜宝兴奋地走上前说："终于醒了，还不知道你的名字呢！"

柳小红抢先说："他叫徐天凯。"

柳小红又向徐天凯介绍："这是刘喜宝，白糖是他找来的。"

徐天凯说："谢谢你！"

一边的王东岳心里有些不舒服，提高了嗓门儿插话说："他是咱们这里有名的阔少爷，周遭的地都是他家的！"说完，王东岳走了出去。

柳小红也端着徐天凯喝完水的空碗出去了。柳小红刚出门，王东岳就追上她，说着刘喜宝的坏话。王东岳说刘喜宝不会和老百姓一条心的。柳小红虽然对刘喜宝不了解，但也不喜欢王东岳这副腔调，觉得他无事生非，敷衍几句就离开了。

帐篷里只剩下刘喜宝和徐天凯，一时间，空气似是凝固了几秒钟。为了打破尴尬，刘喜宝对徐天凯说："还以为你也是剧团的呢，原来你是路见不平，出手相救。"

徐天凯说："正好路过。"

两个年轻人聊了起来。得知徐天凯是省城鲁华大学的校友，刘喜宝十分惊喜，两人聊得很投机。刘喜宝问徐天凯途经曹泽要去哪里，徐天凯犹豫了一下，坦言说自己要去苍梧参加国民党部队打鬼子。

刘喜宝劝说徐天凯留下来参加八路军，不料被徐天凯一口拒绝。徐天凯说，他去苍梧是去找在国民党部队当团长的哥哥徐天义。再说了，国民党是正规军，武器都是一水儿的外国货，比八路军的武器精良得多，他早就打定了主意去苍梧。

听了徐天凯这话，刘喜宝有些不高兴，也不好说什么。现在国共合作，在哪里都能打鬼子，去苍梧也是不错的选择。

徐天凯打定主意，等伤好了就离开曹泽去苍梧。他对杨旅长和赵启明表明了态度。杨旅长表态说："外敌入侵，你和刘喜宝放下学业打鬼子，都是热血青年。"

徐天凯盼着早日去苍梧，问杨坤腿伤什么时候能好。杨坤说最快也要等拆了线。天天等，日日盼，徐天凯只盼着满了七天拆线就离开。

杨坤哪里知道徐天凯的心思，他是惦记着杨春桃，想赶紧去苍梧与她会合。

然而，就在这短短的几天里，发生了一系列的事情。

先是上级党组织发来电报，任命赵启明为曹泽特委书记，要求他们在曹泽的各个县成立县级武工队，配合杨旅长的八路军开展群众工作，建立抗日根据地。

紧接着，赵启明做动员，号召大家报名参加武工队。

赵启明不像个当官的，他笑眯眯地说："咱们武工队是共产党领导下的抗日力量，是负责发动和组织群众，开展军事、政治、经济、文化斗争的武装分队。"

刘喜宝头一个报名，成为曹泽的第一个武工队员。王东岳紧跟着报了名。

报完名，刘喜宝很是羡慕地看着挑夫朱有梁身上的军装。朱有梁也看出了刘喜宝的心思，顺手把头上的帽子摘下来，递给刘喜宝："帽子给你。"

刘喜宝喜滋滋地把帽子戴在了头上。

见报名的人登记完了，赵启明招呼大家开会，让杨旅长给大家做报告。

新报名的几十个武工队员坐在前面。大家席地而坐，带着崇敬的心情听杨旅长讲话。

杨旅长走到前面对大家说："八路军与武工队是一家人，都是为老百姓服务的。"

刘喜宝和王东岳被任命为抗日宣传员，负责发动群众。

接下来，杨旅长给大家讲三大纪律八项注意，不能拿群众一针一线，吃粮喝水都要用银圆向群众购买，如有违犯一定严惩。

武工队员们听着新鲜，觉得共产党的确是老百姓的部队。刘庄的几个孩子好奇地在一边看热闹。朱有梁想起大箱子里有几个小玩意儿，就拿出来发给孩子们。胡小剩拿了一个拨浪鼓，一蹦一跳地走远了。

一直在不远处一棵大树下观望的柳小红也看到了这一幕。几天来，柳小红的内心一直有些混乱。柳二红死于非命，剧团分崩离析，她生出前所未有的危机感。这支叫八路军的队伍，却给了她从没有过的温暖。现在伤好了，她该何去何从呢？

柳小红已经没有亲人。8年前，8岁的柳小红家里遭遇变故，父母双亡，哥哥生死不明。柳小红被柳班主收留，从此改了姓，跟着柳班主学戏。如今戏班子散了，人死的死，逃的逃，她没了去处。

柳小红正在犯愁，不远处走来了刘喜宝。

刘喜宝问柳小红："你怎么不去报名？"

柳小红双眼一亮："女的也能报名吗？"

这还真把刘喜宝给问住了，刚才报名的都是男的。他说："我去帮你问问。"

自从第一眼看到柳小红，刘喜宝就被她吸引了。吸引他的不光是柳小红的容貌，还有她的性情。那眉宇间淡淡的忧愁，那明亮的眼神，那温柔的神情，都深深地吸引着刘喜宝。柳小红符合他对女性的向往，让他不由自主生出一种疼爱和怜惜。面对突如其来的对一个女孩的好感，刘喜宝一时也不知道怎么处理。他悄悄地把这份心思埋藏在心底。武工队成立了，他不想看着柳小红就这么离开，所以鼓起勇气询问柳小红的打算。

不一会儿，刘喜宝回来了。他告诉柳小红，杨旅长说欢迎女同志报名参加武工队，还说要成立文艺宣传队。

柳小红也报名参加了武工队，她是曹泽第一个女队员。

看着脸上绽放出笑容的柳小红，刘喜宝十分高兴。

就在柳小红忙着报名时，胡狗剩的儿子胡小剩摇着拨浪鼓高高兴兴回了家。胡狗剩和陶致萌等几个村民正站在胡狗剩家的院子里议论村外的八路军。见儿子手里多了个拨浪鼓，胡狗剩就问哪儿来的，胡小剩笑着说是挑担子的老八路给的。

胡狗剩说："不知道他们葫芦里到底卖的什么药。"

哑巴大盛似乎静静地听着这一切。

姚虎躲在一棵大树后边，看到柳小红报名参加武工队这一幕，迅速抽身离开。姚虎是刘庄邻村管庄的大地主管三的管家。姚虎知道柳小红是管三老爷惦记的人，他要赶紧把这个消息告诉老爷。在姚虎眼里，这些穷棒子是折腾不出什么事的，只要老爷知道了，都会摆平，到头来会有他们的好看。

姚虎一路小跑赶回家，见老爷正坐在堂屋的太师椅上，和几个小老婆热热闹闹地抽大烟，少爷管小龙也在。

姚虎进了门就说："老爷，不好了！"

管三眼睛看着烟枪，不紧不慢地问："怎么了？"

姚虎说："柳小红那个小妮子进了武工队了。"

管三还是不紧不慢地问："武工队？武工队是个啥玩意儿？"

姚虎说："就是八路，她干上了八路！在刘庄村头那边，男男女女在一起，有说有笑的。"

管三这才抬起头来："这些八路来凑什么热闹？要是坏了我的好事，有他们好看！"

管小龙想起父亲早先跟他说过的事情，就问："爹，咱啥时候去拜访那个冈田什么一？"

管三想到自己喜欢的小妮子都让八路勾了去，抬抬屁股说："明天就去！这日本人虽说不是东西，却是一根粗大腿，那'白枪会'和他们也没法比，更不用说这几个八路了。"

第二天，管三就带着管小龙、姚虎来到了曹泽城里的日本军大队指挥部。

姚虎手里捧着一个金灿灿的礼盒，脸上带着谄媚的笑。即便这样，哨兵也没有放行，上前拦住，厉声说："站住！"

管三点头哈腰说："长官，我是管庄的管三，久闻冈田大队长大名，今日特来拜访！"

哨兵小跑着来到堂屋，向冈田宗一禀报。得知有人造访，冈田宗一说："让他进来。"

得到准许的管三一行穿过院子，战战兢兢地向冈田宗一的办公室走去。

冈田宗一正站在屋子中央，管三一进门就弯腰行礼。管三眼睛看着脚下的地，谦卑地说："鄙人拜见冈田大队长！"

冈田宗一问："你是管庄的管三？"

管三忙点头："是，是！"

冈田宗一显然是知道管三这个人的。原来，自打日本军大队驻扎曹泽，冈田宗一除了关心牡丹，还让加藤对当地有名的富贾豪绅都做了统计，管三也在那份名单之中。

冈田宗一看着管三问："你要对我说什么？"

管三拿过姚虎手里的礼盒，放到桌子上："冈田大队长，这是一点儿小礼物，不成敬意！"

冈田打开礼盒，见里面是几根金条，他走到管三面前，轻声说："你很好，我很喜欢！"

管三受宠若惊，以为已经拿下了这个大队长。不料，就在管三心中窃喜之际，冈田宗一突然变了脸色。他面露狰狞，飞速抽出腰间的大刀，指着管三的额头。管三感觉到了那大刀的阴森和冰冷，吓傻了，一时不知说什么才好。

冈田宗一问："你为什么要对我这么好？你是不是八路的探子？"

管三背后冷汗直冒，着急地解释："哎哟，我不是！我因为恨那些八路才来拜访您的！"

冈田宗一抽回大刀，问道："恨？你为什么恨他们？"

管三说出心里话："是的，我就是恨八路，他们把我的女人抢走了。"

冈田宗一放松了表情，说："明白。我们日本有句古语，世上爱恨总有缘由。"

管三说："这就是缘由！"

冈田宗一脸上又绽出笑容，赠给管三一面太阳旗。管三忙双手接过太阳旗，又问冈田宗一什么时候去攻打刘庄村外的八路军。

冈田宗一板起脸说："这个你不需要知道。"

管三刚离开，冈田宗一就召唤加藤。冈田宗一本来就计划对付八路军，得知八路军竟然在刘庄附近扎了根，更是一刻也不想等待。那里距离三棵树很近，冈田宗一考虑到牡丹计划，想着得尽快把八路军消灭掉，免得坏了他的大事。

九

曹泽刘庄的村子外边，杨旅长和赵启明正在组织战士和武工队员训练，哨兵跑来报告，冈田宗一带领着曹泽的鬼子大队来了，南野龙井带领泽县鬼子小队一起来了。

赵启明对杨旅长说："鬼子够狠的，八路军还没站稳脚跟，就来'围剿'。"

杨旅长做出部署，带领部队主动上前痛击鬼子，战场尽可能距离刘庄远一些，以免连累村民。临行时，杨旅长让朱有梁和刘喜宝带上柳小红和受伤的徐天凯，转移到安全地带。

柳小红说自己的伤好了，抄起一根棍子就去追赶部队。刘喜宝紧跟了去。

徐天凯腿上的线还没有拆，干着急。他对朱有梁说："我自己可以，你也去吧。多个人，多份力！"

朱有梁说："那可不行，杨旅长给我的任务就是保护好你，我要服从命令听指挥。"

杨旅长带着部队埋伏在一条小路两边的茅草地里，只等鬼子走近。

八路军缺少枪支，也缺少弹药。看到新报名的武工队员手里都没有枪，杨旅长心里有了盘算。他与程副旅长嘀咕了几句，程副旅长连连点头，迅速带着两个营离开了。

鬼子近了，杨旅长一挥手，战士们纷纷向路上的鬼子射击。

冈田宗一得到的情报是八路军驻扎在刘庄村头，没料到会在这片茅草地里遭遇袭击，一时间有些忙乱，仓皇应战。

霎时间，狭窄的小路两侧成了战场。八路军熟悉地形，又在暗处，几乎是百发百中。受到攻击的鬼子看不到隐藏在茅草地里的八路军，就胡乱扫射。有战士中弹，杨坤赶忙带领卫生队抢救。

意外的事情发生了。就在双方拼杀之际，一个十几岁的男孩出现在小路上。不等杨旅长反应过来，那男孩被鬼子击中倒在地上。子弹打在了左肩上，鲜血咕嘟咕嘟往外冒。

杨旅长一声令下"救人"，卫生队长杨坤带着几个人把男孩救走了。杨坤把男孩抱到茅草地深处，空地上已经躺了十几个伤员。检查了一下男孩的伤势，杨坤对卫生员小冯说："马上准备手术止血。"

又有伤员不停地被抬过来。小冯一边准备手术器械一边对杨坤说："队长，消炎药和止血药都不多了。怎么办？"

杨坤说："先救治伤员，回头再想办法！"

说着，杨坤就开始给小男孩缝合止血。被吓晕的小男孩这时醒了过来，又惊又怕又疼，哼哼唧唧哭起来。杨坤一边哄他一边缝合："小朋友，不哭，马上就好。把伤口缝好了你就能回家找妈妈了！"

在地里干活儿的大盛听不到枪声，不明白周围干活儿的村民为什么都跑了。直到透过茅草的缝隙看到这一幕，他才知道发生了什么。他悄悄跟着抬伤员的卫生队员绕到距离小路边不远的地方，看到八路军正在跟日本人拼杀。血腥的场面令他震惊，他赶忙捂上眼睛，闪身离开了。

双方难分胜负之际，一个鬼子通信兵从远处跑来，对着冈田宗一叽里呱啦不知说了一通什么。冈田宗一脸色大变，一挥手招呼撤退。

杨旅长下令追击，一时间鬼子大队仓皇逃窜，慌乱中丢下许多枪支弹药。

想起带队去执行特殊任务的程副旅长，杨旅长下令抄小路去接应他们。队伍还没有出发，程副旅长就带着队伍抄小路回来了。

一看程副旅长脸上的神情，杨旅长就知道事情成了。

果然，一个个战士满载而归，有的手里拿着好几条枪，有的抱着沉重的子弹箱。

原来，趁着鬼子出动的时机，杨旅长派程副旅长率队兵分两路，分别去袭击鬼子在曹泽城里和泽县县城的武器库。

大家欢欣鼓舞，当下就给武工队员们武装上了枪支弹药。

大家正高兴着，陶庄的张桂之带着十几个家丁来了。原来，那个受伤的男孩是她的儿子韩青川。大盛跑到她家报信后，她就急不可待地赶来了。看到儿子的伤口由八路军的医生包扎好了，张桂之十分感动。

得知给儿子做手术的是一个叫杨坤的医生，张桂之到处找他，想当面表示感谢。

卫生员小冯告诉张桂之，杨坤去镇上买药了。杨旅长让张桂之带着儿子先回去，过几天再来找杨坤拆线。张桂之谢过大家，带着儿子离开了。

此时，杨坤和刘喜宝已经来到了牡丹镇。在镇口的一棵大树下，杨坤建议分头行动。他打开钱袋，拿出准备好的法币，点了一半给刘喜宝。

刘喜宝向杨坤介绍了镇上的情况，这里一共有两家诊所——王氏诊所和陆氏诊所，陆氏诊所的陆郎中是刘庄胡狗剩的大表哥，人不错。

刘喜宝刚要走，杨坤把白布做的小钱袋递给刘喜宝，让他把钱装好。

刘喜宝接过钱袋，仔细地把钱装了进去。杨坤告诉刘喜宝，买完药还在这儿碰头。说完，两人分头向两条街上走去。

　　沿着刘喜宝指的路，杨坤走了不远，就看到一家挂着"陆氏诊所"牌匾的店铺。门虚掩着，杨坤问了声"有人吗"，走了进去。

　　诊所里，靠墙处是一排中药柜，少量西药放在旁边半人高的小木柜里。杨坤又喊了一声："有人在吗？"

　　还是无人回答。

　　杨坤到木柜里翻找用得上的药，装进一个布袋。想起那些等着救治的伤员，杨坤又焦急地问："有人吗？结账了！"

　　他边喊边掏口袋，猛然发现钱不见了，再一掏，把口袋翻出来，只见裤子口袋下边有个大窟窿。

　　杨坤一副懊恼的神情。

　　他看了看袋子里的药，拿起旁边的纸写借条。

　　杨坤挨个看柜子上的药物标价，自言自语地算着："跌打膏1块钱1贴，10贴10块；中药止血粉2块1包，5包10块；自制消炎粉3块一包，6包18块。一共38块。"

　　杨坤用一块小石头把借条压在门槛上，拿起药离开了。

　　杨坤赶到镇口那棵大树下时，刘喜宝已经在那里等他了。看杨坤一副低着头找东西的样子，刘喜宝问："杨队长，你在找什么？"

　　杨坤把丢钱的事告诉刘喜宝，又把裤子口袋上的破洞翻出来给他看。得知杨坤写了张38块钱的借条，刘喜宝建议先回去，第二天再来结账。

　　杨坤和刘喜宝刚走进刘庄村头的小树林，就碰到了分管后勤的程副旅长。

　　程副旅长说："你俩回来得太及时了，消炎和止血的药已经用完了。"

　　杨坤说："程副旅长，带回来的药不多，半路上还丢了钱。"

　　"丢了钱？"

杨坤刚要解释，卫生员小冯就跑过来了。一个战士腿部受伤严重，要杨坤亲自上阵。

　　程副旅长见状，让杨坤先去做手术。杨坤转身跟着小冯向小树林跑去，刘喜宝拎着药追了上去。

　　陆郎中来讨说法的时候，杨坤已经在帐篷里做了三台手术了。

　　帐篷外还有一个伤员胳膊受伤，疼得瑟瑟发抖。刘喜宝、徐天凯鼓励他再坚持一会儿。

　　小冯用治疗盘端着用过的带血纱布走出帐篷，柳小红接过纱布去附近的河里清洗。

　　这时，远远地传来陆郎中恼怒的声音。

　　"当官的，哪个是当官的？"

　　原来，陆郎中外出行医回到诊所后，发现自己的药店被"抢"了，就站在街上嚷嚷起来。

　　村民聚集过来。有人说看到一个八路从诊所出来，手里拎了一袋子药。陆郎中气不打一处来，立刻到刘庄找八路军讨说法。

　　杨旅长闻声走了过来。陆郎中控诉："有个八路抢了我的药店！"

　　村子里几十个人闻声围了过来，其中有胡狗剩、大盛、陶致萌。

　　赵启明、刘喜宝也挤进了人群。

　　赵启明认出了陆郎中："有事慢慢说，别急！请相信，我们八路军绝对不会干偷鸡摸狗的事。"

　　陆郎中气哼哼地说："什么搞错了？我看你们死鸭子嘴硬，有人明明看到八路从我店里拎了药出来！"

　　面对陆郎中的追问，刘喜宝下意识地看了一眼不远处的帐篷。刘喜宝想，杨坤这会儿正忙着给伤员做手术，不能打扰他。

为了给杨坤腾出时间，刘喜宝主动担责："陆郎中，是我去你的药店拿了药。"

大家大吃一惊。

管小龙和姚虎也出现在人群中。管小龙与刘喜宝年龄相仿，还一起上过学。两人性情大相径庭，从小就因为各种琐事发生过矛盾。这会儿见刘喜宝出事了，管小龙脸上流露出不加掩饰的笑容。

刘喜宝又说："钱在路上丢了，伤员又急需药品，情况紧急。店里找不到人，我不得已先拿走药品，写了张借条留在店里。"

陆郎中脸上露出嘲讽的笑容，他不相信刘喜宝的说法。

"钱丢了？借条？"

刘喜宝解释："我打算明天就去镇上还钱的。"

陆郎中不耐烦地说："好了，别编了，我等不到明天，现在就还钱吧！"

管小龙趁机挑拨："你们八路军说话不算数，说什么不拿群众一针一线，这都开始抢药店了！"

群众七嘴八舌议论开了，现场一片混乱。

赵启明劝大伙儿别着急。他从心底里相信刘喜宝不会乱拿老百姓的东西，一定有误会。得知杨坤与刘喜宝一块儿去镇上买药，赵启明让人把杨坤找来。

柳小红挤进人群，告诉大家杨坤还在做手术。

对刘喜宝颇有好感的柳小红深信刘喜宝不会抢药店，但她不了解内情，只能暗暗着急。

赵启明表态，等杨坤做完手术，一定把事情调查清楚。这之前，先把欠陆郎中的钱补上。

听说可以把钱拿回来，陆郎中不再说什么，跟着朱有梁去后勤结账。不料，管小龙和姚虎不肯善罢甘休，嚷嚷着不让陆郎中离开。

陆郎中不听管小龙和姚虎的，跟着朱有梁走了。事情眼看就要平息了。

管小龙和姚虎哪里会放过这等和八路军作对的机会，早已派人向管三说了。管三召集几十名家丁，拿着枪械棍棒冲进刘庄村头的小树林。

管三煽动说："乡亲们，这些八路是明抢呀，比那些土匪还不如呢！我们不能让这些八路住在我们的村子边上。"

管小龙附和："对！让他们现在就滚！"

刚刚散开的群众又聚了过来。已经去了胡狗剩家落脚的陆郎中闻声跑出来了。

管三趁机向杨旅长和赵启明提出，要么把刘喜宝交出来，要么八路军离开这里。此时杨坤还没有做完手术，杨旅长和赵启明为了保护刘喜宝，只得以看押的名义把刘喜宝保护起来。

看着被押走的刘喜宝的背影，柳小红忧心忡忡地站在原地。

管三看到柳小红，刚要走过去说几句话，对管三憎恶至极的柳小红转身向帐篷走去。看到柳小红的态度，管三越加愤怒，他不肯带着家丁离开，聚在帐篷附近不停地嚷嚷，声称要等杨坤出来把事情搞清楚。

被"看押"的刘喜宝坐在小树林深处的石凳上，旁边站着挂着拐的徐天凯。

刘喜宝劝徐天凯回帐篷休息，徐天凯不肯，一直陪着他。朱有梁带着食物过来，让大家吃点儿东西，说事情总会搞清楚的。

朱有梁一边把一块粗粮烧饼递给刘喜宝，一边说："我们开展群众工作多么不容易，一个小误会，足以前功尽弃。"

刘喜宝说："抢救伤员耽误不得，钱又丢了，只好写张借条。"

朱有梁说："我当然相信你。我是说做事要小心，凡是涉及群众的事情都要想周全。这事也让你受了委屈！"

刘喜宝说:"受点儿委屈没关系,关键是不要影响和群众的关系。"

徐天凯说:"别想那么多,大家都知道你是好人。等会儿杨队长做完手术给你作证,就真相大白了。"

刘喜宝看着帐篷的方向若有所思。

几个人正说着,远处又传来吵吵声。原来,杨坤做完手术后,从柳小红那里知道了发生的事情。得知刘喜宝替他背了锅,杨坤就冲管三和管小龙走过去,说:"我是杨坤,药是我拿的,借条也是我写的,不关刘喜宝的事。"

本来想趁机给刘喜宝难看的管氏父子一听这话,都愣了一下。

管小龙瞬间反应过来,心想,反正八路军拿药这事是真的,既然刘喜宝和姓杨的都抢着说自己拿了药,那就两个人一起打。

管家几十个家丁一拥而上,眼看就是一场械斗。刘喜宝从树林深处跑出来,局面更加混乱。

关键时刻,程副旅长带着部队赶了过来。刘庄的教书先生陶致萌也上前阻拦。

陆郎中说:"钱都还了,不要再闹了!"

管三一心想把事情闹大,喊道:"别废话,给我开枪!打死这个抢药店的!"

管小龙率先向刘喜宝举起枪。杨坤来不及解释,为了保护刘喜宝,他想都没想就冲上去,挡在刘喜宝身前。

枪声响了,血顺着杨坤的左胸流下来。战士们见此情形,纷纷拿起武器想替杨坤报仇。

杨旅长、赵启明厉声让大家住手。

小冯冲到杨坤面前,带着哭声喊:"快给杨队长做手术!"几个卫生队员冲了过来,扶住杨坤。杨坤轻轻挥了挥手说:"不用了,伤到心脏了。"

陆郎中惊呆了。

杨坤说："杨旅长，不，叔，药是我拿的，借条是我写的。真的是写了借条！"

陆郎中走上前，嘴里喊着快救人。杨旅长和卫生队员脸上是抑制不住的哀伤。他们清楚，这个手术没人做得了。

刘喜宝搀扶着杨坤说："杨医生，你不能死，还有那么多伤员等着你！"

杨坤看着刘喜宝，说话声越来越低："喜宝，去镇上把借条找回来，不能让群众误会！"

说完，杨坤就无力地低下头，闭上了双眼。

小冯伸手去摸杨坤的鼻息，杨坤已经没有了呼吸。现场一片悲伤的沉默。

张桂之带着儿子韩青川赶来。得知杨坤被管小龙打死了，张桂之说："乡亲们，八路军是替咱老百姓做事的，我们可不能长歪了耳朵，让别人当枪使！"

管三见气氛不对，低声威胁："你个娘儿们不要多管闲事！"

张桂之用更大的声音说："管三，有些话本来我是不想明说的，我问你，你真的是替乡亲们着想吗？我看你是在替那些个日本人办事！"

管氏父子一看势头不好，就想溜走，程副旅长上前阻拦。愤怒的战士们举起枪来。

四周都是群众，一旦混战起来，群众恐怕会受到伤害。想到这里，杨旅长含泪挥手说："大家少安毋躁，任何人都不许开枪！"

管三父子趁机带着家丁迅速逃离了。

刘喜宝在杨坤的葬礼上知道了他的经历。杨坤是杨旅长的亲侄儿，从小品学兼优，17 岁考上了北平协和医学院。两年前毕业时，杨旅长动员他去了延安。

杨旅长说："杨坤走了，我们失去了一位好战友，大家无比悲痛。我们要接受这个教训。与群众打交道时，一定要时时注意处理好关系。特别是我们刚来到这里，群众对我们还不太了解，更要谨慎行事，不要被坏人利用，挑拨了我们和群众的关系。"

赵启明说："和管氏父子的这笔账，我们会记下的。"

与杨坤去镇上买药的每一个细节都浮现在刘喜宝的脑海里。看着茫茫夜空，他抹了一把眼泪，不肯相信杨坤已经牺牲了。

刘喜宝想起杨坤临终时的那句话，他一定要找到借条，还杨坤一个清白。

次日天刚亮，刘喜宝就赶到牡丹镇，来到"陆氏诊所"门前。一个老人在打扫诊所地面，见他匆匆而来，就问："是家里有病人吗？"

刘喜宝摇摇头。

见刘喜宝四处打量，老人又说："我儿昨天出去还没回来，一准儿是哪里出了重病人，你不急就等一会儿，急就去找别家。"

刘喜宝问老人是不是见到过一张借条。

老人脸上浮出一丝微笑说："你是来还钱的？昨天我看到有张借条压在门槛上，就收了起来。在这里！"

老人小心翼翼从口袋里掏出一张借条，刘喜宝接过来仔细地看。

老人说："38块，上面写着呢！"

看着这张杨坤亲手写下的借条，巨大的悲伤涌上刘喜宝心头。他强忍着泪水，将事情简略地对陆郎中的父亲说了。得知因为这张借条一个人丧了命，老人直跺脚，主动要求跟刘喜宝去澄清真相。刘喜宝满脑子都是杨坤的音容笑貌，他冲老人点点头，转身擦了一把眼泪，大踏步往回走去。

刘喜宝再次来到胡狗剩家。看着那张字条，陆郎中嘴唇颤抖着，半天没有说出话来。村里的乡亲们都闻声来了。刘喜宝给大伙儿详细说了他和杨坤去牡丹镇买药的经过。陆郎中的父亲讲述了他把纸条收起来的事情。村民们无不唏嘘感慨，为杨坤的离去而惋惜。

陆郎中陷入深深的自责，他拿着借条去找杨旅长道歉，正好看到几个青年在报名参加八路军。得知杨坤牺牲之后，卫生队缺人手，陆郎中就把诊所盘给别人，参加了八路军，成了一名军医。

张桂之把儿子韩青川送来参加抗日武工队，还动员十几个看家护院的家丁参加八路军。见八路军物资匮乏，她用卖地的钱买了枪支弹药和粮食，捐给八路军。

杨旅长和赵启明商量后决定，任命张桂之为武工队一团团长。张桂之苦练枪法，左右开弓，成了神枪手。

八路军救治韩青川的事和借条的事深深感动了群众，哑巴大盛第一个邀请八路军到他家居住。在大盛影响下，周围几个村子的老百姓纷纷邀请八路军到家中居住。八路军帮助老百姓扫院子打水，一时间，周边乡村十分热闹。

刘喜宝担心回老宅住再被马三爷送回城里，就住进了大盛家。

陶致萌来找刘喜宝报名参加武工队，被委任为刘庄村长。哑巴大盛也跃跃欲试想参加武工队，因无法说话不能如愿。大盛是刘庄的孤儿，吃百家饭长大，跟村里很多人家关系亲近，了解很多信息。在陶致萌建议下，大盛成为一名特殊的交通员。

十

刘喜宝陪着徐天凯到卫生队找小冯拆线。拆完线的徐天凯在院子里挂着拐走路。小冯、刘喜宝、陆郎中在旁边鼓励他把拐扔了。徐天凯把拐放下，试着走了几步，惊喜地说："好了，还真好了！"

见行走无碍，徐天凯向刘喜宝说出了第二天去苍梧的打算。正说着，通信兵来了，说赵书记有急事，让徐天凯和刘喜宝快些过去。

原来，杨旅长和赵启明刚接到通知，黄文韬奉命召开国共合作抗战会议，邀请杨旅长和赵启明参加。苍梧国民党五三五师带队参加这次会议的是徐天义，徐天凯可以与哥哥在会上相聚。

听到这个消息，想到马上就要见到哥哥，徐天凯十分激动。

刘喜宝一听是黄文韬主持国共合作抗战会议，忍不住说："几个鬼子都能把黄专员吓跑，他能打鬼子？"

杨旅长哈哈一笑说："他代表的是曹泽国民党行政公署，这个会我们要参加。"

徐天凯是带着行李去的马池口，他计划在马池口与哥哥碰头，开完会就直接跟着他去苍梧。

刘喜宝也去参加会议，赵启明让他做会议记录。见赵启明正与徐天凯谈话，急忙赶来的柳小红就把刘喜宝叫到一边，塞给他几个烧饼，让他转交徐天凯，路上吃。柳小红说徐天凯是她的救命恩人，这一走不知什么时候才能再见面。

刘喜宝心里不是滋味，以为柳小红喜欢上了徐天凯。他木然地笑着接过烧饼，塞进腰间的布包，说一定会把她的心意转达到。

其实，刘喜宝理解错了柳小红的意思。她感谢八路军和徐天凯的救命之恩，珍惜每一份友情。

一行人赶到马池口镇，五三五师的副师长徐天义和三团团长余戈一行已经先一步到了。刚进曹泽国民党行政公署的院子，徐天凯就看到正背向自己与黄文韬聊得火热的哥哥徐天义。徐天凯走上前去和哥哥打招呼，看到弟弟是与八路军的代表一起来的，徐天义大吃一惊。徐天凯介绍了杨旅长、赵启明和刘喜宝，说了自己受伤被八路军救治的事。得知八路军救治了弟弟，徐天义连连向杨旅长和赵启明表示感谢。

见徐天义和杨旅长、赵启明聊个没完，黄文韬有些不高兴，打断说："今天两个会，一个大会，一个小会。咱先开个小会，现在就开始吧。"

小会议室里，大家刚坐下，黄文韬就用一副老大的口气说："奉省政府指示，咱们几方凑在一起，说说国共合作抗战的事。"

黄文韬看一眼杨旅长说："杨旅长，您先说说。"

杨旅长说："日军嚣张，大敌当前，我们共产党完全同意国共合作一致对外。去年国共和谈成功，蒋委员长下令，先后将陕北的中央红军改编为国民革命军第八路军，将南方的红军游击队改编成国民革命军陆军新编第四军，共产党一直战斗在抗战第一线。"

徐天义带头鼓掌。

黄文韬看了一眼徐天义，说："徐副师长，既然唐师长去重庆开会了，您就代表国民党五三五师说几句。"

"日本人犯我中华，烧杀抢掠无恶不作。上个月，我老家的父母双双被他们杀害……"徐天义说到此处，哽咽了，"所以，我坚决同意国共合作，建立抗日民族统一战线，早日把日本鬼子赶出中国。"

刘喜宝这才知道徐天凯的父母被日本人所杀，只见此时徐天凯红了眼圈。

黄文韬不想把这个小会变成对日本人的控诉会，更不想看到杨旅长和徐天义同仇敌忾。他召开会议的目的是明确在曹泽这块地盘上，谁说了算。

于是，黄文韬带头鼓掌打断了徐天义的发言，说："各位，所以我们才要团结起来一块儿打鬼子。下面我们再说说怎么个合作法。"

大概黄文韬能想象出来杨旅长要说什么，就没让杨旅长先说，而是看着徐天义说："徐副师长，您先说说？"

徐天义知道黄文韬这是让他得罪人。从中央陆军军官学校毕业的徐天义虽然从心底里看不起土包子出身的共产党，但碍于眼前的杨旅长和赵启明救了弟弟的命，也就不好说什么。他沉吟片刻说："杨旅长先说吧。"

杨旅长没客气，说："这次，我奉命带队到曹泽，就是希望与曹泽国民党行政公署和五三五师精诚团结，共同抗日——"

不等杨旅长再往下说，黄文韬又打断杨旅长，说："抗日是国民政府和国民革命军的事情，共产党八路军最多就是打打下手。"

亲眼看到黄文韬见了三个鬼子就被吓跑的赵启明实在是忍无可忍，打断了黄文韬的话："黄专员，我不这么认为。"

黄文韬明显不高兴，不耐烦地说："哦？那你是怎么认为的？"

赵启明说："抗日是全民族的事情，只有大家都团结起来，发挥各自的优势，才能打败日本帝国主义。"

黄文韬冷笑一声说："你们共产党八路军有什么优势？说来听听！像样的枪你们有几条？"

说着，黄文韬就开始显摆起来。先是说他扩充了警备队，又说花重金给警备队都武装上了匣子枪。

刘喜宝插嘴说："黄专员，我们八路军是没有那么多好武器，但我们不怕死，敢于和鬼子斗。不像有的人，看到三个鬼子也能被吓跑！"

徐天凯也生黄文韬的气，接着说："对呀，拿着好武器的人不敢打鬼子，否则我也不会受伤！"

"你们……"黄文韬被揭了短，一时间气氛尴尬。

杨旅长和赵启明示意刘喜宝和徐天凯住嘴。徐天义趁机打哈哈："黄专员，不是还有一个大会吗？这个小会是不是也差不多了？"

大会的召开地点就在上次徐天凯受伤的地方，舞台这会儿变成了主席台，台下已经站满了老百姓。

大会由赵耿主持，黄文韬、杨旅长和徐天义轮流发言。黄文韬刚开口，就引来群众一阵大笑，有人问鬼子再来了他会躲到哪里去。见老百姓不买账，黄文韬只好草草收场，恼羞成怒地走下台去。

杨旅长发动群众全民抗日的发言赢得了阵阵掌声。黄文韬听了，心里更加不是滋味。

轮到徐天义发言时，他考虑到黄文韬的感受，轻描淡写说了几句了事。

散会后，徐天凯与大家告别，上了哥哥徐天义的小轿车。不想，车子开出去一段路，在胡同尽头停下了。徐氏两兄弟和余戈走下来，在车子旁边等着杨旅长、赵启明和刘喜宝。

等杨旅长一行走近了，徐天义才说出想表示一下感谢，请他们一起吃顿饭。杨旅长知道徐天义让司机把车子开出这么一段距离，是想避开黄文韬。就这么个小镇，没有不透风的墙。为了不影响徐天义，杨旅长拒绝了宴请。

他说："徐副师长，心意领了，等把鬼子打败了，我们再好好聚！"

杨旅长一行刚离开马池口镇不远，就遇到了土匪的袭击。好在三个人都带了手枪，能抵挡上一阵子。形势不妙，四周拥来的土匪越来越多，转眼就由最初的三五个变成了十几个。土匪都戴着黑头套，看不出真面目。

杨旅长一边应对一边琢磨，这些土匪是不是搞错了，把他们几个当成有钱人了？于是他一边躲闪一边对土匪吆喝："兄弟们，你们是不是搞错了？"

赵启明也觉得奇怪，大声说："我们不是做生意的有钱人，我们是打鬼子的八路军，你们找错人了！"

土匪们默不作声，一点儿也不留情，子弹密集地向这边射过来。他们三人以大树做掩护，躲过那雨点般的子弹。

十几个土匪形成扇面一点点向他们包抄过来，情势万般危急。

正在此时，徐天义和徐天凯乘坐的小轿车向这边开了过来。原来，杨旅长一行走了之后，徐天义几人简单地在镇上吃了点儿饭，不料刚出镇子就碰上了这一幕。

最着急的是徐天凯，看到自己的几个救命恩人正被一群蒙面土匪围攻，他下意识地就去开车门。徐天义大声对司机说："停车！"

徐天凯第一个冲下车。他绕到一个土匪后边，三下五除二就下了他的枪，隐藏到一棵大树后边向土匪射击。

徐天义一看这情况，冲余戈挥了下手，也掏出手枪参加战斗。队伍壮大了，十几个土匪渐渐败下阵来，他们一边还击一边撤退。

一个土匪冲着路上的小轿车疯狂射击。余戈举起枪向这个土匪射击，土匪应声倒下的瞬间喊道："刘喜宝！"

刘喜宝猛然觉得这个人的身形有些熟悉，奔过去撕下他的面罩，原来是葛二。葛二还想要说什么，但由于失血过多，睁大眼睛盯着刘喜宝张不开嘴。

刘喜宝问："是黄文韬让你干的？"

葛二吃力地问："我弟三泰给你的是什么礼物？"

刘喜宝想不到，都这会儿了，葛二还想着上次他被绑架时情急之下说的那番话。

葛二又说："你答应过的，再见面时拿给我看。"

刘喜宝伸出右胳膊，指着上面的一条疤瘌说："我和三泰是玩伴，这就是他给我的礼物，牙咬的。不过我们是互赠礼物，他的左胳膊上也有一条这样的疤瘌。"

葛二微笑着说："你真行！"

刘喜宝追问："是不是黄文韬让你干的？"

葛二说："是，他还说你们共产党成不了什么大气候，不要在这里瞎掺和。"

话音刚落，一颗子弹击中了刘喜宝的左臂，他一头栽倒在地。原来，葛二一边与刘喜宝说话，一边偷偷扣动了压在身子底下的手枪扳机。

葛二笑了，对刘喜宝说："我俩也算是互赠礼物。"

说完，葛二头一耷拉，咽了气。

看到刘喜宝受伤，大家急忙奔过来。

徐天凯想让刘喜宝上车，马上回刘庄找军医救治，却发现车子的轮胎被土匪打爆了。徐天凯背起刘喜宝就向刘庄的方向跑。

杨旅长和赵启明紧跟其后。

徐天义对着徐天凯的背影喊："天凯，回来！"

徐天凯一边背着刘喜宝向刘庄奔跑，一边大声回答："哥，我不跟你去苍梧了！"

看着弟弟飞奔得越来越远的背影，徐天义沉默良久，对余戈和司机小海说："回去后，这事不要告诉任何人。"

十一

刘喜宝胳膊上的伤快好的时候，刘庄村头的训练场上来了一男一女两个学生模样的人。

两人赶到刘庄时已是中午。八路军和武工队员们正三个一堆五个一伙地蹲在训练场上吃饭，手里是黑窝头，碗里是黑咸菜疙瘩，穿得破破烂烂，军装上都打了补丁。

大家看到来了一对青年男女，以为是来报名参军的，于是叫远处的刘喜宝赶紧过来。

刘喜宝吊着受伤的左胳膊走过来，一看竟是杨春桃，又看到她身边站着

73

个俊秀的男青年，一下子就明白了是怎么回事。

刘喜宝说："春桃，这就是你的那个如意郎君？欢迎欢迎！"

看到刘喜宝，杨春桃大吃一惊："刘喜宝你当了八路军？还受了伤？"

刘喜宝笑着说："我是武工队员。两位，先登个记。"

与杨春桃一起来的"俊秀的男青年"是女扮男装的曾美锦。曾美锦与杨春桃是大学同学。七七事变之后，曾美锦突然退学了。原来，曾美锦的父亲是国民党二十九军的一个团长，七七事变时在宛平城为国捐躯了。获知噩耗，曾美锦不顾母亲劝阻，毅然退学参军抗击日军。

五三五旅旅长唐玉龙是曾美锦父亲的黄埔军校同学，她就投奔唐玉龙，来到五三五旅女子特勤队，当了一名特勤队员。曾美锦有着极高的军事天赋，很快练就了一身本领，当上了女子特勤队的队长。杨春桃去苍梧找徐天凯时，邂逅了曾美锦，在曾美锦劝说下，没有见到徐天凯的杨春桃留在了苍梧。

虽然留在苍梧抗击日军是杨春桃的心愿，但一直见不到徐天凯，她十分焦虑。前些天无意间从徐天义的司机小海那里得知徐天凯在刘庄参加了八路军，她就利用去曹泽城里打探日军消息的机会跑到刘庄。

听刘喜宝让登记参加八路军，曾美锦故意粗着嗓子说："不忙，先带我们参观参观再做决定。"

张桂之说："你俩一看就是一对，不用参观，赶紧报名吧，天天都有省城来的你们这样的洋学生。"

曾美锦坚持说："还是先参观参观。"

刘喜宝知道这是还没考虑好，就说："可以，那咱先吃饭，吃了饭再参观。"

刘喜宝从身旁的大饭筐里抓起几个黑窝头，递给杨春桃和曾美锦。曾美锦脸上露出难色，身子忍不住往后躲。

刘喜宝咬了一口黑窝头，故意问："吃不惯？"

不知怎么了，杨春桃找的这个男友让刘喜宝有点儿看不惯，长相俊美，像个女的，一看就是个豆芽菜公子哥儿。

印象里，杨春桃的男友是个壮实的大高个儿，怎么一改风格成了这副模样。

想到这里，刘喜宝故意说："杨春桃，咱俩可是拜了堂的，这事你跟你的如意郎君说过吗？你这位如意郎君叫什么？"

曾美锦抢先说："我叫曾锦。"

杨春桃说："咱俩那是演戏，假的。"

论斗嘴，刘喜宝从来就不是杨春桃的对手。他说："既然你们吃不惯黑窝头，那我们现在就去参观吧。"

曾美锦和杨春桃由刘喜宝带着，在刘庄、陶庄和管庄参观了一圈，看到八路军住在老百姓家里，感觉很是新奇。就连卫生队、兵工厂、服装厂也安在老百姓家里。

刘喜宝说："这几个村子的老百姓，很多参加了武工队，鬼子把这里称为'红三村'。"

几个人正走着，大盛从家门口走出来，招呼刘喜宝进家里去。原来，大盛家里刚摘了樱桃，他叫了徐天凯和柳小红来吃，正要去叫刘喜宝，不料刚出门就遇见了。见来了新人，大盛十分兴奋，咿咿呀呀地比画着，意思是说家里有好吃的。

几个人刚进了院子，就见樱桃树下坐着两个人，正在说说笑笑地吃樱桃。这两个人不是别人，正是徐天凯和柳小红。

看到自己朝思暮想的心上人就在眼前，杨春桃一下子呆住了。她盯着徐天凯说："天凯，你真在这里？"

徐天凯也是一惊，赶忙站起来："春桃，你也来了？这位是——"

徐天凯的目光看向杨春桃身旁的曾美锦。

刘喜宝说："老徐，你也认识春桃？她是我邻居，也是我从小学到中学的同桌，这位是她的如意郎君曾……曾什么来着？"

一听这话，徐天凯愣住了。还不等他说什么，杨春桃从震惊中回过神来。看着徐天凯身边的柳小红，一连串的疑问在她内心翻腾。这个美丽的女孩是谁？她为什么和他坐在一起吃樱桃？难道……想到这里，一股醋意在心中翻腾。

"我叫曾锦。"曾美锦说。

徐天凯问杨春桃："你和他——"

就在此时，一个细节刺激了杨春桃。柳小红在篮子里发现一个大樱桃，下意识地递给了徐天凯。徐天凯竟然接过来，还冲着柳小红笑了笑。

柳小红的下意识，徐天凯的会心一笑，顿时让杨春桃醋意大发。她拉着曾美锦转身就走。曾美锦还想问问清楚，杨春桃已经走远了。曾美锦只好去追她。

徐天凯当然不能眼看着杨春桃走掉，他几步追上，拉住她一只手。

徐天凯说："春桃，留下来吧。"

说这话的时候，刘喜宝和柳小红跟了上来。

杨春桃站住，看了一眼柳小红，对徐天凯说："你选吧，要么一起去苍梧，要么就分道扬镳。"

徐天凯说："春桃，我希望你留在这里，咱们并肩战斗。"

杨春桃脸上泛起一丝冷冷的笑，她又看了柳小红一眼，盯着徐天凯说："是在这里和她一起吃樱桃，还是跟我回苍梧，你自己看着办。"

说完，杨春桃头也不回地走了。

曾美锦追上杨春桃。她大失所望，本来想借这次出外勤让杨春桃"走丢"，帮她与心上人团聚，不料落得这个结果，两人只得返回苍梧。

两人一路走一路聊，不知不觉就来到一个距离泽县不远的地方。忽然，两个鬼子从对面走了过来。两人见躲不开，就迎面走了上去。

　　两个鬼子都背着枪。他们的眼睛死盯着杨春桃。就在擦肩而过时，一个鬼子一把拉住了杨春桃的一只手。

　　"你是女八路，跟我们走一趟吧。"

　　受过训练的杨春桃没有挣扎，赔着笑脸说："我不是八路，改天咱们再聚。"

　　曾美锦走上前说："我们还有事情，改天再聚。"

　　鬼子端着枪围上来："跟我们走！"

　　实在无法摆脱，曾美锦给杨春桃使了一个眼色，两人同时拔出手枪，向鬼子射击。两个鬼子没有防备，瞬间毙命。

　　旁边突然响起掌声，是徐天凯、刘喜宝来了。在他俩身后，还有十多个八路军和武工队员，有王东岳、柳小红和大盛。

　　刘喜宝向曾美锦和杨春桃跷起大拇指："好枪法！"

　　杨春桃不理他们，转身就走。

　　附近听到枪声的鬼子赶来援助，呼啦啦一下子又来了七八个鬼子。一看这情况，徐天凯镇定指挥，靠着一堵残墙掩护大家撤退。

　　曾美锦不服输，又和鬼子对峙拼杀，见鬼子还在源源不断地往这边拥，只得撤退。不料，就在她转身之际，一头长发从鸭舌帽里倾泻而下，现出女儿容颜。这一幕震惊了在场的所有人。不等大家看清她的容颜，她就转身消失在了一片树林中。

　　徐天凯带着大家甩开鬼子撤退。来到安全地带，大家议论起曾美锦。

　　柳小红看着曾美锦消失的方向，缓缓说："原来是个女孩子，好美！"

　　刘喜宝问："她俩到底是哪一部分的？"

　　徐天凯说："八成是苍梧国民党五三五师的。"

刘喜宝追问："这么肯定？"

徐天凯说："你又不是不知道，我和春桃本来就相约一起去苍梧国民党五三五师找我哥，后来因回老家给父母料理丧事，我和春桃走散了，她肯定是一个人先去了国民党五三五师。"

刘喜宝说："她是逃婚去的，我帮的她。"

徐天凯一听杨春桃逃婚，就问："她和谁结婚？"

刘喜宝说："和我呀，这事比较复杂，回头再给你细说。"

柳小红走到徐天凯面前，难过地说："对不起，都是我不好，让春桃姐误会了。"

徐天凯说："小红，这事不怪你。"

见柳小红一副自责的样子，刘喜宝安慰她，让她不要把这事放在心上。柳小红这才心里舒服了些。

柳小红心里除了有些自责，还有些羞涩。她万没想到杨春桃会把她和徐天凯误认为是一对。无论是对刘喜宝还是对徐天凯，柳小红都充满了感激和崇拜，把他们当成大哥哥看。身为孤儿的柳小红还有几分胆怯、孩子气和自卑，并没有考虑寻找伴侣那么久远的事情。

看着柳小红自责的神情，刘喜宝心中暗喜，原来柳小红对徐天凯并没有那层意思，这无疑给了他机会。另外，知道杨春桃的意中人是徐天凯，他十分欣慰，觉得杨春桃和徐天凯实在是般配。

十 二

一天，安插到曹泽探听消息的小李回来了，刘喜宝主动上前询问情况。不料往日十分热情的小李躲开了。

不一会儿，赵启明就找到刘喜宝，把情况告诉了他。

原来，刘喜宝的父亲刘贵禄当上了伪保长。

刘喜宝不肯相信。赵启明说："你先别着急，我们调查清楚再说。"

不料，这个消息很快传开了。

王东岳本来就看刘喜宝不顺眼，正好拿这事大做文章，直接找到赵启明告状。赵启明表示，要先搞清楚状况再说。

刘喜宝也想搞清楚究竟是怎么回事，他主动找到赵启明，说要化装去曹泽弄个明白。

赵启明与杨旅长碰头，派刘喜宝与徐天凯率一个小队化装分散进城侦察。

出发之前，刘喜宝去见了马三爷。马三爷告诉刘喜宝一个细节。前些天，马三爷进城看望刘贵禄，刚进门不久，运来就跑到堂屋说冈田宗一和加藤又来了。马三爷立刻藏到了里屋。马三爷说，冈田宗一来到家里就坐下喝茶，一再向老爷打听牡丹的事情。马三爷听着声音耳熟，撩开一角门帘一看，果然是十几年前到过三棵树的日本学生当中的一个。

马三爷说，刘喜宝很小的时候，有一年牡丹花开的季节，他跟着马三爷去三棵树的牡丹地里看牡丹花。就是那次，他们看到几个日本学生也在三棵树看花，手里还拿着笔在画板上写写画画的。当时就数这个冈田宗一话最多，问了不少关于牡丹的事情。

马三爷思忖着说："我看那个冈田宗一早就看上咱家的牡丹了。"

马三爷的话让刘喜宝想起那次他在城里养伤，冈田宗一和加藤到家里来的事情，忍不住心头发紧。

马三爷与刘喜宝一合计，觉得冈田宗一没安什么好心。

深夜的曹泽城里，刘喜宝带徐天凯等走后门回家。马三爷也跟了来。

刚进门，就见刘贵禄正带着一家人，牵着马准备从后院逃走。在运来和几个马倌的招呼下，那些马好像意识到某种危机似的，乖乖地跟着走。

刘贵禄见到刘喜宝十分惊喜，说他回来得正是时候，刘家遭了大难，正准备带着马匹逃到刘庄的老宅去。

刘喜宝把父亲推回后院，问他究竟发生了什么，怎么当上了伪保长。

刘贵禄长叹一声，说出了其中的苦衷。

正如马三爷和刘喜宝预料的，冈田宗一对刘家别有用心，每次来家里不是打听牡丹种植的事，就是询问催花的事。刘贵禄一次次敷衍过去。不料，最近冈田宗一发现了后院那些马，让刘贵禄交出来，说是要建立"大东亚共荣圈"。

刘贵禄哪里舍得，就与日本人周旋，说要用马随时来牵，他先替日本人养着，总算是躲过一时。接着，日本人又让他当保长。他知道伪保长是个挨骂的差事，但怕惹怒了日本人，就暂时应承了下来。

刘贵禄意识到曹泽城待不下去了，轻则破财，重则搭上性命。

他想了一个计策，要带马逃到乡下去。

打定主意后，他就跟日本人演戏，只求快快离开这里。

刘贵禄告诉刘喜宝，他已经买通了看城门的二鬼子吴天魁，下半夜2点，岗哨上的日本兵不在，他们准备趁机出城。

听父亲说完这些周折，刘喜宝总算是松了一口气。父亲这个伪保长是假的，否则他的脸真是没地儿搁了。

妹妹刘喜丹见父亲和哥哥说个没完，就催促说："爹，哥，快点儿吧，错过了时辰我们就出不去了！"刘陈氏也在一边催促。

一行人刚刚走出后门，从一旁杀出了两个人。徐天凯刚要动手，刘喜宝定睛一看，竟然是杨家富和杨春兴父子俩，赶忙按住了徐天凯。

原来杨家富也被日本人委任为伪保长。他一直暗中观察刘贵禄，这会儿见刘贵禄要逃到乡下，他当然不能落下，要回陶庄老宅。

刘贵禄说："什么都落不下你！"

杨家富说："咱俩是亲家，有好事你好意思不带着我？"

刘喜宝指着徐天凯说："叔，春桃的心上人是这位，您可别再搞错了！"

杨家富看着高大英俊的徐天凯，半信半疑。

一行人来到城门前，吴天魁收了刘贵禄的银子，打开城门自己先跑了。临走时扔下一句话："快点儿吧！"

大家牵着马快速通过城门。悬着的心刚刚放松，又出了意外，有人去告密了。冈田宗一带着日军、伪军追来了。

徐天凯让刘喜宝快些带着父亲一行和马匹撤退，他率部阻击敌人。

不料，日军、伪军来势凶猛，眼看拦截不住。就在此时，杨旅长和赵启明带人前来接应，几经周折，大伙儿终于顺利出城。

回到刘庄，得知这次突围中八路军和武工队有伤亡，刘贵禄非常过意不去。

他让马三爷、运来准备了三头活猪、三麻袋粮食和点心等礼物，打算前去看望。

院子门口，几个花农正在往平板车上装东西。三头活猪吱哇乱叫。

刘喜丹走过来看了看这些礼物，说："爹，你不是说要好好感谢八路军和武工队吗？就这么点儿东西呀！"

马三爷暗中向刘喜丹伸出大拇指。

刘喜丹更来劲儿了，说："这要看是给谁了。要是送给要饭的叫花子肯定是不少，可人家八路军、武工队救的可是我们一家人的性命。三条人命，就值这么点儿东西？"

刘贵禄说："小丫头片子，你知道什么？"

刘贵禄拜访赵启明和杨旅长，感谢八路军、武工队救命之恩，也默认了儿子加入武工队的事。

刘贵禄与刘喜宝聊天儿，说共产党仁义，救刘家于危难之中。刘喜宝趁机劝说父亲把闲着的马匹送给刚组建的八路军骑兵团。

不料，刘贵禄死活不同意："马是我们刘家的命根子和钱罐子，没有了马，怎么去南方催花？"

刘喜宝劝说父亲："爹，不打走鬼子，老百姓哪里能过安生日子？更谈不上去南方催花。"

马三爷眼见父子俩又要吵起来，硬是把刘贵禄拉走了。马三爷早就对共产党有了好感，这会儿他又在刘贵禄面前替八路军说话，希望支援八路军几匹马。刘贵禄还是不松口。这事只得暂且放下。

知道柳小红参加了武工队的宣传队，喜欢听戏的刘陈氏在刘喜丹的陪同下去村头听了几回戏。刘陈氏一下子就被吸引了，觉得那些打鬼子的新词写得好，既活灵活现又符合实际。知道那些新词竟然是儿子写的，看着站在舞台上演出的柳小红，刘陈氏心里打起了小九九。刘陈氏心想，春桃已经有了意中人，把这温婉可人又多才多艺的柳小红说合成儿媳，岂不是一桩好事。

一天，赶上刘喜宝回家，刘陈氏就把刘喜宝拉到里屋，对他说了这事。刘喜宝的脸一下子红到了脖子根。刘陈氏觉得儿子对柳小红有意，这事有门儿。令她没想到的是，刘喜宝死活不承认，特别是当她说要主动去找柳小红牵线时，更是被刘喜宝坚决反对。刘陈氏也有点儿搞不清状况了，思来想去，儿子的事还是儿子自己去解决的好。

刘贵禄的逃脱让冈田宗一失去了耐性。一段时间里，冈田宗一不停向根据地发起进攻。杨旅长和赵启明带领八路军和武工队灵活应对，双方处于对峙状态。

静夜里，冈田宗一看着15年前亲手绘制的曹泽地图上三棵树那块牡丹地，绞尽脑汁想对策。

过了许久，冈田宗一直起身说了句中国俗语："心急吃不了热豆腐。"

刘喜宝被任命为武工队宣传队队长。当上八路军营长的徐天凯与武工队队员王东岳负责保障宣传队的安全。

一天，刘喜宝带领宣传队到石头村演出做宣传。石头村的房子全部是用石头砌成的，大家一进村子就被吸引了，围着村子看了一圈。

不料，与往日不同，前来看演出的群众很少。刘喜宝问了个半大孩子，这才得知乡亲们都在地里忙着收割麦子。刘喜宝当即做出决定，带着宣传队来到地里，一边帮着群众收割麦子，一边做宣传。

帮一个老大爷收麦子的时候，刘喜宝发现旁边一块地里的麦子无人收割。眼看麦穗都成熟了，刘喜宝暗暗着急。经过询问，刘喜宝得知那块地的主人外出躲鬼子，一直没回来。一了解，周围村庄这种情况很多。

忙了一天，刘喜宝一回到刘庄就向赵启明和杨旅长做了汇报。赵启明与杨旅长一商量，决定组织八路军和武工队帮助群众收麦子。

曹泽城里的冈田宗一得知八路军和武工队帮助群众收麦子，准备伺机搞破坏。

这天，刘喜宝和徐天凯带领大伙儿帮助石头村的群众收麦子，大家有的用车拉，有的用担子挑，眼看到村口了，一队日军和伪军前来抢麦子。

徐天凯、刘喜宝率领八路军、武工队拼命阻拦。双方交火，激烈搏斗。一个八路军战士与鬼子争夺地排车把手，被鬼子用刺刀刺死，身体扑在车上，鲜血染红了车上的麦穗。

战况激烈，得知情况的杨旅长和赵启明带人赶来援助。冈田宗一见势不妙，带着手下逃走。

看到为夺回麦子而牺牲的八路军战士和武工队队员，群众扑在烈士遗体上痛哭。

八路军和武工队把一袋袋收好的麦子整整齐齐地放在那些外出躲避日军的农民院子里。这一举动感动了很多人，一传十，十传百，很多老百姓回来了。王东岳的叔叔王发根也带着王东明回来了。看着自家门口满满两麻袋麦子，王发根热泪盈眶。

胡狗剩和王发根参加了武工队。

麦收忙完了，村长邀请宣传队去石头村演出。

演出过程中，一队日军突袭了村子。在徐天凯和王东岳以及群众的掩护下，大多数宣传队员成功撤退。柳小红身穿戏服，行动不便，落在了后边。刘喜宝和徐天凯为了掩护柳小红撤退，被困在了石头村。

日军挨家挨户搜寻八路军战士和武工队员，一个小媳妇见刘喜宝和徐天凯无处躲藏，就把他俩拉到家中。这个小媳妇名叫玉花，刚结婚。她见刘喜宝瘦小，就把他藏进了盖房子打地基的一块大石头里。这块石头有个洞，洞口在一个柜子后边，一般不会被人发现。

玉花把徐天凯按到床上，对随后赶来的日本人说这是她生病的丈夫，徐天凯得以脱险。

鬼子走后，玉花见徐天凯羞红了脸，就开玩笑说："兄弟，这有啥不好意思的，我家麦子都是你们给收回来的，你就当我是你亲姐！"

回去的路上，徐天凯感慨群众对八路军、武工队的支持。刘喜宝给徐天凯讲自己的想法："我们把人民群众当成自家人看待，人民群众也会把我们当成自家人。"

刘喜宝总结说："发动群众，有时靠的是嘴，要把道理讲给大伙儿听，但更多的时候靠的是干，我们干了什么，群众是看在眼里的。"

两人正聊着，柳小红跟上来说："快看！"

刘喜宝和徐天凯回头，只见石头村的乡亲们簇拥着十几个年轻人，送他们参加八路军和武工队。那个名叫玉花的年轻媳妇站在人群中，正把一朵大红花往丈夫的胸口上戴。

此情此景，让刘喜宝的眼睛湿润了。

刘喜宝带着宣传队去苗王庄演出。演出结束后，苗王庄的苗村长带了几十名年轻人来找刘喜宝，报名参加八路军和武工队。苗村长向刘喜宝反映了一个情况，村里老王头有 6 个儿子，个个健硕魁梧，会武功，是当兵的好材料。老王头仗着自家的院墙高，大门结实，说土匪都奈何不了他们家，鬼子照样奈何不了。苗村长每次去老王头家动员他的几个儿子参军，都是无功而返。

刘喜宝和苗村长一起来到老王头家。果然院墙修得很牢固，一水儿大石头砌的，足足有两人多高，一尺多厚。大门则是厚厚的铸铁，铁板比手指头还要厚。

见刘喜宝动员自家儿子当兵，老王头笑了笑，还是老口气。他指了指院墙，又指了指大门，得意地说："鬼子来试试！要是他们能进了这个院，算他们有本事！何况我们还有枪。"

正聊着，在外边放哨的徐天凯进来说，泽县的南野龙井带着鬼子来"扫荡"了。刘喜宝一边让徐天凯带着宣传队和群众转移，一边动员老王头赶紧出去避一避，说鬼子越发凶残了，搜不到八路军就拿群众撒气。

不管刘喜宝怎么劝说，老王头一家也不肯离开家。刘喜宝和苗村长只得离开。

果然，南野龙井在苗王庄搜寻一圈看不到人，就集中到了老王头家大门口。见老王头家院墙高耸，铁门紧闭，南野龙井越发觉得可疑，认为里面一准儿藏了八路军和武工队。南野龙井命士兵强行突围。想不到，打了一个多小时，就是攻不进去。

后来，南野龙井派人找来铁锯，企图锯开铁门。里面的老王头带领6个儿子，爬到门楼上，藏在做掩体的几个磨盘后边，仗着居高临下的有利地形向外射击，让鬼子无法靠近铁门。遭遇抵抗，南野龙井越发坚信里面是八路军和武工队。看到被打死、打伤的士兵，南野龙井恼羞成怒，让手下跑回县城开来一辆坦克，一次又一次地撞击大门。

铁铸的大门固然结实，但扛不住坦克的反复撞击。大门吱呀作响，如果被坦克撞开，后果不堪设想。老王头焦虑万分，顾不上危险，招呼儿子又上了门楼，想把几个磨盘推下去阻挡坦克的进攻。抬磨盘时，身体暴露，敌人趁势射击，大儿子中弹后滚落到大门外边，被鬼子、伪军乱枪打死。另外三个儿子也受了伤，只得撤退到院子里。

老王头心里一片冰凉，觉得全家人在劫难逃。

就在老王头绝望之际，大门外传来喊杀声。原来是刘喜宝和徐天凯带着八路军和武工队来了。将村里的群众安全转移之后，得知鬼子竟然开来了坦克撞击老王头家的铁门，刘喜宝就与徐天凯商量着来解救老王头一家。

南野龙井弹药渐少，嚣张气焰下去了。老王头和两个没受伤的儿子见来了援军，恢复了信心。他们重新爬上门楼，使劲向下推那几个磨盘，无奈人少力薄，始终无法把磨盘推下去。

刘喜宝见此情形，与徐天凯一商量，发动八路军、武工队形成扇面，把鬼子和伪军往老王头家大门口围堵。

敌军死伤惨重。南野龙井见势不妙，带着残部逃窜。那辆撞击铁门的坦克一时不好掉头，被战士们搬来的石头挡住了退路。刘喜宝、徐天凯带领突击队员登上坦克，跃上老王头家的门楼，众人合力把那几个巨大的磨盘推了下去。

坦克终于被砸得熄了火。坦克里的鬼子想打开天窗逃跑，被徐天凯从天窗外一枪击毙。战士们围上来，把坦克砸成了一堆废铁。

铁门打开了，老王头带着几个儿子走出了大门。

老王头跌跌撞撞找到刘喜宝和苗村长，激动地表示，要让八路军救下的5个儿子都参加武工队。

战斗胜利后，群众回到村里，欢欣鼓舞。刘喜宝说："乡亲们，只要我们团结起来，就能打败日本鬼子！"

十三

八路军和武工队迅速增员，供给是个大问题。正在杨旅长和赵启明犯愁之际，又遇突发事件。

一天晚上，刘喜宝带领文艺宣传队下乡演出，回来的路上遭遇了土匪袭击。

很快，刘喜宝就发现这帮土匪的目标是柳小红。不巧的是，那天晚上徐天凯另有任务，没来随队护卫。王东岳等几个武工队员应付不了一哄而上的几十个黑衣土匪，柳小红被劫持而去。

刘喜宝回到红三村，马上把这一情况报告给杨旅长和赵启明。通过群众提供的信息，杨旅长和赵启明判断，绑架柳小红的土匪正是在曹泽引起极大民愤的"白枪会"。

"白枪会"是当地人数最多、影响最大的土匪团伙，多达数千人。其一号头目白老大与冈田宗一打得火热，手里有日本军旗和大刀。他们组织严密，心狠手辣，在当地做过很多案子。

平日里，几千名成员分散居住，隐藏在民间，召之即来挥之即去，有着统一的暗号，隐蔽性极强。几个头目时常聚集在曹泽城北的大市场一带。

就这一情况，杨旅长召开紧急会议。大家商议，中央军委一再强调对土匪要采取分化瓦解争取的原则，现在解救柳小红，正是打击分化"白枪会"的好机会。

"白枪会"人员众多，又有武器，强攻肯定不行。杨旅长与赵启明提出，要派人打入内部打探柳小红的下落，伺机瓦解土匪，解救柳小红。

大家纷纷报名，刘喜宝和徐天凯被选中。

曹泽城北大市场附近，刘喜宝、徐天凯分别通过不同的人引荐，找到"白枪会"三号人物白老三要求入会。

徐天凯是由一个伪装成小贩的探子带进去的。

白老三正坐在太师椅上喝茶，屋子里弥漫着一股淡淡的香味。探子走上前说："三爷，来了个想喝花茶的。"

徐天凯刚说了一句话，白老三就抬起眼皮问："不是本地的？"

徐天凯知道自己的胶东口音藏不住，就说："海边来的。"

白老三并没有露出吃惊的神色，又问："跑这么远，就为来喝茶？"

徐天凯说："那倒不是，本来想去苍梧的，路过这里，反正都是混口饭吃，见这里自在，就留下来了。"

白老三说："是个实在人，喝茶！"

刘喜宝被另一个探子带到白老三这里时，徐天凯已经被带走了。一听刘喜宝是本地口音，白老三就问："也想来喝茶？"

刘喜宝说："这茶我喝过。"

白老三问："哪村的？"

刘喜宝事先做了功课，轻松应对过去。白老三打量了刘喜宝一眼，见他个子不高，衣衫破旧，挥挥手让下头的人把他带出去安排吃住。

中午吃饭的时候，刘喜宝与徐天凯碰了头。徐天凯将打探到的消息告诉刘喜宝，"白枪会"一号头目白老大与管庄的大地主管三勾结了。管三给白老大重金，委托"白枪会"把柳小红抢到手。

接下来，刘喜宝又打听到，柳小红被关押在不远处一个茶馆的地窖里，由白老三手下的人看管着。

刘喜宝与徐天凯把消息传递给在外接应的八路军，计划在柳小红被押解去管三家的路上拦截解救她。就在这时，新的变故发生了。

救柳小红心切的王东岳没有通过组织批准，私自闯入"白枪会"要人，扰乱了整个计划。

"白枪会"头号人物白老大是个滑头，他既与冈田宗一打得火热，又不想得罪八路军，担心此事闹大了惹上麻烦，命令三号头目白老三干脆来个杀人灭口，除掉柳小红，给八路军来个死不认账。

刘喜宝知道事情紧急，没有过多的时间周旋，找到白老三开门见山就说："三爷，你不能杀柳小红！"

白老三顿时警觉起来，看着这个其貌不扬来了还不到一天的新人，不免有几分动气。

白老三竖起眉毛："你是什么人，是不是活腻歪了？"

刘喜宝说："说实话，我来这里不是想干这行的，我来一是为了解救柳小红，二是为了解救你。"

白老三越发气恼："解救我？信不信我把你和那个小妮子一块儿杀了？"

刘喜宝说："你杀了她，就是上了白老大的当，怕是一辈子都洗不清了。"

白老三用凶狠而警惕的目光盯着刘喜宝问："你到底是什么人？"

刘喜宝说："先别管我是什么人，我帮你把这里边的道理捋一捋，觉得我说得对就听，觉得我说得不对再杀我也不迟。"

白老三盯着刘喜宝说："少废话，有话直说！"

刘喜宝说："如果没说错，你原来不姓白，姓高，对吧？你和白老大、白老二并不是亲兄弟，当初你投奔他们只是为了报仇。没错，白老大和白老二帮你报了仇，但是从那之后，你也被他们兄弟俩拿死了，凡是难啃的骨头，他们都交给你去啃。你很聪明，杀人的事能不干就不干，所以，民愤不大。但是，如果你杀了柳小红，性质就变了！"

听到这里，白老三的目光游移起来，似乎有了一丝犹豫。

刘喜宝继续说："柳小红是武工队员，要是你杀了她，她的战友必不会轻易饶了你！"

白老三似是醒悟过来，盯着刘喜宝问："你是八路军？"

旁边一个土匪对白老三说："三爷，这小子说得在理，可得考虑清楚啊！"

刘喜宝看了一眼围在白老三四周的土匪，接着说："白老大和白老二见人下菜碟，给在座各位的酬劳和跟着他们兄弟俩的那些人不一样吧？脏活儿、苦活儿、得罪人掉脑袋的活儿推给你们干，这待遇嘛，可就亲疏有别了……"

另一个土匪抢着说："是啊，三爷，兄弟们早就看不惯了！"

众土匪附和："就是，我们不能老让他们当枪使！杀八路军，那是和军队作对呀！"

听了这些话，白老三心里五味杂陈。这些怨言，他内心也是有的，可是怨言归怨言，眼下不能让这个不起眼的新人搅了局，起了内讧。想到这里，白老三喝道："都给我住嘴！"

此时，一个手下跑进来告诉白老三，已把柳小红从地窖里押出来了，问在哪里干掉她。

刘喜宝的话让白老三有些动摇，他微微蹙了下眉，一时没有表态。

就在此时，两个土匪押着五花大绑的柳小红进来了。其中一个对白老三说："三爷，这个小妮子吵吵着要见你，问凭什么杀她。"

柳小红一眼就看到了刘喜宝，知道刘喜宝是冒着生命危险来救她的，心中涌起温暖和感动。随后，柳小红见徐天凯也进来了，心里更踏实了。

刘喜宝委婉地提醒柳小红："小红，给白三爷说说你的苦出身，他也是个苦出身，不会无缘无故杀人的。"

柳小红把目光投向白老三。

一直盯着柳小红看的白老三脸上出现了异样，他迟疑地问："你真的姓柳？"

戏剧性的一幕发生了，柳小红冲着白老三惊讶地叫道："哥，是你？"

白老三满脸难以置信的表情："你真的是小秋？怎么叫了柳小红？"

柳小红悲怆地大叫一声："哥！"

原来，十多年前，白老三还叫高小岭的时候，他父母因为土地之争，被地主老财杀害。6岁的妹妹小秋失散，白老三逃到东北。回来的这几年，他一直在寻找妹妹，但没有音讯，失踪的妹妹始终是他心头的痛。他做梦也没想到，会以这种方式与妹妹相见。

兄妹俩还没说上几句话，事端又起，有人把这一情况报告给了白老大。有人进来通报，白老大正带人往这边赶。

刘喜宝的话本已让白老三心生动摇，这会儿得知柳小红是失散多年的亲妹妹，他立刻拿定了主意。

白老三把柳小红委托给刘喜宝，号召弟兄们认清白老大、白老二的嘴脸，和他们拼了。

土匪内讧，眼见白老三这方势单力薄要吃亏。刘喜宝发挥做宣传工作的优势，有理有据地摆事实讲道理，硬是说动了很多人。

刘喜宝说："大家来这里，就是为了混碗饭吃，千万不要上了白老大的当。他作恶多端，手上人命无数，如果听了他的蛊惑，帮他杀八路军，以后八路军来剿匪，吃亏的是大家！"

白老三见状，忙附和："弟兄们，这个小兄弟说得对，我们反了！"众土匪纷纷响应。

白老大、白老三亲自上阵，双方火并，一时难分胜负。八路军和武工队冲进来，救出了柳小红。

白老大不死心，召集属下负隅顽抗。

在管庄请了两个日本人做证婚人，正准备迎亲的管三迟迟不见新娘子的花轿来，带了管小龙以及几十个家丁前来接应，他们也加入了混战。

白老三被白老大砍伤。有些人见白老大心狠手辣，也起了反心。刘喜宝趁机宣传八路军的政策："欢迎大家改邪归正，参加八路军和武工队，只有共产党八路军才是带领大伙儿走出贫困的引路人。"

白老大、白老二气急败坏，接连砍死几个武工队员。徐天凯找准时机，将白老大和白老二击毙。

管三拿着枪四处乱射，被刘喜宝击毙。

土匪们见大势已去，有的逃跑，有的当场参加八路军和武工队。

管小龙逃跑之际，觉得是刘喜宝导致了他们的失败，正要举枪对刘喜宝下手，徐天凯抢先开枪打伤了他。

管小龙狼狈逃跑。

杨旅长与赵启明一合计，一不做二不休，干脆趁机把管三这个民愤极大的恶霸地主连根拔掉。

八路军和武工队抄了管三的家，把他的小老婆一一遣散。所得 11 万大洋和粮食，一部分分给群众，一部分充当八路军、武工队的供给。

这一仗一举三得，解救了柳小红，瓦解了"白枪会"，铲除了管三的势力。

群众欢欣鼓舞。

战斗结束后，赵启明宣布，王东岳私自行动导致严重后果，受到处分。刘喜宝临危不惧、表现突出，荣立二等功。

王东岳把这笔账记在了刘喜宝头上。

白老三改回原名高小岭，他和柳小红成为兄妹武工队员。

受伤的管小龙带着家丁姚虎和少量土匪逃到马池口镇，找到国民党行政公署告状，说八路军滥杀无辜。黄文韬收了管小龙的钱，亲自到八路军驻地找杨旅长、赵启明理论，扣大帽子说八路军打死当地知名富绅，扰乱社会秩序，破坏国共合作。

杨旅长看了一眼赵启明，赵启明又看了一眼刘喜宝。

刘喜宝心领神会，知道赵书记把这个任务交给了他。

刘喜宝走到黄文韬面前，义正词严地说："黄专员，管三雇佣土匪强抢武工队女队员为妾，还打死很多无辜，扰乱社会秩序的是他们。八路军、武工队是维护正义，为民除害！以后再碰到这类事情，我们会继续镇压、枪毙不法分子！"

黄文韬自知不占理，只得灰溜溜离开。

赵启明向刘喜宝竖起了大拇指，鼓励刘喜宝在干中学，在学中干。

管小龙带着几十个顽固分子投奔冈田宗一的时候，冈田宗一正坐在院子里的大树下看书。那是一本汉字版的《三国演义》，冈田宗一看得津津有味。

得知一向拍日本人马屁的管三和白老大、白老二都被八路军打死，冈田宗一心头一震。

冈田宗一接纳了管小龙一行，把他们编进伪军队伍。管小龙对八路军充满仇恨，想方设法在冈田宗一面前表现，很快成为冈田宗一的得力干将。

冈田宗一心里一直放不下牡丹的事，见熟悉三棵树一带的管小龙十分忠心，忍不住又打起了小算盘。

那是一个漫长而遥远的计划，冈田宗一劝说自己要稳住。

十四

徐天义透过望远镜，看到了正在与日伪拼杀的弟弟徐天凯。

徐天义带着一个团野营拉练，走着走着就来到了这片被称为"红三村"的地方。红三村包含刘庄、陶庄和管庄，说的是这几个村子的老百姓都怀有一颗红心，跟定了共产党八路军。对这种说法，徐天义一笑了之。在徐天义心目中，手无寸铁的老百姓是帮不了什么大忙的，打鬼子还得靠国民党的正规军。

自从知道弟弟参加了八路军，徐天义一直想找机会把弟弟带到苍梧。想不到，今天刚来到弟弟的部队驻地附近，就碰上了八路军与日军交火。

望远镜里，见弟弟正在与日军拼杀，徐天义的心顿时提了起来。曾美锦与杨春桃看到日军气焰嚣张，立即请求前去支援。

曾美锦还看到了刘喜宝。刘喜宝正打着快板带领文艺宣传队鼓舞士气。

一边的团长余戈忍不住了："徐副师长，我们上！"

眼看徐天凯正处在危险中，杨春桃焦急地说："我们快点儿！"

徐天义知道用兵必须经过师长唐玉龙同意才行，但事情紧急，眼看八路军不占上风，他救弟弟心切。

曾美锦一个箭步蹿了出去，嘴里喊道："杀鬼子！"

徐天义下令："全体支援！"

八路军和武工队打仗的方式令徐天义、余戈、曾美锦和杨春桃大为惊讶。男女老少一起上。16岁的小武工队员韩青川比大人还勇敢。

小脚女团长张桂之左右手双枪齐发。

在国共两部协力夹击下，鬼子伪军溃退。

战斗结束后，两支部队聚在一起，八路军设宴款待徐天义一行，窝头和猪肉炖粉条子，新朋故友碰撞出不一样的故事。

深爱着杨春桃的徐天凯再次恳请杨春桃留下来。杨春桃还是老态度，让徐天凯跟着她到苍梧那边去，去了苍梧，再说两人的事。

曾美锦与刘喜宝再次相遇。曾美锦看着手里拿着竹子快板的刘喜宝，像是见到了怪物，调侃说："啧啧啧！你们八路军打仗这个都用得上？"

刘喜宝借机向她宣传八路军政治工作的重要性。

曾美锦摇摇头，心里似是有一万个瞧不起：打仗是靠枪靠炮，还能靠你这两片竹板？

徐天义与杨旅长和赵启明交流心得，得知八路军多次依靠群众的支援打败鬼子，觉得在听天方夜谭。

临走时，得知弟弟徐天凯还是铁了心留在八路军，徐天义悄悄叮嘱他：

"长个心眼儿，见势不好就跑，鬼子的枪子儿可是不长眼。"

杨春桃与徐天凯的关系缓和了一些，她对两人的感情又充满信心。杨春桃判断，徐天凯早晚会投奔到五三五师和她的怀抱中来。反正鬼子还没有赶走，现在也没心情结婚，就这么一个在国民党军队、一个在共产党军队先干着也不错。

这次见面，柳小红和曾美锦、杨春桃成了朋友。曾美锦和杨春桃都被柳小红的歌声打动了。战斗结束后，三个女孩凑在一起聊天儿，知道了柳小红的身世，曾美锦和杨春桃更是对柳小红十分爱怜。告别的时候，曾美锦试探性地问柳小红，愿不愿意跟着她们去苍梧，那里的生活条件比这边好得多。没料到，柳小红听后立刻瞪大了眼睛说："我才不去嘞，是共产党八路军救了我的命，我要和八路军在一起！"

第一期《曹泽大众报》印出来了，报头是主编刘喜宝写的，上面刊登了他的一篇战事纪实，描写刚刚发生的国共合作打鬼子的事情。文笔风趣幽默，许多人都看笑了。

柳小红等不识字的武工队员急坏了，缠着刘喜宝念给他们听。

这一幕正好被赵启明看到，他对刘喜宝说："毛主席说，没有文化的军队是愚蠢的军队。"

刘喜宝说："那怎么办？"

赵启明说："想办法让他们识字。"

赵启明与杨旅长沟通，两人一拍即合，根据地也要办学校。

看到这一幕的还有王东岳。不知从什么时候开始，王东岳喜欢上了柳小红。他几次想要表白，又不好意思。王东岳看出柳小红喜欢学文化，就暗暗发誓，自己也要好好学文化，不能落在柳小红后面。

与此同时，苍梧派出去的特务把《曹泽大众报》带回了苍梧。

曾美锦说："看不出刘喜宝的文笔还真不错。"

杨春桃则说："刘喜宝虽然学习好，但自打读小学，就是我的手下败将。"两人把刘喜宝好一顿调侃。

嘴上虽然是调侃的口气，曾美锦心里却是对刘喜宝刮目相看，她默默记住了这个人。有时候，刘喜宝的身影从脑海中闪过，她会忍不住泛起一丝笑容。

曹泽八路军乘胜追击，袭击了附近几个县的鬼子小队。一时间，鬼子缩在城里不敢出来。

鬼子不出动，根据地各种学校如雨后春笋般开办起来，有战士文化补习班、抗战中学、妇女识字班。有文化的刘喜宝、徐天凯等都被请去当老师。

刘喜宝白天带着宣传队演出，晚上教大家识字。

王东岳发现柳小红看刘喜宝的眼神满是崇拜，心里打翻了醋坛子，更加用功地学习文化。

下课后，柳小红与宣传队的一个小演员一起向刘喜宝请教。高小岭从这一幕看出了柳小红的心思。等刘喜宝耐心地给柳小红解答完问题离开后，高小岭笑眯眯地走到柳小红面前说："小红，你好眼光。"

柳小红不好意思起来，说了句"你瞎说"，转身跑开了。

走在回村的小路上，柳小红的脸颊泛起一片红晕。不知从什么时候开始，柳小红心里有了刘喜宝。知道爱听戏的刘家太太是刘喜宝的母亲之后，她对刘喜宝更是有了一种莫名的亲近感。但这也是一种压力，刘喜宝不光有文化，家境还好。想着两人之间的差距，自卑涌了上来。柳小红觉得自己配不上刘喜宝。

柳小红正想着心事，路边的一棵大树后面走出来一个人。定睛一看，原来是刘喜宝。

刘喜宝说："我担心天黑路上没人，你会害怕，就在这里等着你。"

柳小红一阵激动，嘴上却说："我不怕。"

两个人一起向村子走去，刘喜宝对柳小红说的都是工作上的事。柳小红有些失望地想，也许他只是担心女孩子走夜路害怕，并没有那层意思。这样想着，柳小红也就只谈工作上的事情了。说起学文化，刘喜宝鼓励柳小红不要有畏难情绪，只要用功，一定会有成果的。

刘喜宝把柳小红送到老乡家门口才离开。站在大门里面，看着夜色中刘喜宝越来越远的身影，柳小红心头泛起阵阵暖意。

她暗暗祈祷，和刘喜宝的感情能慢慢升温。

柳小红没想到的是，就在她看着刘喜宝的身影时，暗处有一双充满妒火的眼睛看着她。这双眼睛的主人就是王东岳。原来，王东岳想找个没人的地方向柳小红表白，就在回村的路上等。不料，刘喜宝也在等柳小红，还抢了先。一路上，王东岳轻手轻脚跟在刘喜宝和柳小红身后，听他们谈话。还好，刘喜宝并没有向柳小红表白什么，王东岳却有了危机感。他告诉自己，必须马上行动。

第二天演出完回到老乡家，柳小红在自己的背包里发现了一封信。信是装在正式的信封里面的。柳小红隐约觉得这信非同寻常，就偷偷躲在一个草垛后边看。信上的话很简单："小红，学文化不难，你要加油！"

柳小红一下子羞红了脸。她觉得这信一定是刘喜宝写的。日子一天天过去，柳小红总是隔三岔五地收到这种信。信上话语不多，都是鼓励她的。想想每天刘喜宝都带领宣传队演出，这信一定是他瞅机会塞进她包里的。

柳小红觉得她和刘喜宝之间的窗户纸马上就要捅破了。想到这里，心里泛起一丝甜蜜。

信是王东岳写的。他本来想署上名字，但是想想柳小红的态度，心里实在没底，就先没写。王东岳想先观察一下柳小红的反应，等有希望了再告诉她实情。有几次柳小红看信的时候，王东岳就站在远处观望。每当他看到柳小红脸上的微笑，就觉得那微笑是对他发出的，是对他的认可和肯定。这样想着，王东岳真的感觉自己在和柳小红谈恋爱，心里美滋滋的。有几次，王东岳甚至对别人暗示他在和柳小红谈恋爱。

王东岳陶醉在自己营造的幻觉里。

黄河湾根据地发展得风生水起，队伍迅速壮大。按照上级指示，曹泽特委改为地委，赵启明任地委书记。杨旅长所在的旅改为军分区，杨旅长成为杨司令。曹泽与紧挨着的湖东地委已经连成片，几个军分区联手，日军被封锁在城里不敢轻易出动。

黄河湾根据地初见规模。

刘庄、陶庄、管庄一带由于群众工作搞得好，红三村的名气越来越大。

曹泽地委和曹泽军分区都需要大批干部。刘喜宝被任命为泽县县委书记，徐天凯成为八路军的团长。

刘喜宝把报社主编这一工作交给手下唯一的编辑石钟夏，柳小红奉命接替了宣传队队长的职务。

刘喜宝离开宣传队后，柳小红发现不对劲。刘喜宝离开时，找柳小红单独聊过一次天，两人都羞涩地笑着，柳小红刚要说信的事，王东岳就来了，后来就没有机会再说什么。

后来，柳小红又收到一封信，还是放在她的背包里。那一整天，刘喜宝都没有来过宣传队。柳小红一个激灵，发现不对劲。只有一种可能，那些信从始至终就不是刘喜宝写的。柳小红开始暗中观察那些信究竟是谁写的。

苍梧的曾美锦发现《曹泽大众报》的主编不再是刘喜宝，她猛地从椅子上站了起来。仔细阅读内文，曾美锦看到了刘喜宝的任命。想不到刘喜宝当上了县委书记，想必确实有能力。她若无其事地与杨春桃说起此事。杨春桃突然说："我看你俩挺合适的，要不要我来当红娘？"

曾美锦矢口否认自己对刘喜宝有意，不过她越是否认，杨春桃越是从她过激的反应中确认了某种猜测。

十五

杨春桃向曾美锦提议，利用出外勤的机会去趟红三村。她想去看看回到刘庄的父亲和弟弟，更想见见徐天凯。另外，杨春桃知道曾美锦想见刘喜宝。

果然，杨春桃一提出来，曾美锦就同意了。

两人又化装成一对情侣来到红三村。看到杨春桃带了个男的回来，杨家富生气地说："你怎么又找了一个？我看那个徐天凯就不错！"杨春桃吃了一惊，问："爹，你怎么知道徐天凯？"

杨家富告诉杨春桃，前一阵子刘喜宝带着徐天凯来家里，把他和杨春桃的事都说了。杨家富看曾美锦不顺眼，对她说："我可告诉你，你小子没戏，我就认准了徐天凯给我当女婿。"

曾美锦扑哧一声笑了，摘下帽子，用手一拨，一头黑发落下来。

杨家富、杨春兴、二顺都露出惊讶的神色。杨家富一百个不理解，问曾美锦："你好好的个丫头，装成男的做什么？"

杨春桃解释说，这叫女扮男装，这样两人一块儿出去安全些。

杨家富恍然大悟。他劝说杨春桃："快点儿回来吧，你也老大不小了，该结婚了。老这么四处飘着，我不放心哪！你别不知天高地厚，徐天凯哪点儿配不上你了？"

一边的杨春兴跟着帮腔。

杨春桃说："都别叨叨了，我这次回来就是看看你们。我走了。爹，您多保重！"

曾美锦也说："杨叔，多保重！"

说完，杨春桃就拉着曾美锦走了，杨家富在她身后又是一通数落。

杨春桃和曾美锦一路打听，找到了泽县县委临时办公地点。进了屋才听刘喜宝说，徐天凯到别处打游击去了。杨春桃有几分失落，但她很快调整了心态，决定撮合撮合曾美锦和刘喜宝，不能白来。

刘喜宝看到杨春桃和曾美锦来了，忙给她俩倒茶水。曾美锦见到刘喜宝就开始调侃，仿佛跑这么大老远的路过来，就是为了跟他斗嘴。

刘喜宝一时有些不适应。

杨春桃了解曾美锦，知道这是曾美锦喜欢刘喜宝的表现。杨春桃担心刘喜宝吃不消，接受不了曾美锦的调侃，就在两人谈话时插科打诨，调节气氛。

曾美锦说："刘书记，你们八路军太穷了，我看你还是跟我们一起去苍梧吧。"

刘喜宝笑笑说："人各有志，来日方长，咱们边走边看。"

就在曾美锦和刘喜宝聊天儿的时候，柳小红又在自己的包里发现了一封信。柳小红一看到信，马上就判断是王东岳写的，因为今天临时来宣传队的只有王东岳一个人。前一阵子成立地委的时候，王东岳的工作也发生了变化，他被任命为泽县副县长。当上副县长后，王东岳和刘喜宝一样，整天忙得团团转，很少有时间来宣传队。柳小红仔细回想，上一次也是在王东岳来宣传队的时候收到了信。

王东岳离开宣传队的时候，柳小红追了过去，问那些信的事。王东岳表情有些尴尬，还是坦率地承认信是他写的。在王东岳看来，他和柳小红的事情已经到了瓜熟蒂落的阶段。王东岳看着柳小红，等待着她的答复。那个答复，他自认为已经在柳小红看信时的微笑中看到了。

然而，事实不是这样。柳小红得知那些简短的问候信都是出自王东岳之手，心里既失落又惊讶。失落的是，那些信不是刘喜宝写的；惊讶的是，信竟然是王东岳写的。柳小红向来对王东岳没有半点儿多余的想法，无论他写多少信都改变不了这个事实。柳小红想，写信是王东岳的自由，答应不答应则由自己说了算。

她把一沓信递给王东岳，冷冷地说："这些信还给你——"

王东岳不等柳小红把话说完，赶忙说："小红，你再考虑考虑！"

王东岳在信中并没有向柳小红表白，柳小红问："考虑什么？"

王东岳有些语无伦次："我和你的事，我们俩的事，我想和你——"

柳小红打断说："不要说了，我们之间不可能！"

柳小红要走，王东岳追上她说："小红，你就答应我吧，咱俩的事我已经告诉大伙儿了，你要是不同意，我怎么下台？"

柳小红气不打一处来，看着王东岳说："那是你自己的事情，和我没有关系！"

说完，柳小红转身离开了。

回到宣传队，柳小红越想越生气。她气王东岳最后那句话。要是王东岳真的把这件不存在的事告诉别人，别人都以为她在和王东岳谈恋爱，那她还怎么做人。柳小红马上联想到，王东岳会不会已经告诉了刘喜宝，刘喜宝要是相信了怎么办？这么想着，柳小红就着急起来。不行，不能让刘喜宝误解自己，要去解释一下才行。正好宣传队有节目单要找刘喜宝把关，柳小红拿起节目单就去泽县县委临时办公地找刘喜宝。

柳小红急匆匆赶去，还没进大门，就听到院子里刘喜宝正和杨春桃、曾美锦聊得火热。

只听杨春桃说："喜宝，你可要好好和我们美锦聊聊，她可是我们五三五师的精英，要文能文，要武能武。"

曾美锦说："我可不敢在刘书记面前造次，人家刘书记才是能文能武。"

刘喜宝说："不敢不敢，曾队长是女中豪杰，我自愧不如。"

听到这里，柳小红止住了脚步。

只听杨春桃又说："你们两位聊，我去去就来。"

柳小红刚要转身离开，杨春桃就从院子里走了出来。见柳小红站在大门外，杨春桃忙拉着她的手说："小红，我俩到别处走走，我好不容易做一次媒，得让曾美锦和刘喜宝好好聊聊。"

说者无意听者有心，柳小红得知杨春桃正在撮合刘喜宝和曾美锦，心中如同打翻了五味瓶。柳小红木然地笑了笑，跟着杨春桃离开了。

村外的小树林里，杨春桃向柳小红说起了曾美锦对刘喜宝的欣赏，柳小红静静地听着。与杨春桃分别的时候，柳小红觉得她和刘喜宝已经不可能了，对于曾美锦，她自愧不如。

柳小红独自走在路上，思绪万千。回想起往日对刘喜宝的遐思，她失落又苦涩地一笑。柳小红决定，把对刘喜宝的感情深埋在心底。

杨春桃回去时，曾美锦和刘喜宝还在热烈地聊着。只不过他们的话题早就换了，聊的是国共合作。曾美锦坚持打鬼子要靠国民政府和国民党的正规军，而刘喜宝坚持对抗外敌要全民团结起来。

见杨春桃回来了，曾美锦站起身说："刘书记，这个问题，最好用事实来证明。"

刘喜宝也站起身："一言为定。"

这个事实证明来得很快。就在杨春桃与曾美锦返回苍梧的路上，原本准备进攻苍梧五三五师的冈田宗一获悉八路军主力不在红三村一带，临时改变计划，率领大批日军、伪军再次进攻红三村。

和敌人周旋已经不是什么新鲜事。按照老办法，红三村的群众在武工队掩护下转移。

刘贵禄又要带马又要带东西，磨蹭来磨蹭去就落在了最后。和他一样磨蹭的还有杨家富。等他们两家走出村子，转移的村民早就不见了踪影。担心鬼子追来，杨家富就提出一个方案，既然追不上转移的村民了，还不如去马池口镇找国民党行政公署的黄文韬求助，那样近便些。刘贵禄想想也是，鬼子这次针对的是红三村，不和村民们一起转移也许是对的。刘贵禄同意了杨家富的想法，两家人向马池口镇奔了过去。

不料这次鬼子不光袭击了红三村，泽县的南野龙井同时袭击了马池口镇的黄文韬。刘贵禄一行刚赶到马池口镇，就遇上黄文韬带着警备队逃命，根本不顾前来投奔他的地主乡绅的死活，置他们于危险之中。

刘喜宝正掩护群众转移，暂时无法顾及家人。

刘贵禄、杨家富等遭遇袭击。还好半路上遇到正要回苍梧的杨春桃和曾美锦，两人指挥家丁顽强抵抗，但终因势单力薄，死伤惨重。

运来为了掩护刘贵禄中弹倒下。刘贵禄让马三爷背上运来，不料受伤严重的运来不想拖累大家，一枪结束了自己的生命。

临死时，运来对刘贵禄说："老爷，以后还是听喜宝的吧！"说完这句话，运来就咽了气。

又一股敌人拥来了。刘贵禄眼见自己就要遭遇灭顶之灾，后悔当初没听刘喜宝的话。

管小龙疾步冲刘贵禄奔来，举刀就砍。马三爷拿着大刀拼命保护，与管小龙搏斗。几个伪军一看这情况，一齐拥上来对付马三爷。

眼见马三爷寡不敌众，手无寸铁的刘贵禄悲从中来。

刘贵禄脑海里飞快地闪过往日的一幕幕。直到此时，他才意识到儿子是对的，不赶走鬼子，老百姓是不会有好日子过的。

可惜一切已经晚了。刘贵禄闭上眼睛，只等受死，心里满是悔恨和遗憾。

刀迟迟没有落下。刘贵禄隐约觉出情形有变，从绝望中睁开了双眼。原来，杨司令带着八路军赶到了，与敌人战成一团。刘贵禄顿时有了希望，赶紧躲到安全地带。八路军渐渐占了上风，敌人开始溃退。

刘贵禄身边的杨家富在人群中看到了杨春桃，挥手招呼她过来。

见父亲已经安全，杨春桃站在远处冲杨家富挥挥手，转身走了。

杨司令走过来和刘贵禄、杨家富打招呼，让他们赶紧转移。刘贵禄躲过一劫，一番感谢之后和杨家富一起离开。

这事过去之后，刘贵禄把刘喜宝叫回家，将自己和杨家富被八路军营救的事情告诉了他。

刘喜宝说："爹，这回您相信了吧，共产党八路军才是为老百姓办实事的。"

刘贵禄脸上现出某种担忧，沉吟片刻问道："咱家这情况……"

刘喜宝知道父亲要说什么，赶紧打消他的顾虑，说道："共产党不唯成分论，关键看表现。"

刘贵禄说："那我就放心了。以前总是担心把咱的家产给'共产'了，现在看来不是这样。那些青面獠牙的鬼子太可怕了。我看，不赶走鬼子是没什么好日子过了！"

父亲终于想明白了，刘喜宝心头一喜。刘贵禄当即表态，把家里剩下的几匹马给八路军牵去，还捐出一千大洋给八路军买武器。

离开家的时候，刘喜宝看到马三爷在大门外等他，似是有话要说。正好刘喜宝也有事找马三爷，就把他叫到旁边的胡同里说话。

原来，马三爷是替给黄文韬当秘书的徒弟赵耿说情。赵耿早就看透了黄文韬，想到八路军这边来。

刘喜宝说，这事他会向赵启明书记请示，让马三爷等消息。

刘喜宝对马三爷说了自己的想法，让马三爷帮忙，介绍武校的人参加八路军和武工队。

马三爷说："这事可以找赵耿帮忙，他离开武校的时间不长，师哥师弟他都熟。"

刘喜宝说："那太好了，武校出来的，战斗力一定差不了。"

马三爷说："那些练武的人大多是贫苦出身，一个个疾恶如仇，只要你把道理给他们说透了，他们一定会过来的。"

曾美锦主动和杨春桃聊起一个话题，她第一次对国民党的抗日能力有了怀疑。这也是杨春桃在想的问题，堂堂曹泽国民党行政公署专员，一看到鬼子就吓得狼狈逃窜，完全不顾老百姓的死活。

曾美锦说："倒是那些八路军奋力打鬼子，这是我以前没想到的。"

杨春桃眼睛看着远处说："以前我们看不起八路军，想不到是他们冲在前边。"

两个女孩子对视一眼，思绪纷乱，索性都沉默了。

马三爷很快就给刘喜宝带来了消息。赵耿联系了曹泽武校的师哥师弟，一共有八九百人，他们都愿意参加八路军、武工队。

刘喜宝听后，赶忙说："太好了！"

马三爷又说："他们听了赵耿的介绍，还有些不踏实。你能不能抽空去给他们讲讲道理？”

刘喜宝大笑："马三爷，这个任务我可以完成，烦请您老让赵耿和武校那边定时间吧。"

武校设在一大片水域里面的岛子上。这天，马三爷带着刘喜宝去武校演讲。听说日本人也在打武校的主意，临行前赵启明叮嘱刘喜宝多带几个人，以防遇到意外。正好徐天凯在红三村，就主动提出带几个人给刘喜宝当警卫。

还真遇到了意外。一行人来到水域旁，刚登上一叶小船；一队鬼子和伪军就追了过来，不停地向小船开枪，让他们停下。一名姓王的战士被子弹击中，倒在船上当场牺牲，鲜血溅了刘喜宝一身。

小船很快驶进了一人多高的水草中。徐天凯指挥几个战士躲在暗处，一个个击毙岸上的鬼子。

刘喜宝疑惑地说："这里平日荒无人烟，怎么会有一队鬼子值守？"

马三爷说出了原委。原来，冈田宗一曾派人到武校去游说，动员学员参加伪军，被武校拒绝了。冈田宗一虽然气恼，但不敢轻举妄动，毕竟是近千人的武校，学员又都有武艺，还有武器，不敢轻易进犯。

冈田宗一担心共产党也来武校动员，就派来一队鬼子，在去武校的必经之路上值守，阻止外人进入武校，防的就是共产党八路军的攻心战。

看着那个小战士渐渐冷去的遗体，大家泣不成声。

曹泽武校的大操场上，刘喜宝站在泥土垒的台子上，给近千人做动员。

"我们曹泽，是中华武术的重要发源地之一，在历史上出了很多著名的军事人物。远的就不说了，最有名的当数北宋的宋江，《水浒传》里描写的一百单八将，多半出自曹泽。我们习武之人，向来就胸怀正气，除暴安良是我们的追求。现如今，日本鬼子侵犯我中华，蹂躏我们的父老乡亲，践踏我们的牡丹之乡！就在刚才我们来武校的路上，又遭鬼子袭击，有一位小战士牺牲了，我身上还沾着他的鲜血……"刘喜宝哽咽着说不下去。

台下传来阵阵喊声："报仇！报仇！"

刘喜宝又说："国家有难，匹夫有责。大家都是热血男儿，中华一分子！我们共产党发起全民抗战，希望大家踊跃参加八路军、武工队，发挥武功特长，早日驱除鬼子，还我们曹泽以和平安宁！"

又是一阵掌声和欢呼声。曹泽武校习武人员全部报名参加八路军和武工队。

曹泽城里的冈田宗一得知武校近千名高手报名参加了八路军和武工队，气不打一处来。正恼火之际，管小龙给他出谋划策，建议冈田宗一招兵买马。

冈田宗一一时没有明白过来。管小龙说："黄文韬是个窝囊废，一打就败，他手下有几百号人，何不找个机会把他的人招过来？"

冈田宗一觉得这个主意不错，于是向黄文韬部发起进攻。黄文韬果真不扛打，被当场击毙，部队分崩离析，相当一部分人投靠了日军，另有一些人落草为寇，还有的参加了八路军。

一个傍晚，赵耿由马三爷领着来找刘喜宝，请求参加八路军。

刘喜宝把这一情况汇报给赵启明。赵启明经过慎重考虑，找赵耿谈话，希望他借此机会假装投靠日军，打进冈田宗一日军大队内部去。

赵耿不愿去，希望在红三村和八路军一起打鬼子。

刘喜宝给他做工作，说他在红三村打鬼子，只是发挥一个人的作用，但他打入敌人内部，获得有价值的情报，发挥的作用不可估量。

道理赵耿明白，但他觉得自己好不容易参加了八路军，实在是不想再去曹泽城里与冈田宗一和管小龙周旋，没有答应这件事。

刘喜宝想过个几天再跟赵耿谈，哪知道第二天就出了事。

十六

刘贵禄做梦也没想到，冈田宗一会惦记上三棵树那片牡丹地里的牡丹苗。这天清晨，他和马三爷像往日一样带着花农去地里侍弄牡丹苗，惊讶地发现地里的牡丹苗全都不见了。刚刨过的土，还带着一股湿润的芳香。

这片牡丹苗都是稀有珍贵品种，刘贵禄专门在地头上盖了间屋子，晚上有专人看守。刘贵禄飞奔到屋子里一看，不禁倒吸一口凉气。看花的花农身上插了一把日本大刀。

原来是日本人干的，这是刘贵禄万万没想到的。

好你个小鬼子，竟然来偷我的牡丹苗！刘贵禄气不打一处来，转身就要找刘喜宝，去和鬼子算账。

不料，刚转身，就见一队鬼子和伪军从屋子后边走过来，带队的正是冈田宗一。

管小龙也来了，他走上前对刘贵禄说："老爷子，冈田大队长看上了你们家的牡丹苗，这是你们刘家的荣幸。走吧，咱们还是去曹泽城里种牡丹吧。"

说着，两个人上前，一边一个把刘贵禄的胳膊抓住，向路上拖。马三爷奔到刘贵禄身旁要解救他，被四五个人一下子制住。

十几个花农都被强行带走了。

几个鬼子把牡丹苗从屋子后边抬出来，嘻嘻哈哈往路上走。那一棵棵牡丹苗，刘贵禄都能认出来。每一棵从培植到生长的点点滴滴他都记在心里。他的心在滴血，他舍不得花苗被粗鲁地连根拔起，落到日本人手里。

这是刘家的命根子！刘贵禄豁出去了，不管不顾了，他挣脱抓住他胳膊的两个人，凛然向冈田宗一走去。管小龙要向刘贵禄开枪，被冈田宗一制止。

冈田宗一看着刘贵禄说："刘先生，有话请讲！"

刘贵禄用愤怒的眼睛瞪视着冈田宗一："冈田，听说早在十几年前，你就来过这块土地，想必这个歪主意你早就有了。我是一个花农，一辈子就知道种牡丹，见识不多，但我们中国人有句古话是'用人物，须明求，倘不问，即为偷'。你们日本人早就开始打我们中国的主意，想把我们中国变成你们的，今天我告诉你，这不可能！自从你们打进来，连这牡丹也受到了牵连，我们不能去南方催花了，没有心思好好种花了，这里的牡丹也少了。尽管这样，你也休想把这些牡丹和种植牡丹的技术用强盗的方式变成你们日本的！"

冈田宗一心头一惊。其实，他真实的想法是把牡丹苗运到日本去，连同这些花农。这个计划由来已久。这想法只有他和加藤知道，就连管小龙也一直被蒙在鼓里。为了保密，冈田宗一还让加藤放风，说是要把三棵树的牡丹苗移到曹泽日军大队的院子里。

见刘贵禄嘴硬，管小龙挥动手里的枪托，向刘贵禄砸去。手刚举到半空中，又被冈田宗一制止了。

冈田宗一盯着刘贵禄说："刘先生，我现在就问你一件事，你愿不愿意跟着我们走？"

刘贵禄说："休想！"

冈田宗一不想在这危险之地耽搁太久，冷笑着说："敬酒不吃吃罚酒！"

冈田宗一向旁边的鬼子和管小龙一挥手，几个人上前拉着刘贵禄就走。刘贵禄死活不肯离开，拼命抓住牡丹苗，怎么也不松手。

管小龙把枪正过来，要对着刘贵禄开枪。失去耐心的冈田宗一撕下平日的斯文外表，抢先一步举着大刀向刘贵禄砍去。刘贵禄倒在地上，大睁着双眼，死死盯着鬼子手里的牡丹苗，一只手里还牢牢抓着一棵。

在场的花农都流下了泪水。

姚虎奸笑着对管小龙小声嘀咕："这下管家的大仇终于报了！"

管小龙还想着刘喜宝，一字一顿地说："还有那个刘喜宝，也不能放过！"

马三爷意识到此时不能和鬼子来硬的，就招呼大家："反正在哪儿都是干活儿吃饭！大伙儿都听皇军的，我们跟皇军走。"

冈田宗一一行带着十几个花农和花苗向曹泽城里走去。经过一片玉米地时，马三爷趁人不注意，使出浑身解数，飞速跑进玉米地，瞬间就不见了踪影。

马三爷跑回红三村，才知道杨司令带着八路军在附近几个县打游击，赵启明和刘喜宝半夜得知日军小分队进攻石头村，带着武工队去了石头村，村里只剩下不多的一点儿兵力。

原来是中了冈田宗一的奸计。

陶致萌赶紧召集村子里的武工队员去追赶，还是没能追上，十几个花农连同牡丹苗被日军劫持到了曹泽城里。

父亲葬礼当晚，刘喜宝彻夜难眠。

天还没亮，赵耿就来到刘贵禄的坟前找刘喜宝。

是马三爷陪着赵耿来的。刘贵禄和花农们的遭遇给了赵耿很大触动，他终于明白了刘喜宝之前对他说的那些话的意义。

得知赵耿主动要求打入曹泽城的日军做卧底，刘喜宝问："想通了？"

赵耿红着眼圈点点头说："想通了。"

当天深夜，赵耿带着原曹泽国民党行政公署警备队的几十个队员，装扮出一副狼狈模样，去投靠了冈田宗一。

赵耿出手不凡，通过偷听冈田宗一和加藤的谈话，很快传递回来重要情报。

原来，冈田宗一在中国留学的时候就被曹泽牡丹的典雅华贵深深吸引，他梦想着让曹泽的稀有牡丹品种盛开在日本皇宫里，这是他献给日本天皇的大礼。劫持花农、强抢牡丹苗是他精心策划的第一步行动。下一步，冈田宗一会将这些花农和牡丹苗押解到省城，再乘火车去东海，转乘轮船去日本。

为了成功实施从曹泽到省城途中的拦截，杨司令与赵启明组织大家开会，决定先派人打入敌人内部，麻痹冈田宗一。

这天，七八个花农以讨生活为由，来到曹泽城里的日军大队门口，表明想讨一份工作。

门卫把这一情况通报给冈田宗一，冈田宗一让人把那七八个花农叫进来，在院子里侍弄牡丹。对这七八个花农，冈田宗一充满戒心。他使出种种手段考验他们，总算打消了顾虑。冈田宗一想，这些花农不是八路军派来的，说明八路军不知道下一步的计划。

十多天后的一个清晨，一辆日军卡车行驶在曹泽通往省城的路上，后车厢里坐着众花农和全副武装的押运人员。为首的是加藤和管小龙，车厢里还有牡丹苗。临行时，冈田宗一假模假式布置任务，说是把这些花农和牡丹苗运到省城的日军司令部，美化那里的营院。

管小龙再次相信了。冈田宗一刻意声称，这些去省城的花农工钱会翻倍。

卡车行驶到一座桥头时遇到了八路军和武工队伏击。卡车上那些主动投奔日军大队的花农都是身手不凡的八路军战士，他们摸出隐藏的武器加入战斗。腹背受敌，押车的日军和伪军措手不及，这才意识到他们中了计。

徐天凯见一个鬼子不停向车下的八路军和武工队射击，他屏住呼吸，向那个鬼子开了一枪。子弹正中鬼子的眉心，那人一头栽下卡车。

管小龙和加藤一看情况不好，翻身下车，避开众人视线，顺着路边的沟渠逃跑。赵启明最先发现加藤和管小龙的背影，他来不及多说什么，拎着枪追了上去。赵启明向加藤和管小龙射击。第一枪没有击中奔跑的目标，子弹打在管小龙身边的一棵树上，树被撕掉一块皮。加藤和管小龙一边反击，一边向不远处的一片玉米地跑去。

赵启明击中了加藤的后背，加藤一个跟头栽倒在地。

管小龙看到加藤倒下，又听到身后有更多的人追上来，心里一阵惊慌，摔倒在地。管小龙向身后看了一眼，赵启明已经离他不远。他一骨碌滚到一棵大树后面，拼命向赵启明射击。见赵启明中弹倒下，管小龙连滚带爬躲进玉米地逃走了。

刘喜宝和众人赶到时，赵启明已经奄奄一息了。

赵启明对刘喜宝说："喜宝，快去追管小龙。"

刘喜宝捂着赵启明的伤口，哭着说："大家都去追了，小冯快过来！"

小冯和陆郎中都赶了过来，赵启明的声音越来越微弱了。赵启明左胸中弹，鲜血一股又一股地涌出来，小冯一边忙着包扎，一边忍不住低泣。

杨司令也赶了过来。赵启明吃力地说："老伙计，我怕是不行了，根据地的工作就靠你们了。"

说完这句话，赵启明就闭上了双眼，再也没有醒来。

几十个八路军和武工队员在玉米地里搜寻管小龙，还是没有发现他的踪影。管小龙又一次逃脱了。

赵启明的遗体和那些备受蹂躏的牡丹苗一起，被运回了红三村。赵启明被安葬在刘庄村外的小树林里。

刘喜宝和马三爷准备把被抢的牡丹苗重新栽回三棵树那块地。乡亲们提出，如果把稀有的牡丹苗集中栽在那里，冈田宗一势必还会惦记。大家一致认为，应该把这些牡丹苗分散开栽培到隐蔽的地点，日本人想抢也找不到。刘喜宝和马三爷都觉得这个主意好。

在刘贵禄坟前，马三爷流着眼泪说："老爷您放心吧，牡丹苗又回来了。

为了保护这些牡丹苗，赵书记牺牲了。"

刘陈氏抹着眼泪对刘喜宝和刘喜丹说："这事你俩要记住了，共产党是我们的恩人。"

刘喜宝和刘喜丹重重地点了点头。

管小龙用尽浑身解数，终于逃回了曹泽城。他忐忑不安地向冈田宗一报告情况。

冈田宗一得知把曹泽稀有牡丹品种运往日本的计划失败，暴跳如雷。冈田宗一对着管小龙咆哮，让他滚出去。管小龙不敢多加解释，转身向外走去。

冈田宗一掏出手枪，向管小龙瞄准。

扣动扳机的最后一刻，枪口向上移了移。

一声枪响，门厅里的玻璃罩汽灯被打碎，落在管小龙面前。管小龙吓得呆若木鸡。

冈田宗一不死心。深夜，他派人去三棵树的牡丹地里查看。地里没有牡丹苗，附近也没有那些珍稀花苗的踪迹，冈田宗一彻底绝望了。

十七

赵启明牺牲后，刘喜宝接到上级指示，由他代理曹泽地委书记。

赵耿又托人传来一个消息，日军要砍伐黄河岸边沙区的枣树。在沙区，枣树是群众的主要经济来源，日军要砍伐枣树，可见其用心险恶。为了保护群众利益，刘喜宝与杨司令一商量，决定给敌人点儿颜色看看。一连几天，八路军、武工队得知日军要去哪里砍伐枣树，就在必经之路埋设地雷，趁日军被炸得人仰马翻之时，埋伏的八路军和武工队冲出来就是一阵猛打。如此一来，日军砍伐枣树的阴谋没能得逞，只得龟缩到曹泽城里。

冈田宗一本来就对八路军、武工队恨之入骨，这下更是恼羞成怒。想想牡丹计划失败的过程，冈田宗一对刘喜宝越发痛恨。趁着杨司令去别处打游击，冈田宗一命管小龙四处打探刘喜宝行踪，发誓要把刘喜宝抓住。

在接下来的几次行动中，武工队的行踪像是被日本人掌握了，每到一处，都会遭遇敌人的伏击，牺牲了不少人。

就在刘喜宝悄悄查内鬼的时候，发生了一件事。

这天，刘喜宝和王东岳带着几个武工队员去一个村子做群众工作。刚走到半路，就遭遇了日军袭击，被敌人包围。为了掩护同志们突围，刘喜宝和王东岳故意引开日军，结果两人被捕。

刘喜宝和王东岳被押回曹泽城，管小龙几次想一枪毙了刘喜宝给父亲报仇，都被冈田宗一制止。冈田宗一企图通过刘喜宝引出杨司令和八路军，把曹泽的共产党人一网打尽。

冈田宗一命人分头给被关押的刘喜宝和王东岳上刑，逼他们供出八路军和地委近期的作战计划。

刘喜宝经受住拷打，死也不说。

管小龙想起刘喜宝家在牡丹街的那套大宅子，就给冈田宗一出了个主意。冈田宗一听后连声称好。

刘喜宝和王东岳被一队日军带到牡丹街上刘喜宝家的大宅子外面。

管小龙问刘喜宝："说不说？不说就把你家炸了！"

管小龙才不希望刘喜宝说出什么来，他倒是盼着刘喜宝嘴硬点儿，什么也不说，那样就可以名正言顺地把刘喜宝家的大房子炸了。在管小龙眼里，炸掉刘喜宝家的房子，比拿到什么作战计划重要得多。

刘喜宝死活不说。

管小龙脸上带着狰狞而得意的微笑，向后退了退，指使手下几个伪军引爆安放在房子四周的炸弹。

一声令下，刘家的房子顷刻间被炸毁。

尘土飞扬中，关于这里的一幕幕美好回忆闪过刘喜宝脑海。

王东岳也拒不说出作战计划，他选择了咬舌自尽。王东岳没死成，失血过多，昏了过去。

冈田宗一见刘喜宝与王东岳毫不动摇，命管小龙次日在曹泽大集上将二人处决。

赵耿赶紧把这个消息传递回红三村。

王东岳与刘喜宝被关押在一处。

醒过来的王东岳对刘喜宝说："问个事呗。"

"说。"

舌头受伤，王东岳用含混的声音说："你不缺吃不缺喝的，怎么也死心塌地走上了这条道？"

刘喜宝说："信仰。"

刘喜宝向王东岳说起了在省城读书时受周田民老师进步思想的影响，加入共产党的事。

王东岳笑笑说："以前总觉得你是装的，现在我服你！以前的事，容我说一声对不起。"

刘喜宝拍了拍王东岳的肩膀："我们是革命战友。"

王东岳的眼睛湿润了："没想到我们能一块儿死……这也是一种缘分。"

两个人又说起人生遗憾。王东岳说自己最大的遗憾是还没结婚，没能得到柳小红的芳心。

沉思了好一会儿，王东岳把他给柳小红写信，遭到柳小红拒绝的事情告诉了刘喜宝。王东岳对刘喜宝说："我知道，柳小红喜欢的是你。"

刘喜宝也喜欢柳小红，但他知道，现在说这些已经没有了意义。

刘喜宝和王东岳都做好了赴死的准备。

深夜，阴险歹毒的管小龙又给刘喜宝上刑。管小龙想起父亲管三的死，觉得不能让刘喜宝死得太痛快，要让刘喜宝饱受酷刑再去死。刘喜宝被折磨得昏死过去。

刘喜宝醒来时，发现自己身处田野，天空中繁星点点。

原来，赵耿把消息传递回红三村之后，马三爷和陶村长连夜找到杨司令和徐天凯。杨司令与徐天凯兵分两路，杨司令在泽县偷袭日军南野龙井部队，趁冈田宗一前去援助之际，徐天凯带领精兵强将进城把刘喜宝和王东岳解救出来。遭受严刑拷打的刘喜宝身负重伤，一直处于昏迷之中。

得知刘喜宝和王东岳被八路军解救，冈田宗一气急败坏，发誓要把刘喜宝抓回来。冈田宗一到处设卡，布下天罗地网，组织大批士兵四处搜寻。

杨司令与徐天凯商量，为了安全，不能把刘喜宝送到村子里去治疗，刘喜宝身体极度虚弱，也不适宜跟随部队转移。最安全的做法就是利用庄稼地做掩护，将他藏匿在田野里慢慢养伤。陶致萌听到这里，主动请缨，要求把这个任务交给红三村的群众。他们熟悉地形，可以和敌人在田野里"捉迷藏"。

正是初秋，红三村的群众接到保护刘喜宝养伤任务的第一个夜晚就遇上了大雨。雨夜里，昏迷中的刘喜宝再次醒来，他一眼就看到胡狗剩和大盛正给他撑着蓑衣遮挡雨水。旁边的小冯和陆郎中正在给他擦拭伤口。一时间，刘喜宝不知自己身在何处。一阵微风吹来，一片带着雨水的玉米叶落在身旁。

刘喜宝说："谢谢！大家辛苦了！"

刘喜丹和柳小红闻声凑了过来。刘喜丹把事情的原委告诉刘喜宝。得知红三村的群众负责掩护、救治自己，刘喜宝感动得热泪盈眶，说不出一句话。

接下来两个多月，红三村的群众带着刘喜宝在野地里风餐露宿，与日军、伪军斗智斗勇。这期间，很多事情令他终生难忘，其中两件事深深刻在脑海里，不管何时回想起来，仿佛就在眼前。

一次，刘喜宝被群众藏在一片庄稼地里，一队鬼子和伪军从不远处经过。大家屏住呼吸，不敢发出半点儿声响。突然，不知从哪里钻出一条蛇，从几个人中间穿梭而过。柳小红吓得面部表情扭曲，还是忍住没有发出任何声息。那蛇像是为了考验她的胆量，竟然停在柳小红的脚背上不走了。柳小红紧闭双眼，死死咬住嘴唇，直到那条蛇慢悠悠地离开。那一刻，紧闭双眼的柳小红心想，为了刘喜宝不被敌人抓走，就是被蛇咬死也不能动摇。

又一个傍晚，刘喜宝躲在沟渠里，一个带着婴儿的村妇来给他送吃的。一进沟，那妇女把吃的递给刘喜丹，就抱着孩子背对着大家。起初大家以为她是在奶孩子，过了一会儿才知道，她一直在捂着孩子的嘴。原来，进沟之前，她远远地看到一队鬼子经过，担心孩子会哭出声来，只得捂着孩子的嘴。

敌人走远了，刘喜宝看着孩子憋得青紫的小脸，忍不住落下泪水。那一刻，刘喜宝觉得，自己的命是老百姓给的。

刘喜宝的伤快好的时候，一个傍晚，陶致萌和胡狗剩、大盛等人押着刘庄的一个年轻人来见他。这个年轻人刘喜宝认识，叫刘三毛。押着刘三毛来的还有其父刘贵祥。刘贵祥是刘喜宝父亲刘贵禄的远房堂兄，说起来还是亲戚。

原来，刘喜宝追查的内鬼正是这个刘三毛。好逸恶劳的刘三毛被姚虎收买了，他从当武工队员的父亲刘贵祥那里套出消息报告给姚虎，拿到赏钱去城里吃喝玩乐。

刘喜宝和王东明被抓之后，刘贵祥对儿子起了疑心，回想起来，那天他无意间把刘喜宝的行踪告诉了儿子。起了疑心的刘贵祥从那之后长了个心眼儿，开始关注儿子的行踪。刘贵祥故意把一个假消息透露给刘三毛，过了一会儿，刘三毛找了个借口向村外走去。刘贵祥和胡狗剩一起跟踪，发现刘三毛在牡丹镇上与姚虎接头，还收了姚虎给的钱。

等刘三毛回到家，刘贵祥就召集武工队员把他绑了起来。

在刘贵祥的追问下，刘三毛对自己做的事供认不讳。

朦胧的夜色里，看着跪在地上不断求饶的刘三毛，想着那些因刘三毛而牺牲的同志，刘喜宝百感交集。想不到内鬼竟然是刘庄的，而且是自家的远房兄弟。

刘贵祥知道刘喜宝犯难，主动说："喜宝，这事你不用犯难，把这个孽障押过来，就是让你知道这事是他做的。即便是亲生儿子，我也不能包庇他。"

一听父亲这话，跪在地上的刘三毛站起来就跑。被捆了双手的刘三毛怎么也跑不快。刚跑了没几步，枪声响了，刘三毛一头栽倒在地。

开枪的不是别人，正是刘三毛的父亲刘贵祥。

看着倒在地上的刘三毛，刘喜宝心里百感交集。他觉得，脚下这片土地，这片土地上的人民，值得用一生去回报。

十八

这天，刘喜宝正在红三村的临时地委办公处组织大家开会，一个勤务员进来告诉他，大门外有人找。

刘喜宝急匆匆奔出大门，眼前站着周田民老师。

原来，周田民被任命为新成立的湖田地委书记，这次来红三村是带领班子成员到曹泽参观学习的。周田民得知刘喜宝的成长和进步，由衷地高兴。

说起赵启明的牺牲，两人又是一番唏嘘。

临别时，周田民叮嘱刘喜宝，什么时候都要把群众利益放在第一位。

看着周田民越走越远的背影，刘喜宝的眼眶湿润了。老师匆匆来，又匆匆去，连一顿饭都没来得及吃。

怅然之际，杨司令在身后叫他，说是刚收到苍梧国民党五三五师的加急电报。据情报，冈田宗一正谋划调集部队攻打国民党五三五师，唐玉龙主动与杨司令沟通，希望借此机会围击冈田宗一部。

杨司令对刘喜宝说："这是一次真正意义上的国共合作，我们一定不能掉链子。武工队也要打支援，让小鬼子尝尝我们中国人的厉害！"

八路军积极准备配合国民党五三五师迎战鬼子之际，苍梧的唐玉龙却在打着自己的小九九。

他看着一个心腹做好的作战计划，不住点头。这份作战计划正合唐玉龙的心意。

唐玉龙走到作战地图旁，心腹忙跟上来演示："八路军固守左翼，让徐天义带领两个团固守右翼，参谋长带领两个团迂回到鬼子后边，师长您带领剩下的三个团在师部留守。只待鬼子接近苍梧，军队从四面八方把鬼子围在中央狠打。"

唐玉龙笑笑说："不错，不错，师部这个位置前可攻后可退。"

那个心腹笑着说："这一仗打下来，师长您怎么着也能拿个国防部的二等功。"

唐玉龙看着作战地图忽然问："女子特勤队在哪里？"

心腹答："女子特勤队跟着师部行动，还别说，那几个黄毛丫头不能小看，关键时刻也能抵挡一阵子。"

唐玉龙赞道："不错，就这么定了，通知下去吧。"

不料，天不遂人愿。就在冈田宗一带着大队人马即将接近苍梧时，唐玉龙接上峰急令，派徐天义率领三个团赶往皖鄂一带，国民党军队吃紧，需要紧急支援。唐玉龙不敢怠慢，只得凑够三个团让徐天义立刻前去支援。

日军来势凶猛，右翼失守，唐玉龙一下子就慌了手脚。他见防守势弱，必然造成惨重伤亡，便向北逃跑，置左翼杨司令率领的八路军以及断后的五三五师参谋长于不顾。

曾美锦见此情形，对唐玉龙失望至极，自作主张带领女子特勤队与左翼的八路军会合，顽强与日军搏斗。

唐玉龙小看了冈田宗一。他撒丫子向北逃窜，被早已等候在北边的日军迎头痛击，队伍伤亡严重，剩下的人散的散，逃的逃。眼见性命不保，唐玉龙带着 100 多人投降了日军。

五三五师三团团长余戈誓死不投降，率领部队与八路军、武工队联手顽强抵抗日军，部队死伤惨重。到最后，余戈所在的团只剩下几十个人，被鬼子团团围住，余戈中弹。危急关头，徐天凯带着一队八路军赶来相助。

迷离中的余戈认出徐天凯，艰难地说："唐玉龙投降了日本人！"

徐天凯一边喊人救人，一边大声问余戈："余团长，我哥在哪儿？"

余戈艰难地说："徐副师长被抽调去了皖鄂……"说完，就昏死过去了。

一直拼死与鬼子对抗的曾美锦和杨春桃发现余戈受伤，跑了过来。

曾美锦拼命摇着余戈的肩膀："余团长！余戈！"

余戈费力地睁开眼睛，看着曾美锦和杨春桃，断断续续地说："你们俩要多加注意！"

曾美锦和杨春桃眼泪汪汪。余戈把目光停留在曾美锦脸上，气喘吁吁地说："唐玉龙靠不住，他投靠了日本人！"曾美锦眼里冒出愤怒的火花。

卫生员奔过来救治余戈，他看了看伤势，冲徐天凯摇摇头。

曾美锦和杨春桃恳求卫生员再试试，不料此时鬼子又发起一轮进攻。卫生员中弹牺牲了。

愤怒的曾美锦含泪转身向鬼子冲去，杨春桃紧跟其后。

八路军陷入危机。就在此时，刘喜宝带领红三村的武工队员前来救援。曹泽西边的湖田也派出援兵。激战中传来噩耗，带领湖田武工队前来支援的湖田地委书记周田民被鬼子打伤。刘喜宝赶到周田民跟前时，他已经奄奄一息了。

想起与周老师分别才两天，又想起周老师那天连饭都没来得及吃就走了，刘喜宝悲从中来。

周田民从靠近胸口的口袋里掏出一本线装的党章，交给刘喜宝。周田民说不出话，刘喜宝知道周老师想说什么，含泪说："周老师，请放心，我一定会听党的话，永远跟党走！"

周田民点点头，闭上了眼睛。

战斗结束时，曾美锦发现，国民党五三五师的人所剩无几，她和杨春桃也没有找到余戈的尸首。两个女孩子满心悲怆地站在那里，一时不知该如何是好。

杨春桃问曾美锦："我们怎么办？"

曾美锦也在想这个问题。唐玉龙投靠了日本人，徐天义去了南方，残部何去何从？

一直在找杨春桃的徐天凯跑过来说："春桃，参加我们八路军吧，我们一起打鬼子！"

刘喜宝走过来说："欢迎参加八路军、武工队！"

杨春桃担心曾美锦不同意，试探着问："我们怎么办？"

曾美锦果断地说："我们参加八路军！"

杨春桃惊讶地说："我没听错吧？"

曾美锦说："你没听错，我俩参加八路军，继续打鬼子！"

杨春桃说："美锦，太好了，你真是这么想的吗？"

曾美锦答："我从来没有像现在这么清醒过。这一仗让我彻底醒悟了，我要参加八路军！"

国民党五三五师残部都参加了八路军和武工队。

考虑到杨春桃是本地人，发动群众是把好手，组织决定把她放在县委宣传部担任抗日宣传员，精通战术的曾美锦则被安排到军分区司令部做参谋。

徐天凯趁机向杨春桃求婚，杨春桃立下誓言，等赶走鬼子再谈婚事。

杨春桃回陶庄看望父亲和弟弟。得知杨春桃参加了八路军，杨家富十分赞成，说八路军和武工队才是正经打鬼子的兵。

杨春桃回到红三村后，就想三下五除二把刘喜宝与曾美锦撮合成。无奈每次找刘喜宝说这事，他总是找理由婉转拒绝，不是说曾美锦太优秀他配不上，就是说工作太忙顾不上。杨春桃拿不准刘喜宝怎么想的，想到自己在曾美锦面前大包大揽说的话，只能接着撮合。在杨春桃看来，曾美锦不光漂亮还能干，刘喜宝没有不同意的理由。

转眼又到了花季，杨春桃与徐天凯商量，叫上刘喜宝和曾美锦去三棵树看牡丹花，借机让二人聊一聊。这天，好不容易赶上刘喜宝没有下乡，不料曾美锦接到绘制军事地形图的任务，无法成行。连年战火，牡丹所剩无几，眼看花期就要过去，杨春桃只好与徐天凯、刘喜宝一起去了三棵树。

曾美锦没来，杨春桃直接问刘喜宝，到底愿不愿意和曾美锦处对象。

刘喜宝心里一直装着柳小红。虽然曾美锦很优秀，但刘喜宝并不动心。

此时，面对杨春桃的逼问，刘喜宝直接说："春桃，谢谢你的好意，还是那句话，美锦很出色，是我配不上她，我和她不合适。"

杨春桃想不通，那么多人喜欢曾美锦，曾美锦都看不上，好不容易看上了刘喜宝，刘喜宝怎么就这么不开窍。杨春桃说："刘书记，我可告诉你，不把你和美锦撮合成，我誓不罢休！"

徐天凯笑着说："春桃，难道你想包办刘书记的婚姻？这可是使不得的！"

刘喜宝笑了。杨春桃自己也笑了，赶忙说："我可不是包办，我是牵线搭桥，刘书记自觉自愿。"

几个人一路说笑着来到三棵树，想不到柳小红带着宣传队员们也在这里赏花。虽然地里的牡丹不多，却开得很鲜艳。

看到柳小红，刘喜宝双眼一亮，前去和宣传队员打招呼。杨春桃看到刘喜宝的神情，就知道了症结所在。原来刘喜宝喜欢的是柳小红。得出这个结论之后，杨春桃决定以后不再乱点鸳鸯谱。杨春桃不好对曾美锦明说，事情也就搁置下来。

抗日战争处于相持阶段。这天，刘喜宝回到刘庄的老宅子，与母亲和马三爷商量，要再卖地支援抗日。母亲一开始不同意，说家里的地一大半都卖了抗日，总得留点儿给他娶媳妇。刘喜宝给母亲做工作，说不赶走日本鬼子，哪有心思娶媳妇，母亲终于同意了。

武工队不断壮大，根据地缺少枪支弹药，更缺少制造枪支弹药的材料。

炮火中，老百姓为了支援部队，四处捡拾炮弹壳。庄稼地里，晃动着十几岁的胡小剩和王东明的身影。

空中一只飞鸟飞过，胡小剩把手中的子弹壳弹出去，一只鸟就扑扑棱棱地跌落下来。

为了买装备，刘喜宝惦记起自家在曹泽城北大市场的几间铺子，想把铺子租出去，再置办一批武器。于是，他委托马三爷进城，在铺子门口张贴了出租告示。

不料，这事被管小龙得知了。管小龙雇人假冒租房者，以必须户主签名为由，诱使刘喜宝进城。

冈田宗一不遗余力布置行动。把稀有牡丹品种运往日本皇宫的计划没能实现，究其原因，他觉得是刘喜宝从中作梗。他要亲自出马，置刘喜宝于死地。

赵耿获得情报后，通过地下交通员把消息及时传递给了曹泽地委。

刘喜宝找到杨司令，说出一个设想，来个将计就计，一举拿下冈田宗一。冈田宗一在曹泽作恶已久，杨司令表示赞同。

杨司令和刘喜宝、徐天凯一起制订作战计划，参谋曾美锦列席会议。

大家商量之后，最终定下来的作战方案是这样的：刘喜宝去曹泽城北大市场与"租房者"见面，负责诱敌深入。螳螂捕蝉，黄雀在后。等冈田宗一和管小龙带领部队到达城北大市场，徐天凯带领八路军把日军包围起来，一举歼灭。

但是，负责诱敌深入的刘喜宝完成任务后怎么脱身是个问题。根据赵耿提供的情报，日军计划将见面地点团团围住。冈田宗一和管小龙都对刘喜宝恨之入骨，很可能仗着人多势众，第一时间除掉刘喜宝。刘喜宝与"租房者"见面，带的人多了，势必会引起敌人警觉。为了既保证刘喜宝的安全，又万无一失拿下冈田宗一，大家反复讨论作战方案。

高小岭建议，将接头地点定在一家茶馆。那家茶馆有个地窖，非常隐秘。以前，白老大经常在那家茶馆与各路势力碰面、交涉。土匪之间发生械斗是常事，为了安全起见，白老大就挖了个地窖，通道连着外边。这件事只有几个人知道，就连茶馆老板都不知情。刘喜宝执行完诱敌任务后，可以从地窖撤退。

大家都赞成这个方案。高小岭说自己熟悉地形，要求参战。大家研究后决定，由他陪同刘喜宝前去诱敌。武工队的同志在外围接应。

见面那天，刘喜宝和高小岭刻意比预约时间早到了一个小时。等了一会儿，一个化装成茶客的武工队员进来，悄悄递给刘喜宝一张字条。字条上说，大批鬼子就快赶到了，为首的正是冈田宗一和管小龙。目的已经达到，刘喜宝给高小岭使了一个眼色，开始施展金蝉脱壳计。高小岭熟门熟路带着刘喜宝来到后院，打开隐藏在暗处的地窖入口，飞速遁入地下。

事先，刘喜宝和高小岭踩过点，撤退得格外顺利。

四周一片寂静，两人脚步匆匆，几十米的地下通道眼看就要走到尽头。身后突然传来枪声，还夹杂着叽里呱啦的说话声。仔细一听，正是冈田宗一。原来，日军的探子盯着刘喜宝。冈田宗一带着士兵冲进茶馆，立刻被探子领着搬开刘喜宝刚刚掩藏好的地窖洞口。冈田宗一抓人心切，率先追了进去。

狭小的地道里，刘喜宝、高小岭与冈田宗一相互射击。已经能看到前面洞口的亮光，高小岭突然中弹，倒下了。刘喜宝赶紧上前搀扶。高小岭眼看自己跑不出去，就让刘喜宝先走。刘喜宝哪里肯舍下战友，他看见主通道旁边有个狭小的侧洞，情急之下一把将高小岭推了进去，自己也趁机躲进去。

冈田宗一看到前面洞口处传来的亮光，以为刘喜宝已经出去了，于是加快脚步向洞口冲去。

洞口在一座废弃的房屋后边，有几个武工队员在那里接应。听到远处不时传来枪声，大家判断徐天凯带的部队已经与包围茶馆的敌人交火，就分散到附近的胡同口，等着收拾逃跑的敌人。地窖洞口附近只有柳小红、陆郎中和小冯在隐蔽处准备急救物品。胡同口又传来一阵枪声，陆郎中和小冯向那边跑去，准备支援。

柳小红正琢磨，刘喜宝还不出来，是不是改变了突围路线，突然，洞口处冲出一个日本军官，往前奔去。柳小红一眼就认出来是冈田宗一。她一下子蒙了，不知该怎么办才好。冈田宗一没有看到身后的柳小红，他首先看到的是背对他奔跑的陆郎中和小冯。冈田宗一立刻向陆郎中和小冯射击，陆郎中倒在了地上。就在冈田宗一又要向小冯射击时，柳小红手里的枪响了。中弹的冈田宗一转过身，凶狠地瞪视着柳小红，枪口也在瞬间对准她。柳小红手中的枪再次响起，冈田宗一倒在地上，不再挣扎。

冈田宗一的口袋里掉出一本书，正是他亲手绘制的《东山省田野考察地图》。

听到地窖出口的枪声，武工队员们很快聚拢过来。大家都觉得难以置信，作恶多端的冈田宗一竟然死在柳小红手上。柳小红呆呆地站在原地，直到这时，她仍觉得不可思议，是自己打死了冈田宗一。

陆郎中牺牲了。大家正难过，就见刘喜宝背着受伤的高小岭从洞口挪了出来。

高小岭进入弥留之际。看到哥哥受伤，柳小红扑过来在他身旁哭成泪人。

刘喜宝让小冯赶紧救治，高小岭扯出一丝笑容说："不用了，还是留点儿工夫让我嘱托你几句话吧。"

刘喜宝伏下身子，高小岭看着他说："我妹妹就交给你了，你要对她好。"

说完，高小岭就闭上了眼睛。

十九

全国范围内的侵华日军已是强弩之末，困兽犹斗。

冈田宗一死后，省城的日军又派了一个叫工藤悠部的人到曹泽任职。

工藤悠部的风格与冈田宗一不太一样，一上任就率领日伪军向根据地发起大"扫荡"。

担心牵连红三村的乡亲们，八路军回到野地里宿营不进村。陶致萌、张桂之、胡狗剩、大盛等带着乡亲们把热菜热饭送到宿营地。

不料，这一幕被管小龙派出的姚虎看到，回到城里添油加醋地报告给工藤悠部。

管小龙趁机煽风点火："红三村的老百姓是铁了心跟定共产党，给他们来一顿狠打，看他们是不是还会对共产党八路军这么忠心！"

工藤悠部咬牙切齿，准备再次向根据地发起大"扫荡"，号称要蹚平红三村，把根据地变成一片血海。

得知消息，赵耿托人传递到红三村。

杨司令对刘喜宝说："咱还是老打法，你招呼群众撤退，我组织部队教训他们。"

徐天凯说："日军在太平洋战场失利，小鬼子这是慌了。"

刘喜宝说："咱们就给小鬼子来个死磕！"

天还没亮，在曹泽城外放哨的武工队员就跑到村子里，说鬼子向这边来了。刘喜宝赶紧组织群众撤退。

刘喜宝站在街上大声喊："乡亲们，快点儿，鬼子就要来了！"

不一会儿工夫，群众撤退到了村子外边。群众撤退后，杨司令、徐天凯带领部队埋伏在村子附近准备作战。奇怪的是，等了一天，眼看太阳就要落山了，还没见日军的影子。

难道是消息不准？不会呀，不光是赵耿传递来了消息，夜里在曹泽城边放哨的武工队员还亲眼看到大队的日军出了城。

刘喜宝着急了，跑过来向杨司令、徐天凯打探情况。

杨司令觉得，工藤这是在和八路军玩战术，要当心。

几个人正议论着，一个交通员来报告，说大批日军虽然一大早就出了城，但没往红三村这边进攻，一直在城边晃荡，下午又回城里去了。

徐天凯说："这个工藤在耍我们。"

刘喜宝向杨司令提议："天快黑了，群众带的干粮不多，要不要让他们先回去？"杨司令还没表态，就见有些群众已经开始往村子里走了。杨司令隐隐觉得这事怪怪的，乡亲们不能急着回村，工藤悠部在搞麻痹战术。

想到这里，杨司令说："多往曹泽城里派些人，监视他们的一举一动，特别是派兵情况。一旦有风吹草动，赶紧报告。"

杨司令话音未落，一个武工队员跑过来说："不好了，鬼子从曹泽那边来了，带了好些大家伙，把大炮也拉来了。"

杨司令下令："快通知群众转移！"刘喜宝向村子跑去。杨司令和徐天凯指挥部队迎战。

村子里，张桂之刚进家门，就忙着在灶房里烧火热饭。昨天夜里没有睡好，今天又在野地里累了一天的韩青川一开始还和张桂之说话，不一会儿就靠在橱柜上睡着了。

张桂之做好了饭，叫韩青川起来吃，让他吃完了再睡。无奈韩青川实在是太困了，歪靠在橱柜上熟睡着。

这时，外边传来了刘喜宝的声音："快点儿转移，鬼子来了！"

张桂之一惊，跑出去看个究竟。鬼子不是回城了吗，怎么这么快就回来了？出门跑了一段，果然见刘喜宝站在那里喊。看到张桂之，刘喜宝对她说："张团长，鬼子又杀回来了，快点儿转移！"

张桂之忙往家跑，想去通知儿子。刚跑了两步，犹豫了一下，她又往相反的方向跑，要去通知更多的群众转移。

张桂之一路跑一路喊："鬼子来了，大伙儿快转移！"

街道上，群众纷纷跑出家门，往村子北边拥去。

就在村民刚要走出村子时，村北上空突现一片火光，转瞬间几声炮响，炮弹在村子的北侧爆炸了。

正组织群众撤退的刘喜宝起初以为是一部分鬼子绕到了村北，不一会儿，通信兵报告，说北边的鬼子是工藤悠部从省城调集来的，正潮水般往红三村这边袭来。

话音未落，南边上空也突现火光，紧接着几声炮响，南边的村子也被轰炸了。刘喜宝意识到，这是中了工藤悠部的计了。

顿时，红三村变成了一片火海。大批日军、伪军从各个方向进村，烧杀抢掠。杨司令、刘喜宝号召八路军和武工队冲向被炸毁的村庄救人。

刘喜宝远远地看到，一名群众带着妻子和年幼的孩子刚从家门走出来，就迎头碰上几个鬼子。几个鬼子二话不说，上前就拿着大刀砍杀。

刘喜宝见状，带领武工队冲上去解救。丈夫和孩子已经被鬼子杀死，悲痛万分的妻子被武工队解救离开。

战斗激烈的时候，韩青川还在自家的灶房里熟睡。他是让一发炮弹惊醒的。韩青川睁开眼，听到外面不停传来枪炮声，知道鬼子来了，赶忙起身向外奔去。

韩青川刚从家里跑到街上，迎头碰上几个鬼子。韩青川想朝旁边的胡同里躲闪，但跑了没几步，就被鬼子一枪击中后背，倒地身亡。

徐天凯带领一个团的兵力在村子南边与一队鬼子相遇，对手正是工藤悠部。

双方拼杀起来，各有死伤。杨司令指挥部队应对北边省城来的大批鬼子。敌人众多，八路军伤亡严重。鬼子开始喊话："投降！八路快投降！"

杨司令鼓励大家："同志们，这里是黄河湾根据地的发源地，就是死也要死在这里！"

刘喜宝、王东岳、杨春桃、柳小红带领群众转移，路过这里。

群众纷纷表示："我们不走了，和鬼子拼了！"

杨司令见手无寸铁的群众要参战，十分担忧。他让刘喜宝快带大伙儿撤退，这里危险。

张桂之说："杨司令，你就别劝大伙儿了，生一块儿生，死一块儿死！"

一时间，男女老少纷纷参战，八路军冲在最前边，场面令人感动。胡狗剩带着胡小剩，王发根带着王东明也加入其中。张桂之和大盛冲在前边，与日军、伪军搏斗。

战斗中，陶致萌的胳膊受伤，他鼓励群众："有八路军在，我们不怕！"

在村子南边战斗的徐天凯一心想把工藤悠部杀死。穷凶极恶的工藤悠部也一心想把红三村的军民杀个精光。

红三村军民与日军、伪军对峙着。胶着之际，十里八乡的武工队和乡亲们都来帮忙，到处一片喊杀声。

管小龙凑到工藤悠部跟前说："不好了，周围村子里的武工队和老百姓一窝蜂地来了。"工藤悠部无计可施，只好下令撤退。

徐天凯和曾美锦乘胜追击，想活捉工藤悠部。狡猾的工藤悠部弯下身子，把帽子扣在一个士兵头上。那士兵为掩护工藤悠部，飞奔而去。

徐天凯和曾美锦追着"帽子"跟了上去。

两个人一路追踪，终于一枪把人撂倒，这才发现那人不是工藤悠部。

战斗结束后，张桂之才发现韩青川已经死了。她扑上前去，抱着儿子哭喊："青川，青川！你醒醒！都怪娘不好，娘没来得及去叫醒你！"

红三村到处是失去亲人的痛哭和哀鸣。

天终于亮了，战斗后的红三村到处都是鲜血。这片浸满鲜血的黄土地，记录着民族的苦难和仇恨。大街上，军民互相搀扶着，从这片苦难的土地上重新站起来。

二十

泰晤士报的记者来根据地采访。徐天凯和曾美锦负责给杨司令做翻译，向记者介绍八路军。刘喜宝和杨春桃负责介绍武工队。柳小红带领宣传队搞服务。

杨司令和刘喜宝一边等待记者，一边闲聊。

杨司令说："我看这些记者一准儿是听到了风声，这回小鬼子真的气数已尽，来日无多喽！"

刘喜宝感慨："一转眼，都快8年了。"

院子里，柳小红正在准备茶水。曾美锦拿着咖啡瓶子进了院子，走到她面前。

柳小红说："记者马上就到。"

徐天凯走上前交代："小红，这是咖啡，拿去煮了招待客人。"

通信兵从一边过来说："我去吧，到老乡家里煮。"

通信兵接过咖啡瓶子跑了出去，跑了几步又转身问："这什么啡，怎么煮？"

曾美锦说："烧开了水，倒进去就行！"

通信兵答应一声，飞跑着离开了。

通信兵来到老乡家，一听说要煮咖啡招待记者，五十多岁的大妈赶紧到灶房里用柴火烧水。用的是一口大锅，放了小半锅水。水开了，通信兵为难了，不知道加多少咖啡合适。大妈接过咖啡瓶子，放在手里掂了掂说："也就一斤来沉，就按用玉米面做稀饭的干稀程度吧。"大妈又问几个人吃，通信兵先说有七八个，想了想又说有十几个。大妈果断做出决定，都放进去，招待客人就要大大方方的，敞开喝才是。

通信兵把一瓶子咖啡都倒进了锅里。刚倒进去，曾美锦、杨春桃和柳小红就跑来了。

曾美锦问："咖啡煮好了吗？"大妈说："刚下进去，咕嘟咕嘟就好了。"曾美锦来到锅跟前，看了眼锅里，又看到通信兵手里空着的瓶子，问："都煮了？"

通信兵说："都煮了。"曾美锦说："就这么点儿水，放一瓶咖啡，这没法喝了。"

大妈说："不是说有十几个人吃吗？就这么点儿面，我还担心不够呢。"

曾美锦哭笑不得。杨春桃说："快加水吧。"说着就拿起瓢一个劲儿地往锅里加水。柳小红也找到一个瓢，帮着往锅里加水。

曾美锦站在锅边，用勺子盛了品尝，对杨春桃和柳小红说："还得加，还得加，还得加！"

大妈见状，忙说："哎呀，这锅都快满了，这可是 30 口人吃饭的大锅。"

咖啡是用几个大桶抬到地委院子里的。太多了，喝不了，赵启明就让刘喜宝招呼近处的老乡、战士和武工队员都来喝，用的是青花瓷大碗。大妈喝了一碗，直呼太难喝了，说是刷锅水。

更多喝咖啡的人笑逐颜开。

这喝咖啡的场面，两名外国记者看得目瞪口呆，赶紧拍了照片。

日本人终于投降了，大家奔上街头庆祝。

庆祝回来的路上，徐天凯追上杨春桃，让她兑现之前的承诺。杨春桃也想早点儿与徐天凯结婚，就点头答应了。这天，徐天凯把自己的被子抱进杨春桃的屋子，又买了几包糖给大家撒了撒，就算是结婚了。

结婚那天，刘喜宝、柳小红和曾美锦都来了。徐天凯趁机和刘喜宝开玩笑说："我和春桃结婚了，你可不要太落后！"

刘喜宝笑笑，看了一眼旁边的柳小红。刘喜宝说："结婚是两个人的事，这事还要看人家愿不愿意。"

几年来，刘喜宝几次向柳小红表明心意，但柳小红一直没有答应。在柳小红看来，刘喜宝向她表白，源于哥哥牺牲前的嘱托。这表白，是一种怜悯，也是一种施舍。柳小红觉得，同样喜欢刘喜宝的曾美锦要比自己出色得多，再加上杨春桃也撮合过曾美锦和刘喜宝，她不能夺人所爱，更不能让两位姐姐看不起。

想到这里，柳小红就说："刘书记，是美锦姐不答应你的求婚吗？你不要着急，回头我和春桃姐一起给你俩做大媒。"

杨春桃心中暗自叫苦，柳小红还记着她不知情时给曾美锦和刘喜宝做媒的事，这事还真是说不清了。自从看出刘喜宝喜欢的人是柳小红，杨春桃就不再插手了，曾美锦和柳小红都是她的好姐妹。想不到几年过去了，柳小红还是没有答应刘喜宝的求婚。

徐天凯见气氛有点儿僵，就抓起一把糖分给大家："吃糖吃糖！"

徐天凯和杨春桃结婚的第二天，就传来内战风云突变的消息。

杨司令与刘喜宝讨论战况，桌上放着上级发来的电报。

杨司令拍拍那份电报说："刘书记呀，我看这胜利酒一时半会儿咱还不能喝呀。从陕北传来的消息看，日本鬼子是投降了，可这蒋公又不消停，说什么'不得受非本委员长许可之收编'。最可气的是，让八路军'原地驻防待命，不得向敌伪擅自行动'。简直是一派胡言，我们打鬼子那会儿，他们去哪里了？"

刘喜宝嘲讽地笑着说："他们与鬼子合起伙来打我们！"

徐天凯说："那我们还等什么？"

杨司令沉稳地说："不急不急，我们要听中央的统一部署。"

几天后，刘喜宝和徐天凯带领部队去曹泽城内接管日本人的武器库。

早已投靠日军多年、久不露面的唐玉龙带着管小龙，抢先一步占了武器库。

刘喜宝上前理论。唐玉龙自然有他的一套解释，说这些年是奉上峰之命打入日军内部探听情报，卧薪尝胆保存实力。

唐玉龙暗中指使管小龙向刘喜宝开枪，被火眼金睛的曾美锦发现，双方发生激战。

日本人投降后一直想回到组织怀抱的赵耿眼看唐玉龙要无赖，掏出手枪想干掉他。唐玉龙早有防范，他的手下抢先一步，接连向赵耿射击。赵耿英勇牺牲。

为救刘喜宝，曾美锦快速射击，打死昔日父亲的同僚唐玉龙。不料她中了管小龙的暗枪，被送往战地医院急救。

分别时，意识到自己凶多吉少的曾美锦对刘喜宝说："一直很喜欢你，惊讶于你小小的个子，却有着无尽的智慧。"

柳小红和杨春桃看到这一幕，含泪向曾美锦奔了过去。

管小龙一心想借机打死刘喜宝，替父亲报仇。他再次向刘喜宝开枪。王东岳及时冲过去，替刘喜宝挡住了子弹。

王东岳中弹倒下，他微笑着对刘喜宝说出最后一句话："兄弟，替你去死，我不后悔！"

双方激烈交战，现场一片混乱。

战斗结束后，大家飞奔到红三村卫生队，却被告知，曾美锦已经牺牲，被葬在刘庄村外的小树林里。

刘庄村外的小树林又添了几座新坟。

二十一

徐天凯做梦也没想到，杨司令说的那个"老朋友"会是自己的亲哥哥徐天义。

去年日本人投降不久，毛主席去重庆谈判的消息刚刚传来，曹泽那些投靠日本人多时的国民党部队似是得到某种授意，一点儿不觉得当过伪军是件可耻的事情，反倒在曹泽城里耀武扬威起来。

经过漫长的谈判，国共两党签订了"双十协定"。但是国民党公然撕毁协定，向共产党发起进攻。第二年6月份以后，已是战火一片，国民党开始抢占黄河湾解放区地盘。

曹泽是贯穿南北的交通要道，国民党企图打通这一要道，派兵北上占领东北。一时间，黄河湾解放区成为其进攻重点。

杨司令召开战役分析会，给大家讲："国共实力悬殊，国民党军队总兵力约 430 万人，其中正规军约 200 万人，一水儿的外国装备。我们解放区人民军队总兵力只有约 120 万人，其中野战军约 60 万人，装备是小米加步枪。"

杨司令话锋一转，告诉大家一个消息："有个'老朋友'这次也来了。"

"老朋友"指的就是徐天义。

开会之前，徐天凯已经从杨司令那里得知了消息，知道了这次战役的严峻性。国民党向黄河湾解放区派来 20 多万大军，而黄河湾解放区人民军队一共还不到 10 万人。

曹泽城里，日军大队的指挥部改成了国民党五三五师的师部。

此时，已经成为中将师长的徐天义正在屋子里踱步。十几分钟前，他刚刚收到蒋介石的电令，命其尽快歼灭曹泽的共产党军队。

身上还穿着伪军军服的管小龙像条哈巴狗一样溜了进来，恭维徐天义说："徐师长，您来了，共产党的军队就都得歇菜，不在话下！"

徐天义不耐烦地看着管小龙问："你是谁呀？"

管小龙说："徐师长，我叫管小龙，以前和五三五师的唐师长一块儿潜伏到日本人内部的，现在又是党国的人了。"

徐天义上下打量着管小龙，更加不耐烦："既然改编了，起码要把这身衣服换掉吧？"

管小龙忙说："是，是！"

徐天义说："以后没事别到这屋里乱晃。"

管小龙讨了个没趣，应了一声出去了。

管小龙向外走的时候，迎头碰上了少将副师长余戈。管小龙脸上忙又绽出笑容，冲余戈点头。余戈知道管小龙这个人，不屑于搭理他，径直走进屋子。

徐天义转过身，指着桌子上的电文对余戈说："看看这份电文，委员长指示，三五个月内歼灭共产党，我们的任务不轻呀。"

余戈犹豫着说："师长，说句心里话，对这次即将到来的国共之战，我始终想不开。"

徐天义猛然转过身，语速飞快地说："余副师长，这话以后就不要再说了。我们是党国的军人，就要一心效忠党国，毫不含糊地服从长官意志。"

余戈说："是。"

徐天义在椅子上坐下，说："来，我俩确认一下作战计划。"

余戈无奈地坐了下来。

和徐天义碰完头，余戈回到了办公室。勤务员小李给他沏了一杯茶。

小李一边鼓捣茶水，一边问："余副师长，师长还是要打共产党？"

余戈说："他也是没办法，上峰的命令。"

小李又问："难道师长就不知道，他弟弟是共产党那边的师长？"

余戈说："当然知道！"

小李说："这叫兄弟相残。"

余戈想起了曾美锦，对小李说："你去帮我办个事。"

小李说："请副师长指示。"

余戈让小李去打听一个人。

小李问："打听谁？叫什么名字？"

余戈饱含深情地说："她叫曾美锦。"

杨春桃因为曾美锦牺牲而郁郁寡欢，对国民党痛恨入骨，说当初真是瞎了眼。徐天凯一时没敢把哥哥徐天义来"围剿"的事告诉她。

这天，杨春桃和柳小红带领文艺宣传队到曹泽城里做反内战宣讲，撞上了急于在徐天义面前表现的管小龙。管小龙带人袭击了文艺宣传队。

宣传队三人牺牲，柳小红身受重伤。管小龙、姚虎把牺牲的共产党人的头颅挂在曹泽的城墙上，叫嚣不出几个月，由徐天义带领的国民党王牌五三五师就能把曹泽的共产党人消灭干净。

杨春桃这才知道徐天义回来了，她带人救出了柳小红。

柳小红失血严重，生命危在旦夕。军医说必须马上输血，否则性命不保。杨春桃焦急万分。就在这时，刘喜宝赶来了，他扑在柳小红病床前，呼唤她的名字。柳小红睁开眼睛，冲他微微笑了一下："你来了，我没事。"

说完，柳小红就昏迷过去。

知道柳小红需要输血，刘喜宝号召大家献血。经查血型，刘喜宝与柳小红一致。他二话不说，撸起袖子就献血。

徐天凯也赶来探望柳小红。杨春桃冲他发火："亏你也算个师长，就任凭你那在国民党当师长的哥哥胡作非为？"

见柳小红伤势逐渐稳定，刘喜宝把徐天凯拉到一边，仔细分析这件事情该怎么解决。

刘喜宝说："这次是你哥哥带先头部队，只要我们处理好了，也许会坏事变好事。"

徐天凯说："那我这就去找他。"

刘喜宝提议先去找杨司令商量商量再说。

杨司令不同意徐天凯直接去找徐天义。经过讨论，几人一致同意先写封信探探虚实。毕竟徐天义如今是蒋介石重用的师长，不可贸然行动。

信是刘喜宝与徐天凯共同起草的，说家事，叙兄弟情，临了提到国共内战不可取，委婉动情，有理有据。

徐天义接到弟弟徐天凯的密信，是在一个深夜。灯光下，他一看字体，就知道是徐天凯的亲笔信。他告诉自己，必须以军人的眼光来看待这封在节骨眼上送来的密信。

他的脑海里一边是兄弟之情，一边是国共之间的不共戴天、你死我活。他揉揉眼睛，把信纸展开。

弟弟要与他见面？这个当然是不可取的。

徐天义沉思片刻，皱了皱眉头，写下八个字算是回复："精忠报国，各为其主。"

徐天凯和刘喜宝看到回信，心情沉重，知道一场大战在所难免。

与徐天凯分手时已是深夜，刘喜宝路过刘庄村头时，看到一个黑影向小树林飞奔过去。刘喜宝悄悄跟踪，发现此人竟然是余戈。

余戈来到曾美锦的坟墓前。

原来，小李打听到了曾美锦的下落。得知曾美锦已经牺牲，余戈痛苦难当，趁着夜色到墓地祭奠。

余戈把一包东西放在曾美锦墓碑前，轻声说："曾队长，我是余戈，这是给你带的巧克力，请笑纳。一直对你有好感，可一直没好意思说，到这会儿才表白，似乎是晚了点儿。那一仗我没死，被人救了，现在想来还不如死了的好。自己人打自己人，这仗是越打越不明白了！"

说着，余戈就跪在了地上。

余戈抬起头，又说："曾队长，今儿喝多了，不好意思啦！"

刘喜宝没有惊动余戈，悄悄离开了。

徐天义对解放区毫不手软。他率国民党五三五师连同另外几个师，全力"围剿"黄河湾解放区，红三村陷入炮火中。

采用进口装备的国民党军很快就占了上风。为保存实力，杨司令率军队渡过黄河北撤。

刘喜宝奉命北撤，临行时回到刘庄与母亲告别。刘喜宝想带着母亲和马三爷一起走，母亲却说："国民党又不是日本鬼子，咱在自己家待着怕啥，不用走。"

刘喜丹也不肯离开家，她说："就是，王葫芦家的儿子王猛子就在五三五师当连长，我就不信了，他回来能把乡亲们给砍了？"

刘喜宝想想也是，于是叮嘱家人多加注意，匆忙离开了家。

杨春桃和徐天凯回了一趟陶庄，看望父亲和弟弟。一家人围在一起吃饭。杨春桃叮嘱弟弟要听父亲的话，别到处乱跑。杨家富让女儿和女婿放心，说家里不会有事的。吃完饭，杨春桃和徐天凯走出老远了，杨春兴奔出大门追上姐姐，把一袋蜜枣塞到杨春桃手里。

杨春桃看着弟弟的背影，一阵暖意涌上心头。

刘喜宝路过王发根家门时，王发根把刚满18岁的儿子王东明交给刘喜宝。王发根说："带他走吧，我信得过咱们的队伍！"

胡狗剩也不甘落后，把比王东明还小一岁的胡小剩交给了刘喜宝。

胡小剩早就想参加共产党的军队了，不为别的，就为能打枪。把枪拿到手上，胡小剩无师自通，指哪打哪，活脱脱一个少年神枪手。

转移的时间终于到了。陶致萌、张桂之、胡狗剩等人不想离开家乡，与刘喜宝依依惜别。

哑巴大盛眼里浸满了泪水，不停做着手势，让刘喜宝快些回来。

北撤途中，刘喜宝路过一个集市，看到财主卖粮食不收解放区发行的黄河湾边币，说国民党才是正牌的当家人，边币现在是废纸。手里有边币的群众惊慌失措，担心边币真的成了废纸。

刘喜宝请示上级，为了保护群众利益，留下来主持兑换工作，把群众手里的边币兑换成银圆。

炮火连连，群众排成长队。银行人手不够，地委抽调杨春桃和柳小红等人帮助兑换。

一颗炸弹在兑换点附近爆炸，有银行的同志受了伤。群众感动，说不兑换了，劝刘喜宝赶紧撤退。

刘喜宝下令连夜兑换。徐天凯率队掩护，兑换工作有条不紊地进行。

枪声不断，国民党军队步步逼近，群众感动落泪，主动放弃兑换，纷纷离开兑换点。

看着群众的背影，刘喜宝泪流满面。

星夜，刚刚带领队伍撤离到黄河以北，徐天凯和刘喜宝看到黄河以南火光冲天，炮声隆隆，心里非常不是滋味。

刘喜宝对着红三村的方向喃喃自语："娘，多保重！"

与此同时，徐天义正率五三五师大举进攻黄河湾解放区。每到一个村子，就四处抓捕共产党员，共产党员只好撤出村子。抓不到，国民党兵就拿群众出气，烧杀奸淫，无恶不作。

红三村里，陶致萌正组织胡狗剩、王发根、张桂之、大盛等几十个人往村子外边跑。跑着跑着，大盛想起家里还有几斤米，犹豫了一下，就折回家去拿米。拿了米，大盛刚出了自家大门，就看到远处国民党兵正在抓人、抢东西。

情急之下，大盛赶紧躲进磨盘底下的空隙里，抓起一堆麦秸遮住身子和脸。透过麦秸的缝隙，大盛看到一队国民党兵走过来，手里拎着抢来的东西，赶着几只羊，正杀气腾腾地穿过街道。

几个兵刚离开，大盛正要从磨盘底下出来，又一队国民党兵来了，押着几个年轻的女孩子。女孩们都被反绑着双手，其中一个是王葫芦家貌美的小女儿王三丫。

王三丫说："你们快放了俺，俺哥叫王猛子，在你们五三五师里当连长。"

押着王三丫的一个国民党兵问旁边的瘦子连长："这事咋办？"瘦子连长说："她哥是她哥，咱是咱，咱又不认识她哥，带走！"

王三丫惊恐地问："你们要把俺带到哪里去？"

瘦子连长淫笑着说："肯定是去个好地方。"

瘦子连长和几个国民党兵押着女孩子们进了一家空着的民宅。

在那个院子里，几个女孩被瘦子连长和几个国民党兵奸污了。瘦子正在提裤子，王三丫从地上爬起来，向大门外奔去。

大街上，一个胖子连长抓不到共产党员，就在黑脸团长的指挥下，把全村人往村头赶。

胖子连长来到王葫芦家时，王葫芦正和妻子一起准备饭菜，迎接在国民党五三五师当连长的儿子王猛子回家。

两口子正说着话，胖子连长进了门，命令他们去村头集合。不管王葫芦怎么哀求，胖子连长坚持让他们去村头集合。王葫芦见状，忍气吞声地跟着胖子连长走出了院子。

大街上，胖子连长押着一拨老百姓走着，有王葫芦夫妇、马三爷、刘陈氏、刘喜丹等。突然，衣冠不整、披头散发的王三丫从一个胡同里斜刺着冲出来，一头跳进了水井。

王葫芦夫妻奔了过去。夫妻俩无计可施，急得团团转。马三爷等群众都奔向水井，被国民党兵持枪拦了回去。

胖子连长说："快走，团长还在村头等着呢。"

王葫芦崩溃了，向胖子连长作揖，跪下说："老总！行行好吧，快救救我闺女！我儿子王猛子也在你们五三五师当连长，快行行好吧！"

王葫芦的妻子趴在井沿边对着井里哭喊："三丫，三丫！"

胖子连长说："少废话，快走！"

王葫芦的妻子彻底崩溃，也一头扎进了井里。王葫芦看到这一幕，不再祈求，他悲伤、绝望、愤怒到极点，站起来怒骂："我算是瞎了眼，让儿子去国民党当兵，你们国民党糟蹋老百姓，连一摊'尿泥'都不如！"

胖子连长正要对王葫芦开枪，王葫芦抢先一步，一头扎进井里。

等国民党兵把老百姓都赶到村头，大盛才敢从磨盘底下爬出来。他趴在井边，含泪打捞王葫芦一家三口的尸体。陶致萌、胡狗剩、王发根弓着腰小跑过来。看到陶致萌，大盛咿咿呀呀指着井里哭诉。

三个人向井里一看，都大惊失色。

胡狗剩说："他们把乡亲们都抓到了村头，我们人手少，干不过他们，指不定他们会做出什么伤天害理的事来。"

王发根提议："赶紧去告诉刘喜宝。"

陶致萌点头，一边打手势，一边给大盛下令，让他过黄河去找刘喜宝，通知咱们的队伍快回来，这国民党比日本人还不如，净祸害老百姓。

大盛点点头转身跑开。

大盛走后，陶致萌、胡狗剩和王发根忙活着安葬王葫芦一家三口。

王葫芦家院子里挺着三个人的尸体，放在铺了席子的地上，盖着粗白布。

陶致萌在灵堂前点了香，拜了拜说："葫芦叔，葫芦婶，还有三丫妹子，知道你们死得冤，这都是国民党干的，共产党会替你们报仇的！"

正说着，大门吱呀一声开了，进来一个国民党兵。三个人一惊，仔细一看，原来是王猛子。

王猛子见此情形，顿时呆住，问："陶叔，这——这是怎么了？"

陶致萌说："猛子，这都是你们国民党干的好事，你爹、你娘和三丫，他们都——"

王猛子一下子跪倒在地痛哭起来。胡狗剩劝说："猛子，不能太大声，国民党把全村人赶到了村头，让他们听见就麻烦了。"

王猛子把父母和妹妹草草掩埋之后，返回了部队。部队驻地距离红三村不远，他是跟余戈请了假回来看望父母和妹妹的，不料出了这事。

余戈正在休息，失魂落魄的王猛子一头闯进来。

余戈警觉地坐起，用枪指着王猛子，问了句："谁？"

王猛子号哭："余副师长，是我！"

余戈问："你不是说要回家看看，明天一早才回来吗？怎么了这是？"

王猛子继续号哭，向余戈说了自己回家看到的一切。余戈向徐天义汇报。徐天义愤怒地说："不是早就通报了吗，不能祸害老百姓！"

余戈抱怨："说是说了，没人听呀！各有各的小九九。"

徐天义说："我算是看透了，这些个兵痞，有的想发财，有的图快活，没几个有远大抱负的，更是没什么信仰。"

余戈说："师长，这事怎么办？那王猛子哭天喊地的，一家三口说没就没了。他是师部的警卫连长，平日里是把好手，这事总得给他个说法！"

徐天义又问："王猛子是哪个村的？"

余戈答："红三村的。"

徐天义脸色一凛说："红三村？是三团的马黑子去了红三村？"

余戈答："是他。"

徐天义说："要是红三村，那就是另外一回事了，听说那里的老百姓和共产党走得近。刘喜宝家就是红三村的吧？"

余戈点头说是，徐天义的话让他有些失望。

一心想着"剿灭"共产党军队的徐天义有了别的心思。他对余戈说："咱们去红三村看看。"

徐天义和余戈赶到红三村时，外号叫马黑子的团长已经开始了一个小时杀一个群众的疯狂行为，想借此逼迫群众说出谁是共产党员，谁是共产党员的家属。群众经受住了考验，拒绝开口。

145

村头上，马黑子坐在一张点了汽灯的桌子前，正在吃东西。桌子上有吃了一半的烧鸡、烧饼和茶水。

马黑子抹抹嘴，看了一眼手表，站起来，走到群众跟前说："还是不说是吧？又过了一个小时了，再拉出去毙一个！"几个国民党兵走到人群里，拉出一个村民。

人群中，刘喜宝的母亲刘陈氏走出来。

刘陈氏说："我是刘喜宝的娘，把他放了，杀了我吧。"

一直冷眼旁观的徐天义走上前说："好！"

国民党兵这才知道师长来了，马黑子忙上前给徐天义敬礼。徐天义摆摆手，下令："把红三村给我围了，所有人一律不许进出，村民各回各家，我们去刘喜宝家陪他老娘住上几天。"

二十二

大盛赶到黄河以北找到刘喜宝的时候，他正与杨司令、徐天凯在一棵大树下开会。大盛又是哭又是比画，咿咿呀呀地诉说着国民党军对红三村群众的残暴行为。

刘喜宝、杨司令、徐天凯都听明白了。没想到国民党军竟然会对老百姓下手。刘喜宝含泪说："不能扔下解放区的群众不管，我们要杀回去！"杨司令劝慰刘喜宝说："相信我们的党和我们的军队，绝对不会置群众的利益于不顾。"

杨司令向中央军委请示，上级批准人民军队过黄河，与广大群众一起对抗国民党反动派。

一个繁星点点的夜晚，刘喜宝与徐天凯组织部队过黄河，打回曹泽去。刘喜宝奔走在岸上协调船只，最后离开北岸。家住黄河南岸的艄公对刘喜宝说："国民党兵横行霸道，群众都盼着咱们的队伍快点儿过去。"

话音刚落，忙了一天的艄公就累得晕倒在地。刘喜宝赶忙扶起他来，递给他一个烧饼。吃了几口烧饼，艄公挣扎着站起来说："同志们快上船吧，南岸的乡亲们还等着你们去解救呢。"

小船箭一样向南岸驶去。

就在人民军队火速跨过黄河赶往曹泽的时候，刘喜宝家红三村的老宅已经成为国民党五三五师师部驻地，堂屋变成了徐天义的办公室。

徐天义企图通过手中控制的刘喜宝母亲来要挟共产党。

徐天义和副师长余戈、参谋长在堂屋里开会。徐天义得意地盘算着："只要刘喜宝的老娘在咱手上，就不怕他不回来。刘喜宝回来，共产党的部队会跟着回来。余副师长、参谋长，你二位怎么看？"

参谋长忙附和说："到时候我们来个一网打尽！"余戈没有说话，徐天义就主动问他是怎么想的。余戈不想回答，他还念着与刘喜宝合作打鬼子的情分，压根儿就不愿意拿刘喜宝的老母亲来要挟。

余戈没回答，气氛一时有些尴尬。正在这时，负责看押刘陈氏的团长马黑子一路小跑进来，向徐天义报告，刘喜宝的母亲还是滴水不进，看来老太太是不想活了。徐天义怕老太太死了，筹码就没了，岂不是落个一场空。想到这里，徐天义就说："硬喂也得喂，让她闺女喂！"

马黑子刚转身走了，一个通信兵跑来报告，说共产党的部队过黄河了。

徐天义问："全部回来了？"

通信兵说："全都回来了。听说小船足足运了两天一夜！"

徐天义说："都回来了就好。还是用马黑子那一招，把全村人都赶到村头，一个小时杀一个。有刘喜宝他老娘在这儿，不怕他们不上钩！"

参谋长说："一出好戏即将上演！"

徐天义起身说："走，我们去让老太太开口吃饭。"

刘喜丹从东厢房出来泼水，听到通信兵说刘喜宝过黄河了，赶忙跑进屋子，悄悄告诉了母亲刘陈氏。听到这个消息，刘陈氏一方面很高兴，一方面又替儿子担心，怕儿子中了徐天义的圈套。

桌上放着一些吃的，马三爷蹲在一边，劝刘陈氏吃点儿。

马三爷说："掌柜家嫂子，您都三天滴水没进了，赶快吃点儿吧，别让我和喜丹替您担心了！"

刘喜丹说："吃了有劲儿！"

马黑子走进来说："老太太，好死不如赖活着，吃点儿吧。"

正说着，徐天义、参谋长和余戈走了进来。徐天义对刘陈氏说："老太太，告诉你个好消息，你儿子刘喜宝回来了，你老人家快吃点儿东西，咱们和全村人去村头迎接他们。"

徐天义这番话让刘陈氏打定了主意。她冷静地想了片刻，笑着对徐天义说："谢谢师长大人惦记，我老婆子这就吃饭，等吃完饭，和乡亲们一起去村头迎接我儿子。"

徐天义说："老太太，这就对了，你是个明白人。"

刘陈氏洗了手和脸，仔细地擦了，坐到桌子跟前吃饭。吃到最后一口的时候，刘陈氏吩咐刘喜丹把紫色的丝绸大褂找出来，说要穿上它去迎接儿子。刘喜丹应了，把漱口水递给刘陈氏说："娘，您先漱口，我去拿衣服。"

刘陈氏接过用牡丹花泡的漱口水，仔细漱了口。刘陈氏说："喜丹，这漱口水的牡丹花味儿淡了些，回头再调调。"刘喜丹拿着紫色丝绸大褂过来，

148

说了句："娘，知道了。"

刘陈氏站起身，刘喜丹帮她穿外套。刘喜丹说："娘，您最喜欢这件衣服了，每逢重要的事情就穿这件。"刘喜丹看了一眼门外，接着说："我就不明白了，今天干吗穿给他们看？"刘陈氏心里早已打定主意，自顾自地说："这衣服的料子，是你爹去广州催花时给我买的，质地好，颜色也好，还大气，找咱曹泽城里最好的祥源制衣店做的。今儿我要穿上它，等你哥回来。"

人民军队过了黄河，杨司令和刘喜宝商量了一下，就给大家分配了任务。徐天凯带着一个师来到红三村外，伺机解救被困群众。刘喜宝带领曹泽地委的同志打配合。湖田那边的国民党也在作践老百姓，杨司令带着军分区的其他部队去了那里。

徐天凯和刘喜宝率领部队来到距离红三村几里的一个地方停下了。

这会儿，到红三村打探消息的大盛和一个通信兵刚回来。通信兵说，国民党已经把整个红三村围起来了，三步一岗，五步一哨，根本进不去。

胡小剩冲出来说："我能进去！"王东明说："我也能进去！"

刘喜宝问："你俩怎么进去？"

胡小剩说："我大爷胡余粮家的院子，紧挨着村子东边那条河。我能游过去爬进他家院子。"王东明说："我也能！"

当胡小剩和王东明游过村边那条河，翻墙进胡余粮家的院子时，全村人都被赶到了村头，村子里空无一人。两人悄悄摸到关押老百姓的村南头，躲在一座院子里向村头那边观望。

也真是巧，徐天义、余戈、参谋长正在院墙外开小会。

只听徐天义说："就这么定了。姜太公钓鱼，愿者上钩，我就不信他刘喜宝能放着老娘不救！我们一个师的兵力就在这里等着，只要他们一来——"

参谋长坏笑着恭维："师长高明！"

徐天义向人群走去，一边走一边说："把一个师的兵力分散开来，把守村子的各个方向。还用马黑子那一手，把全村男女老少都赶到村头，不怕共产党不来。一个小时杀一个，最后再杀刘喜宝他老娘！"

余戈不同意这个方案，说："师长，这怕是不妥。"

徐天义打断他："一切为了党国利益，没什么妥不妥的。妥也这么做，不妥也这么办。一切由我徐天义负责！"

说着，徐天义扬长而去，把余戈晾在了原地。

院墙里的胡小剩悄悄嘀咕一句："这个徐天义太阴毒了。"王东明示意他小点儿声，别让院墙外的人听到。

两人见徐天义走到人群前，来到刘陈氏跟前。徐天义命人拿把椅子给刘陈氏。

刘陈氏坐下后说："听说你是徐天凯的哥哥，那孩子我认识，是个好孩子，你们两兄弟都很懂礼数。"

徐天义说："大娘，接下来的事，就对不住了。"

刘陈氏淡然说："你去忙你的，我晒会儿太阳。"

徐天义向人群走去，对大家说："乡亲们，老少爷儿们，有句话叫'各谋其政，各为其主'。我徐某奉党国之命来曹泽'围剿'共产党，今天正是为了完成这一庄严的使命，才不得不把大伙儿再次集中到这里来。在此，我先向大伙儿说句，实在对不住啦！"

群众听得一头雾水。胡狗剩小声问王东明："他什么意思？"王东明说："肯定没憋着什么好屁！"

徐天义大声说："为了把那些个共产党引过来，以便我们利利落落地把他们全部干掉，大家不得不再做出一些牺牲，充当一回诱饵。"

说到这里，徐天义一转头，对着一个士兵说："罗秀才，你组织人，把这里发生的事情及时传播出去。"

徐天义又给马黑子下令："马团长，你那天的做法很好，一个小时枪毙一个人，说出共产党员藏身之地的不杀，说出谁家有共产党员的不杀。其余一律枪毙，一个小时一个！"

刘陈氏从椅子上站起来，大喝一声："徐师长，还是先杀了我吧！"

徐天义走到刘陈氏跟前："大娘，您可不能死，您要是死了，没准儿那刘喜宝就不回来了。您先坐着，我让人倒茶！"

刘陈氏说："徐师长您真是好礼数，我老婆子算是见识了！"

刘陈氏对着不远处的群众大声说："乡亲们，我先去了！"话音未落，刘陈氏就一头向身边的石礅撞去，鲜血直流，倒地身亡。

众人大惊。

躲在民居院子里的胡小剩和王东明也被这一幕惊呆了。惊魂未定之际，只见徐天义看了看手表，对马黑子说："马团长，到点儿了吧？"

马黑子带人冲到群众面前，一把薅出胡余粮。胡余粮拼命挣扎。

人群中的胡狗剩大喊："哥，哥！"

胡余粮被拖到一块空地上，两个国民党兵同时向他开枪。

胡余粮倒地身亡。

胡小剩低声哭泣："大爷！"

王东明拉了他一下，两人迅速翻墙离去。

胡小剩和王东明回到部队临时驻扎地，把在红三村看到的情况向刘喜宝和徐天凯汇报了。得知母亲撞石身亡，刘喜宝一下子跪在地上，对着红三村的方向痛哭："娘，儿子不孝呀！"

徐天凯和大盛把刘喜宝从地上拉起来。徐天凯说："这个仇我们迟早要报的！"

大家商量如何解救红三村的群众。刘喜宝说：“等杨司令来不及了，兵力不够，我们要自己想办法！”

胡小剩哭着说：“不能再等了，他们一会儿就杀一个人！”

刘喜宝提议：“我们要发动红三村的乡亲们，他们就是兵力，就是力量！”

徐天凯让刘喜宝仔细说说他的打算。

刘喜宝说：“我和胡小剩、王东明一起再潜伏进村子，化装混进人群，给乡亲们鼓劲。乡亲们当中有很多人参加过武工队，会使枪，我们想办法把枪支弹药带进去，到时候来个里应外合！”

徐天凯觉得这个主意不错，可是怎样把枪支弹药运进去呢？

刘喜宝说：“还是通过小河，先运进胡余粮的院子。现在国民党的兵都在村子外围把守，村子里几乎是空的，我们再想办法把武器运到距离小树林最近的民宅里。”

徐天凯想了想，觉得这个主意可行，就说：“等你们把武器都运到小树林附近的民宅里，就发个信号，我带领部队从村外发起进攻，你在村子里组织武工队员来个里应外合！”

就这样，趁着夜色，刘喜宝带着胡小剩、王东明等人抬着枪支弹药通过小河，先是把枪支弹药运进胡余粮的院子，又几经周折运进了靠近村头小树林的民宅。

刘喜宝最后一趟搬运枪支弹药的时候，刚拐过墙角，迎面撞上一个国民党军官。双方正准备出手之际，刘喜宝认出了是余戈。余戈也认出了刘喜宝，把他拉到一个院子里说话。

进了院子，胡小剩和王东明仍然用匕首对着余戈，余戈却把枪收了起来。

刘喜宝问：“你现在是五三五师副师长？”

余戈说：“是，但我反对他们这么干。”

刘喜宝又问："你肯帮我们？"

余戈点头："如果需要，我可以配合。"

刘喜宝沉思片刻说："找一身国民党士兵的军服来。"

余戈说："这个没问题，你等着。"说着就出了门。

胡小剩很是担心，小声问刘喜宝："刘书记，他不会喊人来抓我们吧？"

刘喜宝说："不会。"

王东明说："刘书记，您就这么相信他？"

刘喜宝说："要是想抓我们，他自己就抓了。说实话，我们仨绑一块儿也不是他的对手。"

胡小剩惊叹："这么厉害！"

门开了，余戈走进来，手里拿着一身国民党军服。

刘喜宝接过衣服，说了声"谢谢"，又问余戈："要不要跟我们一起干，像曾美锦和杨春桃那样？"

听到曾美锦的名字，余戈眼神里流露出某种异样。

沉思了片刻，余戈说："那还做不到，徐天义是我的恩人。"

刘喜宝对余戈说："帮忙出个主意，我怎么样才能混到村头的人群里？"

余戈附在刘喜宝的耳朵上，给他出了一个主意。

不一会儿，穿一身国民党军服的刘喜宝头上戴了顶白帽子，一副炊事员打扮，手里拎着一桶开水，向村头走去。原来，国民党的炊事员分布在各家各户的灶屋里做菜做饭，再把做好的饭菜送到村头给士兵吃。这会儿不是送饭的时候，但可以送开水。

拎着开水桶的刘喜宝路过自家门口时，脑子里忽然冒出一个念头。看看院子里无人，刘喜宝熟门熟路地进去，从灶房里拿了一包红糖，又去后院的马厩找出一包给马治疗便秘的巴豆粉。

刘喜宝把巴豆粉和红糖一起倒进水桶，用勺子搅了搅。刘喜宝想："这

153

个喝了一准儿错不了，红糖配泻药，天衣无缝。"

刘喜宝拎着那桶加了红糖和巴豆粉的开水走进小树林。他身后不远处跟着余戈。刘喜宝把水桶放在一个石台上，吆喝说："喝水了，喝水了！刚烧的红糖水！"

为了掩护刘喜宝，余戈拿起杯子上前说："给我来一杯。"

刘喜宝给他盛了一勺，小声说："有巴豆，要少喝。"

余戈心领神会，假装喝了一大口，大声说："好甜！好喝！"

众人都来抢。徐天义的勤务兵拿着杯子上前说："给师长留点儿！"刘喜宝给勤务兵盛满杯子说："没谁的也不能没有师长的呀！"勤务兵看着刘喜宝说："没见过你呀？"

余戈打岔："哎，再给我来一杯，你今天偷懒，怎么就拎了一桶来？"

勤务兵打消疑虑，端着杯子离开了。

这时，人群中的胡狗剩认出了刘喜宝。他走到陶致萌跟前告知这个消息。陶致萌盯着刘喜宝看，惊喜地小声说："是刘书记，快悄悄通知大伙儿，听刘书记的指挥，他肯定是有备而来！"

一传十，十传百，不一会儿大家就都知道刘喜宝回来了。人群中的刘喜丹也认出了哥哥。她知道，替母亲报仇的时刻就要到了。

此时，马黑子走到群众面前说："快到时候了，说不说？不说再送一个去极乐世界！快说，谁家有参加共产党的？"

说着，马黑子一挥手，两个国民党兵冲到人群中，一把将陶致萌拉了出来。

大家一看村长被拉出来，都慌了，跟着陶致萌就往前冲。蹲在水桶边的刘喜宝十分焦急，他在等待信号。按照约定，这个时候胡小剩和王东明应该已经把进攻的信号传递给了徐天凯。

刘喜宝急中生智，假装不小心推翻了眼前的水桶。即便这样，也只是短暂地吸引了那些国民党兵的注意力。

马黑子对架着陶致萌的两个兵说："还愣着干什么？"

国民党兵接着把陶致萌往远处拉，群众哗然。刘喜宝站起身，打算一拼到底。但他马上意识到，如果这个时候硬拼，没有大部队的呼应，群众肯定是要吃大亏的。万般焦急之际，只见陶致萌大声对国民党兵说："你们没有抓错，我就是共产党。共产党员是杀不尽的！人民军队也是杀不尽的！"

马黑子冷笑一声，没等那两个兵动手，就拔出手枪向陶致萌射击。

一边的徐天义咆哮："打得好！"

转眼间，陶致萌就倒在了地上。

就在陶致萌倒下的瞬间，西边传来喊杀声，战士们在徐天凯的带领下冲了过来。

坐在桌前的徐天义一阵惊慌，忙起身指挥。四周的国民党士兵顾不上被看押的群众，仓促迎战。

刘喜宝趁机走到群众跟前，做着"跟我来"的手势，向附近一座民宅跑去。群情激愤的村民跟了过去。

刘喜宝第一个冲进院子，召集等候在那里的胡小剩、王东明发放枪支弹药，拿了枪和子弹的群众向村头的国民党兵杀过去。

整整一个晚上，在人民军队和广大群众的围攻下，徐天义的王牌五三五师失去了往日的威风。胡狗剩一刀插进了胖子连长的胸膛。脱掉国民党军服的王猛子拎着抢，在人群中四处搜寻强奸妹妹的瘦子连长。王猛子终于发现了瘦子连长的身影，冲过去与其拼杀。瘦子连长狼狈逃窜，被王发根和村民拦住。

王猛子向瘦子连长射击，瘦子连长倒在地上。王猛子不解恨，又补了几枪。

胡狗剩提议让王猛子参加革命队伍，王猛子点头答应了。他红着眼睛向国民党兵冲过去，中弹受伤仍坚持拼杀，后再次中弹，闭上了眼睛。

战场上，国共两军依然在搏斗。

张桂之带领群众给战士们送来吃的。

群众拎着桶，端着簸箕，冒着生命危险把食物送到战场上。

张桂之把烧饼递给一个个战士说："抽空吃上一口，打仗有劲儿！"

徐天凯接过烧饼，三两口吃了，继续拼杀。刘喜宝也接过群众递来的烧饼。

一个大妈一手端一个簸箕，里面全是烧饼。柳小红上前接过一个簸箕说："我来给大伙儿发。"杨春桃也接过一个簸箕说："我也来发。"

远处的余戈看到这一幕，悄然离开。

余戈到处寻找徐天义，终于在茅房外找到了。

徐天义捂着肚子出来，看到余戈立刻动火："你在这里干什么？还不快去指挥打仗！"

余戈说："算了，打不过的，老百姓都和他们一伙的。已经打了七八个小时了，大家都又累又饿，打不动了。"徐天义又内急，转身向茅房跑去。

远处人群中，突然有人大喊："杨司令来啦！"

余戈在茅房外边呼唤徐天义："师长，不好了，共产党又来了援兵！"见里边没有动静，余戈冲了进去。徐天义已经因虚脱昏了过去，余戈见状，背起徐天义就走。

这一仗以国民党五三五师大败告终。天亮时分，国民党兵死的死，逃的逃，红三村又回到了人民群众手中。

一个脸上带着伤、倒在地上的老大爷缓缓地爬起来，刘喜宝赶忙上前搀扶。

老大爷说："刘书记、杨司令，你们别走了，老百姓离不开你们哪！"

刘喜宝说："乡亲们放心吧，我们不走了！"

杨司令、刘喜宝接到上级指示，设立"黄河湾解放区首府"，两人商量房子的问题。刘喜宝觉得，设立"黄河湾解放区首府"是个大事。杨司令有些犯愁，说："大事是大事，可这首府设在哪里是个问题。放在这里挤了点儿，新盖又要花一大笔钱。"

刘喜宝笑了："这个不用担心！"

刘喜宝提议，就用他家老宅的主院。他已经跟喜丹和马三爷说了，他们都搬到了西院，屋子腾好了，就差往大门口挂一块匾额了。

杨司令感叹："那老宅可是你家老爷子一辈子的心血呀！"

刘喜宝说："放心吧，我爹活着也会这么做的，如果他在九泉下有知，会感到欣慰的。"

刘喜宝安葬母亲后的第二天，他家老宅的东院挂上了"黄河湾解放区首府"的匾额。

在一阵鞭炮声中，面对红三村的群众，刘喜宝承诺：县干部不离县，乡干部不离乡，村干部不离村。

群众鼓掌欢呼。

二十三

曹泽城里，国民党五三五师临时师部，徐天义收到上级训斥电报。此时，犹如一头困兽的他命令电报员给重庆发电报，保证三个月内歼灭黄河湾的共产党军队。

余戈忧心忡忡。他越来越不了解这个曾经信任的长官了。

转眼几个月过去，共产党的队伍越打越多，国民党军如丧家之犬，徐天义恼羞成怒。他对着余戈咆哮："我就不明白了，好枪好炮好供给，仗怎么就打成了这个样子？"

余戈本想再劝劝徐天义，想想算了，把头转过去，选择了沉默。不料，徐天义不允许他沉默，再次咆哮："你说，你说！这究竟是为什么？"

余戈的头又转过来，直视着徐天义，下决心说个痛快。

他语速飞快："我们和共产党打仗，他们刚放下枪，就有老百姓给他们端上热饭热菜。老百姓对共产党是打心眼儿里支持，他们推着小车送粮食，肚子饿了，宁肯卖掉身上的棉袄买个烧饼，也不去动小车上的一粒粮。还有，你看现在谁还愿意参加国民党？都是靠我们去抓。共产党那边就完全不是这样，老百姓纷纷把孩子送去参军！你也不想想，我们这是在和老百姓作对。水能载舟，亦能覆舟。这样的战争能赢吗？"

徐天义咆哮："住嘴，你给我住嘴！"

余戈不再说话，徐天义的喘息声越来越大。

刘喜宝接上级指示，实行土改，把地主的土地分给贫苦农民。广大农民欢欣鼓舞，祖祖辈辈没遇到的好事，让他们赶上了。

王发根跪在刚刚分到的土地上，痛哭流涕。

儿子王东明跑过来。

王发根拉过王东明的手说："儿子，共产党给咱分地了。"

王东明也高兴，说："加上原来那半亩地，够咱爷儿俩吃的了。"

王发根憧憬着未来："种点儿豆子，再种点儿玉米。还要栽点儿牡丹花苗，来年拿去卖了，就能换钱！"

过了些天，王发根到地里查看，发现豆子发芽了，玉米发芽了，牡丹也发芽了。王发根高兴得笑起来，自言自语道："发芽了，都发芽了！"

刚训练完的王东明到自家地里查看。

王发根叮嘱王东明："你要跟着共产党好好干，这些都是共产党给我们的。"

王东明说："爹，我心里明白着呢。"

这一幕被化了装藏在一棵大树后边的管小龙和姚虎看在眼里。

管小龙气急败坏地想，这是我家的地，反了他们了。姚虎担心有人来，对管小龙说："快走吧少爷，君子报仇十年不晚。"上前把管小龙拉走了。

回到城里，管小龙不管徐天义对他有没有好感，硬是一头闯进徐天义的办公室。徐天义抬头有些意外地看着他。管小龙不管不顾地说："徐天义，你就是不理我，我也要来找你！"

徐天义一反常态，竟然浮现出笑容："管小龙，怎么了？"

管小龙急促地说："共产党把我家的地分给了那些穷鬼，我要和他们拼了！我跟共产党势不两立！"

徐天义站起来鼓掌："好啊，你这股劲头我喜欢！"

在红三村，刚分到土地，像王发根这样看着地里的禾苗憧憬着未来的农民很多。

然而，这美好的憧憬在国民党军队的进攻下，只能昙花一现。

在又一轮对抗中，国民党军队抓了几个没来得及撤退的战士和百姓，其中就包括王发根。

徐天义指使下属对王发根严刑拷打，让他供出共产党队伍的藏身之地。王发根死也不肯说，徐天义就命人把他毙掉。

管小龙押着王发根，走到离王发根分到的地不远的地方。王发根看着地里的禾苗，脸上露出微笑。

管小龙把他推到田间，指示身边的士兵开枪。

王发根突然说："管小龙，我快死的人了，看在一个村的份上，让我说句话。"

管小龙一愣，厉声说："有屁快放！"

王发根看着地上那些豆苗、玉米苗和牡丹苗，说："我要是倒在这里，会压倒一片牡丹苗。乡亲们来给我收尸，又要踩倒一片，换个地儿吧。"

士兵竟然被感动哭了，说："管营长，放了他吧！"

管小龙说："放屁！给他换个地儿死。"

国民党兵含着泪，等王发根走出自家的庄稼地，来到一片荒碱地，才开了枪。王发根应声倒下，眼睛还看着自家地的方向。

拉锯的日子里，除了哀痛，也有喜事。

刘喜丹要结婚了，对象是战士袁八庙。袁八庙家在黄河岸堤里边的明台庄。他父母都不在了，马三爷就充当长辈的角色。马三爷问喜丹："岸堤里面的人家三天两头要被洪水冲，这个你可想好了。"

喜丹看上的是人，其他的就都不顾了，爽朗地说："想好了，房子冲走了再盖，东西冲走了再置办！"

马三爷的眉头皱紧了。他老家就是岸堤里边的，老百姓的苦衷他最清楚。他找到刘喜宝，让再劝劝喜丹。

不料，刘喜宝的口气竟然和刘喜丹一样："马三爷，人是最重要的！"

刘喜丹就这么嫁给了岸堤里面明台庄的袁八庙，成了明台庄的一个小媳妇。

刘喜丹在出嫁前一天晚上，好好地与哥哥谈了一次心。她和杨春桃的意见一样，劝刘喜宝快点儿和柳小红结婚。

刘喜宝何尝不想，只是柳小红一直没有答应。

哥哥和曾美锦相继牺牲之后，柳小红一直很郁闷。每次打仗，她都担心身边熟悉的战友再有闪失。她的举动让杨春桃很心疼。杨春桃想方设法给她和刘喜宝创造机会，柳小红却不为所动。

曾美锦牺牲前的情景时常浮现在柳小红脑海中。曾美锦那么喜欢刘喜宝，为了保护刘喜宝还失去了性命，一想起这些，柳小红就拐不过弯来。柳小红觉得，如果她嫁给了刘喜宝，就是对不起曾美锦。

日子一天天过去。这天，柳小红又带着宣传队去表演，回来的路上遭遇了大暴雨。回到驻地，柳小红就病了，发起高烧，后来神志昏迷，一直说梦话，一会儿说："快跑，快跑！"一会儿又说："我哥没死，他没死！"

小冯端着一碗鸡汤进来，让柳小红坐起来喝点儿。

杨春桃走到病床前，摇晃着柳小红的胳膊，叫她起来喝。柳小红又是一阵抽搐，嘴里说："没死，美锦没死！"

杨春桃问小冯："她这是怎么了？"

小冯说："按照中医的说法，柳小红这是得了郁症，也叫心神失养症。她本就心脾两虚，神志迷离，又遭遇暴雨浇淋，体弱高烧，诱发昏迷谵妄呓语。表象是发烧，实则是一直隐藏着的郁症发作了。"

柳小红又抽搐起来。杨春桃赶忙抱着她，柳小红似乎认出了杨春桃。

柳小红说："春桃姐，我怕，我怕！"

杨春桃说："不怕，有我在，不怕！"

柳小红安静下来。

杨春桃问小冯："怎样才能治好小红这郁症？"

小冯说："重在调养心智，保持好心情。心情好了，这病也就好了。"

杨春桃为了照顾柳小红，晚上抱着被子去陪她。徐天凯出了个主意："你呀，把这事交给刘喜宝，岂不是两全其美！"

一句话提醒了杨春桃，她赶忙跑去把柳小红生病的事情告诉刘喜宝。

昏昏沉沉之中，柳小红把刘喜宝当成了杨春桃，依偎在他怀中。刘喜宝贴心照顾，柳小红一天天好起来。

在众人的撮合下，柳小红终于同意嫁给刘喜宝。新婚夜，柳小红握紧刘喜宝的手，诉说着对胜利的向往和对牺牲战友的怀念。两人紧紧相拥，刘喜宝温柔而坚定的安慰让柳小红心中洒满阳光。

全国范围内，国共拉锯战并不像蒋介石事先想象的那么简单。人民军队的英勇顽强和广大群众的大力支持让蒋介石大伤脑筋。

这种情况下，曹泽迎来了一场重要战役——牛山战役。

国民党的军队拼了，派来三个加强师；人民军队也不敢懈怠，同样以三个师应对。

富有戏剧色彩的是，徐天凯又一次与哥哥——国民党师长徐天义短兵相接。

战役打响。刘喜宝带领群众鼎力支援。为了让战士们吃上饭，他几个昼夜不休息，奔波在各个作战点。人民群众更是男女老少齐上阵，送弹药的送弹药，搞后勤的搞后勤，抬担架的抬担架。

打到最后，徐天义率领的一小撮顽军被堵在一个据点的岗楼上。

已经率兵起义的余戈喊话，动员徐天义投诚。

余戈说："徐师长，国民党自己人打自己人不得民心。为避免无谓的伤亡，赶紧下来投诚吧！共产党的政策是坦白从宽，抗拒从严！"

徐天义啥话不说，举枪就向余戈射击，余戈腿部受伤。

徐天凯、杨春桃、刘喜宝来到岗楼下面继续喊话，劝徐天义投降。

徐天义宁死不从，正要举枪自杀之际，被徐天凯击中右臂，不得不放弃抵抗。

徐天凯给徐天义讲共产党的俘虏政策。徐天义拒绝沟通。无奈，徐天凯恳请刘喜宝去做哥哥的工作。由于失血过多，徐天义昏迷过去。醒来后，他发现是两个上了年纪的妇女抬着担架，两行泪水无声地落下来。

刘喜宝来到徐天义跟前，主动与他交流："徐师长，好好养伤！"

徐天义硬硬地回道："要杀要剐，随你们的便！"

刘喜宝说："等你伤好些了，我请你和天凯坐在一个桌上吃顿饭，天凯无数次跟我聊起你，毕竟是亲兄弟。"

这时，徐天凯和杨春桃过来了。

"哥！"徐天凯叫道。杨春桃则还是称呼徐天义为徐师长。徐天义不睁眼，拒绝搭话。

小冯说："他失血过多，需要休息。"

三天后，杨司令设宴招待徐天义，让徐天凯、刘喜宝作陪。不料，赴宴前，徐天义给弟弟留下一张字条，用左手开枪自杀了。

字条上写着八个字："与民为敌，罪有应得。"

杨春桃到战地医院看望余戈。余戈的腿伤严重，军分区派人护送他到省城治疗。

一天深夜，刘喜宝突然被勤务员胡小剩叫醒。

胡小剩说："刘书记，黄河发大水了！"

刘喜宝睁开蒙胧的双眼："下大雨了？"

胡小剩说："国民党炸了黄河堤坝，冲了黄河故道！"

柳小红马上想到小姑子刘喜丹，一骨碌从床上爬起来："喜丹那里距离老河道不远，她没事吧？"

刘喜宝翻身下床，告诉胡小剩："老河道里有很多村庄，我们的兵工厂也在那里，加一块儿几十万人，赶紧通知大家去救人！"

刘喜宝带人赶到河堤时，杨司令的部队已经到了。黄河故道里，一个个村庄被冲毁，群众伤亡惨重。战士们奔走在岸边救助群众。

刘喜宝问杨司令："国民党干的？"

杨司令说："1938年蒋介石下令炸了花园口黄河大堤，如今国民党又假借'黄河归故'的名义炸这里的堤坝，拿出对付日本人的手段对付共产党，手段何其卑鄙残忍！"

刘喜丹和袁八庙都在堤上救人，柳小红也加入救助队伍。

眼见一个孩子被洪水冲走，柳小红冒死把孩子拉上岸，自己却被洪水冲走了。这一幕正好被徐天凯看到，他把柳小红救起来。看到孩子得救，柳小红放下心来，晕了过去。

军医给柳小红诊治，发现她怀孕了。

堤坝上，即将为人父的刘喜宝喜不自禁，让柳小红好好休息。柳小红哪里肯休息，投入加固堤坝的奋战，重的拿不动，就一趟趟用篮子提土送到堤坝上。

张桂之把她家里的孝节牌坊捐献出来筑堤。胡狗剩把家里传了几辈子的磨盘用小车推过来。更有老百姓献石头，献土方，献粮食。

国民党见不得军民团结起来抗击洪水，又派飞机轰炸。轰炸过后，军民依然冒死奋战在堤坝上。

堤坝终于修好了。雨季到来，两岸的堤坝经受住了考验。

蒋介石收缩全国战线，集中兵力向黄河湾解放区扑来。战事正酣，柳小红在卫生队生孩子。

病房里两张床，分别躺着产妇柳小红和花枝。杨春桃在旁边陪着柳小红。

女卫生员给柳小红接生，鼓励她："再使点儿劲儿，快了，快了！"

杨春桃轻抚着柳小红的肚子说："你爹打仗去了，让我陪着你妈迎接你。快出来吧，别耽误工夫！马上中午了，这会儿出来喝胡辣汤不晚。"

柳小红喊疼的间隙忍不住笑："你烦人！"

女卫生员说："不能说话，也不能笑。一心不能二用，使劲儿生孩子！"

柳小红又啊啊地再使劲儿，旁边待产的花枝鼓励她加油。

伴随着一声婴儿的啼哭，柳小红和刘喜宝的儿子降生了。柳小红脸上露出微笑。

杨春桃说："臭小子，够爷儿们！"

女卫生员给孩子处理完脐带，放在柳小红身边。

这时，旁边床上的花枝疼起来。

花枝来了好几天了，早产，但不知怎么回事，宫口开了5指就不再开了，等了整整两天。这会儿花枝大叫起来，一直在喊疼，像是快要生了的样子。柳小红和杨春桃都在鼓励她。

突然，一股鲜血喷涌而出。女卫生员赶忙奔到花枝床边，做紧急处理。孩子倒是出来了，也是个男孩，但床上的花枝没了动静，鲜血一直从床上流到地上。

花枝昏了过去，女卫生员说："子宫破裂，大出血。"

女卫生员对着花枝大声叫喊："快醒醒！"

花枝醒过来，气息微弱，看着一边的柳小红说："小红姐！"

柳小红劝她："花枝，别慌，你会没事的！"

花枝说："小红姐，我把儿子托付给你了！"

说完，花枝又昏迷过去，血还在沿着床边往下流。

女卫生员忙碌了一阵，见毫无起色，难过地说："人不行了。"

花枝的儿子突然大哭起来。

柳小红对杨春桃说："抱过来给我。"

杨春桃把花枝的儿子接过来，小心翼翼地抱给柳小红。

柳小红一边一个，把两个孩子揽在身边。

女卫生员告诉大家："这孩子命苦啊，他爹也是共产党员，叫刘明清，前几天刚让国民党兵给打死了，还没敢告诉花枝呢！"

柳小红听后，把两个孩子抱得更紧了。

就这样，柳小红成了两个孩子的母亲。刘喜宝给花枝的孩子取名叫刘海，给自己的儿子取名叫刘阳。

二十四

军分区的院子里，杨司令让炊事员准备了一盘烧饼，几个小菜。杨司令站在桌子旁边，等待刘喜宝和徐天凯。原来，杨司令奉命带领两个师去陕北保卫延安，今天是与刘喜宝和徐天凯告别的。

当天晚上，杨司令率领部队远去。月色下，刘喜宝、徐天凯向杨司令挥手告别。

回去的路上，刘喜宝与徐天凯闲聊。徐天凯说："这国民党眼看着不行了，一想到再也不用打仗，我这心里别提多激动了。"刘喜宝说："这仗都打了十来年了，老百姓总算盼到了安居乐业的日子。"

就在刘喜宝和徐天凯往村子里走的时候，管庄管小龙的老宅门口，姚虎正扒着门缝向里看。管小龙躲在暗处，盯着姚虎的一举一动。不一会儿，姚虎跑回来向管小龙小声报告："少爷，里边还亮着灯呢，估计还是共产党那些人在里边住着，不能进。"

管小龙悲从中来，弓着身子向着院子的方向作揖，小声说："爹，娘，列祖列宗，明天小龙就往南走了，啥时候回来不得而知。共产党的账我一直记着呢！这个仇早晚要报！"

正发着誓，远处有脚步声传来，姚虎赶忙拉着管小龙离开。

姚虎说："少爷，今非昔比了，我们快走吧！"

管小龙跟着姚虎闪身离开了。暗处，管小龙回头观望，发现竟然是刘喜宝和徐天凯。想到和刘喜宝之间的仇恨，管小龙掏出了手枪。

姚虎赶忙阻止，低声说："少爷，别开枪，如今这儿是他们的地盘，到处都是他们的人。枪一响，我俩就死定了。君子报仇，十年不晚！"说完，姚虎硬拉着管小龙走了。

刘喜宝回到家时，两个孩子正在哭闹。柳小红一手抱着一个，在房间里来回踱步。刘喜宝忙上前接过刘海，夫妻俩一人抱着一个孩子哄睡觉。

两个小家伙总算睡着了，刘喜宝把杨司令已经走了的消息告诉柳小红。柳小红感叹，这一走不知道什么时候才能再见面。

躺在床上，柳小红憧憬革命胜利了以后干什么。

刘喜宝说："你这人，打仗还没打够呀！"

柳小红说："我是不敢相信。"

"有什么不敢相信的，"刘喜宝说，"国民党反动派灭亡是迟早的事。"

柳小红又说："等不打仗了，我们好好种牡丹，到了春天，我去牡丹园里唱歌。"

刘喜宝笑着说："这个主意不错，种牡丹可是我们家的祖业。"

第二天，刘喜宝刚出门，就碰到来找他告别的徐天凯。原来，徐天凯接到了率部南下的命令。刘喜宝问："南下去哪里？"徐天凯说："去南边，过长江，乘胜追击国民党残顽！"

刘喜宝说："看来真的是要胜利了。"

徐天凯笑答："这还有假？现在国民党部队败得稀里哗啦，我们师奉命一路南下，把残兵败将一网打尽！"

杨春桃、徐天凯回家与父亲和弟弟告别。

桌子上摆好了菜，杨家富、杨春桃、徐天凯只等着上学的杨春兴回来吃饭。左等右等，不见春兴的影子。见春兴不回来，杨春桃跑到大门口迎接。刚出了大门，几个半大小子跑来告诉她，春兴和另外几个孩子被国民党抓走了。杨家富和徐天凯赶忙去追。遗憾的是，追了二十几里，天都黑了，也没见到人影。

深夜，野地里见不到半个人影。杨家富哭喊着，一直不肯回去："春兴，你在哪里？春兴，回来！"

第二天一大早，徐天凯和杨春桃带着遗憾离开红三村，随着部队南下。哭红了眼睛的杨春桃希望在南下追击国民党的途中把弟弟找回来。

刘喜宝夫妻与徐天凯夫妻告别。

曹泽解放了，群众上街庆祝，载歌载舞。

刘喜宝接到省里的任命，由代理曹泽地委书记转为曹泽地委书记。他不由得想起了赵启明和周田民两位老领导。要是他们还活着，看到今天的胜利，该有多高兴啊！

刘喜宝的小家从红三村搬到了曹泽城里。他们与其他干部一起，住在统一安排的民房里。

这天是个星期天，柳小红一大早就告诉刘喜宝，要做几个菜犒劳犒劳他，还专门叫了红三村的马三爷。

柳小红感慨："终于过上平稳日子了。"

快中午的时候，马三爷赶着马车带来了几盆盛开的牡丹花，说是从三棵树的地里移过来的，点缀点缀新家。

刘喜宝和马三爷一起搬花。把最后一盆放好，马三爷直起身："老话说，山有嘉卉，出于秦北，育为牡丹，盛于曹南。这牡丹花，只有在咱们曹泽才长得格外繁茂，花朵也开得格外大！"

刘喜宝笑着说："这个我知道，有一句话形容我们的牡丹花是'花娇艳而繁复，驰人心神；根淳厚而清凉，祛人沉疴'。"

马三爷说："如今解放了，人舒坦了，这牡丹也赶上了好时候。"

打量着眼前的小院子，马三爷又说："就是这院子小了点儿，要是牡丹街上的大院子啊，我就置办一院子的牡丹花，各色各样的都放上几盆。"

看着那几盆牡丹花，刘喜宝说出了自己的想法："马三爷，咱家的房子不着急，我看那被鬼子炸毁的牡丹门楼该修修了。"

马三爷说："可不是，这一晃都十来年了。咱曹泽没有牡丹门楼还真是愧对'牡丹之乡'这个称号了。"

马三爷和做石雕的师傅熟，刘喜宝委托他去联系。

吃饭的时候，马三爷分不清哪个是刘阳，哪个是刘海。刘喜宝教他一个方法，刘阳是个大耳朵。马三爷一看，果不其然，就笑着说："这是祖传的，以前老爷就是大耳朵。"

地委办公会上，刘喜宝把修缮牡丹门楼这事提了出来，大家一致同意。宣传部部长赵守先和组织部部长石钟夏格外赞成。特别是赵守先，强调了修缮牡丹门楼的重要意义。赵守先是红三村的，家里种牡丹。他有个特长——画牡丹。他的牡丹画是稀罕物，一上市就会被抢走。

虽然大家都支持修缮牡丹门楼，可难题又来了——政府没钱。

夜里，刘喜宝与柳小红商量："政府没钱修门楼，我想把咱家牡丹街老宅子的宅基地卖了。"

柳小红坐起来，看着刘喜宝认真地说："我还没住过大宅子呢。"

这个回答让刘喜宝有点儿意外。

不料，柳小红扑哧一下笑了，说："你想做的事，我什么时候拦过？修牡丹门楼对咱曹泽来说是大事，我同意！"说着，柳小红就举起手来。

卖了宅基地，钱还是不够，地委发动商户捐款。杨家富积极踊跃，带头捐款。

牡丹门楼修好那天，刘喜宝来到门楼下溜达。马三爷拍着石柱上刚刚雕刻好的牡丹花，喃喃说："你爹要是在就好了，一准儿又会张罗着去南方催花了。"

两人正聊着，大盛来了。大盛的脸是红的，往日熟练的哑语也不自然，还不停地回头往身后的胡同里看。

刘喜宝有些摸不着头脑，不知道大盛今天是要说些什么。

马三爷明白过来。原来，大盛最近找到了媳妇，他是带新媳妇来看望刘喜宝的。

刘喜宝听马三爷这么一说，马上笑了，拉着大盛向不远处的胡同走去。果然，一个穿着红色上衣的小媳妇正扭扭捏捏地向这边张望着。

小媳妇叫菜梗，五官周正，挺俊俏，红三村管庄的，以前跟着父母闯关东，最近曹泽解放了才回来。她比大盛大两岁，见大盛实在，又是刘庄的群众积极分子，有人介绍，就答应了这门婚事。

刘喜宝真是替大盛高兴，一个劲儿地埋怨大盛和菜梗结婚的时候不通知他。他把大盛和菜梗叫到家里吃中午饭。柳小红也替大盛高兴。

马三爷更是不避讳："大盛找到菜梗，赚了！"

似乎一切都在向美好的方向发展。

前线部队攻打淮海，曹泽地委奉命组织群众支前。不料，送粮食的军运大队刚出发，大队长就被一个国民党散兵游勇打伤，无法行走。前线打仗，军运大队不能群龙无首，刘喜宝把地委的工作交给黄副书记，带领军运大队给前线送粮食。

走了两天一夜，终于把粮食送到了淮海战场。

刘喜宝大声吆喝："我们曹泽军运大队来了，同志们，快来领粮食！"

杨春桃冲过来："刘喜宝，刘书记！"

刘喜宝看到杨春桃，忙问："徐天凯在哪儿？"

就这样，三个老战友相见了。刘喜宝问起春兴找到没有，杨春桃一脸失落，说有人看到他了，但她还是没有找到。

刘喜宝安慰她，别急，早晚会找到的。

曹泽地委接到上级通知，组织南下工作队到长江以南去接管国民党政府的地盘。

黄副书记接过文件浏览，惊讶地说："要我们曹泽出6000人？"

秘书说："这么多？"

黄副书记说："3日内集结出发，任务够急的，我们要抓紧开会传达！"

礼堂里座无虚席。

主席台上，黄副书记宣读通知："凡18岁以上，参加过武工队的同志都可以报名参加南下工作队，报名批准后发放军装，享受现役军人待遇。望各县、乡、村的各级领导同志抓紧落实，3天后集结开拔。先声明一下，我本人报名参加。"

散会后，王东明追上胡小剩。

王东明问："小剩，你去不去？"

胡小剩说："去呀，干吗不去！"

王东明又问："为什么要去？"

胡小剩把王东明拉到一边，神神秘秘地告诉他："长江以南，那是好地方，鱼米之乡，那个——"

王东明不太明白胡小剩的意思："那个什么？"

胡小剩有些不好意思地告诉王东明："江南的女人长得和咱们这里不一样，格外白净，就像白白胖胖的'江米人'。去了娶个'江米人'做媳妇，你说美不美？"

王东明笑了，当即决定要去。

刘喜宝半夜回到家时，柳小红已经带着刘阳、刘海睡了。

门刚打开，床上的柳小红就醒了。刘喜宝把在前线碰到徐天凯和杨春桃的事告诉了柳小红，柳小红则把曹泽要抽调6000人组成南下工作队的事告诉了刘喜宝。得知黄副书记报了名，后天就走，刘喜宝说得给他送个行。

送行宴就在刘喜宝家，柳小红做了几个菜。

黄副书记有些喝多了，他对刘喜宝和柳小红说："刘书记、嫂子，请二位放心，我一定不会给咱曹泽人丢脸。指哪打哪，所向披靡，无往不胜！"

刘喜宝见黄副书记喝多了，就劝他不要再喝，多吃菜。

黄副书记走的时候，还在说着豪言壮语："我过长江，把蒋家王朝打他个稀巴烂！把革命的红旗插遍祖国的江南！"

送走黄副书记，刘喜宝和柳小红收拾了躺下。

柳小红说："多亏你没去，要是你也去了，我一个人在家怎么带得了这两个孩子，还有宣传队那摊子事！"

刘喜宝说："快睡吧。"

两人刚闭上眼，有人敲门。

刘喜宝出去一看，竟然是刚刚离开不久的黄副书记。

柳小红也起来了，问："黄副书记，您怎么又回来了？"

黄副书记已经清醒多了："刘书记，我……我……对不起，我不能参加南下工作队了。"

柳小红惊讶地睁大眼睛。

刘喜宝问："怎么了？"

黄副书记说："你弟媳妇，她死活不同意呀！不让我进屋。"

刘喜宝说："没事没事，上级提倡'一把手南下，二把手看家'，咱俩换换就是。"

黄副书记看着刘喜宝问："刘书记，您的话都是真的？"

刘喜宝说："当然是真的！"

柳小红惊讶地看着刘喜宝。

曹泽南下工作队共分为 10 个大队，一个大队 600 人。刘喜宝被任命为曹泽南下工作队 6 大队政委。他与大队领导班子成员见面，大家的口号是"打过长江去，解放全中国"。

大队领导班子除了大队长耿方舟是从野战军调来的，其他成员都是熟人。

最熟悉的是宣传部部长赵守先和组织部部长石钟夏。赵守先有心事，老婆快生了，但他以工作为重，毅然服从组织安排南下。

刘喜宝问："守先，听说你妻子快生了，离开能行吗？"

赵守先说："没问题，我爱人支持我！"

刘喜宝叮嘱："家里要安排好，怕是一时半会儿回不来。"

赵守先说："放心吧，都安排好了。"

柳小红对刘喜宝突然决定南下这事想不通："说好了南下没你，怎么又变了？刚过上两天安生日子就要走。"

刘喜宝给妻子做工作："组织上说了，过个三五年就回来，咬咬牙就过去了。"

柳小红睁大了眼睛："要三五年？"

柳小红不肯与刘喜宝分开，正赶上文艺宣传队也有南下名额，就瞒着刘喜宝报了名。

刘喜宝抱着新领的军装刚进门，就看到桌子上放着一套崭新的军装，不禁一愣。

正发呆，柳小红一手抱着一个儿子进门，怀里还抱着些新买的东西。

刘喜宝问："这军装怎么回事？"

柳小红说："和你一样，南下打国民党！"

刘喜宝说："开什么玩笑！快说这是谁的军装？"

柳小红一本正经地说："真是我的，只兴你南下去解放全中国，就不兴我也去？实话告诉你，文艺宣传队也有名额，我是队长，当然要带头报名。"

这下轮到刘喜宝着急了："我俩都走了，俩儿子怎么办？"

柳小红说："我早就想好了，带着。有不少带孩子的，咱们也带着！"

柳小红还戳穿了刘喜宝心里的小九九："我知道你们男人怎么想的，一个个都想着过了长江，去找个又白又嫩的'江米人'做老婆，我偏不让你得逞！"

刘喜宝哭笑不得。几经周折，夫妻俩商量好带上刘阳、刘海一起南下。

刘喜宝穿上军装，脸上露出满意的微笑，说："干了那么多年的武工队，终于穿上军装，成了正规军。"

柳小红看着镜中穿军装的自己，说："还是军装打扮人。"

马三爷得知刘喜宝一家都要南下，来给他们送些路上吃的东西。

刘喜宝让马三爷把那几盆牡丹带回刘庄，免得干死了。

马三爷有些黯然："这刚过儿天安生日子，又要走。"

刘喜宝哈哈大笑，说："马三爷，我们很快就会回来的。您老好好照管咱家的牡丹花！"

不料，临行出了状况。上级规定一对夫妻只能带一个孩子南下。刘阳和刘海都是柳小红的心头肉，哪个她都舍不得留下。

　　柳小红不想自己拿主意，交给刘喜宝定夺。

　　出发那天，一大早柳小红就含泪告别两个孩子，带上一包曹泽烧饼出了门。

　　队伍中，她果然看到刘喜宝带的是花枝的儿子刘海，把刘阳交给了张桂之。

　　柳小红又欣慰又难过，她哭着对刘喜宝说："我就知道你会这么做。"

　　张桂之则误以为自己收养的是花枝的儿子，她让刘喜宝和柳小红放心，一定不会亏待烈士的孩子。刘喜宝笑了笑，并未解释。

　　抱着刘海的柳小红默默地抹眼泪。

　　知道真实情况的王东明和胡小剩也在一边流泪。

　　刘喜丹和丈夫袁八庙急急火火地赶来了，带了不少黄河滩的特产咸鸭蛋。几个月没见，她认不清哪个是刘海，哪个是刘阳，只是知道哥哥嫂嫂要走了，眼圈早就红了。

　　马三爷从张桂之怀里接过刘阳，给正在哭泣的刘阳擦眼泪。不知不觉间，他的眼泪也掉了下来。

　　柳小红隐约听到身后传来儿子的哭声，她双眼含泪，不敢回头。

　　刘庄的村头，乡亲们不停地向越走越远的队伍挥手。

　　大盛看着远去的队伍，眼里噙满了泪水。

　　队伍远了，马三爷怀里的刘阳还在大声哭泣，把小手伸向走远的柳小红。

　　张桂之把刘阳接过去，一边流眼泪一边说："你干爹干娘走了，别担心，这往后，我就是你的亲娘了。"

　　马三爷说出真相："这是喜宝的儿子，耳朵大。"

　　众人皆呆住。

下部

一

南下工作队步行到开封后排队上火车，大家十分兴奋。

终于轮到6大队上火车，第一次坐火车的胡小剩和王东明十分新奇。火车启动后，两人专注地看着窗外飞速后移的树木。

正在车厢里巡视的刘喜宝拍了拍两人的肩膀，向前一节车厢走去。

两个年轻人悄悄议论着刘喜宝把亲生儿子刘阳留在红三村的事。

柳小红抱着刘海坐在另一节车厢里。她的眼睛对着窗外，心里想的却是留在红三村的刘阳。母子连心，想着想着，柳小红的眼泪就不知不觉地流了下来。儿子那么小，夜里要吃几次奶，离开她，身边一下子没了妈妈，多么可怜。

怀里的刘海哭起来，柳小红忙着哄。想到不能像此刻哄刘海那样去哄刘阳了，顷刻间，她心如刀绞。

儿子，对不起！柳小红在心里说。

胡小剩走过来帮着哄刘海，把刘海抱走了，在车厢里来回走动。刘海终于不哭了。柳小红心里空荡荡的。

儿子，我会尽快回来的，你好好地等着妈妈。

在所有人的想象里，只要过了长江，就该安营扎寨了。鱼米之乡，白嫩嫩的江南美人，还有一路向南落荒而逃的国民党兵。

然而，现实距离大家的想象有点儿远。

6 大队渡过长江的时候是个清晨。正如事先的预想，国民党兵早已不见踪影。田野里一块块充盈着水的稻田如同一面面大镜子，反射着晶莹的光。

行进在田野中的队伍爆发出阵阵的欢呼声，伴随着朗朗的笑声。稻田、大米，还有"江米人"一样白嫩的美人，浮现在每个人脑海里。

振奋人心的消息不断传来。有的部队就地留下，有的部队向大上海开拔，有的部队去福建。

曹泽的南下工作队一直没有接到上级通知，他们一直向南行进。

一天傍晚，终于来了消息，曹泽南下工作队开往江西的景德镇。

大家似乎有点儿失落，景德镇不在预料范围内。队员们纷纷议论着这个目的地。虽然不是设想中的鱼米之乡，但听说那里有陶瓷，待上个三五年，回曹泽时给老家的亲人买上几件瓷器也不错。

刘喜宝走在队伍中，问一旁的王东明："东明，怎么样，有什么想法？"

王东明笑笑说："回老家时，我要买个大花盆。"

刘喜宝一听笑了，说："还想着咱红三村的牡丹花呢？"

王东明凑到刘喜宝跟前，拿出一个小布袋，神秘地说："我还带了牡丹种子呢，马三爷给的。"

刘喜宝十分惊喜："到了景德镇，咱把它种上！"王东明连连点头。

曹泽南下工作队风餐露宿，不到一个月就到了景德镇。

曹泽南下工作队分布到景德镇各个县、乡，刚过上一段平静日子，又接到一纸命令。上级要求他们向大西南进发，追击溃退到西川省的国民党军队和土匪。耿方舟与刘喜宝碰了头，担心人心不稳。

果然，宣布这一消息后，大家纷纷表示不满，原来说好的目的地是江南，现在到了江西不算完，还要继续向大西南进发，到底什么时候是个头？

6 大队的宣传部部长赵守先撑不住了："怎么还要去大西南？"

组织部部长石钟夏说："我们已经走得够远了！"

王东明也急了，他已经把牡丹种子种到村外一棵大树下，刚刚发出嫩绿的芽苗。他找到刘喜宝："刘政委，不是说不走了吗？我的牡丹花苗怎么办？"

在大家的呼吁下，刘喜宝代表大队去野战军前委汇报情况。野战军领导与刘喜宝谈话，问这是他的想法还是大家的想法。

刘喜宝坦言，自己对这个问题也有疑惑，当初确实没想到会走这么远。野战军领导几句话就把刘喜宝说得无言以对："我们要解放全中国。去解救西川省的人民，也是我们的责任。"

刘喜宝不好再说什么。野战军领导问还有什么要求，刘喜宝根据部队实际情况，要些雨衣和胶鞋。野战军领导一一安排兑现发放。

情绪归情绪，命令归命令。刘喜宝终于说服大家，向西川省进发。

临走之前，王东明和胡小剩带着个饭碗来到村子外面的大树下，把刚发芽的牡丹花苗移走了。

队伍又上路了。道路越来越难走，田地边的小路崎岖狭窄，一不小心就会踩到泥地里。

有一段是雪山。正值初秋，山下是茂密的丛林和成片成片的无名小花，山上却满是陈年的积雪。

气温骤降，刘海病了。为了给刘海治病，柳小红返回半山腰的镇上买药。大家在山顶等着。

天黑了，冻得瑟瑟发抖的宣传部部长赵守先想到自己未曾谋面的孩子，忍不住对刘喜宝说起了风凉话："你倒是老婆孩子在一起没牵挂，我们抛家舍业图什么？"

刘喜宝也有些生柳小红的气，她应该坚持着下了山再去找药店，让这么多人在山上等毕竟不妥。

想到这里，刘喜宝就对赵守先说："赵部长，是柳队长不对，再坚持一会儿，她就回来了。"

紧紧抱着刘海的胡小剩说："刘海烧得厉害，再不吃药，怕是挺不过去。"

赵守先冻得直跺脚。暗夜里，他环顾四周，只有茫茫的雪山，无尽的山峦。想到老家的老婆和孩子，一瞬间，他崩溃了。

赵守先转身就向北走，嘴里咕哝着："我回家了，你们在这里接着等吧！"

刘喜宝追上去拉住他，压低了声音说："你是宣传部部长，这一走影响不好！"

赵守先却顾不上这些，气哼哼地说："你一家人在一起，怎么能理解我的心情？你孩子病了要去买药，我却连孩子的面都没见过！"

刘喜宝想到扔在红三村的亲生儿子，痛苦地低下了头。突然，他抬起头，对着赵守先吼道："你走，你走吧，回去老婆孩子热炕头吧！"

赵守先怔了一下，快步向山下走去。

胡小剩追上赵守先，说："刘海不是刘政委的亲生儿子！"

说着，胡小剩看了眼怀中的孩子："这是烈士刘明清的儿子。刘政委和柳队长把亲生儿子刘阳留在了红三村！"

赵守先一下子愣住了。他知道误解了刘喜宝，懊悔地蹲在地上。

第二天下山之后，电报传来中华人民共和国成立的消息，大家欢欣鼓舞。

刘喜宝趁势激励大家，向大西南进发，解放全中国。

6大队终于进入西川省地界。这天传来通知，6大队接管西川省的五道水地区，曹泽南下工作队的其他大队继续向西南进发。

五道水地区属于高原山地，到处都是高山丛林，大家一时不太适应环境。刘喜宝问了一个军事参谋，得知距离五道水城还有20多里，号召大家一鼓作气在天黑之前赶到五道水。

听说目的地终于要到了，疲惫的队伍又打起了精神，大山里，大家加快步伐向前走去。

队伍行进到一条狭长的山谷里，两边是林立的山峰和茂密的丛林，天色因为树木的遮挡暗淡了许多，滋生出几分大西南独有的诡异和恐怖。

几百人的队伍噤声前行，就连柳小红怀里的刘海也瞪着两只眼睛，乖乖地不哭也不闹。

前边突然传来躁动和惊呼，紧接着就是一阵密集的枪声。

有人大喊："不好了，土匪来了！"

听到这个消息，刘喜宝十分惊讶，土匪为什么袭击南下工作队呢？

大队长耿方舟立刻警惕起来，他让刘喜宝断后，自己招呼部队带着警卫队迅速向前冲去，几百人的大队首尾分离。

耿方舟刚走远，刘喜宝心头就泛起一种不妙的预感。头顶上传来一阵哈哈的笑声，接着有人大喊："共匪，你们就在这里受死吧！"

刘喜宝抬头看去，只见近处的三个山头站满了手持武器的土匪。他们向着山谷里的南下工作队员开枪。瞬间，人群中传来惨叫声，山谷里满是流淌的血水。

刘喜宝下令："大家掩护女同志和孩子，手里有武器的跟我来！"

刘喜宝带领大家反击，女同志和孩子就地隐蔽。不料，山头上的土匪居高临下，藏在掩体后面从不同方向往下射击。山谷里，藏在大石头后面的妇女孩子腹背受敌，一时间伤亡很大。

土匪们狞笑着，企图利用地形优势一举击垮南下工作队。耿方舟带领的警卫队吃了地形的亏，不断有人倒下。

就在此时，刘喜宝发现不远处有个山洞。他一边组织抵抗，一边招呼妇女孩子向山洞转移。山头上的土匪也发现了山洞，他们疯狂地向洞口射击。

抱着刘海的柳小红一时不敢靠近山洞，躲在一块石头后面。土匪的子弹在她四周的石头上不停碰出火花。危急时刻，赵守先冲过去，拉着怀抱刘海的柳小红往山洞里冲。就在他们靠近山洞的时候，又一轮子弹疯狂地向山洞口射来。赵守先用身体挡住子弹，用尽最后的力气把柳小红推进山洞。

柳小红把刘海放下，冒着弹雨拼命把赵守先拉进山洞。

柳小红大喊："赵部长，赵部长！"

赵守先凄然一笑，从怀里掏出一个陶瓷做的小牛吉祥符，用最后的力气说道："等回曹泽时，把这个交给我孩子。"

说完，赵守先就闭上了眼睛。

柳小红把那枚赵守先从景德镇买的小牛吉祥符紧紧攥在手里。

天色又暗了些，山谷里一片血腥，南下工作队死伤严重，场面十分惨烈。胡小剩跑到刘喜宝跟前，报告悲痛的消息："政委，大队长牺牲了，人员伤亡过半。"

刘喜宝悲从中来，一时间觉得这里就是他的葬身之地了。

自己死了也就罢了，还有那么多妇女和孩子，怎么办？刘喜宝打起精神，飞快地转动着脑筋。瞬间，他做出一个大胆决定：等会儿天黑后，趁着夜色组织突击队逆势而上，向三个山头进攻，借此掩护妇女和孩子从山谷的另一侧转移。

刘喜宝把带领妇女、孩子转移的任务交给组织部部长石钟夏。杀红了眼的石钟夏向刘喜宝保证："请政委放心，只要我石钟夏还有一口气……"

话说到一半，石钟夏就一头栽倒在地，一颗子弹正中他的眉心。石钟夏牺牲了。刘喜宝来不及难过，一眼看到王东明，就把护送妇女、孩子转移的任务交给了连长王东明。

天彻底黑了下来，刘喜宝组织了三个突击队，准备趁着夜色向三个山头突围，杀出一条血路。

不料，三个山头上的土匪打起了火把。

一个熟悉的声音传了过来："刘喜宝，今天你的末日到了！"

刘喜宝一惊，竟然是管小龙。

他对着管小龙大喊："原来是你！管小龙，在曹泽得不到的东西，在这里你也休想得到。放下屠刀，这是你最好的选择！"

刘喜宝话音未落，管小龙就冲着山谷又是一梭子弹，幸亏刘喜宝躲在石缝里。

一支支火把照亮了山谷，突击队无法暗中突围，刘喜宝焦急不已。突然，随着一声惨叫，一支火把灭了。又一声惨叫，另一支火把也灭了。胡小剩在距离刘喜宝不远的地方，沉稳地向山头上举着火把的土匪射击。

转眼间，火把少了一大半。

刘喜宝低声说："小剩，好样的！"

山头上的土匪不敢再举火把，纷纷把火把扔在地上。管小龙气急败坏地发威："举起来，都给我举起来！"

又有零零星星的火把举起来，但刚举起来，就被胡小剩打灭了。到后来，土匪宁肯挨骂，也不敢再举火把。

时机终于到了，刘喜宝向三个突击队发令："突围！"

说时迟那时快，突击队趁着夜色向三个山头进攻。战士们奋力攀爬上陡峭的悬崖，跳上山头与土匪搏斗。

土匪人多势众，南下工作队的战士们英勇顽强。就在难分胜负之际，一队解放军前来营救。

土匪见大事不好，纷纷逃窜。

刘喜宝惊讶地发现，带队前来营救的正是老搭档徐天凯。

筋疲力尽的刘喜宝急促地喘息着，什么话也说不出来，紧紧握住了徐天凯的手。

二

南下工作队 6 大队遭遇土匪袭击的地方叫三峰山。

下午，惨烈的遭遇战过去不到 24 小时。刘喜宝和徐天凯坐在一个小山包上，面对着四周一座座新坟，百感交集，说起分别以来各自的经历。

原来，徐天凯一路打到五道水，野战军任命他为五道水地区军分区司令，命他在这里等待南下工作队，一起建立五道水地区人民政府。

刘喜宝问："怎么会在这里碰到管小龙？"

徐天凯说："我们一路追着国民党残部和一些北方的土匪地主来到大西南。他们去不了台湾，又不甘心失败，就与当地的土匪、地主和国民党残部勾结在一起，对付共产党。"

刘喜宝又问："当地的群众是什么情况？"

徐天凯介绍："老百姓有句土话，'天无三日晴，地无三里平，人无三分银'。"

刘喜宝点点头。

徐天凯又说："由于闭塞，这里的群众对共产党、解放军缺乏了解，有的还跟着瞎起哄。我们的人又少，工作很难开展，第一批来的人也是伤亡惨重。"

徐天凯看着远处无尽的山峦，长叹一口气："下一步就看你的了，发动群众可是你最拿手的。"

与此同时，五道水城里，又成了邻居的柳小红与杨春桃有着说不完的话。两个人说一阵笑一阵，又说一阵哭一阵。

两个年轻的妈妈一大半的心思扑在了孩子身上。原来，南下途中，杨春桃生了儿子徐涛。得知柳小红没有把亲生儿子刘阳带在身边，杨春桃眼圈一下子就红了。

杨春桃说："你怎么舍得？他那么小。"

柳小红含着眼泪说："只能带一个，舍不得又能怎么样？走的时候，赶上刘海闹肚子，不吃奶怕是活不成。"

杨春桃从柳小红怀里接过刘海，对着还不懂事的孩子说："你个小东西，跟了这么善良的爸爸妈妈，你就知足吧！"

柳小红说起昨天牺牲的同志，忍不住哭起来。她感叹："谁能想到，这么多年熬过来了，开国大典都办完了，人却死在了大西南！"

杨春桃的脸色暗淡下来，她用低沉的声音说："在这里开展工作真是挺难的，我们在明处，敌人在暗处。"

住进五道水城的第三天，王东明和胡小剩相约到街上去买东西。走在街上，看到一个个女人长得又黑又瘦，胡小剩大失所望。

这哪里是"江米人"？简直就是"黑火炭"。不光黑，还亮。

两人来到一个卖毛巾的摊位上。胡小剩拿起一条毛巾，不料毛巾的另一头被一个又黑又瘦的姑娘攥着。

姑娘抬起头，看到胡小剩身上的解放军军服，忙笑着说："您是刚来的解放军吧？"

由于对"黑又瘦"的排斥心理，胡小剩没有正面回答，爱搭不理地支吾了一声。

不料，姑娘很开朗，笑眯眯地说："欢迎你们来到五道水！辛苦了！"

胡小剩还是没有一句囫囵话。王东明说："谢谢！谢谢你！"

姑娘松开手，大方地对胡小剩说："这条毛巾花色不错，给你吧。"

胡小剩也松开手，说："给你，给你，我再转转。"说着，就拉着王东明走了。

王东明说："这里的姑娘挺热情的。"

胡小剩说："就是又黑又瘦。"

王东明说："又不是找老婆，又黑又瘦关你什么事？"

胡小剩看到一个百货摊位，忙拉着王东明走了过去。

两人买了东西往回走，再过一个胡同就到地委大院了。迎面疾步走来两个男人，穿着深蓝色的土布褂裤，也是又黑又瘦，肩上背着包袱，脸上满是杀机。胡小剩和王东明感到不妙，还没来得及反应，就见那两人从包袱里掏出土枪，向没带武器的胡小剩和王东明射击。

胡小剩迅速从地上抄起一块石头，向其中一人狠狠掷去，正好击中那人的头部。那人痛得喊了一声，逃跑了。另外一人要向王东明射击，见胡小剩又弯腰捡石头，忙调转枪口向胡小剩扣动了扳机。

胡小剩应声倒下。

趁着那人上子弹的工夫，王东明冲上前去，死死地抱住他。两人纠缠在一起。几个回合之后，王东明把那人压到身子底下，卡住了他的脖子。

不料，那人从腰间摸出一把匕首，冲着王东明乱刺。王东明的手被刺伤，只好松手，那人趁机逃跑了。

就在此时，胡同深处又跑过来一个背着包袱的黑瘦男人，一样的凶狠眼神，一样的满脸杀机。胡小剩早已昏迷过去，王东明双手受伤。王东明豁出去了，忍痛捡起地上的枪。谁知土枪质量太差，一下子断成了两截。王东明扔下枪，又捡起匕首，直面迎上去，要与来人拼死一搏。

那人很鬼，知道王东明手里没枪，并不凑上前，就在20米开外的地方站住，举枪准备向王东明射击。王东明的性命危在旦夕。

王东明一时间嗅到了死亡的味道。还没有结婚，也不能再回家乡曹泽了，他心头泛起一抹遗憾。他一路从景德镇呵护到五道水的牡丹花苗还在宿舍的饭碗里，要是他死了，那牡丹花苗会不会干死？作为牡丹花农的儿子，他牵挂又不舍。

随着一声刺耳的枪响，王东明觉得完了，自己就要死了。

不料，枪声过后，身后却传来刘喜宝的声音："东明，你没事吧？"

王东明睁开眼，先是看到向他开枪的人已经栽倒在地，转过身，就见身后正站着刘喜宝和徐天凯。徐天凯手里的枪还在冒着一缕细细的青烟。

几个人七手八脚把胡小剩抬到医院，情况不容乐观。

子弹就在距离心脏很近的地方，失血过多本来就有很大的危险，还要动手术取子弹，风险又增加了。

医生征求意见，手术动还是不动？动会有一丝希望，不动继续出血，患者会因失血过多而死。

刘喜宝、徐天凯和王东明齐声说："动！"

做完手术，子弹取出来了。情况仍旧不乐观，胡小剩一直处于迷离的躁动之中。病房里，他死死抓住医生的手不放，固执地认为这是母亲的手，嘴里不停地喊着"娘"。

医生还有许多事情要做，于是刚上夜班的护士侯月接替了医生。

这个护士不是别人，正是胡小剩与王东明在街上遇到的那个又黑又瘦的姑娘。

包扎了双手，走进病房的王东明看到这一幕，不免有些惊讶。

王东明说："是你？感谢！"

侯月仔细看病床上的胡小剩，认出此刻正徘徊在生死边缘的人，就是和她看上了同一条毛巾的人。

"他是买毛巾的那个？"

王东明说："是他。"

胡小剩又躁动起来，双手飞舞："娘，娘！你在哪里？娘！"

侯月双手握住胡小剩的手："快醒醒！会好的，会好的！"

王东明眼泪悄悄落下来，心中生出由衷的感动。

就这样，胡小剩在死亡线上挣扎了三天三夜，侯月在床前守了他三天三夜。侯月的手都让胡小剩抓烂了。

胡小剩终于醒了。他看到侯月的双手，默默流下了感动的泪水。

来看望胡小剩的刘喜宝说："你俩这是有缘分哪！"

一边的柳小红和杨春桃也随声附和。

胡小剩和侯月都红了脸。

胡小剩痊愈出院了。回到宿舍，发现王东明把牡丹花苗移到了一个个花盆里。

王东明计划着说："我要给刘书记家和徐司令家各送一盆。"

胡小剩说："给我一盆，送给侯护士。"

王东明问："你对她是不是有意思？"

说曹操曹操就到，侯月敲门进来了，她给胡小剩送来了雪白的米豆腐。胡小剩把牡丹苗送给侯月。

侯月说："快点儿吃，还是热的呢！"

侯月抬头看着王东明："王连长，你也吃。这是我们这里的特产。"

王东明话里有话地说："我沾光，跟着吃。小剩你可要多吃点儿，人家侯月是专门送给你的。"

侯月又红了脸。

胡小剩看一眼侯月，也红了脸。

王东明继续调侃："我看这米豆腐挺白的，怎么你俩的脸都红了，这米豆腐有胭脂的功效吗？"

西川省军管会的任命通知来了，刘喜宝被任命为五道水地区党委书记。

任命通知是在五道水城的大礼堂宣布的。参加大会的有军分区和南下工作队的干部、战士代表，更多的是五道水城各行各业的代表。

会刚散，刘喜宝和徐天凯从礼堂的大门走出来，就见大街上站满了人。

一个五十开外，穿着一身驼色西装，戴着眼镜的人高声问："哪位是新上任的五道水地委书记刘喜宝同志？"

刘喜宝站出来，用爽朗的声音答道："您好，我就是刘喜宝。"

那人上下打量了刘喜宝一番，只见刘喜宝穿一身旧军装，有几个地方还打了补丁。

那人说："刘书记，我是五道水中学的校长侯振声。您看，这么多人都想听听您打算怎么治理我们五道水，能不能给我们说说？"

说着，那人带头鼓起掌来，脸上挂着看笑话的神情，不加遮掩。

刘喜宝一下子就明白是怎么回事了。这个校长想出其不意，看他的笑话。

刘喜宝胸有成竹地笑了笑，向前跨了一步，挥挥手对大家说："各位市民朋友，大家好！我是刘喜宝，新上任的五道水地区的书记。说白了，党派我们来这里，就是给大伙儿服务的。我是曹泽人，北方的，参加革命工作十几年了。我们老家那里盛产牡丹花，牡丹花象征着高贵、高洁和守信，今天在这里表个态，我会做个诚实守信的人，好好替大家服务！今后大家有什么困难尽可以到办公室找我，不管大事小事，我都在所不辞。作为一个共产党员，我要做的就是一切为了群众，从群众中来，到群众中去，'先天下之忧而忧，后天下之乐而乐'！"

四周响起热烈的掌声。

那位侯校长的脸上先是现出惊讶，像是突然缓过神来，又想起了一件事。他向一个拿着笔和宣纸的人招了招手，那人赶忙跑到刘喜宝面前。另一个人端着砚台走上前去。

"刘书记，我家新开了个杂货店，请您题个字。"

刘喜宝接过笔，笑笑说："没问题。"

那人弯下腰，把背放平，让人铺上宣纸，说："就在我背上写吧。"

刘喜宝问："写什么字？"

那人说："我姓黛，林黛玉的黛，就叫'黛记杂货店'吧。"

大家盯着刘喜宝，侯校长走到近前仔细观看。

刘喜宝用毛笔蘸了蘸墨，又问："想用什么字体？"

弯着腰的那位一时答不上来："啊？字体？"

侯校长说："草书，草书。"

刘喜宝一气呵成"黛记杂货店"几个字，用的正是草书，字体流畅，笔力深厚，显得高雅又古典。

本来想看笑话的侯校长瞪大了眼睛，想不出还有什么办法能让这位新上任的地委书记出丑。

此时，一个姑娘冲到侯振声跟前，一把将他拉走。

"爸，快走吧，别再让人当枪使了好不好？"

这个姑娘正是五道水医院的护士侯月。

侯月拉着父亲离开大礼堂门口，拐进一个小胡同里。

侯月说："爸，不要受那些不怀好意的人蛊惑，共产党不是你们想象的那样都是大老粗。"

侯校长笑着说："我这不就是想考考他吗？"

"您是想让人家出丑。"侯月说，"我看出丑的是您自己。"

侯校长分辩："哪有，我希望我们五道水的书记是个有文化、有情怀的人。"

侯月问："那您说他有文化、有情怀吗？"

侯校长说："文化是有，这情怀还得慢慢看——"

这时，侯校长看到一个行乞的孩子，就像往常那样，在路边的食摊上买了米糕送给他。

一转眼，又有几个乞讨的孩子凑过来。侯校长冲他们说："别着急，别着急，都会有的。"他又走到食摊前，买了些米糕分给孩子们。

几个孩子拿着米糕心满意足地走远了。侯校长突然意识到什么似的问："月月，你怎么替他们说话，难道你加入了共产党？"

侯月说："回家再说。"

侯家有一个清幽的小院，布置着盆栽和石景。穿过小院，刚进房门，侯月的母亲就从里屋迎出来，让父女俩快进屋吃饭。

饭桌上，侯振声又盯着侯月问："你到底是不是共产党员？"

侯月告诉父亲："爸，不瞒您说，我三年前上护校时，就加入了共产党。"

不料，侯振声一脸惊喜："你也是共产党员？"

侯月问："怎么，您不反对？"

侯振声说："实话说，今天我从他们身上看到了希望。"

侯月说："爸，我就知道，您是有眼光的人。"

刘喜宝回到家，柳小红和他讨论发生在礼堂外的事情。

柳小红咯咯笑着说："这些人，怎么就看出你没文化呢？"

刘喜宝照照镜子："我就是一个花匠，确实没文化。"

柳小红又咯咯一阵笑。

说着，刘喜宝去侍弄王东明送来的牡丹花，一边侍弄一边说："以前老待在曹泽，没觉得牡丹花有多稀罕。到了这里，怎么看这牡丹花都稀罕。"

一句话勾起了柳小红的思乡情，她惦念儿子刘阳，一时语气哽咽起来。

看着眼前的刘海，柳小红说："不知道刘阳这会儿吃没吃上饭？"

刘喜宝赶忙劝慰："你就放心吧，咱红三村的乡亲们不会饿着你儿子。张团长和马三爷会照顾好他的。"

柳小红又说："他要是病了怎么办？"

刘喜宝说："刘阳体质好，不会生病的。"

柳小红说："就你心大，净往好处想。"

刘喜宝说："这是革命乐观主义！"

晚上，刘喜宝去办公室加班，审看各个部门提交上来的工作计划。五道水地级行政政权已经在西川省军管会的领导下顺利建立，接下来就是县、乡、村各级行政政权的建立。

这一切谈何容易。

午夜时分，一直伏案看文件的刘喜宝抬起头揉揉眼睛。

看到刘喜宝的工作告一段落，小林说："刘书记，过一阵儿我们是不是就要下乡了？"

刘喜宝说："是啊，我们要去五道水地区的每一个地方，在每个县、乡、村，都要建立起我们共产党的政权。"

胡小剩刚出院，还在休养，小林临时接手胡小剩的秘书工作。小林才17岁，还是个孩子。

只听小林说："太好了刘书记，我就想下乡，老待在办公室里，都把人给闷死了。"

刘喜宝笑着说："这里到处都是山，有你下乡下够了的时候。"

小林说："我才不怕呢，咱们曹泽都是平原，我想到山里去看看。会不会有很多鸟？"

刘喜宝笑起来，觉出小林的孩子气。

小林见刘喜宝杯子里的水快没了，走到窗台前，拿起放在窗台上的暖壶添水。

突然，砰的一声枪响，小林倒在了地上。刘喜宝大吃一惊，跑到窗户跟前，只见贴着一层纸的窗户上，有一个圆圆的弹孔。

刘喜宝开门追出去。柳小红来给刘喜宝送夜宵，看到血泊中的小林，吓得一声惊叫，手里的饭盒掉到了地上。

刘喜宝追到吊楼下，看到土匪远去的背影，心头一紧。

又是管小龙。

三

晨光熹微，茫茫山野中，手里拿着枪的管小龙独自行走在蜿蜒的山间小路上。

一阵扑棱棱的飞鸟声传来，管小龙警觉地躲藏在一棵大树后边，审视着来路。确认没有人跟踪之后，他继续向大山深处走去。

自从被解放军一路追赶着来了大西南，管小龙就破罐子破摔了。这些年来，看多了生死，也就不把死当回事了。

让管小龙重整旗鼓的是再次遇到了刘喜宝。

那天在三峰山袭击南下工作队，管小龙本来是奉命行事。

给他下这个指令的是当地的国民党残部胡团长。这个胡团长本来想通过云南越境转道去台湾，没有成功，还被解放军打瞎了一只眼。他见越境无望，就长途跋涉从云南回到了西川省。

五道水是胡团长的家乡，这一带他熟，也留恋。很快，胡团长就纠集了一支几百人的杂牌军。这些人中有的是国民党残部，有的是土匪地主，还有个别受蒙蔽的群众。他们夜里行动，白天躲在山里大大小小的溶洞中。

所有行动都必须经过胡团长的同意。

管小龙自从那天遇见了刘喜宝，就下决心搞死这个老对头。后来知道刘喜宝当上了五道水地区的书记，他更是坚定了这个想法。

管小龙回想起曹泽那些旧事，想起父亲管三的死，也想起管家的破灭，仇恨涌上心头。今天又没能得手，杀死的竟然是个小勤务兵，让管家最大的仇人刘喜宝又躲过一劫。

一时间，管小龙忍不住对着群山怒吼："刘喜宝，你给我等着！"

巨大的山洞里，管小龙的声音传进来。一只眼的胡团长脸色更加阴沉。

昨天晚上，管小龙说要潜伏到地委大院去暗杀刘喜宝，胡团长考虑到安全因素没有同意。想不到，这个北方来的管小龙竟然半夜私自行动，还在山洞外面大嚷大叫。

胡团长感到他的威严受到了挑战。

听到脚步声，胡团长给身边的人使了个眼色。

管小龙刚进山洞，就有人凑上去问："那个刘喜宝死了吗？"

管小龙说："他会死的。"

那人质问："你这不是打草惊蛇吗？"

又有一个人凑上去问："大嚷大叫的，把解放军引来怎么办？"

胡团长没说一句话。

管小龙知道这些都是胡团长指使的，于是走到胡团长跟前，用讨好的语气说："胡团长，这次没成，但我早晚会杀死他！"

胡团长阴沉着脸说："就你这张扬法，等你把他杀了，我们也都离死不远了。"

管小龙打着哈哈说："不会，不会，擒贼先擒王。等我把刘喜宝杀了，这五道水就是咱们的天下了！"

胡团长更不爱听这话了，眼睛一瞪："谁的天下？你的天下？"

管小龙感到气氛不妙，忙说："您的，您的！我是您的小老弟。"

胡团长又说："管小龙！管专员！你不是说你在那个什么曹泽是国民党的行署专员吗？我看你还是回去继续做你的专员吧！"

管小龙看到胡团长眼里的杀机，忙说："胡团长，不管我以前是什么，现在我就是您的兵！"

胡团长又说："我可不敢带你这样的兵，你这个见风使舵投靠日伪的汉奸！"

胡团长又使了个眼色，两个人上前把管小龙的双手牢牢抓住，让他动弹不得。

管小龙摸不着头脑，胡团长大喝一声："把人带上来！"

一个熟悉的身影被土匪押上来，推到管小龙面前。

管小龙大惊，竟然是南逃途中与他走散了的姚虎。

姚虎见到管小龙，一时激动，大叫道："少爷！"

胡团长问："姚虎，你说，这个人就是你家少爷吧？"

姚虎答道："是，是！"

胡团长又问："鬼子来那阵儿，你们一起投靠了鬼子是吧？"

姚虎听出了不对劲，支支吾吾地答："那会儿是权宜之计，迫不得已。"

胡团长掏出手枪，大声吼道："好一个权宜之计、迫不得已，老子平生最恨汉奸，今天老子就毙了你们这俩杂碎！"

一声枪响，倒在地上的不是管小龙，而是胡团长。

管小龙不知怎么就挣脱了束缚，先是用枪打死了胡团长，又打死了那两个企图制服他的人。

站在管小龙身后帮助他的竟然是胡团长的亲信"小成都"。他举着枪，用警觉的眼神四处搜寻，一副谁不老实就打死谁的架势。

一时间，大家都呆若木鸡。

姚虎放下心来，笑嘻嘻地向管小龙跑过去："少爷，这下可是好了！"

话音未落，管小龙把枪口对准了姚虎，扣动扳机的同时，嘴里骂道："你个窝囊废，也去死吧！"

横的怕愣的，愣的怕不要命的。眼看管小龙是个不要命的，满山洞的人都怕了他。

沉默片刻，在当地颇有影响力的女土匪头目金珍儿走到管小龙跟前说："我是被胡团长挟持来的，是不是可以回去了？"

金珍儿话音未落，身后几个打扮利落的女子说："请准许我们回去！"

管小龙又把枪口对准了金珍儿。

金珍儿也是个不怕死的，脸上没有丝毫畏惧。

金珍儿25岁上下，一身利落的打扮，蓝裤蓝褂，领口绣着一朵精致的小白花。她身材高挑，长相俊美，虽然落草为寇，依然有大家闺秀的范儿。

管小龙想了想，没有开枪。

他站上一块石头，恐吓群匪说："共产党是不会放过我们的，与其坐以待毙，不如先下手为强！"

金珍儿脸上掠过一层阴云。

管小龙把目光收回来，盯着眼前的金珍儿，接着说："金首领，金珍儿女士，没记错的话，你家里和婆家都是大地主吧？丈夫死了之后，你被婆家人欺负，被逼得上山当了匪首，杀了不少人吧？"

金珍儿的妹妹金玉儿走上前一步，替金珍儿回答："那些人都是坏人，他们本就该死！"

管小龙一笑，继续说："解放军可不管那些。反正你们家是地主，又杀过人，自己看着办！"

金珍儿的脸上又掠过一层阴云。

迟疑片刻，金珍儿问："那你说，我们该怎么办？"

管小龙抬头看向群匪："反正都是一个死，不能让他们舒服了。杀一个够本，杀两个赚一个！"

"小成都"趁机鼓动："从今往后，大家都听管专员的！"

一群乌合之众跟着喊："听管专员的！"

深夜，管小龙带人四处张贴悬赏告示。

悬赏告示说解放军屠杀少数民族，许诺谁提供有价值的消息就有赏。

村子里，村民围着悬赏告示观看，纷纷议论解放军杀人还是不杀人。

一张悬赏告示被送到刘喜宝的办公桌上，已经痊愈的胡小剩看了十分生气："这不是挑拨离间吗？简直太坏了！"

刘喜宝说："我们要告诉老百姓真实情况，不能任他们胡说八道蒙蔽群众。"

第二天一大早，刘喜宝带领工作组下乡去搞接政工作。刚出城便遭到土匪袭击，王东明中弹受伤，工作组只得草草收兵回城。

王东明被送到医院救治，胡小剩去找侯月，让她对王东明多加关照。王东明受的只是皮肉伤，侯月让胡小剩放心。

侯月在走廊里跟胡小剩说话，被来医院看望同事的侯校长看到了。回家后，侯校长就问侯月，是不是在与那个解放军谈恋爱。

侯月矢口否认，向父亲说了又有解放军被国民党残顽和土匪打伤的消息。

侯校长自从那天被别人怂恿着在礼堂大门口考核了一下共产党派来的新书记之后，就对共产党产生了好感。

这会儿听说又有解放军被打伤，侯校长感慨："解放军从北方来到这里不容易，单从那个书记身上，我就看到了希望。共产党与国民党不一样，务实又简朴。"

侯月说："问题是，现在乡下的老百姓对他们不了解，国民党残顽和土匪又搞破坏，他们出不了城。"

刘喜宝听胡小剩报告王东明并无大碍，总算放下心来。

一时间，坏消息纷纷从各个县传来，南下工作队几乎无法开展工作，一出门就被土匪和国民党残顽袭击。每天都有南下工作队员牺牲，三峰山烈士陵园的新坟每天都在增加。

刘喜宝又去求助徐天凯。奉省军区之命剿匪的徐天凯也是一脑门子的烦心事。

他向刘喜宝抱怨："这山里的土匪似乎永远也剿不完，这里赶跑了，那里又冒出来。他们在暗处，我们在明处，老百姓又对我们缺乏信任，简直没法办。"

刘喜宝说："别说发动群众了，现在连接触群众的机会都没有。"

徐天凯说："怎么办？"

刘喜宝也说："是呀，怎么办？"

两人你看着我，我看着你，一时都没了主意。

也不知过了多久，刘喜宝说："我想起个主意来。"

徐天凯忙说："快说来听听。"

刘喜宝说："咱们合在一起干！"

"怎么个合法？"

"我们南下工作队是分成一个个的小组下乡，你们军分区派人分头跟着我们。那些国民党残顽和土匪不想让工作队接触群众，我们偏要接触。只要我们工作队获得了群众的充分信任，一切矛盾不就迎刃而解了吗？只要人民群众支持我们，那些残顽土匪自然被孤立了。"

"就这么定了，合在一起干！"徐天凯说。

这天，刘喜宝又带工作组下乡，徐天凯亲自带人护送。

刚挨近一个村子，他们就遭到管小龙带领的土匪袭击。慌乱中，大家被打散，刘喜宝与胡小剩在土匪追赶下打光了子弹，跑过几座山头才脱险，在贵秀山上的一个溶洞里躲了起来。徐天凯和其他人不知去向。

管小龙发誓这次要把刘喜宝抓住。他在一个山坡上给土匪们分工："附近几十里的山头都给我守住，我就在这条刘喜宝回城的必经之路上等他，谁进山抓到刘喜宝，我就给谁一根金条！"

说着，管小龙掏出一根金条晃了晃。

土匪们四下散去，金珍儿也带着她的人离开。

到了下午，刘喜宝和胡小剩看到山下到处走动着土匪，不敢贸然下山。

第二天，两人实在是饿极了，发现半山坡上有一家农户，冒出袅袅的炊烟来，就想去找点儿吃的。半路上，刘喜宝长了个心眼儿，让胡小剩先回去，自己一个人去找吃的。胡小剩要独自前去，但刘喜宝坚持把胡小剩推开了。

胡小剩知道刘喜宝是担心他应付不了紧急情况，只好转身上山躲起来，眼睛透过树林密切地注视着农户的方向。

刘喜宝走进那家农户。一个小院，几间屋子，靠近门口的地方有个灶台，有位 40 多岁的妇女正在烧火做饭。

看到一身破军装的刘喜宝，那妇女愣了一下，很害怕的样子。

刘喜宝说："大姐，别怕，我就是来找点儿吃的，我是共产党派来的解放军，来帮助咱们穷人过上好日子的！"

那妇女摇摇头，又点点头，继续低头烧火。

过了几秒钟，那妇女稳了稳神说："锅里刚蒸上米糕，要等一下。"

刘喜宝又问："大姐，家里几口人呀？"

妇女说："就我一个人，那死鬼和儿子都死了。"

锅还没开，灶台前的柴没有了，妇女站起身对刘喜宝说："柴没有了，我去拿一下，你帮我看着火。"说着，就走了出去。

刘喜宝见那妇女憨厚，没多说什么。

那妇女出门时训练有素的脚步引起了刘喜宝的警惕，他跟了出去。

胡小剩看到，妇女出了门大步流星地向山下跑去，他自知情况不妙，忙去通知刘喜宝。

两人会合后，刘喜宝说："快走。"

为时已晚，一声悠长的呼哨传来，农妇一转眼就带来了十几个人，挡住了刘喜宝和胡小剩的去路。为首的正是女匪首金珍儿。

刘喜宝和胡小剩被俘了。

把刘喜宝和胡小剩押回屋里之后，蒸米糕的妇女迫不及待地问金珍儿："我去给姓管的送个信？"

一个男土匪说："老婆，还是我去吧，我走得快。"

蒸米糕的妇女不甘心让丈夫抢了头功，说："那咱俩一块儿去。"

金珍儿说："你俩快去快回！"

蒸米糕的妇女又问："那东西，要一根还是两根？"

金珍儿有些不耐烦："先让他过来再说，别老想着发财！"

蒸米糕的妇女解下围裙，和丈夫一起出了门。

刘喜宝判断出个大概，眼前这帮土匪领头的，是与管小龙勾结在一起的女匪首金珍儿。

对于金珍儿，刘喜宝是有些了解的。在地委的几次形势分析会上，他听人介绍过金珍儿的情况。金珍儿被列为可团结的对象。

金珍儿成为土匪是出于无奈。说起来，金珍儿也是个苦命人。丈夫死后，小叔子想霸占家产，欲置她于死地，她被逼无奈才当上了匪首，做的事也就是拉着一群人保护家业，以免受欺负。

想到这里，刘喜宝看着金珍儿说："你就是金珍儿吧？"

金珍儿警觉地问："你怎么知道金珍儿？"

刘喜宝先做自我介绍："我叫刘喜宝，北方曹泽人。"

听到眼前的人自报家门，就是管小龙重金悬赏的刘喜宝，金珍儿的脸上闪过一丝异样。

金珍儿问："你知道管小龙重金捉拿你吧？"

刘喜宝磊落地说："当然知道！"

他接着说："我和管小龙是老对手了，打了十几年的交道。他是地主，但这不是主要问题，关键是他与人民为敌，投靠日本人，杀害了许多无辜百姓，后来又投靠国民党继续与人民为敌。"

金珍儿一直不说话。

刘喜宝又说："你和他的情况不一样。"

金珍儿忙问："我的情况，你也知道？"

刘喜宝说："当然知道，你虽然出身地主家庭，但你是被逼才走上了这条路，属于共产党可以团结的人。"

可以团结？金珍儿对"团结"这个词有些陌生，但理解了其中的意思。

刘喜宝又说："共产党光明磊落，代表的是绝大多数中国人民的利益，所以才会得到人民群众的支持。现在新中国都成立了，还打不过逃到这里的几个残顽分子？"

金珍儿不说话。

刘喜宝又说："你不要再受管小龙蒙蔽，别在错误的道路上越走越远。如果你的手上沾满了人民的鲜血，就是今天把我杀了，也躲不过明天和后天！"

围在金珍儿四周的土匪似乎被说动了，金玉儿问："你说话算数，不找我们秋后算账？"

刘喜宝说："我以 13 年的党龄和五道水地委书记的名义保证，说话算数！"

金珍儿一直不说话，沉默了好一会儿突然说："你俩快走，那管小龙怕是一会儿就到。"

那几个跟着金珍儿的土匪原本就是穷苦人，听了刘喜宝的一番话，得知共产党替穷苦人做主，都转变了态度。

一个土匪问金珍儿："让他们走哪条路？"

金珍儿沉吟片刻："现在怕是哪条路都不安全了，跟我来！"

到底是本地人，金珍儿让几个土匪统一口径，装作刘喜宝和胡小剩逃走了，大家四处寻找。她带着妹妹金玉儿把刘喜宝和胡小剩带到安全的地方。那是一个隐蔽得非常好的山洞。

金珍儿、金玉儿把刘喜宝和胡小剩送进山洞，出去后在外面搬动大石头，堵住了洞口。

胡小剩看着那块几乎是无法移开的石头，心里忍不住打鼓，问刘喜宝："这个金珍儿靠得住吗？"

刘喜宝说："靠得住。"

胡小剩问："你怎么知道她不是去找管小龙来抓我们？"

刘喜宝说："如果是那样，她不用绕这么大弯子，直接把我俩交给管小龙就是。"

金珍儿掏出手枪，装作四处寻人的样子和金玉儿一起向山下跑去。

刚跑了几步，金珍儿就停了下来。

金珍儿看看四周，伏在金玉儿耳边叮嘱了些什么，金玉儿听后，转身向山顶跑去。

金珍儿刚走到房子门口，就遇到蒸米糕的妇女和她丈夫带着管小龙一伙七八个人走了过来，他们身后则是那几个装作寻找刘喜宝的与金珍儿一伙的土匪。

管小龙问金珍儿："刘喜宝人呢？"

金珍儿说："我正四处找，刚才不小心让他跑了。"

管小龙问："没找到？"

金珍儿摇摇头。

管小龙怒不可遏："你个臭娘儿们，装的吧？刘喜宝身上没有子弹了，还又累又饿，他能跑到哪里去？一准儿是你把他放了！"

金珍儿说："我没有。"

管小龙越说越气，向金珍儿掏出了手枪。

不等管小龙开枪，金珍儿就扣动了扳机。管小龙躲闪及时，这枪没打中。霎时，两伙土匪火并起来。

蒸米糕的妇女一见这状况，不由得为那就要到手的金条惋惜起来，她忍不住劝架："管专员，再找找，怎么就让他跑了呢？"

管小龙懒得搭理，开枪打死了蒸米糕的妇女。

金珍儿眼看占不到便宜，命令大家先隐蔽，一行人边打边撤，瞬间消失在山林之中。管小龙还不罢休，伸长了脖子对着山林叫嚣："金珍儿，你个臭女人，有本事给我出来！"

一声枪响，山林中射来一发子弹，管小龙身边的一个土匪应声倒下。

管小龙不敢再停留，弓着身子对旁边的"小成都"下令："先撤，召集人来，今天就是把这片山蹚平了，也要把刘喜宝和那个臭女人找出来！"

金珍儿在隐蔽处看到管小龙一伙下了山，忙去找刘喜宝。

金珍儿走到刘喜宝的藏身之处，把刚才发生的事告诉刘喜宝。此处山洞很深，洞口又封得严实，刘喜宝和胡小剩对外面发生的事一无所知。

听金珍儿说管小龙又去纠集土匪来搜山，刘喜宝说他和胡小剩马上绕路离开这里。

金珍儿把她委托金玉儿去五道水城地委大院搬救兵的事情告诉了刘喜宝。

刘喜宝夸赞金珍儿有指挥才能。

金珍儿又告诉刘喜宝一个坏消息："你们还有个姓徐的同伴吧？"

刘喜宝忙问："徐天凯？"

金珍儿说："就是这个名字。"

刘喜宝问："他在哪里？"

金珍儿说："另一拨叫姜大的土匪人多势众，捉住了徐天凯。"

说着，金珍儿用手指了一下远处："他们就在与这里隔着三个山头的那座山上，姜大已经托人把这个消息告诉了管小龙，管小龙说捉到你一起处置。"

刘喜宝焦急地说："能否带我去找姜大？"

金珍儿说："我可不敢保证他能听你的。"

刘喜宝说："你只管带我去就是，徐司令是抗日英雄，咱不能让他白白死在管小龙手里。"

金珍儿说："那好，跟我走！"

就在金珍儿带着刘喜宝和胡小剩去找姜大的时候，金玉儿飞速向五道水城奔去。

进了城，一到地委大院，金玉儿就对哨兵说："我要找刘喜宝的家属。"

哨兵问："你是谁？找刘喜宝家属做什么？"

金玉儿说："刘喜宝躲在贵秀山上，土匪要抓他，快带人去营救！"

哨兵一听大事不好，忙带着金玉儿去找柳小红。

此时，已经怀孕的柳小红正为刘喜宝一夜未归着急。杨春桃过来安慰她，说没事，徐天凯也是一夜未归，肯定是忙工作在乡下住下了。

柳小红心里不踏实，说自己眼皮跳，不是好兆头。

正说着，哨兵带着金玉儿来了。

听金玉儿说刘喜宝让土匪围在了贵秀山上，柳小红一下子慌了神。

杨春桃让柳小红在家等着，说她去找军分区的人，让他们派人去救。

一心惦记刘喜宝的柳小红哪里肯在家里等，忙拉着刘海一起去了。

杨春桃和柳小红来到隔壁军分区的院里，还没来得及到办公楼里去报告，就见一队队战士站在门口的小广场上整装待发。

站在队伍前面指挥的正是徐天凯。

见杨春桃和柳小红从远处跑过来，徐天凯忙把队伍交代给参谋："目的地，贵秀山，火速出发！"

参谋小跑到队伍前面重复了一遍刚才的口令。

徐天凯向杨春桃和柳小红走过去，问她俩来干什么。

杨春桃说了从金玉儿那儿得知的消息。

徐天凯笑笑说："没事，这些土匪没那么大本事，我也让他们抓了，这不又回来了吗？不用担心，我这就带人去救刘书记！"

柳小红说："我也去！"

徐天凯说："这里不是咱们曹泽，城外土匪多，你俩要是不想给我添麻烦，就不要去。"说完，徐天凯就去追赶队伍了。

柳小红和杨春桃站在了原地。

贵秀山上，管小龙带着大批的土匪在搜山。他万没想到，徐天凯带了更多的解放军战士来剿匪。

一时间，双方交起火来。

土匪是乌合之众，哪里是军分区正规军的对手，没打几个回合就尿了，跑的跑，死的死。

金珍儿带着刘喜宝赶到隔着三个山头姜大的地盘，去解救徐天凯。不料，姜大说他已经把人给放了。金珍儿不肯相信，就把刘喜宝劝说她的那些道理讲给姜大听。

姜大说："本来我想拿那个姓徐的去找管小龙换根金条的，哪知道半夜里他把刀架在我的脖子上，也是给我说了这一番道理，我就把他放了。"

刘喜宝忍不住笑了。

正在这时，贵秀山那边传来阵阵枪声。

姜大说："我把管小龙到贵秀山上搜寻刘喜宝的事告诉了那个姓徐的。"

刘喜宝说："老乡，我就是刘喜宝。"

金珍儿说："我们也去贵秀山！"

等刘喜宝、金珍儿一行返回贵秀山时，管小龙"围剿"贵秀山活捉刘喜宝的美梦已经彻底破灭。遗憾的是，管小龙又逃跑了。

在金珍儿和姜大的影响下，当地又有几个土匪头目主动自首。一时间，管小龙不敢猖獗，带着少量残匪躲进了深山。

刘喜宝回到地委大院的时候，柳小红早已领着刘海在大门口等候多时了。

看到刘喜宝回来，她一下子冲上去，围着他上下打量。

"没事吧你？"

刘喜宝说："我能有什么事。你没事吧？我还等着再当一回爹呢！"

柳小红笑出了眼泪。

当天晚上，杨春桃在家做了一桌子菜，请刘喜宝和柳小红吃饭。

说起这次脱险，刘喜宝对徐天凯说："我只会动嘴，没想到你又动嘴又动手，直接就把那个姜大整蒙了。"

徐天凯说："你也厉害，靠着三寸不烂之舌，说服了那个女匪首。"

（四）

自从管小龙被赶进深山不见踪影之后，工作组下乡就安全多了。

虽然没有了土匪的袭击和骚扰，但山里的群众还是对解放军和南下工作队缺乏信任，工作开展起来很困难。

这天，下乡回来的胡小剩来医院看望王东明。王东明已经痊愈，准备第二天出院。得知胡小剩天天下乡开展接政工作，他摩拳擦掌，收拾了东西就要马上出院。

侯月替他们担着一颗心。

自从认识胡小剩，侯月心里就起了波澜，她说不清这究竟是出于革命感情，还是出于悄悄萌发的爱情。

侯月虽然个子不高，被高原的阳光晒得有点儿黑，但她是个开朗直率、内心强大的女孩。几年前，她瞒着家人参加了共产党，和进步学生一起为党做了很多事。如今解放了，共产党成为执政党，作为一名年轻的老党员，她由衷地高兴。

那天，她在街上邂逅身穿解放军军服的胡小剩和王东明，也有一种自然而然的好感。再加上与胡小剩看上了同一条毛巾，她更觉得这是冥冥中的缘分。

抬头的一刹那，与她对视的胡小剩一双细长眼微微眯着，透着智慧与和善，正是她想象中白马王子的样子。

侯月情窦初开，悄悄把这份情感压在了心底。因为她不知道胡小剩对她有没有意思，如果没有，那岂不是自作多情。

思来想去，侯月决定，在摸不透胡小剩心思的情况下，她要把这份好感当成革命友谊。

医院大门口，侯月向胡小剩和王东明挥手告别。看着胡小剩越走越远的身影，她心里涌起一丝淡淡的忧伤和不舍。

王东明出院的第二天，就跟着刘喜宝、胡小剩一起下乡搞接政工作。

这是山脚下一个叫笆岩的村子，刘喜宝一行来到村头时，寨门紧闭。

胡小剩透过门缝，看到寨子里的村民在走动，但不管他和王东明怎么敲门和叫喊，都没人过来打开从里面反插着的门闩。

又不能强行进村，怎么办？大家一时没了主意。

这时，从远处走来一个背着柴草的少女。少女十七八岁的样子，破旧的衣衫遮挡不住她的美丽，高挑的身材，精致的五官，特别是一双大眼睛十分有神。

少女走近寨门，看着眼前这一行七八个人，脸上露出胆怯的神情。

刘喜宝上前和少女打招呼："小姑娘，你是这个村子的吗？"

少女不语，犹豫了一下，又点了点头。

刘喜宝说："我们是解放军，你能给我们打开寨门吗？"

少女点点头，又摇摇头。

王东明插话："给我们打开寨门吧，我们不是坏人。"

少女还在犹豫着。她虽然美丽，但脸色苍白，身子瘦弱，一看就是长期缺乏营养的样子。

刘喜宝从胡小剩的背包里拿出准备当午餐的几块米糕，递给少女："这个给你！"

少女的眼睛一亮，随之暗淡下来，她似乎不相信会有这样的好事，下意识伸出一只手，又缩了回去。

刘喜宝拿起那只手，把几块米糕放在她的手里。少女眼里泛起泪花，喃喃道："你们是好人。"

说着，她就向寨门走去，隔着门缝叫里面的妹妹。

"索娜，开门！"

转眼间，一个看上去比少女小两三岁的女孩跑出来开门。让大家吃惊的是，女孩身上裹了件用草编织的蓑衣。

刘喜宝一行随着少女进去了。寨门附近，几十双眼睛冷冷地瞪着他们。

刘喜宝主动上前打招呼："老乡们好，我们是解放军。大伙儿有什么困难可以对我们说。"

人们并不搭话，冷着脸离开。

一个男人边走边回头警告少女："索雅，你这是招惹事端！"

原来少女叫索雅。

刘喜宝对少女说："索雅，我们可以到你家看看吗？"

索雅点点头，接着摇摇头。

她犹豫了一下，还是说："来吧。"

索雅的家就在距离寨门几十米远的地方。屋子很小，除了锅灶什么也没有。靠墙的地方堆着一堆草，草上有一床破烂不堪的被子。

除了索雅和索娜，屋子里还有一个更小一点儿的女孩，看上去十岁上下的样子。此刻，那女孩正用一团草遮盖着私处，用惊慌的眼神看着这群陌生人。

一阵心酸涌上刘喜宝的心头，他几乎是用哽咽的声音问："索雅，你们的父母呢？"

索雅低下头，小声说："他们都死了。"

"都死了？"

索娜抢着说："都让土匪打死了！"

原来，这是三个孤儿，三个连裤子都穿不上的孤儿。

刘喜宝让大家把身上带的食物都拿出来放在灶台上，又对索雅说："我们是共产党派来的解放军，专门帮助咱们穷人的，以后有什么难处就对我们说。"

索雅闭上嘴唇，什么也没说。过了片刻，又点了点头。

一行人走出索雅的家。

刘喜宝看到刚才那些离开的人回来了，便走上前去和他们打招呼。但他们似乎并不想与刘喜宝交流，又都转身离开了。

刘喜宝对大家说："今天就到这里，我们明天再来。"

离开笆岩村，走在山间的小路上，刘喜宝通知大家："以后我们再下乡，要多带点儿吃的，也要带点儿日用品，这里的老百姓生活太困难了！"

回到五道水，王东明眼前老是晃过索雅三姐妹只有一条裤子的情形。傍晚吃饭时，他突然起身，拿起几个馒头装进布袋子就离开了。王东明又去了街上，买了几身女孩穿的衣服，返回了笆岩村。

到达笆岩村时，天已经蒙蒙黑了。寨门依旧紧闭。王东明扒着门缝，对着索雅家的方向喊："索雅，索娜，给我开门！"

很快，索雅就出来了，身后跟着披着蓑衣的索娜。

王东明向她们晃动着手里花花绿绿的衣服。

"快开门，我给你们送衣服来了！"

索雅站在原地犹豫着不动，索娜跑过来替王东明拉开了门。

王东明跟着索雅和索娜再次走进她们的家。王东明把衣服一件件展开，说："一人一套，赶紧换上吧！"

两个小女孩拿着衣服就跑到里屋换，只有索雅站在原地。她看着王东明问："为什么对我们这么好？"

王东明说："我们是共产党的解放军，来这里就是为了解救穷人。"

索雅脸上现出一丝兴奋，随即又沉下脸来："你们对所有的穷人都好吗？"

王东明说："是的，对所有的穷人都好。"

索雅说："寨子里的人都说，你们是拉拢人心。"

王东明说："是让老百姓信任我们。"

索雅说："会一直对穷人好？"

王东明说："会！我以前也是穷人，也受到过他们的帮助，后来我就参加了解放军。"

索雅眼中闪过一道亮光。

两个女孩换完衣服出来，脸上都带着兴奋。

索娜忍不住说："姐，以后我们可以三个人一起去打柴了。"

王东明问最小的那个女孩："你叫什么？"

那个女孩抬起头说："你猜！"

王东明说："索雅，索娜，你叫索丽？"

最小的女孩笑起来："我不叫索丽，我叫索娃。"

屋子里爆发出一阵笑声。

王东明说："这是一些吃的，我先回去了。"

索娃问："哥哥，你还会再来吗？"

王东明说："会的。"

王东明走的时候，三姐妹出来送他。寨子门口围了不少人，窃窃私语。

王东明对大家说："老乡们，我们解放军是替穷人办事的，以后有什么困难就找我们。"

第二天，当刘喜宝再次带人来到笆岩村时，一个长者主动把寨门打开了。笆岩村的接政工作顺利进行。通过群众选举，18 岁的索雅担任了笆岩村的妇女主任。

看到索雅三姐妹对王东明的亲热神情，还有她们的新衣服，胡小剩仿佛明白了什么。他悄悄对王东明说："你该不会是看上索雅了吧！"

王东明支吾着说："帮助，我只是在帮助她们。"

胡小剩脸上露出狡黠的神色："我看你是醉翁之意不在酒。"

五道水中学门口，侯校长下班后，像往常那样在路边小摊上买了几个烧饼。他拎着烧饼一路溜达回家。这些烧饼不是给自己和家人准备的，而是给沿街乞讨的流浪儿预备的。每遇到一个孩子，他就会塞个烧饼。侯校长知道这是小慈悲和小仁爱，解决不了大问题，但作为一个没多少钱财又没什么权力的中学校长，他只能做做这些小事求个心安了。

奇怪了，今天竟然一个流浪儿也没有遇到，侯校长只好把那几个烧饼拿回了家。

侯月一眼就看到了父亲手里那几个用纸袋包着的烧饼。

她说："爸，以后您再也不用准备烧饼给那些无家可归的小孩了。"

侯校长一惊，问："他们去哪儿了？"

侯月笑着说："他们都让政府收留了，政府成立了孤儿院，供养他们到18岁，我们今天还去给他们体检了。"

侯校长一听这话，十分意外和兴奋："看来共产党真是给老百姓办实事！"

侯月说："爸，您这才知道呀，共产党就是替穷人办事的。"

侯校长忽然想起什么似的问："你和那个小胡怎么样了？你们是不是在处对象？和解放军处对象，我同意。"

侯月不好意思起来："爸，您在胡说什么？"

侯校长又说："那就算是我的希望吧！他们的接政工作开展得怎么样了？"

侯月把从胡小剩那里听来的情况告诉父亲。听说解放军下乡后进村难，侯校长自告奋勇去带路。

侯月问："带路？"

侯校长说："是呀，我去带路。哪个村都有我的学生，我带着他们去看看我的学生还不行吗？"

侯月大喜，说："爸，您这个主意太好了！"

侯校长又说："不光我可以带路，还可以发动一批人带路。"

侯月对父亲肃然起敬，说："爸，您真棒！"

侯月立刻和父亲一起去找胡小剩，胡小剩带着父女俩去见刘喜宝。

刘喜宝听了侯校长的想法，紧紧握着他的手说："侯校长，感谢！"

侯校长说："应该感谢你们来到这么闭塞的地方，替老百姓办事。那天的事，不要见怪。"

有了五道水城里一些有威望的进步人士的帮助，南下工作队开展工作顺畅多了。各级政府的接政工作终于可以顺利进行。

一天，刘喜宝正带领工作组在一个乡搞接政。乡政府门口，人民政府崭新的牌子刚挂上，不远处的集市就传来打架声，竟然有人开了枪。

刘喜宝火速赶到现场，原来是群众在抢购高价盐。一个群众眼看买不上盐，与盐贩子发生纠纷，被盐贩子开枪打伤。

经过调查，工作队了解到，自古以来五道水一带的群众吃盐就有困难。当地的盐贩子垄断了盐业市场，贩来盐高价出售，搞得群众苦不堪言。

刚去过索雅家的王东明证实了这一点，说索雅家很久没有吃上盐了。

刘喜宝与徐天凯商量，决定派人到外省运盐，解决群众吃盐问题。

运盐队回来时，遭到管小龙带领的土匪拦截。

幸好刘喜宝、徐天凯早有准备。押送盐车的战士拼命与土匪战斗，盐被保住了。吃了败仗的管小龙带着残部逃进了深山。

刘喜宝组织大家给每个村子发放低价食盐。

笆岩村里，索雅家终于又有了食盐。村民们说毛主席和朱德的部队回来了，和老百姓一条心。

五

五月的一天，在文联工作的柳小红生了个女儿。

医院的产科病房里，刘喜宝抱着刚出生的女儿高兴得合不拢嘴。

"有女儿啦！这下我儿女双全了！"

一句话，又让柳小红想起了红三村的刘阳。刘喜宝怕柳小红伤心，赶紧转移话题，问她给女儿起什么名字。

柳小红让刘喜宝起名。刘喜宝想了想说："就叫鲁黔吧，齐鲁的鲁，黔之驴的黔。"

柳小红一下子笑了："我还以为你要叫黔之驴的驴呢！"

刘喜宝大笑："谁家女孩的名字会叫驴呢？"

柳小红又说："你的意思是生个男孩就可以叫驴了？"

刘喜宝笑着说："你这是讲歪理。"

他又对怀里的女儿说："鲁黔，你说你妈妈是不是在讲歪理？"

正说着，在五道水中学当教务主任的杨春桃抱着儿子前来祝贺，她带来了一罐鸡汤。杨春桃抱怨："这里的水做什么都有一股酸汤鱼的味道。"

柳小红说，她就喜欢酸汤鱼的味道。

杨春桃说："月子里不能吃酸汤鱼，等坐完月子，我就做给你吃。"

转眼一个月过去了。没想到的是，满月宴竟成了告别宴。

徐天凯接到命令，被提拔为省军区副司令，负责全省的剿匪工作。

饭刚吃一半又出了状况。胡小剩跑来报告，管小龙带人袭击酒厂。酒厂是五道水地区的重要企业，刘喜宝和徐天凯忙放下碗筷，召集队伍迅速出击。

原来管小龙这次行动还是冲着刘喜宝来的。他获知刘喜宝几天前视察过酒厂，于是带领土匪袭击刚刚复工的酒厂，给刘喜宝个下马威。

管小龙见刘喜宝、徐天凯带人来到酒厂，新仇旧恨涌上心头，欲置刘喜宝于死地。

管小龙让一伙土匪在明处张牙舞爪地攻击，自己躲在暗处偷偷向刘喜宝开枪。他枪法不好，这一枪却打中了徐天凯。

发现管小龙的开枪方向，十几个战士冲了过去。狡猾的管小龙扔下其他土匪，再次逃跑了。

徐天凯头部中弹，刘喜宝吓坏了。他一边招呼人把徐天凯送进医院，一边组织大家对付土匪。土匪们一看管小龙跑了，在解放军强大的攻势下，很快就支撑不住，逃进了酒厂后面的山里，作鸟兽散。

医院里，徐天凯被送进急救室。他整个脑袋都是血，下巴凹了下去。

医生和护士一脸严峻，忙着给他处理伤口。

刘喜宝上前询问情况，医生回答："脑外伤，情况不容乐观。"

这话正好被刚赶来的杨春桃和柳小红听到。走到近前，一看到徐天凯满脑袋的血，柳小红就晕了过去。

医务人员都以为柳小红是徐天凯的妻子，忙让人把她搀扶出去。

杨春桃以为徐天凯性命不保，她摇晃着徐天凯的胳膊说："徐天凯，你什么意思，把我们娘儿两带到这里来，你就要走？休想！你快给我醒醒！"

说着，脸上挂满泪水的杨春桃拍打徐天凯。

急救床上的徐天凯突然发出声音："我死不了，你哭什么？打得我好疼。"

杨春桃急切地说："天凯，你没事？一定要挺住！"

医生把徐天凯脸上的血擦拭干净，检查过后宣布："面部贯通伤，不会伤及性命，但会留下疤痕。"

杨春桃破涕为笑。

徐天凯调侃说："从此之后，我就变成丑男了。"

杨春桃长舒一口气说："你成了丑男，我才踏实呢！"

徐天凯又对刘喜宝说："刘书记，你欠我一顿大酒。"

刘喜宝眼里含着泪说："你放心，早晚补上！"

徐天凯去省城之前，刘喜宝与他聊到半夜，两人像是密谋着什么，不让任何人走到近前。

第二天，徐天凯走得轰轰烈烈，满城的人都出来欢送，好像生怕有人不知道他就此离开了五道水。

徐天凯走后第二天，刘喜宝准备按计划去五道水中学参观。

据金珍儿这条线透露，管小龙得知消息后，谋划着再次袭击刘喜宝。

刘喜宝给已经去了省城的徐天凯打电话，徐天凯哈哈笑着说："想不到机会这么快就来了。"

原来，徐天凯离开的前一天与刘喜宝密谈，两人猜测徐天凯离开后管小龙会再次偷袭暗杀，到时徐天凯悄悄带人杀回来，给管小龙一个措手不及。只是想不到这么快，管小龙竟然准备借刘喜宝去五道水中学参观之际搞偷袭。

刘喜宝与徐天凯商量："要不要取消这次参观？那么多师生在校园里活

动，实在太危险了。"

徐天凯不同意，说："那样会打草惊蛇，一定要借这次机会把管小龙消灭掉。至于安全问题，做好充分准备即可。"

刘喜宝说："好，就听你的！"

刘喜宝这次参观搞得轰轰烈烈。学校组织了锣鼓队欢迎，教师学生在操场上开大会，刘喜宝发表了讲话。

其实，这一切活动都在徐天凯的监控之下。

五道水中学坐落在山脚下。山顶上，徐天凯透过望远镜，把学校的情况以及躲藏在半山腰的管小龙等土匪的情况看了个一清二楚。四周早已设下重重埋伏，解放军战士把管小龙的各条退路堵得死死的。

亡命之徒管小龙按捺不住内心的激动，他命"小成都"再次拿出刘喜宝参观学校的流程表，确认下一步该到山脚下的菜园子参观了，报仇的大好时机终于要到了。

管小龙低声通知："大家注意，准备行动！"

随着上课铃声响起，校园里的师生都回到教室里上课。刘喜宝一行在侯校长和教务主任齐新隆等陪同下，向菜园子缓步走去。

齐新隆也是南下工作队的人，前几天被派到五道水中学接替杨春桃的教务主任工作。

看到刘喜宝一行向菜园子走去，山顶上的徐天凯通知各路人马，准备战斗。

管小龙一伙向山脚下冲击的瞬间，就被埋伏在四周的解放军战士团团围住了。

战斗打响，刘喜宝按照计划，让大家隐藏在石头后面。他掏出手枪，也在石头后面隐蔽起来。

多数土匪还没冲到菜园子附近，就被击毙了。只有管小龙像是长了钢铁之躯，子弹怎么也打不倒他。他一路冲到菜园子附近，准备对刘喜宝下手。

追下山的徐天凯心中火烧火燎，几步奔过去，对着管小龙射击。

就在此时，意外发生了。大家发现西红柿地里，竟然还有个学生在玩耍。听到陡然响起的枪声，看到管小龙冲过来，那学生顿时慌了手脚，抱着头四处乱躲。那学生挡住了管小龙的去路，穷凶极恶的管小龙调转枪口就要射击。

距离学生最近的齐新隆一脚将他踢倒，压在了他的身上。

原本射向学生的子弹正好击中了齐新隆的后脑。几乎与此同时，刘喜宝和徐天凯向管小龙开枪，一个在他身后，一个在他身前。两声枪响，管小龙脑袋中弹，倒在地上。

一件防弹衣从管小龙的外套下露了出来。怪不得怎么也打不倒他，原来是穿上了防弹衣。

"小成都"一看管小龙死了，转身就逃。徐天凯不疾不徐，从他身后射击。"小成都"一头栽倒在地，当啷一声响，一根明晃晃的金条从他口袋里掉了出来。

至此，五道水一带的土匪全部被解放军剿灭。

齐新隆意外牺牲，他的家庭陷入了窘境。齐新隆的妻子不得不让9岁的齐运飞辍学。

最先发现齐运飞辍学的是胡小剩和王东明。这天，他俩相约去集市上溜达，两人一个摊位一个摊位地看过去。

突然，胡小剩发现了一个熟悉的身影。

一个妇女正在火炉边卖曹泽烧饼，一个八九岁的男孩在给她帮忙。旁边还有一个三四岁的小男孩。

胡小剩拉着王东明，指着那个中年妇女说："你看。"

王东明问："她是谁？"

胡小剩告诉王东明："她是烈士齐新隆的妻子。"王东明也认出来了，齐新隆在三峰山下葬时，大家见过他妻子。

两个人在旁边观察了一会儿，原来烈士齐新隆的妻子支了个摊子卖烧饼，儿子给她打下手。

胡小剩和王东明上前打招呼。胡小剩说："嫂子，我俩是曹泽的，齐大哥的事情我们都知道。"遇到曹泽老乡，齐嫂子很热情，一个劲儿地让他俩吃烧饼。胡小剩和王东明只觉得更加心酸，又问起孩子上学的事。齐嫂子说："顾不得上学了，要交学费，我没个正经工作，孩子不上学可以帮我卖烧饼，娘儿仨总要活命呀！"

离开齐嫂子的摊位后，胡小剩和王东明就去找了刘喜宝。

听了齐新隆遗属的生活状况，刘喜宝半天没说话。柳小红忍不住了，看着刘喜宝说："这事你一定要管。"

刘喜宝沉思片刻，说："对于把生命献给这片土地的烈士遗属，我们不能不管。"

刘喜宝通过组织给予这个家庭帮助。通过协调，齐新隆的妻子被安排到服装厂上班，齐运飞回到了学校。

齐运飞上学那天，刘喜宝和柳小红一起去送他。在学校门口，刘喜宝握着齐运飞的小手叮嘱他："孩子，去吧，好好读书！"

上级来指示，南下工作队就地脱下军装，参加地方建设。与军装告别时，胡小剩与王东明嘀咕，这下应该可以回曹泽了，算起来南下五道水已经整整五年了。

王东明不想走，他与索雅恋爱了。在他眼里，索雅就是最美的"江米人"。

王东明看出胡小剩与侯月的关系不一般。两人在宿舍里闲聊，王东明问："你是不是也会选择留下来？"

胡小剩反问："也会？这么说，你已经选择了留下来？"

王东明点点头，又问："你想回去？"

胡小剩说："我在犹豫。再说了，组织让不让回去还说不定呢。"

王东明说："犹豫什么，是放不下侯护士？"

胡小剩点点头，又赶忙否认："才不是呢。"

王东明说："才不是？才不是为什么老和她见面？"

胡小剩苦恼地说："你看你的索雅多漂亮，她却又黑又瘦。"

王东明笑起来："谈恋爱不能光看外表吧，侯护士是多好的人，你不要错过机会。"

侯月来给胡小剩送吃的，刚到门口，就听到胡小剩说她"又黑又瘦"。侯月一阵气恼，转身走了。

回到家，侯月满脸不高兴。母亲问怎么了，侯月说："妈，你那么白，我怎么这么黑？"

母亲说："就你像个傻小子似的，天天在外头晒着，咱们这儿是高原，能不黑吗？"

侯月又问："那不晒就不黑了吗？"

母亲乐了："谈恋爱了吧？"

侯月嘟着嘴说："我才不谈恋爱呢！"

晚上吃饭的时候，侯月使劲儿吃，说："妈，怎样才能变胖一点儿呢？"

母亲有些不理解："变胖？为什么要变胖？"

侯月说："哎呀，不说了，再给我一块米糕。"

星期天，王东明又要去笆岩村看望索雅三姐妹，临出门，他约胡小剩一起去。

胡小剩说："我才不去看你俩谈恋爱呢！"

王东明说："去吧，去吧，再给我敲敲边鼓，今天说不定——"

胡小剩明白了："你今天要向索雅求婚？"

王东明点点头说："是的。去吧，给我壮壮胆子。"

就这样，胡小剩跟着王东明来到了芭岩村索雅家。计划好的求婚程序还没开始，老三索娃就问："东明哥哥，你什么时候娶我姐姐呀？"

王东明一下子脸红了，支吾着说："我去劈柴了。"

胡小剩笑了，追在王东明身后说："我来劈柴，你还是去回答索娃的问题吧。"

计划好的一场浪漫的求婚仪式就这样让索娃给搅和了。

索雅当上了乡长。吃过午饭，她要组织几个村子的扫盲班上课，王东明和胡小剩只得离开。

临走时，索雅的二妹索娜又问："东明哥哥，你和姐姐结了婚，会和我们一起住吗？"

王东明说："当然会。"

索雅羞涩而满意地笑了。

回去的路上，胡小剩心理不平衡，故意不搭理王东明。

王东明问胡小剩怎么了，为什么不理自己。

胡小剩说："你找的媳妇这么漂亮，可侯月又黑又瘦。"

王东明哈哈大笑："看来你还是忘不了侯月。"

胡小剩说："谁说我忘不了她？过些天就回曹泽了，我一定会忘了她！"

周一上班的时候，胡小剩从一份文件上看到，由于缺乏干部，南下工作队就地参加地方建设，不回原籍了。

胡小剩抬头问刘喜宝："刘书记，上级不让我们回曹泽了吗？"

刘喜宝回答："是的，就地参加地方建设。你不应该感到高兴吗？要是你回了曹泽，小侯怎么办？"

怎么连刘书记也这么想，胡小剩更不高兴了，说："书记，我和侯护士没关系。"

傍晚，吃完饭的侯月又来找胡小剩，拿一把扇子遮着脸，免得让太阳晒到。看到侯月来了，王东明找个借口离开了，给胡小剩和侯月留方便。胡小剩却故意疏远侯月。

侯月是个直率的姑娘，她看着胡小剩问："今天我问你个痛快话，咱俩的事你到底是怎么想的？"

胡小剩说："我们都还年轻，要以革命工作为重，所以——"

侯月问："所以什么？说清楚。"

胡小剩说："所以，我们先不谈恋爱。"

侯月不卑不亢地说："我明白了，也尊重你的想法。我走了，你好好工作。"

此后，天性乐观的侯月没太多纠结，倒是胡小剩陷入了失恋状态。没过多久，胡小剩就瘦了很多，整天无精打采。

刘喜宝以为胡小剩病了，建议他去医院找找侯护士，联系个医生看看。

胡小剩火气很大地说："我才不去呢，谁去谁是孙子！"

刘喜宝以为侯月把胡小剩甩了，主动找王东明了解情况。得知是胡小剩嫌弃侯月才造成了如今的局面，刘喜宝乐得笑出声来。

回家后，刘喜宝把这件事当作笑话讲给柳小红听。柳小红觉得胡小剩放着侯月这么好的姑娘不要，嫌人家，吃饱了撑的。

柳小红担心胡小剩错过缘分，动员刘喜宝去做胡小剩的工作，她自告奋勇去找侯月谈心，让她不要在意胡小剩那些没心没肺的话。

办公室里，刘喜宝问起胡小剩与侯月的事情。胡小剩说出内心的纠结：

"侯月什么都好，就是不漂亮，又黑又瘦。"

刘喜宝问："既然这样，你还难过什么？"

胡小剩说："除了黑点儿瘦点儿，其他都好。"

刘喜宝说："也就是说，侯护士有很多优点，是吧？"

胡小剩说："那是当然了。"

刘喜宝又问："你嫌弃人家黑了点儿，瘦了点儿，现在人家真不理你了，你又难过了？"

胡小剩低头不语。

刘喜宝说："男女之间恋爱，外在形象固然重要，内在的思想情操更加重要。侯护士离开后你很难过，有一种失恋的感觉，这正说明她是个有内在吸引力的人。只有内心与外在和谐统一，才是真正的爱情。这个问题，你再考虑考虑。"

几天后，胡小剩正式向侯月求婚。

一个月后，刚当上县长的王东明与索雅结了婚。

没过多久，胡小剩也与侯月结了婚。王东明给他们的新婚礼物是两盆牡丹花。正是牡丹花盛开的季节，两盆牡丹花开得热烈，给新房增添了浓浓的喜庆气氛。

晚上，进了洞房，胡小剩看着侯月，笑着说："你怎么变白了！"

侯月一把推开胡小剩："去你的，这会儿反悔还来得及。"

胡小剩说："来不及了，已经被我娶回家了。"说着，就把侯月揽在了怀里。

新婚不久，胡小剩就接到了去五道水卫生局当局长的命令。

六

柳小红又上班又带孩子，整天忙得团团转。

刘喜宝又是一连几个晚上没回来住。等到刘喜宝回家时，柳小红忍不住对他发火了。

"你还想不想过了？不想过了就直接说一声！"

刘喜宝似乎比柳小红还不耐烦，两人争吵起来。面对柳小红的质问，刘喜宝说："随便你！"

说完，刘喜宝竟然没吃饭就转身走了，又是一连好几天没回来。

柳小红又惊慌又委屈，夜里哄睡孩子之后，她就给省城的杨春桃写信，告刘喜宝的状。

杨春桃带着儿子徐涛坐长途车来五道水看望柳小红。

听了柳小红一把鼻涕一把泪的控诉，杨春桃认识到严重性。她搬过一把椅子，在柳小红对面坐下，双手交叉抱在胸前，说："别哭，我问你一个问题。"

柳小红抬起头："什么问题？"

杨春桃说："你还爱刘喜宝吗？"

柳小红说："你这不是废话吗？"

杨春桃追问："爱还是不爱？"

柳小红说："不爱他，我怎么会嫁给他？"

杨春桃说："也就是说，你还是爱他的，对吧？"

柳小红说："可他也太不把我当回事了，听说整天和那个女匪首搞在一起。"

"那个金珍儿？"

柳小红点点头。

杨春桃说："不可能吧！"

柳小红说："怎么不可能，我都看到过。"

杨春桃问："看到什么？他俩约会？"

柳小红说："那倒不是，每次去找刘喜宝，那女的都在场。"

"都在场，他们在开会？"

柳小红又点点头："你说，怎么每次开会那女的都参加？难道不奇怪吗？"

杨春桃哈哈一笑，说："这有什么奇怪的，金珍儿好像也当了领导吧。最近开会都是为了当地群众的事，她是本地人，在场有什么奇怪的？我看哪，你就是疑神疑鬼。"

杨春桃劝柳小红好好与刘喜宝聊聊。

柳小红说："自从那天吵了架，刘喜宝已经好几天没回来了，我可没脸主动去找他。"

杨春桃莞尔一笑，说："这事交给我了，我来想办法。"

杨春桃让柳小红照顾三个孩子吃了饭，哄睡着，领着柳小红来到一家小餐馆。

两人刚进门，就有人认出了柳小红，上前热情地问吃些什么。

杨春桃一看这情形，拉着柳小红走了，嘴里说："不行，不行，咱还是回家解决。"

杨春桃来到一家小卖部，买了一瓶白酒。

柳小红不知道杨春桃的用意，问道："买酒干什么？你现在喜欢上了喝酒？"

杨春桃说："待会儿你就知道了，这办法一准儿好使。"

两个人又回到家里。杨春桃蹑手蹑脚把孩子们吃剩的几个小菜拿出来，摆在桌上。打开酒瓶，倒满两杯，在自己面前放一杯，柳小红面前放一杯。

"来，咱俩先喝点儿酒。"杨春桃端起酒杯，自己先干了。

柳小红说："喝酒干什么？我可不喝。"

杨春桃脸上带着狡黠的笑："不喝酒，你的事就办不成。快点儿喝吧！"

柳小红半信半疑，见杨春桃态度坚决，只好捏着鼻子把酒喝了。

杨春桃又给两个杯子满上了。

柳小红犯愁："这得喝多少呀？再喝，我可就醉了。"

杨春桃说："最佳状态就是喝醉。"说着，又带头喝了一杯。

柳小红硬着头皮又喝了一杯。柳小红上头了。只见她满脸泛红，眼神亮了很多，情绪有些激动，说着和刘喜宝之间的事情，竟然哽咽起来。

杨春桃说："好，好，就要这样的效果。"

杨春桃的意思是，柳小红喝到这个程度可以了，但柳小红要起酒来："再给我倒上一杯。"

见杨春桃迟迟不倒，柳小红一把夺过酒瓶，倒上一杯，一仰脖就喝了。

杨春桃说："喝这些就够了，要是烂醉如泥，说不了话，还不如不喝。"

柳小红明白过来："你是让我喝了酒和他聊聊？"

杨春桃又倒了一杯酒，洒在柳小红的衣服上："你装出喝醉的样子，保持头脑清醒。"

柳小红不用装，基本上就是喝醉了。杨春桃搀扶着她来到大街上，在一家小饭店门口坐着。杨春桃让柳小红在这里等着，匆匆离开了。

此时已经是晚上9点多，杨春桃来到刘喜宝办公室。刘喜宝正在开会，看到杨春桃来找，忙走出会议室。杨春桃告诉他，柳小红心情不好喝多了，在小饭店里走不动，让刘喜宝去带她回家。

刘喜宝脸上流露出哭笑不得的神情。

正在此时，食堂的师傅拎着桶送来了饭菜。

原来，刘喜宝带着工作组刚从山里回来，还没来得及吃饭就召集工作组开会，布置明天的工作。这些天他正忙着带工作组上山，动员躲在山上的少数民族同胞回山下居住，一时没有顾上家里的事，想不到柳小红闹了这么一出。

此时，两个女人从会议室里走出来。其中一个杨春桃认识，是王东明的媳妇索雅。与索雅在一起的另一个女人 25 岁上下，身材瘦高，五官精致，想必就是金珍儿。

索雅向杨春桃挥挥手，和金珍儿一起离开了。

杨春桃小声问刘喜宝："这就是大名鼎鼎的女匪首金珍儿？"

刘喜宝说："什么女匪首？人家现在是共产党员，副县长。"

杨春桃本来想好好训斥刘喜宝一顿，看到这情形，知道是柳小红冤枉了刘喜宝。

开完会，刘喜宝没顾上吃饭，就和杨春桃一起到饭店门口，把柳小红搀回了家。

杨春桃让刘喜宝好好安抚柳小红。

第二天，柳小红满面春风来招待所见杨春桃，说已经与刘喜宝和好如初了。

想到让柳小红喝醉酒的馊主意，杨春桃感慨说，这一招还是跟曾美锦学的。两个女人想起曾美锦，唏嘘不已。

刘喜宝接到省里发来的去北京开会的通知。这个消息在家里炸了锅。柳小红一听就两眼放光，十分激动。她建议刘喜宝利用这次去北方的机会，把儿子刘阳接过来。

算起来，和刘海一样大的刘阳也5岁了。作为一个母亲，与儿子分别的这1000多个日日夜夜是怎么熬过来的，只有她自己清楚。既然有机会，就一定要把儿子接过来。再过两年，儿子就该上学了，放在自己身边才会心安，毕竟儿子是她的心头肉。

柳小红激动得一夜未眠，刘喜宝还没出发，她就忙着给刘阳收拾房间。

刘海帮着收拾。柳小红告诉刘海："过些天，你的双胞胎哥哥就回来了，你想不想他呀？"

5岁的刘海很好奇："妈妈，哥哥以前怎么不和我们住在一起呢？"

柳小红一把将刘海揽进怀里，想起那些与儿子分别的撕心裂肺的日子，泪水湿了眼眶。

怀里的刘海又说："妈妈，我想和哥哥一起玩。"

柳小红说："好的，一起玩，咱们先给哥哥把床铺好。"

柳小红在刘海的床铺旁边支了一张床。铺好床，柳小红对着那空空的床铺发了半天的呆。

终于等到出发的日子，柳小红带着刘海和刘鲁黔送刘喜宝。

柳小红叮嘱："回来的路上要小心，多给刘阳备点儿吃的。"

刘喜宝说："放心吧！"

刘喜宝与省城的徐天凯一起去北京。这是一次全国各行各业的积极分子代表大会。

两人都是第一次去北京，车子路过天安门的时候，两人都激动地把脑袋伸到车窗外，看着广场上鲜红的国旗。

两人思绪万千，感慨万分。

下了车，刘喜宝避开其他与会人员，悄悄地问徐天凯："老伙计，问你个事，刚才路过天安门广场的时候，什么感受？"

徐天凯说："想到了那些牺牲的烈士，也想到了我哥。你说要是那年我去了苍梧，会是什么结局？"

刘喜宝笑着说："所以，你得感谢我们家小红，要不是小红给了你打抱不平的机会，你就去了苍梧，成了国民党了。"

徐天凯问："别光说我，你什么感受？"

刘喜宝说："我也是感慨万千，想起了赵书记和周田民老师，要是他们还活着该多好！"

次日是会议第一天，刘喜宝和徐天凯一进会议室，就碰上了杨司令。三个人激动地相互拥抱。会场上，四处都是久别重逢的欢声笑语。杨司令还是杨司令，现在他已升任某军区司令。

徐天凯与杨司令不停地说着过去曹泽军分区的人和事。

这当口儿，刘喜宝去了一趟卫生间。

在走廊上，他一抬头，看到前面有一个熟悉的身影。刘喜宝心头掠过一个名字：曾美锦！

刘喜宝刚要上前打招呼，徐天凯跟了上来，刘喜宝忙把看到曾美锦的事情告诉他，徐天凯也十分意外。

正说着，曾美锦从卫生间出来了。刘喜宝和徐天凯都看呆了，眼前这个风姿绰约的女人正是已经"牺牲"的曾美锦。

刘喜宝和徐天凯赶忙迎上去。曾美锦也看见了刘喜宝和徐天凯。她脸上掠过一丝诧异，紧接着说："你俩从西川省来的？"

听这话，曾美锦对这些老朋友的情况了如指掌。

刘喜宝和徐天凯问起曾美锦的现状，她说："我挺好，在指挥学院教书，老本行，教参谋学。"

开会的铃声响了。

徐天凯提议，回头聚，先开会。

坐在会议室里，刘喜宝和徐天凯不停地看向不远处的曾美锦。徐天凯小声对刘喜宝说："真是想不到，要是春桃和柳小红知道这事，还不得高兴死。"

晚上，几个老朋友在一家小饭店聚会，邀请了杨司令。

杨司令早就知道曾美锦的情况，所以对她"死而复生"并不奇怪。觉得好奇的是刘喜宝和徐天凯。两个人不停地问着曾美锦受伤后的经历。

曾美锦说得轻描淡写："当时我中弹昏过去了，也是后来才知道的，我在曹泽卫生队抢救时，上级党组织来了通知，内战即将爆发，要我打入国民党内部。为了安全，组织对外宣称我已经牺牲，后来送我去省里治疗。伤好后，我就奉命打入国民党内部，一直到 1949 年才又回到组织怀抱。"

原来是这样。

曾美锦说完，眼睛看着刘喜宝，补充了一句："后来，我去过一次曹泽，那时你们已经南下了。"

杨司令说："小曾的事当时连我也不知道，调她去省城完成特殊任务是上级党组织一手经办的。"

曾美锦向刘喜宝和徐天凯打听柳小红和杨春桃的事。几个人说起过去的岁月。

晚上回到宾馆，刘喜宝和徐天凯都躺在床上不说话。过了一会儿，徐天凯干脆拉开灯，拖把椅子坐在刘喜宝床前。

"心里翻江倒海了吧？"

刘喜宝坐起来："美锦没有牺牲，我真是太高兴了，但又隐隐有点儿担心。"

徐天凯盯着刘喜宝问："担心什么？"

刘喜宝说："你是知道的，小红后来同意嫁给我，是在美锦'牺牲'之后，否则，她觉得是夺人所爱。不管我怎么解释，她都坚持我和美锦是最相配的。"

徐天凯盯着刘喜宝问："今天就咱俩，你要对我说实话，要是曾美锦当年不'牺牲'，你会娶她吗？"

刘喜宝说："哎哟，这事我都解释一百遍了，你怎么和小红问同一个问题？"

徐天凯缠着刘喜宝问，刘喜宝干脆不再说话。

三天的会议很快就结束了，徐天凯还要参加军队的一个会议，刘喜宝一个人坐着火车回到了曹泽。

三轮车师傅拉着刘喜宝走在回红三村的路上，刚到三棵树那块牡丹花地，刘喜宝就看到马三爷带着几个花农在忙活。

刘喜宝赶紧让师傅停了三轮车，说目的地到了。

刘喜宝不打招呼，一步步向地里走去，被正好抬起头来的马三爷看到了。

马三爷挥动两只带着泥土的手跑过来："喜宝，是你吗？"

刘喜宝迎上去："马三爷，是我，是我！"

乡亲们知道刘喜宝回来了，都跑过来和他打招呼。

马三爷带着刘喜宝往村子里走。路上，马三爷告诉刘喜宝，村里收到了刘喜宝把土地捐给集体的那封信，现在刘家的地都成了集体的了。马三爷还告诉刘喜宝，刘庄、管庄和陶庄这些名都不叫了，现在三个村子合在一起，就叫红三村。

刘家老宅的东院，以前是黄河湾解放区首府，如今成了村委会，马三爷住在小一些的西院里。大家看到刘喜宝回来，都来村委会看望他。

大盛抱着刚满一岁的儿子国成来了。他指着旁边大着肚子的媳妇告诉刘喜宝，又有了老二。

大盛咿咿呀呀地缠着马三爷表达着什么。刘喜宝听明白了，他是想让儿子跟着马三爷学武艺，将来不受欺负。

大盛把刚会走路的儿子国成推到马三爷跟前，让他拜师，把国成吓哭了。

马三爷赶忙把国成抱起来，调侃说："这可是我最小的徒弟了！"

大家带着刘喜宝去张桂之那里看刘阳。

刘喜宝发现，张桂之看到他后虽然惊喜，但流露出不易觉察的失意。刘喜宝知道，她大概猜出了他这次回来要把刘阳带走。

张桂之是个明事理的人。失意归失意，难过归难过，她还是把5岁的刘阳推到刘喜宝的怀里。刘阳看到陌生的刘喜宝，哇哇大哭起来。

马三爷和大盛赶紧上前把刘阳接过去。刘阳和他们很熟，很快就被哄得含着眼泪笑起来。

这个细节，让刘喜宝联想了很多。

离开时，张桂之让刘喜宝把刘阳带走。刘喜宝说等走的时候再过来接。张桂之说好，这几天她把刘阳的四季衣服准备好。

刘喜宝想到了一个人，在马三爷的带领下，他来到牺牲的赵守先家。赵家的门口挂着"革命烈士"的红色木头牌子。刘喜宝站在那块木牌子跟前沉默片刻，说："守先，我替你来看望兄弟媳妇和孩子。"

一进门，满院子的牡丹花正开得热闹。刘喜宝想起赵守先画牡丹的情形，一时间百感交集。

这时，一个稚嫩的童音传过来："你是谁？"

刘喜宝这才发现，一个大花盆后面站着个四五岁的小男孩。

刘喜宝走过去，拉着小男孩的手问："你叫什么？"

小男孩说："我叫小虎，大名赵丹虎。"

刘喜宝又问："你在这里干什么？"

小男孩说："我在看牡丹花开。"

两人的说话声引来了女主人。赵守先的妻子从屋子里走出来。

一看到刘喜宝，赵守先的妻子眼圈就红了，忙把刘喜宝让进屋里。

刘喜宝坐在椅子上，把小虎抱起来，然后把赵守先给儿子买的陶瓷小牛吉祥符挂在他的脖子上。

小虎一直乖乖的。

刘喜宝对赵守先的妻子说："没想过再成个家吗？孩子这么小，一个人带很累的。"

赵守先的妻子苦笑着说："带着儿子不好找，找了又怕人家对小虎不好，就这么凑合着过吧！遗憾的是小虎他爹没见过他，就是见一面也好呀！"

说着，赵守先妻子的眼圈又红了。刘喜宝的眼圈也红了，眼前浮现出赵守先走到雪山上打退堂鼓和刚到五道水就牺牲的情形。

刘喜宝拿出100块钱，递给赵守先的妻子。她死活不要，一再劝说，才收下了。

离开赵守先的家，刘喜宝让马三爷先回去，他一个人来到红三村外小树林里的曹泽革命烈士陵园。

陵园修缮了一下，建了石头门楼，上面写着"曹泽革命烈士陵园"几个字。

刘喜宝在赵启明和周田民两位老师的墓前坐了很久。起身放眼望去，一座座烈士墓碑像是一个个生龙活虎的战士，一时间刘喜宝心里五味杂陈。

他漫步在陵园之中，脑海里闪过一幕幕在这片土地上战斗的画面。

刘喜宝看到那座已经被平了的曾美锦的墓，伫立良久才缓缓离开。

天空飘起小雨的时候，张桂之带着刘阳拎着一个大包袱来了。

大包袱里是刘阳的四季衣服，叠得整整齐齐。张桂之是哭过的，脸上却带着笑。

张桂之知道刘喜宝就要回西川省了，她特地来送刘阳。

刘阳似乎意识到就要离开张桂之，不停地哭泣，嘴里叫着："娘，回家！"

马三爷把刘阳接过来，刘阳还是在哭。刘喜宝看了心疼，忙上前哄，刘阳却哭得更厉害了，一只手使劲向张桂之那边伸着。

张桂之实在忍不住，就把刘阳拉到自己身边。顿时，刘阳就不哭了，牵着张桂之的衣襟说："娘，回家！"

刘喜宝还要去黄河岸堤里边的明台庄看望妹妹刘喜丹，就对张桂之说："张团长，我还要去明台庄，明天去接刘阳吧。"

张桂之对刘喜宝称呼她"张团长"有些不好意思，忙说："叫我桂之姐就行，武工队时的称呼，现在听着怪别扭的。"

刘喜宝说："您本来就是武工队的团长呀，这有什么别扭的！"

又能与刘阳相处一个晚上，张桂之很开心，拉着刘阳离开了，说带他去买烧饼吃。

看着张桂之带刘阳离开的身影，刘喜宝对马三爷说："这刘阳一离开，张团长怕是要难过上一阵子了。"

马三爷说："可不是，张桂之可是把刘阳当亲儿子养的，但凡有点儿好吃的，都留给了刘阳。"

下午，冒着毛毛细雨，马三爷用三轮车拉着刘喜宝去黄河岸边的明台庄看望刘喜丹。

明台庄在黄河堤坝的里边，像这一带的其他村庄一样，每到雨季就面临生死考验。

刘喜宝向黄河岸堤的两侧看去，虽然只是一堤之隔，但两边的村落风貌有着明显的差别。堤坝里面的村庄明显比堤坝外面的村庄破败。

看到浑身湿漉漉的刘喜宝突然造访，刘喜丹别提有多激动了。哥哥一去好几年，终于回来探亲，刘喜丹心里乐开了花。她马上让袁八庙冒雨去集市上买肉买菜，忙活着给哥哥做好吃的。

几年不见，刘喜丹有了两个孩子。大的是个儿子，4岁，叫袁涛涛。小的是个女儿，2岁，叫袁静静。刘喜丹招呼着两个孩子叫大舅。刘喜宝则把带来的糖果发给孩子们。不一会儿，两个孩子就与他熟络了，不停地叫大舅。

刘喜宝看到院子打理得井井有条，种了不少牡丹花，虽然不是花季，但郁郁葱葱，充满活力。

刘喜宝忍不住问："喜丹，这牡丹花都是你侍弄的？"

刘喜丹说："是我侍弄的，马三爷也来帮我。院子里种点儿牡丹花，喜庆！"

刘喜宝说："不愧是咱刘家的女儿。王东明在西川也种牡丹花呢，长得也不错。"

马三爷说："这次我再给你带点儿上好的牡丹种子，回去让他好好种。"

雨越下越大，刘喜丹刚把鸡炖上，浑身淋得精湿的袁八庙就拎着一块肉和几样菜欢欢喜喜地回来了。

不一会儿，刘喜丹就做了一桌子菜。

她招呼大家说："快吃吧！"

雨太大，院子里不能支桌子，大家就围坐在堂屋的桌子边吃饭。

看着倾盆大雨，刘喜丹问："哥，你们啥时候能回来？"

刘喜宝说："那边需要人，怕是一时半会儿回不来了。"

刘喜丹又问："这次刘阳跟你一起走吗？"

刘喜宝说："一起走。你嫂子想他都想疯了！"

"可不是，儿是娘的心头肉。"

吃完饭，雨还是没有变小的意思，刘喜宝原本打算吃完饭就回去，只能临时决定在明台庄住一个晚上。

不料，刘喜丹在这个晚上出了事。

雨一直下，一直下，到了半夜也没有要停的意思。家家户户都不敢睡觉，坐在堂屋里等雨停。

两个孩子困了，等不及雨停就睡了。堤坝里的孩子对雨有一种特殊的敏感，4岁的涛涛临睡前对刘喜丹说了句："娘，雨停了告诉我。"

几个大人似乎把想说的话都说完了。盯着黑夜里丝毫不见小的雨，经验丰富的袁八庙神情越来越严峻。

"好几年都没有下过这么大的雨了。再不停，怕是要上房了。"

刘喜宝问："上房？"

虽然红三村距离明台庄不远，但刘喜宝对堤坝里边的生活不太熟悉。

刘喜丹说："没事，哥。就是雨太大，要是水淹了房子，人就到房顶上去，有梯子。再等等，说不定一会儿就停了。"

雨不但没停，还越下越大，袁八庙见水已经漫进堂屋，很快没过了小腿肚子，就招呼大家穿上蓑衣上房。两个孩子还在熟睡，刘喜丹把他们摇醒。

"涛涛，静静，快醒醒，上房了！"

涛涛一个激灵爬起来："雨没停？"

刘喜丹说："快点儿！"

静静怎么也叫不醒，刘喜丹只好抱着她上房。

一行人踩着梯子站到房顶上，放眼四周，几乎全村人都上房了。

雨还没有停的意思，房子已经被淹没了大半。

堤外到处亮着灯。马三爷说："不怕，政府组织人来救咱们了。"

刘喜宝向堤外看去，果然看到一簇簇手电灯光向这边移动。

然而，危险还是来了。水位越来越高，在水中长时间浸泡的房子越来越危险。房子旁边的一棵大树倒下来。顷刻间，他们就被扫倒了，落进水里。

四周屋顶上的邻居齐声惊叫，赶紧把一些救助物品扔过来。几个大人还好说，两个孩子瞬间就被水冲走了，他们不会游泳，转眼间就不见踪影。

不会游泳的刘喜丹顾不上许多，向着儿子和女儿的方向扑腾。袁八庙、刘喜宝和马三爷在水中搜寻刘喜丹和两个孩子。

政府组织的救援人员来了。在大家的一致努力下，涛涛和静静都被救上来了，刘喜丹也被救上来了。只是，躺在小船上的刘喜丹和静静已经停止了呼吸。

洪水终于退去，涛涛趴在母亲和妹妹身边，不停地哭喊着。

刘喜宝捂着脸颊，蹲到了地上。

"喜丹！"刘喜宝哭出声来。

刘喜宝处理完妹妹的后事才离开曹泽。他没有把刘阳带走。不知出于什么心理，他就是觉得，应该把儿子留在这里，留在这片土地上。

马三爷说："我知道你的心思，你就放心地走吧。在红三村，刘阳受不着委屈。"

七

办公室里，秘书小江接到了刘喜宝打来的电话。刘喜宝告诉小江，他已经到了省里，明天就可以回家。

小江跑去家属院告诉了柳小红。想到刘阳终于要来了，柳小红激动得又是一晚上没睡着觉。

第二天一大早，柳小红就开始张罗着做吃的，把刘阳的床铺收拾了又收拾。万事俱备，只等着刘阳回家团聚。

刚过了中午，柳小红就带着刘海和刘鲁黔到大门口等着。刘海急于见到"双胞胎哥哥"。

刘海和妈妈议论着刘阳会长成什么样，是比他高还是比他矮。

大街的拐角处出现了刘喜宝的身影。柳小红激动地跑着迎上去。

柳小红看到刘喜宝身后没有刘阳，又跑到街口拐角处向远处张望，还是没看到刘阳，顿时慌了。

"刘阳他怎么没来？"

刘喜宝只顾着往前走："回去说，回去说。"

柳小红更加慌了，一路跟着回了家。

"刘阳呢？他怎么了？"柳小红气喘吁吁地问。

刘喜宝告诉柳小红，他没有带刘阳回来。

柳小红十分生气："为什么，你为什么不带他来？事先说好了的，为什么又不带？"

刘喜宝说："不能光想着我们自己，我把刘阳带走了，你想过张团长的感受吗？"

柳小红愣住了，这个问题是她没想到的。

但柳小红还是觉得应该把刘阳带回来，毕竟，自己是孩子亲妈。

刘喜宝说："不是亲妈胜似亲妈，更可贵！"

柳小红不再说什么，一甩门出去了。

柳小红在院子里生闷气。

刘喜宝过来安慰她："还有一个原因。曹泽毕竟是我们的老家，刘阳应该在那里长大，那里是我们的根。"

想到刘喜丹，刘喜宝眼圈红了。

柳小红说："是你自己不带他来的，怎么你还哭上了？"

刘喜宝把刘喜丹和静静的死讯告诉柳小红。

　　得知刘喜丹的事，柳小红悲痛不已。见刘喜宝还在伤心，也就不好再为刘阳的事发火。

　　日子一天天过去，一家人恢复了以往的生活。内心深处，柳小红时时惦念远在曹泽的儿子刘阳。

　　这种平静，一直维持到收到杨春桃的一封信。

　　信中，杨春桃惊喜地与她讨论曾美锦"死而复生"的事情，计划着将来有一天，三个曹泽女八路再次相聚。

　　柳小红越看越吃惊，原来曾美锦还活着。柳小红也为这个消息而激动、高兴，她一边看信一边抹眼泪。

　　柳小红自言自语道："美锦姐，你还活着，太好了！"

　　柳小红转念一想，不对呀，刘喜宝也知道这个消息，从北京回来之后他怎么不告诉自己呢？

　　思来想去，柳小红做出一个判断，刘喜宝确实对曾美锦有感情。只有爱过一个人，又错过了，才难以面对，不愿提起。

　　柳小红觉得，当初刘喜宝娶她，是因为曾美锦"牺牲"了，如今曾美锦"死而复生"，她应该主动离开。

　　想到这里，柳小红内心充满忧伤。

　　刘喜宝越是不主动提起曾美锦，越是证明心里有她。柳小红等待着，希望刘喜宝主动谈起这个话题。

　　但刘喜宝始终没有说起曾美锦的事。柳小红认为，这更说明曾美锦在刘喜宝心中的特殊地位。对于曾美锦，柳小红有夺人所爱的歉疚。思来想去，柳小红觉得自己应该主动离开。

　　就这样，柳小红带着即将离开刘喜宝的心情，做着各种准备。

柳小红给杨春桃写了一封回信，在信中，对曾美锦的"死而复生"表达了由衷的高兴，憧憬着三人再见面的那一天。

柳小红邀请杨春桃再来一次五道水，说有重要的事情与她商量。柳小红觉得这事复杂，一两句话说不完，等见了杨春桃的面再细说。

几天后，柳小红收到杨春桃的回信，说这几天忙，不能马上去五道水，等过些天去，会给她一个大大的惊喜。

柳小红振作不起来，什么惊喜也抵不过就要离开刘喜宝所带来的哀伤。她做着离开的准备，独自一人的时候会悄悄流下忧伤的眼泪。

吃饭的时候，满心都是离愁别绪的柳小红说："喜宝，有一天我突然离开了，你不会难过吧？"

忙得焦头烂额的刘喜宝没有多想，说："离开？什么离开？你是不是发烧了？"

柳小红说："我没发烧。"

刘喜宝说："没发烧，怎么说胡话了？"

柳小红哭笑不得，说："人家都说你会做思想工作，我看你什么都不会。"

刘喜宝说："你是不是真的生病了？咱哪天去医院好好查查。"

柳小红起身走了："你就是个大老粗！"

一边的刘海对刘喜宝说："妈妈好像是生病了，最近经常一个人偷偷哭呢！还把我和鲁黔的衣服加长了，说是担心她不在了，衣服小了穿不上。"

刘喜宝摸不着头脑，隐隐担忧起来。

杨春桃是和徐天凯一起来五道水的。那天是个周日，两人来之前没有给刘喜宝和柳小红打招呼，打定主意来个"突然袭击"。还好，一向忙碌的刘喜宝那天没有加班，算是没有错过这次见面的机会。

看到老朋友突然造访，刘喜宝和柳小红自然是高兴得合不拢嘴，赶紧招呼他们坐下喝茶、吃点心。

奇怪的是，杨春桃和徐天凯的脸上始终带着神秘的笑。特别是杨春桃，时不时向门外张望。

柳小红对杨春桃说："快坐下喝茶，你老朝外张望什么？"

杨春桃实在是忍不住了："猜猜今天还有谁会来？"

柳小红说："徐涛？是徐涛吧！"

徐天凯说："不是徐涛，我儿子和邻居家的小朋友一起玩去了，没带他。"

柳小红又说："不是徐涛还能是谁？"

刘喜宝意识到了问题，小声问徐天凯："是谁？"

徐天凯大声说："你猜猜！"

就在这时，杨春桃对着门外大声说："快进来吧！这两口子都猜迷糊了！"

话音未落，走来了曾美锦和余戈。

柳小红和刘喜宝惊讶地睁大了眼睛。

柳小红奔过去："美锦姐，怎么是你？"

曾美锦笑盈盈地说："怎么，不欢迎呀？"

柳小红说："欢迎，欢迎！只是太不可思议了！"

刘喜宝赶紧把客人往客厅里让："快进来，快进来！"好像除了这句话，就不知道再说什么了。

几个人落了座，刘喜宝看着余戈说："咱们也有些年头没见了。"

余戈说："那年受伤离开曹泽，后来治好腿伤，就去了别的部队。"

徐天凯说："现在老余和美锦在一所军校里教书，一个教战术，一个教参谋学。"

杨春桃抢着说："他们俩呀，除了是同事，还是一对新婚夫妇！"

柳小红和刘喜宝听了这个消息都很惊讶，但脸上绽出了笑容。

"恭喜！恭喜！"两人同时说。

直到这时，曾美锦才解释道："我和余戈谈了两年多恋爱了，这次利用暑假旅游结婚，顺带看看老战友。"

杨春桃说："他们来西川省三天了，我俩带着他们四处转了转。今天来五道水，剩下的项目就听你们安排了。"

在刘喜宝的带领下，一行人参观了瀑布。在瀑布边，刘喜宝借着瀑布的噪声对徐天凯说："你可是把我害死了，这些天柳小红离婚的主意都打定了。"

徐天凯说："我这不是来替你解围吗？"

刘喜宝脸上露出欣慰的笑："美锦有个好归宿，我替她高兴。余戈是个爷儿们！"

余戈走过来，徐天凯对他说："你小子找这么好的媳妇可要珍惜，我和刘书记可都在嫉妒你。"

余戈发出一阵朗朗笑声："你们嫉妒什么？春桃和小红哪个不是人尖子？我还嫉妒你们呢！"

徐天凯说："你小子，敢说这话，看我不去告诉美锦！"

余戈又说："美锦是我第一眼就喜欢上的女子，承蒙老天眷顾，让我等到了今天。"

不远处传来三个女人的笑声，她们也在说着悄悄话。

曾美锦和余戈在五道水游玩了两天，就随徐天凯和杨春桃回到了省城，再从省城去别的地方游玩。

看着乘坐长途车渐渐远去的徐天凯一行，刘喜宝好奇地问柳小红："你们仨都聊些什么？笑个没完。"

柳小红心里一扫多日来的阴霾，故意卖关子说："保密！"

刘喜宝调侃她："你身体不好，咱还是抓紧去医院看看。"

柳小红扑哧一声笑了："你才身体不好呢！"

晚上躺在床上，柳小红主动与刘喜宝聊起曾美锦。柳小红说曾美锦不光活着，还有了好归宿，心里一块石头总算落了地。刘喜宝趁机问柳小红："如果美锦没有和余戈结婚，难道你真的会离开这个家吗？"

柳小红叹息一声说："美锦那么优秀，又那么喜欢你，我是不忍心看着她伤心。"

刘喜宝由衷地说："小红，我喜欢的就是你这种善良。"

早晨一上班，忙着组织干部下乡的王东明刚走出办公室，就被组织科长叫住了。科长说："一会儿地委组织部部长要来宣布一个命令，你在办公室等着。"

上午9点钟，地委组织部部长一行来到县委的小会议室。王东明进会议室的时候，看到妻子索雅也来了。

会议很简短，部长宣读了两份命令，一是免去王东明的县长职务，二是县长一职由索雅担任。

对这件事，王东明事先一点儿思想准备也没有，只是觉得惊讶。再看索雅，也是一脸茫然。这之前，索雅在邻县当副县长。

部长宣读完任职命令，来到王东明的办公室。

部长说："王县长，你可要想通啊，这是组织上的决定。"

王东明不能说想不通，就说："想得通，组织怎么安排我怎么服从。"

部长又透露，王东明下一步要去原来索雅任副县长的那个县任副职。王东明更是感到惊讶，敢情把自己和老婆的职务对调了一下。

王东明想不通，回到家拉着个脸。索雅知道他的心结，解释说，她事先也不知道，部长宣布了才知道的。

王东明了解索雅，知道当然不是索雅的问题，但这事让他在索雅面前抬不起头，和索雅的关系也变得别扭起来。

索娜和索娃看出了姐姐和姐夫之间的别扭，两个小姑娘记得王东明的好，悄悄追问索雅到底发生了什么。索雅毕竟当了县长，组织上的事不好多说，就告诉两个妹妹，自己没做错什么，是王东明在一些事情上误会了她。

第二天，索娜放学后，回家精心做了些好吃的。不料，坐到饭桌上的王东明还是不开心，没吃几口就借故出去了。

次日早晨一上班，王东明就赶到了地委大院。他去找刘喜宝问个清楚，自己究竟犯了什么错，从正职降到副职，接替他的是谁不好，偏偏是他老婆。

王东明的脚步比平日急促了很多，如同他几天来的心情。

他熟门熟路来到刘喜宝的办公室，敲开门，看到办公室里的人并不是刘喜宝，而是苗副书记。

王东明说："我找刘书记。"

苗副书记在收拾办公室，他微笑着说："刘书记在隔壁。"

原来是走错了门，真是气糊涂了。

王东明退了几步，左右看了看。没错呀，这里就是刘喜宝的办公室，不会搞错的。

王东明正在发蒙，听到刘喜宝在不远处的另一个办公室门口叫他。

"东明，我在这边。"

他一扭头，看到刘喜宝从办公室里探出半个头，手里拿着些办公用品，像是也在收拾办公室。

王东明跟着刘喜宝进了办公室："换办公室了？"

刘喜宝并不正面回答，一边收拾东西一边问："找我有事？"

王东明生硬地说："有点儿事。"

刘喜宝说："有事直说。"

王东明坐下问："为什么要降我的职？接替我的还是索雅！我到底犯了什么错？"

刘喜宝嘿嘿一笑："就这事？"

王东明低下头："就这事。"

这时，苗副书记满脸带着微笑，手里抱着王东明送给刘喜宝的那盆牡丹花走了进来。

"刘书记，您的花。"

刘喜宝赶忙迎上去："忘了搬了，这可是我的宝贝。"

苗副书记放下花，像是要说些什么，还没开口，脸上的神情就有些不自然起来。

刘喜宝说："苗书记，以后我会好好配合你的工作。"

苗书记说："刘书记，您是我的老领导，这事——"

刘喜宝又说："不要有顾虑，一切都是为了把工作干好！"

聊完，苗书记走了出去。

王东明忽然明白了什么，他站起身，惊讶地问："刘书记，您与副书记换了职务？"

刘喜宝说："换了，我支持党的这个政策。"

王东明说："政策？"

刘喜宝一挥手："这么着吧，叫上小剩，晚上到我家吃饭。"

原来，卫生局局长胡小剩也被调换成了副职。他给刘喜宝打过电话，有点儿想不开。

饭桌上，刘喜宝对两位老部下说："党派我们来这里是为了什么？不就是要让这里的老百姓过上好日子嘛！现在搞社会主义建设，不都是为了把工作干好？他们是土生土长的少数民族干部，更熟悉当地情况，应该放在一把手的位置，我支持党的这个政策！"

几杯酒下肚，王东明和胡小剩都红了脸。

胡小剩说："我也支持！"

王东明说："支持！"

八

过年了，柳小红忙着做年夜饭。今年全国各地普遍收成不好，许多地方的老百姓都勒紧了裤腰带度饥荒。

刘喜宝家经济空前紧张，虽说还没到挨饿的份儿上，厨房里也是多日不见油星了。

想到今天是年三十，柳小红发发狠，拿出一个星期的生活费去买了一小块猪肉和几个鸡蛋。回来后，柳小红做了个萝卜炖猪肉，又做了个洋葱炒鸡蛋。想想两个菜有点儿少，又凑了几个素菜，摆了一桌。

左等右等却不见刘喜宝回来。

刘鲁黔等不及了，围着饭桌不停地转。

"妈，爸爸怎么还不回来？我都饿了。"

柳小红说："等一会儿，爸爸来了一块儿吃。"

还是刘海懂事，领着刘鲁黔出去打陀螺。小姑娘好哄，蹦蹦跳跳地跟着刘海出去了。

看着一桌子的菜，柳小红不由得想起了远在红三村的刘阳。今年是个大灾年，不知儿子这个年是怎么过的。

正伤感着，刘海跑进来，刘鲁黔紧跟着。两个孩子手里都拎了东西。

柳小红问："你俩拿的什么？"

两个孩子脸上洋溢着笑容说："都是好吃的！"

柳小红走上前查看，见是一些土特产：一块腊肉，一小捆粉条，一个纸盒里装着七八个鸡蛋，还有一棵大白菜。

柳小红明白了，这都是老百姓送来的。前几天，他们带着这些好吃的来过，被刘喜宝拒绝了，今天就偷偷把东西放在了大门口。

看着眼前的一堆东西，本来还对刘喜宝一直不回来有些不快的柳小红，终于明白了丈夫这些年来忙碌的意义。

刘喜宝心里想的是老百姓，老百姓没有忘记刘喜宝。

与此同时，刘喜宝正带领干部挨家挨户看望困难群众。已经是晚上八点了，最后看望的是南下工作队烈士齐新隆的遗属。一行人赶到齐家时，黑着灯，没人。

刘喜宝带着忐忑的心情回到家，打算吃过饭后再去齐家看看。

他刚走到门口，就看到几个身影来到了他家门口。上前仔细一看，正是烈士齐新隆的妻子和儿子齐运飞，还有齐运飞的弟弟。

母子三人碰到了刘喜宝，脸上都露出笑容。

齐新隆的妻子说："刘书记，我烙的曹泽烧饼，给您送几个尝尝。"

说着，齐新隆的妻子就把手里的小包袱递给刘喜宝。

烧饼热乎乎的，在冰冷的夜里散发着一股温暖。

刘喜宝说："大姐，你带着两个孩子不容易，千万不要给我送吃的！"

齐新隆的妻子说："刘书记，就是一点儿心意！"

柳小红听到外边的说话声，她对这个丈夫牺牲了的女人有印象，于是拎了腊肉和鸡蛋走出去。

刘喜宝不肯收齐新隆的妻子送来的烧饼。柳小红上前把烧饼接了过来，又把腊肉和鸡蛋递给她，说都是曹泽老乡，一点儿心意，礼尚往来。

齐新隆的妻子只得拿了腊肉和鸡蛋，带着两个孩子走了。

进了屋，刘喜宝问柳小红："哪来的腊肉和鸡蛋？"

柳小红照实说了。刘喜宝急了，说："这都要给人家送回去的。"

柳小红说："人家也是一番心意，像你这样，人家给你送一块腊肉，你就原封不动地还回去，未免太不近人情了吧！"

刘喜宝像是突然明白过来："给他们换一换，倒一倒？"

柳小红说："都是些土特产，你别亏着人家不就行了吗？省得让人家感觉你不近人情。"

刘喜宝看到放在椅子上的粉条和大白菜："怎么这里还有？"

柳小红笑着说："放心吧，他们白天就来过了，我都记得是谁送的，回头慢慢还吧！"

刘喜宝说："你这个办法不错！来，快吃年夜饭，饿死我了。"

柳小红说："你们先吃，我去下饺子。"

吃完饭，两个孩子都睡了，柳小红又想起了远在曹泽的儿子。她问刘喜宝："南下工作队究竟啥时候能回去？"

刘喜宝说："民族地区缺干部，怕是回不去了。"

刘喜宝问柳小红："你是担心儿子在红三村会饿着？"

柳小红说："要是当初把刘阳一起带来就好了。"

刘喜宝说："不是只能带一个吗？怎么又扯到这个话题上了，赶紧睡吧。"

柳小红躺下睡了，刘喜宝却翻来覆去睡不着。被吵醒的柳小红说："怎么你倒睡不着了？"

刘喜宝干脆打开灯："我在想，什么时候才能让老百姓衣食无忧，想吃什么就能吃上什么。"

柳小红说："那不成共产主义了吗？还要奋斗很多年呢！"

刘喜宝陷入了沉思。过了很久，他说："睡吧。"

柳小红却来了兴致，说："喜宝，我真是佩服你的境界。想当初，你出身富裕家庭，为了革命，把什么都放弃了。"

刘喜宝说："你知道吗，这一切都是受周田民老师的影响。17 岁那年，他对我说过一段话。"

柳小红很是好奇："什么话？"

刘喜宝说："一个政党，一个阶级，只有把大多数人民群众的利益放在首位，才是公正的，有前途的。而我们共产党就是这样的政党。"

柳小红说："我理解你的意思了。"

刘喜宝说："赶走了鬼子，打败了国民党反动派，现在让老百姓过上好日子就是我们下一步的目标。"

大年初一的早晨，柳小红把饺子煮好了，刘海还没有从房间里出来。柳小红让刘鲁黔去叫哥哥吃饭。刘鲁黔到了刘海的房间，不一会儿又一个人出来了。刘鲁黔悄悄告诉柳小红："妈妈，哥哥哭了，眼睛都哭红了。"

柳小红吓了一跳，赶忙到刘海的屋子里一探究竟。

刘海还真是哭了，两眼红红的。

柳小红说："儿子，快告诉妈妈，谁欺负你了？"

刘海躺在床上，一副伤心的样子。

刘喜宝也进来了："儿子，快起来吃饭，今天早晨我的饺子给你。"

一听这话，刘海竟然哭出声来："爸爸，妈妈，对不起！"

柳小红和刘喜宝更加纳闷儿了："怎么了你这孩子？好端端的对不起什么？"

刘喜宝又问："是不是在学校哪位小朋友欺负你了？"

刘海摇摇头，哭着说："都是我不好，因为我，刘阳哥哥才没能和爸爸妈妈在一起。"

刘喜宝和柳小红心里咯噔一下，意识到昨天晚上刘海听到了他们夫妻俩的谈话。联想到胡小剩曾经说漏嘴，把刘海的身世告诉过他，柳小红这才意识到自己只顾着关心曹泽的刘阳，忽视了身边刘海的感受。

夫妻俩忙哄刘海。

刘喜宝说："是刘阳自己不想来西川的，不关你的事。"

柳小红也说："就是，就是，上次你爸回曹泽带他，他自己不想来的。"

刘海哭着说："那刘阳在曹泽吃不上饭怎么办？"

柳小红心里一酸，哽咽着说不出话来。

刘喜宝说："他不会吃不上饭的，那里的乡亲们都对他很好。这样吧，你给他写封信问问好不好？如果吃不上饭，我就把他接过来。"

刘海破涕为笑："好！"

半个多月之后，刘海收到了刘阳的回信。

刘阳写道："弟弟，不用担心，我在老家生活得很好，张妈妈每天都会往我的书包里塞上一个热乎乎的煮鸡蛋，马三爷还会给我送烧饼，狗剩爷爷也会给我玉米饼，我吃得好着呢！请你转告爸爸妈妈，不要为我担心！"

刘海读得眉飞色舞，柳小红却是满眼热泪。她哽咽着对刘喜宝说："看来张团长已经把刘阳的身世告诉了他。"

刘喜宝说："是红三村的群众养育了刘阳。"

斗转星移，一转眼，又是几年过去了。这几年，刘喜宝的工作目标就是让老百姓吃上饭，吃好饭。

几年时间，五道水成了西川省最富裕的地区，刘喜宝被省里评为优秀干部。

1964 年，刘喜宝调任副省长，分管农林。离开五道水城那天，老百姓夹道欢送。

已经读大学的齐运飞和母亲也来了，送来了十几个煮鸡蛋。齐运飞告诉刘喜宝，他学的是半导体。刘喜宝鼓励他好好学习。

到省城的第二天晚上，省军区副司令徐天凯和妻子杨春桃设家宴给刘喜宝一家接风。

看到刘喜宝的第一眼，徐天凯就惊叹道："你怎么瘦成了这样？"

杨春桃也说刘喜宝瘦了。柳小红埋怨道："整天除了工作就是工作，能不瘦吗？"

晚上回到家，躺到床上，刘喜宝不停地咳嗽。

柳小红说："你最近不光瘦，还咳得厉害，要不明天去医院看看？"

"明天是上班头一天，我怎么能去医院？"刘喜宝说。

第二天早晨，柳小红一大早起床送走两个上学的孩子，又去叫刘喜宝吃早饭。刘喜宝却不在屋子里，趁她做饭的时候出门了。

柳小红自言自语道："咳嗽还不吃早饭，身体能好吗？"

话音未落，门外传来刘喜宝响亮的声音："谁不吃早饭了？我是去锻炼。我胃口好着呢！"

柳小红转过身，果然看到刘喜宝双颊红扑扑地回来了。

柳小红说："快吃吧，吃完我该去上班了。"

刘喜宝调侃说："好的，省文联办公室副主任柳小红同志。"

吃完饭，刘喜宝拎着包出了门。柳小红也学着刘喜宝的口气调侃他说："祝你工作顺利，副省长同志！"

繁忙的工作把刘喜宝的病给吓跑了，一连许多天，他的咳嗽似乎比以前轻了些，精力也充沛了。

刘喜宝经常出差，一走就是好几天。用他自己的话说："我是分管农林的副省长，要把全省的农村走一遍。"

这天，刘喜宝终于回家了，精神抖擞地说着下基层的事。

柳小红开玩笑说："我看你是一到基层就兴奋，连咳嗽也好了。"

刘喜宝调侃说："不就是个小感冒吗？到处跑跑出出汗，还能不好？"

刘喜宝说出了自己的工作计划：用三五年的时间，让全省的老百姓都过上能吃肉的好日子。

柳小红听后，笑着说："让全省老百姓都吃上肉，这个目标可不小。"

刘喜宝又说："这是第一步。"

柳小红说："我等着你的好消息。"

不料，第一步刚迈开，刘喜宝就病倒了。

第二天上午8点半，按照省政府办公厅的安排，在基层走访了一个多月的刘喜宝和其他部门的同志一起，向省领导班子做调研汇报。

快开会时，刘喜宝的秘书把一份准备好的发言稿送到他办公室，上面是工工整整的小楷，密密麻麻的文字。

刘喜宝有些惊讶，他没接这份发言稿，说："不用照本宣科，怎么想的我就怎么说吧。"

轮到刘喜宝发言时，他只说了简短的几句话："感谢领导把这么重要的担子交给我。我家祖祖辈辈是种牡丹花的，后来参加了革命，一直做群众工作，来到咱们西川省，也是一直与山里的老百姓打交道。农林这一块，与老百姓的生活息息相关，今后的工作，我会尽力干好的！"

大家都给刘喜宝鼓掌，刘喜宝却忍不住咳嗽起来。他觉得这个时候咳嗽不太礼貌，就强压着。没想到，咳嗽越发猛烈起来。刘喜宝的脸憋得通红，忽然咳出了一口鲜血。

大家惊呆了，赶忙送刘喜宝去医院。

三天后，刘喜宝被确诊为肺结核，要去山里的专科医院住院，长期治疗。

　　知道消息后，徐天凯和杨春桃到医院看望刘喜宝。他俩在病房外遇到了脸上捂着大口罩的柳小红。柳小红刚说了一句"这病不好治"，就哽咽着说不下去了。

　　徐天凯悄悄劝说柳小红："喜宝刚当上副省长就摊上这事，对男人来说打击很大。我们在他面前，要表现得乐观一点儿。"

　　杨春桃安慰柳小红："喜宝有毅力，一定会治好的。"

　　徐天凯又叮嘱："这个病病程长，关键靠养，首先要保持好心情。我们要多给他些鼓励。"

　　徐天凯一进病房的门就调侃刘喜宝："老刘，不想干就直说，刚当了两个月的副省长就来这一出？"

　　本来阴沉着脸的刘喜宝也轻松起来："我就是休个假，很快就回来！"

　　西川省有一所肺结核专科医院，坐落在距离省城60多里的范桥的大山里，治疗肺结核的水平在省内属于一流。

　　省里派了省政府办公厅罗主任送刘喜宝到范桥住院治疗。柳小红和杨春桃跟了来。刚到医院，院长和医务部主任到住院部迎接。

　　刘喜宝笑着说："就我一个病人，不要兴师动众，你们该忙什么忙什么去。"

　　肺结核专科医院不需要陪护，把刘喜宝送进医院的当天下午，柳小红和杨春桃就回了省城。

　　分别时，刘喜宝乐观地对柳小红说："回去好好照顾孩子，不用担心我。"

　　刘喜宝住院的第二天，胡小剩和王东明就骑着自行车，一人带着一盆牡丹花从100多里外的五道水来到了医院。

在卫生局当副局长的胡小剩先知道了这个消息。昨天一个办事员去肺结核医院办事，正巧看到办理住院手续的刘喜宝，回来就把消息告诉了胡小剩。

胡小剩把自行车停在医院门口，红着眼圈对王东明说："这个病可不好治。"

王东明说："别乌鸦嘴，说不定是搞错了。"

两人抱着牡丹花来到住院部，却被告知传染病不能探视，要预约时间。正灰心之际，就见刘喜宝被护士带着去做检查。刘喜宝戴着口罩，他先认出了抱着牡丹花的胡小剩和王东明。

刘喜宝在胡小剩和王东明身后听明白事情的经过，就用柳子戏的唱腔唱道："半个小时后，医院南墙根，咱们三个把话拉！"

由于用的是曹泽口音，住院部的护士没听明白。那位带着刘喜宝去做检查的护士关切地叮嘱："领导别唱了，要不又要咳嗽了。"

胡小剩和王东明都听到了这个熟悉的声音，他们转过头来，明白了刘喜宝的意思。

刘喜宝又不紧不慢地追加一句："花盆先放下，千万别着急，我去去就来。"

还是柳子戏的唱腔，还是别人听不懂的曹泽口音。

半个小时之后，刘喜宝来到医院最南边挨着大山的铁栅栏围墙边，胡小剩和王东明早已在院墙外的草地上等着了。

为避免传染，戴着口罩的刘喜宝没有走近铁栅栏，也不让胡小剩和王东明靠近。

三个人就这么隔得远远地交谈。

刘喜宝先开口。

"来看我，怎么又不说话？"

胡小剩和王东明都很难过，不知道说些什么才好。憋了半天，胡小剩说："刘书记，多保重！"

王东明说："刘书记，早日康复！没事多看看牡丹花。"

刘喜宝笑着说："就这些？都说完了？"

胡小剩和王东明点点头。

刘喜宝说："好，你俩说完了，我来说几句。第一，以后要注意身体，身体是革命的本钱。没了健康的身体，什么理想都是空的。第二，也是最重要的一点，我得病的事不要告诉任何人，我不希望大家带着沉重的心情来看我。大家来看我，既影响大家的心情，也影响我的心情。想让我早点儿康复，就不要来看我。听清楚了吗？"

胡小剩和王东明点点头，眼里满含泪水。

刘喜宝说："听清楚了，你俩就回吧。向后转！齐步走！"

刘喜宝这番话，还有一个人听到了。他就是医院的猪倌唐大力。唐大力正忙着喂猪。他耳朵不太好，本来是不太关心身边事的，但刘喜宝的声音实在是太大了，字字句句都被他听到了。

熟悉的家乡话，熟悉的声音，唐大力赶忙抬起头。

看到是刘喜宝，脸庞黝黑的唐大力瞬间绽出笑容。他张着沾满猪食的双手，跳出猪圈就向刘喜宝跑去。

来到刘喜宝跟前，他二话没说，抬手就行了一个标准军礼。

刘喜宝让他吓了一跳，定睛细看唐大力，觉得有些眼熟。

刘喜宝问："你是——"

唐大力说："刘书记，我是您的兵呀，唐大力！刚来五道水在三峰山遇到土匪那回，您还救过我呢，把我推进了山洞里。"

这些细节刘喜宝不记得了，但眼前这个人地道的曹泽口音他是熟悉的。

刘喜宝问："老乡，怎么来医院了？"

唐大力说："刘书记，我耳朵不好，大声点儿！"

刘喜宝大声重复了一遍。

原来，来到西川省之后，唐大力在一次剿匪战斗中头部受伤，耳朵落下了毛病，听力不太好，就离开了部队。正值这家医院成立，组织就分配他来医院做后勤。耳朵不好，在机关工作不方便，唐大力自告奋勇选择喂猪。

刘喜宝看到唐大力距离自己越来越近，就大声提醒他保持距离，别被传染了。

唐大力笑着大声说："天天在医院工作，我早就有抗体了！"

刘喜宝关心唐大力的生活，唐大力指了指旁边的一个村子说："我找了个媳妇，就在旁边这个叫'楼山沟'的村子里住。"

唐大力还告诉刘喜宝，他已经有了两个孩子。透过唐大力的神情，刘喜宝看出他对眼下的生活很满足。

刘喜宝向唐大力伸出大拇指，唐大力高兴地笑了。

刘喜宝也没有想到，自己的生活这么快就与唐大力产生了密切的交集。

住院十多天后的一个晚上，天空突然电闪雷鸣，外面下起了瓢泼大雨。本来要去猪圈附近遛弯儿的刘喜宝只得在走廊里溜达。

隔着窗户，他看到唐大力向猪圈那边跑去，匆忙中竟连伞都没有打。刘喜宝赶忙找了两把伞，向猪圈跑去。

唐大力正在露天的猪圈搬运几只出生不久的小猪仔，把它们一只一只搬到旁边的小屋子里。

"大力，给你伞！"刘喜宝大声喊道，把一把伞递给他。

唐大力说："反正都是一个湿，不用！"

把8只猪仔都搬进旁边的屋子之后，两人就在小屋里避雨。

远处，几个人推着三轮车冒着大雨向这边赶来。猪圈后边的铁栅栏围墙上开了个小门，平日里都锁着，几个人显然是知道小门的存在。

唐大力说："好像是村子里的人。"

几个人走近小门，刘喜宝和唐大力发现三轮车上是个妇女，旁边的人不停地拍打着铁门。

唐大力和刘喜宝先后跑过去。唐大力一眼认出，是村子里的居民，三轮车上躺着的孕妇叫云秀。

滂沱大雨中，云秀疼得一个劲儿呻吟。

不等唐大力和刘喜宝开口，就见云秀的丈夫王根川扑通一声跪下了。王根川说："大力哥，求你了，我媳妇难产，快让医生给看看！"

旁边一个人说："这大雨天，去五道水怕是来不及了！"

三轮车上的云秀呻吟着说："生了一整天了，就是生不出来，产婆都吓跑了。我要死了！"

跪在地上的王根川不起来："大力哥，求你了！"

刘喜宝说："还愣着干什么？快进来！"又对唐大力说："开门！"

小铁门开了，几个人推着三轮车冲了进来。

一行人来到住院部，值班医生却为难起来。这里不是妇产医院，没有产房，更没有器械，不具备接生条件。

值班医生拿起电话打给值班室，申请派专车把产妇送到省人民医院。几分钟后，值班室打来电话，大雨形成了泥石流，附近的道路已经被堵住了。

雨越下越大，三轮车上的孕妇已经没有了力气，呻吟的声音越来越小。再不及时救治，后果不堪设想。

刘喜宝走到值班医生面前说："不能见死不救！没有条件创造条件也要救治病人！"

唐大力也在一边求情。

值班医生还在犹豫，得知消息的院长赶来了，了解情况之后，院长安排身边的工作人员，赶紧用广播找人，让有妇科经验和外科手术经验的医生马上过来。他又转身对值班医生和护士说："快消毒，准备一间临时产房！"

不一会儿，几个已经下班的医生跑到住院部，换上手术衣，进了临时产房。

两个小时之后，一声婴儿的啼哭从临时产房里传出来，门外所有人都松了一口气。

云秀生了个儿子。产房外的王根川激动地跪了下去，对医务人员千恩万谢。

事情到了这里，如果没有产妇云秀后边的那句话，也就没了后面的故事。

云秀那句话是出院的时候说的。那是她生完孩子的第二天，雨过天晴。一大早，云秀夫妇吃完唐大力给他们打来的饭菜就要出院了。

分别时，云秀激动地感谢唐大力。

云秀说："好几个月没吃肉了，没想到在这里吃上了肉。感谢你，大力兄弟！"

云秀把刘喜宝当成了与唐大力一起养猪的同事，也向他表示了感谢："谢谢你，刘同志。你们养的猪长得真肥，解馋了。"

刘喜宝哈哈大笑，说："好吃就好。以后我和大力教你们养猪，天天吃肉！"

王根川瞪大了眼："这话可当真？"

唐大力一看玩笑开大了，正要向他们介绍刘喜宝，不料被刘喜宝使个眼色制止了："大力，听到了没有，我们的新任务来了。"

送走云秀夫妇，刘喜宝随唐大力来到了猪圈旁。

他问唐大力："村子里的老百姓好几个月吃不上一次肉，是真的吗？"

唐大力说："这有什么稀奇，是真的。"

刘喜宝又问："为什么吃不上肉，老百姓不会养猪吗？"

唐大力说："养，关键是老闹猪瘟，养不大就死掉了。"

刘喜宝说："我们想法子让村子里的老百姓吃上肉吧。"

唐大力似乎从来没有考虑过这个问题，听刘喜宝一说，不免觉得有点儿蒙。

"让老百姓吃上肉？"

"对，一定让老百姓吃上肉。咱们医院里的猪都打疫苗吗？"

"打呀，都是我打，不打早死了。"

"咱们也给村子里的猪打疫苗。"

唐大力笑了，说："我看行！"

教老百姓科学养猪的工作是从楼山沟村云秀家开始的。云秀家没钱买猪仔，刘喜宝就拿出自己的工资和唐大力到集市上买了一对猪仔。

不料回来的路上，天又下起了大雨。淋了雨，刘喜宝的病情加重，当晚就发起了高烧。由于肺积液增多，出现呼吸困难，医生报了病危。

唐大力来看望刘喜宝，被吓坏了。院长严厉批评他，以后绝对不能再带着刘书记到处跑。唐大力有苦难言，只是不停地点头认错。

刘喜宝清醒了些，对唐大力说："快把猪仔给云秀家送去。"

第二天一大早，唐大力就把两只小猪仔送到了云秀家，说猪仔是他那个"养猪的同事"送的。

云秀和王根川十分高兴。

云秀问："你那个同事怎么没来？"

唐大力迟疑了一下说："他忙着喂猪呢。"

柳小红接到电话从省城赶来时，天已经黑了。看到病情危重的刘喜宝，她悄悄地抹着眼泪。

"你就不能老实点儿？不知道自己是个病人吗？还要去淋雨！"

刘喜宝说："我这不是又好了嘛！"

柳小红说："你要是有个好歹，我们娘儿几个怎么办？"

刘喜宝勉强挤出一丝笑容："说得那么危言耸听，我又不老，还有那么多事要做，老天爷不会收我的。"

正说着，唐大力走了进来。得知刘喜宝就是与他一起赶集买猪仔淋的雨，柳小红忍不住数落唐大力。

刘喜宝却叮嘱唐大力，千万不要忘了给猪仔打疫苗的事，搞得柳小红哭笑不得。

柳小红转而向唐大力道歉，说最该数落的人是刘喜宝。

刘喜宝让柳小红放心回去照顾两个上学的孩子，柳小红这才把刘海和刘阳的约定告诉刘喜宝。

"他俩约定好了，明年一块儿考北京的大学。"

刘喜宝说："这个比什么药都见效，我等着听他们的好消息。"

接下来的一段时间，唐大力记住了刘喜宝的话，到了时间就去云秀家给猪仔打疫苗。刚过三个月，云秀家的两头猪就七八十斤了，两口子围着猪圈转，高兴得合不拢嘴。

云秀听唐大力说过，教她养猪是"养猪的同事"出的主意，就让唐大力给那个"养猪的同事"问好。

见云秀家的猪长大了，村子里的其他农户纷纷向唐大力求助。唐大力回到医院把这个消息告诉刘喜宝，刘喜宝鼓励唐大力继续做好事，给村子里的猪打疫苗。

唐大力问："刘书记，这么多人家要养猪，咱也送不起那么多猪仔呀！"

刘喜宝说："是送不起，但可以让他们先赊账，等卖了猪再把买猪仔的钱还上。"

唐大力说："这是个好主意。"

就这样，不到一年的工夫，楼山沟村家家户户都养上了猪。村民们不但自己吃上了猪肉，剩下的还可以拿到集市上去卖，增加收入。

别的村子见楼山沟村因为养猪过上了好日子，一一效仿。不到一年时间，附近的村子都干上了养猪的副业。

正逢八月十五，十里八乡的村民为了感谢唐大力和刘喜宝做的好事，推了三头大猪送到医院。

院长得知乡亲们把刘喜宝当成了唐大力"养猪的同事"，不禁笑出了声。

九

山间小路上，柳小红带着17岁的刘海和13岁的刘鲁黔从一辆长途汽车上下来，兴冲冲地向肺结核专科医院走来。

几个人的脸上都带着按捺不住的兴奋。

柳小红走在最前边。刘鲁黔说："妈，你怎么走那么快呀，等等我。"

8月炽热的太阳下，柳小红回过头说："快点儿去把这个好消息告诉你爸，他听了准会高兴的。"

果然，几个人刚走进病房，刘喜宝一看大家的神情，就知道有大喜讯。

"刘海，你和刘阳就要在北京见面了吧？"

刘海说："爸，您真是神了。我和刘阳考了同一所大学！"

"哪所大学？学什么？"

刘海回答："政法高校，学法律。"

柳小红让刘海把刘阳的信读给刘喜宝听。刘海一字一句地念起来："爸爸，妈妈，请你们放心，我和刘海在大学里一定会好好学习，将来一起建设我们伟大的社会主义祖国！"

柳小红也知道了附近村民养猪的事，调侃说："听说你和唐大力成绩不小，已经让十里八乡的乡亲都吃上了肉？"

刘喜宝笑笑说："这只是一个小目标。等我病好了，要让全省的老百姓想啥时候吃肉就啥时候吃肉！"

刘喜宝又把自己结核杆菌转阴的消息告诉柳小红和两个孩子，病房里洋溢着欢快的说笑声。自从刘喜宝生病后，一家人难得聚在一起。看到这个场景，刘喜宝格外高兴，竟然笑出了眼泪。

刘喜宝住院期间，五道水的王东明也病了，得了慢性胃炎。也许是因为走过硝烟战火，目睹无数生命瞬间消亡，王东明更加珍惜来之不易的幸福生活。他日思夜想，如果病情恶化，索雅和两个孩子怎么办？日子久了，王东明有些抑郁，晚上睡不着，白天没精神。这样一来，胃病更加严重了。看到镜子里自己骨瘦如柴的样子，王东明的心情更不好了，甚至对索雅说起了"后事"。

索雅两眼都哭红了，想不通一个坚强的男人为什么变得如此脆弱、多愁善感。索雅感到前所未有的无助，就去医院找了刘喜宝。

星期天，刘喜宝坐着长途车来到五道水，按照索雅告诉他的地址步行去王东明家。快走到时，刘喜宝看到王东明正一个人在一棵大树下发呆。发现刘喜宝，王东明双眼亮了一下，但瞬间又暗淡下来。

刘喜宝走到王东明跟前说："我也是个病人，今天咱俩好好聊聊。"

王东明点点头，含泪笑了。

王东明家里，索雅忙着准备饭菜接待刘喜宝。她让儿子秀泽和女儿秀禾先吃，之后打发他们出去玩。

看着母亲精心准备的炒鸡，6岁的秀禾说："妈，我想吃鸡。"

索雅说："鸡是给客人准备的，秀禾听话，和哥哥一起出去玩。"

索雅又吩咐儿子："秀泽，快带妹妹出去玩，一会儿客人就来了。"

11岁的秀泽懂事多了，他拉着妹妹的手说："走，我们去屋子后边看老家的花去。"

两个孩子刚离开，王东明就领着刘喜宝进了屋，索雅忙招呼刘喜宝坐。

索雅对王东明说："刘书记好不容易来一趟，你好好陪老领导说说话。"

王东明和刘喜宝都是病人，索雅没有备酒，给他们泡了茶。

王东明端起杯子说："刘书记，以茶代酒，我先敬您！"

刘喜宝看着王东明说："你是小毛病，不用太在意。"

王东明小声说："刘书记，我就是担心我要有个万一，他们娘儿仨怎么办？"

刘喜宝笑着说："人生没有一帆风顺的，总有这样那样的事情，我不相信你就这个胆量，生个小病就想不开。"

王东明渐渐冷静下来。

刘喜宝又说："生老病死是自然规律。你还记得三峰山吗？"

王东明点点头。

刘喜宝接着说："那一仗，死了那么多战友，子弹没打到你我身上，我们能够活到现在，已经很幸运了。后来你娶了索雅，有了两个可爱的孩子，过上了幸福的生活，比那些死去的战友更是不知幸运多少倍！"

刘喜宝又说："我们都是共产党员，要相信科学，得了病要正确面对，积极治疗，而不是焦虑痛苦，自己吓唬自己。"

王东明抬起头，看着刘喜宝。

刘喜宝又说："对待疾病如同打仗，要战略上藐视敌人，战术上重视敌人。如果你自己先坏了心态，岂不是不战自败？"

王东明的脸上舒展了很多，他冲刘喜宝重重地点了点头："刘书记，我明白了。"

正聊着，秀禾突然闯了进来，哭着说："妈妈，我想吃鸡肉！"

索雅要抱着秀禾出去，秀禾哭了起来。

刘喜宝说："让孩子们过来一块儿吃。秀泽在哪儿？"

秀禾说："哥哥在屋子后边看老家的花。"

刘喜宝一愣："老家的花？"

王东明说："我习惯称牡丹花为'老家的花'，时间久了，孩子们也跟着这么叫。"

刘喜宝说："牡丹花，就是我们老家的花。"

正说着，秀泽走了进来。秀泽拉起秀禾就走，被刘喜宝叫住："秀泽，快过来，一起吃。吃完了咱们一块儿去看'老家的花'。"

刘喜宝回到医院十多天后，收到了索雅的来信。病房里，刘喜宝一边浇花一边读信。

"尊敬的刘书记，太感谢您了，经过您的开导，东明的情绪好多了。经过积极治疗，他的胃病也好了起来。请您放心，以后无论遇到什么事情，我们都能正确面对，因为我们都是党的人……"

刘喜宝正念着，护士来抽血。

着急出院的刘喜宝赶忙伸出胳膊："上次就是阴性，又过了这么些天，一定没事了。"

护士说："肺结核是慢性病，就是转阴了，也得好好养一阵，三次转阴才算数。"

正说着，又有人进来了。刘喜宝一看，是院长，后边还跟着徐天凯。

刘喜宝说："院长，我是不是可以出院了？听医生说，这几次的检查结果都不错。"

院长说："虽然病情好转了，但出院还为时尚早，要彻底巩固了才能出院。你们聊。"

说着，院长转身出去了。

刘喜宝看着徐天凯说："不出院，你来干啥？就是来气我的？"

徐天凯一脸严肃，完全没有开玩笑的心情。他转身关上门，对刘喜宝说："我可不是来和你斗嘴玩的。"

接下来，徐天凯告诉刘喜宝一个坏消息："余戈带着学员去练射击，一个学员枪走火，余戈为了保护其他学员牺牲了。曾美锦想不开，情绪十分低落。"

徐天凯还告诉刘喜宝，杨春桃已经跑过一趟北京，陪曾美锦住了一段日子，但曾美锦整个人是呆滞的，一天都说不了几句话。

两人正聊着，柳小红和杨春桃也来了。看到徐天凯，两个女人就猜他们是在商量曾美锦的事怎么办。

柳小红说："喜宝，曾美锦的事，你可不能不管！"

徐天凯笑着说："小红觉悟够高的，你家老刘给曾美锦做思想工作，你不会吃醋吧？"

柳小红说："我有那么狭隘吗？当初知道美锦姐活着，我恨不得把喜宝还给她呢！"

刘喜宝说："别开玩笑了，我们一起商量下。"

三天后，结核杆菌转阴的刘喜宝不顾医生劝阻，以回家休养为由，办了出院手续。

回到省城的第二天，刘喜宝就和杨春桃、柳小红一起踏上了去北京的火车。到了北京，见到曾美锦，大家发现她神情恍惚。刘喜宝向柳小红和杨春桃提议，带曾美锦去曹泽的红三村休养一阵。两个人都觉得这个主意好，就对曾美锦说了。曾美锦听了，脸上露出一抹惨淡的笑，嘴里喃喃地说："余戈也喜欢红三村，我们去红三村！"

曾美锦主动提出带上余戈的骨灰。

余戈老家在山西，家中并无近亲，遗体火化后骨灰寄放到了公墓。说起红三村，曾美锦就想起了刘庄村外的烈士陵园。

曾美锦像是自言自语："你们说，余戈他想不想去红三村？"

不等刘喜宝、柳小红和杨春桃回答，曾美锦又说："余戈，我们带你去红三村吧，那里有许多老战友，在那里，你不会孤单的。"

军校派了一辆吉普车，载着他们去了曹泽的红三村。一路上，曾美锦一直抱着余戈的骨灰盒，骨灰盒上盖了一件余戈的军装上衣。

大家把牺牲后被评为烈士的余戈葬在了红三村外的烈士陵园里。曾美锦坐在余戈的墓前，喃喃自语："余戈，这里是红三村，你在这里不会孤单的，左邻右舍都是当年的老战友。"

刘喜宝看到这一幕，心中百感交集。他想起很多年前的一件事。抗战结束后，余戈随国民党五三五师回到曹泽，听闻曾美锦已经死去，一个人跑到这片墓地。那个夜晚，余戈对着"坟墓里的曾美锦"说了很多话。如今却是另一番境地，坟墓里长眠的是余戈，对着坟墓说话的是曾美锦。

刘喜宝接着曾美锦的话说："是的，余戈，你在这里不会孤单，这里都是我们的老战友。"

曾美锦似是回到了过去的时光，她转过头看着刘喜宝、柳小红和杨春桃说："那年，选择起义的余戈差点儿让徐天义打死，活到现在也是值了。"

说来也是奇怪，在红三村杨春桃家住过一段时间后，曾美锦的心情渐渐好起来。每天吃着乡亲们送来的各种土特产，人也胖了一些，脸上渐渐有了笑容。

刘喜宝和柳小红住在刘喜宝家的老宅。平日里，老宅里住着马三爷，屋子和院子都保留着以前的样子。

这天，大家在刘喜宝家老宅的院子里聊天儿，大盛和他媳妇做了带馅儿的烧饼给他们送来。大盛还带来了他的两个儿子国成和国华。大盛虽然不会说话，但心里明镜一般。他嘴里咿咿呀呀地表达着什么，劝曾美锦想开些。看着大盛脸上灿烂的笑容，曾美锦的内心似也被周遭这些阳光温暖了。

满院子人正聊着，出乎预料地，张桂之带着刘阳、刘海进来了。同时见到两个儿子，柳小红和刘喜宝喜出望外。还是前些天，刘喜宝、柳小红去北京接曾美锦时，他们匆匆见过一面，想不到这么快又见面了。

随南下工作队离开曹泽之后，这是柳小红第三次见到刘阳。第一次是刘喜宝去北京开会借道回曹泽，说好把刘阳带回西川省却没有兑现，实在惦记儿子的柳小红自己回了一趟曹泽。那次见到刘阳后，她彻底放弃了把刘阳带回西川省的想法。刘阳在红三村生活得很好，刘阳离不开张桂之，张桂之也离不开刘阳。第二次见到刘阳，就是十多天前去北京的时候。这次见面算是第三次。每次见到刘阳，柳小红都有一种异样的感觉，她觉得这个儿子既熟悉又陌生。在短暂的见面时间里，柳小红的眼神几乎不舍得离开刘阳，目不转睛地看着他问这问那。

刘阳、刘海是随着"串联"的学生队伍回来的，只能住一夜。晚上，张桂之做了一桌饭菜，给次日就要离开的刘阳、刘海送行。

饭桌上，柳小红不停地给两个儿子夹菜。看着刘阳的侧影，既有刘喜宝的影子，又有她的影子，柳小红心中就升腾起一种莫名的情愫。她好想对儿子说一句"儿子，妈妈对不起你"，却始终无法开口。

刘喜宝叮嘱两个儿子："做事情，不要随大流，无论什么时候，学生都要以学业为重！"

刘阳、刘海离开曹泽后过了几天，曾美锦提出要回北京。她说起军校的教学任务，有几个学员队的课要上，她离开了，课就要由别人替她上，不能老是这样。

离开曹泽的前一天，杨春桃与身患重病的父亲话别。

杨家富说："我一把老骨头了，活到哪天算哪天，我就是牵挂春兴呀！这么多年了，也不知道他是死是活。"

说着，杨家富就有些上气不接下气。杨春桃赶忙给他拍后背。

杨春桃说："爹，您年纪大了，要不跟我一起去西川省，大家在一起也好有个照应。"

杨家富说："我哪儿也不去，我要在家里等春兴。要是他哪一天突然回来了，家里没个人怎么行？"

正说着，杨家富突然想起什么似的说："快扶我到院子里去看看。"

几个人扶着杨家富来到院子里。

杨家富抬头看树，树上飘着一根红布条。看着看着，他眼里就含满了泪水："春兴，你到底什么时候能回来呀？"

一边的刘喜宝、柳小红和曾美锦也湿润了双眼。杨春桃泣不成声地说："爹，您跟我去西川省吧，我不放心您！"

杨家富看着树上的红布条说："我不去，我要等春兴回来！"

✝

　　刘喜宝出院后，结核杆菌是阴性，但体力恢复得不太好，所以组织一直没有安排他上班。几年前，西川省委组织部部长曾经找他谈过一次话，让他好好在家休养。

　　日子一天天过去，西川省的刘海和曹泽的刘阳相继结了婚。一转眼，刘鲁黔也高中毕业了，她选择了去农村锻炼。

　　刘鲁黔选择去农村是为了追随一个叫魏亮的男同学。魏亮第一批下乡，去了西川省最西南部一个叫望沟的县，刘鲁黔也跟着去了望沟。出发的那天，卡车上的刘鲁黔十分高兴，一直笑着向车下的父母及哥哥嫂嫂挥手。

　　卡车启动了，看着越走越远的刘鲁黔，柳小红难过地流下了泪水。

　　刘鲁黔去望沟的第二年，一天，王东明和胡小剩带着各自的儿子来到刘喜宝家。

　　王秀泽和胡冬冬都长成了大小伙子。俩小伙子都是各自父亲的翻版，见了刘喜宝和柳小红，一口一个"大爷""大妈"地叫着。刘喜宝和柳小红十分高兴。

　　王东明和胡小剩来省城，是送两个小伙子坐火车回曹泽。原来，刚刚高中毕业的王秀泽和胡冬冬到了上山下乡的年纪，今年省里有了一个不成文的政策，南下老同志的子女可以回原籍下乡锻炼。

　　刘喜宝一听，就表态说："让孩子们回老家锻炼锻炼，这个政策好呀！"

　　送走客人，柳小红有些伤感地说："去年有这个政策就好了，鲁黔就不用去望沟了。"

刘喜宝说:"你又不是不知道,鲁黔去望沟是为了魏亮,魏亮在哪里,她就会去哪里。"

一提魏亮,柳小红的另一根神经又被触动了。她不无忧虑地问:"你说,鲁黔真的会和魏亮结婚吗?"

刘喜宝说:"谈恋爱是人家两个人的事,你这是杞人忧天。"

又过了些日子,柳小红像往常那样收到了女儿的来信。看着看着,柳小红就"哎呀"一声叫了起来。她跑到正在浇花的刘喜宝面前,说:"你闺女都结婚了!"

刘喜宝停下手里的活儿:"鲁黔和魏亮结婚了?"

柳小红看着信,惊讶地说:"不是魏亮,是徐景辉!"

刘喜宝也被惊到了:"徐景辉是谁?"

柳小红抱怨:"你说你这个闺女像谁?什么事都不和家里商量,信里也没说,这徐景辉到底是个什么人?"

刘喜宝拿过信:"一句也没提?"

柳小红说:"还骗你不成?我们得赶紧去望沟看看这个徐景辉究竟是个什么人。"

柳小红和刘喜宝赶到望沟刘鲁黔下乡的塔村时,已经接近中午。在村民的带领下,刘喜宝和柳小红来到了一片靠近山林的庄稼地。知识青年正跟着农民在地里干活儿。

看到父母来了,刘鲁黔就向他们跑去。徐景辉也跟了过去。刘喜宝远远看去,徐景辉一表人才,挺直的腰板像是受过军事训练。等徐景辉走过来,刘喜宝一问,果然是个复员兵。又听徐景辉说话有板有眼,对人也十分有礼貌,刘喜宝当下就对他有了好感。

刘喜宝心想,刘鲁黔应该是有判断力的,不可能随便什么人就嫁,这徐

271

景辉一定有过人之处。

柳小红可不这么想。听说徐景辉是土生土长的塔村人，当下她就心里凉了半截儿。难道女儿要在这个小山村里住一辈子不成？她把刘鲁黔拉到一边，质问她："这究竟是怎么回事？你给我说说清楚！"

刘鲁黔佯装听不见母亲在说什么，大着嗓门儿对徐景辉说："景辉，快领爸妈回家。"

徐景辉和刘鲁黔把刘喜宝、柳小红带到了他们的小家。这是一个典型的农村小院子，收拾得利利索索。几只鸡看到家里来了陌生人，惊慌地咯咯叫着跳上了墙。徐景辉父亲在他很小的时候就过世了，是母亲一个人把他拉扯大的。

徐景辉母亲见城里的亲家公和亲家母来了，又是端茶又是倒水，十分热情。刘喜宝与亲家母聊天儿，旁边的柳小红却一直皱着眉。其实，短暂接触下来，柳小红也觉得徐景辉是个不错的青年，让她无法接受的是徐景辉是地地道道的塔村人。刘鲁黔嫁给他，就意味着要在这里过一辈子。

柳小红还是想不明白，女儿本来是和魏亮谈恋爱的，怎么就突然与这个徐景辉结了婚？她趁刘喜宝与徐景辉母子聊天儿的时候，把刘鲁黔拉到大门外，再次追问："这到底是怎么回事？该不是徐景辉逼着你结的婚吧？要是那样，我和你爸会替你做主的！"

刘鲁黔脸上带着掩藏不住的笑，说："妈，我的性格您还不了解？我就是喜欢他！"柳小红又问："那魏亮是怎么回事？"刘鲁黔脸上拂过一层愠怒，刚要开口，只见身边一对青年男女说说笑笑地走过来。

柳小红定睛一看，那男青年正是她曾经见过一面的魏亮。柳小红顿时明白了怎么回事。等魏亮和那女青年走远了一点儿，她问："魏亮和别的女孩子好上了？"

刘鲁黔眼里快要喷出火来："妈，不要再跟我提他。"

柳小红生气地说："就是魏亮不娶你，也不能破罐子破摔胡乱嫁人哪！"

刘鲁黔说："妈，我是真的喜欢徐景辉！"

说完，刘鲁黔就跑回了院子里。

柳小红举目四望，村子四周除了大山就是大山，忍不住又心疼起女儿。

如果女儿还没结婚，她一定会好好与她谈谈，尽力阻止这门婚事。现在女儿已经结了婚，木已成舟，生米已经煮成熟饭，说多了只会影响他们小夫妻的感情。想到这里，柳小红就不打算再说什么，但她高兴不起来，也不想把自己这种不高兴掩藏起来。

刘喜宝却表现得十分豁达，吃饭的时候还与徐景辉喝了两杯。徐景辉是个开朗的小伙子。刘喜宝问他今后有什么打算，他说："好好干活儿，多挣工分，一定让媳妇过上好日子！"

听了徐景辉这话，刘喜宝哈哈大笑，夸赞说："这话实在，我爱听！"一边的柳小红脸上硬挤出的笑却有些僵硬。

到了下午，徐景辉的母亲就开始给城里来的亲家公、亲家母收拾屋子铺床。柳小红坚持说不用了，他们还要赶回去。刘喜宝当然早就看出了柳小红的不高兴，也就不准备在这里住下，打算陪柳小红去县里的招待所过夜。

看着站在村头离得越来越远的刘鲁黔和徐景辉母子，走在崎岖山路上的柳小红鼻子酸了。她不回头，边走边哭着对刘喜宝说："鲁黔好可怜！"

刘喜宝还在与远处的女儿女婿和亲家母挥手。他说："找对象，关键要看人，我看这个徐景辉不错！"

柳小红说："再不错，他也走不出这个小山村。我们鲁黔要跟着他在这里待上一辈子。"一想到这里，柳小红就又难过起来。她赶忙快走几步，躲在一块大石头后边抹起了眼泪。过了一会儿，柳小红从大石头后面走出来，站在高处向山下的塔村看去，女儿的身影已经不见了。

看着远处寂静的小山村，一种难以名状的情绪涌上柳小红的心头。

又是几年过去了，一转眼就到了 1979 年。

这是一个春天里的星期天，刘喜宝正在院子里侍弄牡丹花，徐天凯乐呵呵地闯了进来。他进门就让柳小红做菜，说有好消息要告知，庆贺一下。

刘喜宝抬起头问："要扶正当司令了？"

徐天凯眼里闪着亮光："比这可重要多了！"

"哦？"刘喜宝定睛看着徐天凯，"那是什么事情？"

徐天凯按捺不住说："司令去北京开座谈会，回来传达了两个好消息，一是军队要加强军事训练，二是中央提出要发展经济。"

刘喜宝赶忙问："发展经济？"

徐天凯说："我预测还有一个好消息。"

"预测？"刘喜宝看着徐天凯。

徐天凯说："我预测你很快就会出山。"

刘喜宝说："歇了这么些年，都快生锈了。"

徐天凯说："发展经济，不找你找谁？"

刘喜宝说："借你吉言，我倒是希望找我。再这么歇下去，真快生锈了。"

两人正说着，柳小红进来叫他们吃饭。见两个人有说有笑，柳小红问："什么好事这么高兴？"

徐天凯故弄玄虚："这个嘛，不久你就会知道的。"

柳小红又问徐天凯，在曹泽照顾老父亲的杨春桃什么时候回来。徐天凯说老爷子情况不好，又死活不肯跟杨春桃来西川省。几个人说起被国民党抓走、至今生死不明的杨春兴，又是一阵唏嘘。

果然如徐天凯所料，半个月后，刘喜宝官复原职任西川省副省长，还是主抓农林口。

书记找他谈话后，那一晚，刘喜宝彻夜难眠。

柳小红开玩笑说："你这个官迷，激动得睡不着了？"

刘喜宝感慨道："十年了，国家再不发展经济，真的是要挨打了。"

柳小红却替刘喜宝担心："枪打出头鸟，你不要太拼命。"

刘喜宝不服气，说："组织既然给了我这个机会，我就不能只撞钟不干活儿。"

接下来的时间，刘喜宝一心扑在工作上，整天下农村搞调研，率先在农村搞起了特色经济。

每次回家，刘喜宝都兴奋地向柳小红介绍农村的新变化。

徐天凯也忙碌起来，天天带兵在山里搞演习。

这天，在曹泽送走老父亲，满怀悲伤的杨春桃一回到西川省就来找柳小红倾吐心声。杨春桃向柳小红说着父亲临走时对下落不明的弟弟那份牵挂，他认定了春兴还活着。一想起这事，杨春桃就揪心。

柳小红安慰杨春桃，说着刘喜宝和徐天凯又开始忙哪些工作。

到了年底，西川省被评为全国农业发展典型，刘喜宝也受到了表彰。徐天凯和杨春桃带着一只北京烤鸭来祝贺。

饭桌上，徐天凯告诉刘喜宝一个消息：新的一年里，他还要带兵去演习。

此时，几个人都没料到，一个悲剧潜伏在不远处，悄悄等着他们。

听到徐天凯出事的消息时，刘喜宝正在果园里视察。

公社的工作人员接到柳小红打来的电话，赶紧骑着自行车到地里告诉他。

刘喜宝第一时间赶到省城的人民医院。急救室门口围了一群军人。杨春桃静静地坐在椅子上发呆，她的身旁，一边是儿子徐涛，一边是柳小红。柳小红看到刘喜宝来了，赶忙小声向他诉说事情的经过。

徐天凯带部队到山里拉练，他和两个战士坐在最后一辆卡车上。车队通过一段盘山公路，其他车辆都顺利通过了，不料最后一辆赶上了塌方。眼看着一块巨石从山上滚落下来，情急之下，徐天凯拼力推开一个战士。当他跳车时，为时已晚，滚落下来的巨石重重地把他砸在了下面。

刘喜宝走到杨春桃面前，杨春桃静静地看着他，什么也说不出来。

刘喜宝拍了拍杨春桃的肩膀。

不知过了多长时间，急救室的门吱呀一声开了。出现了所有人最不愿意看到的一幕。蒙了床单的徐天凯被推出来。

四周十分安静，似乎能听到心跳的声音。就在这寂静里，突然爆发出杨春桃撕心裂肺的呼喊："天凯！"

喊过那一嗓子之后，杨春桃就再也不说话了，一直呆呆地发愣。给徐天凯办后事的时候，柳小红一直陪着杨春桃。

火化的前一天晚上，杨春桃突然说："小红，让喜宝准备两个骨灰盒。"

柳小红有些不解。杨春桃说："一半放在三峰山，一半放在红三村，他以前说过的。"

柳小红问："以前说过？"

杨春桃用梦游般的语气说："以前开玩笑时说的。小红，天凯真的走了吗？我怎么跟做梦似的？ 17 岁那年，我第一次见他的情景就跟发生在昨天一样。"

杨春桃的脑海中浮现出第一次与徐天凯邂逅的情景。

那是 1937 年的春天，省城的一条街上，正在逛街的杨春桃买了个糖葫芦边走边吃，突然身后传来一阵噼里啪啦的打斗声。只见一个长相英俊的小伙子正在与一个流浪汉模样的中年男人打架。那中年男人一开始不依不饶的，但几下就被小伙子收拾服帖了。小伙子向中年人要着什么东西："拿出来！"

中年男人不给。

小伙子又给了那中年男人一拳头："拿出来！"

杨春桃看不过去了，对小伙子说："人家都不吱声了，你怎么还打人？"

小伙子还是不依不饶，把中年男人的一只胳膊扭到了背后。中年男人疼得吱哇乱叫，这才把藏在怀里的一根金项链拿了出来。

杨春桃吃了一惊："我的项链！"

原来那中年男人是个小偷。

长相英俊的小伙子就是徐天凯。他把项链递给杨春桃。杨春桃笑着对他说："谢谢你！"

徐天凯带着春风般的笑容问："女子师范的吧？我鲁华大学的。"

岁月沧桑，物是人非。

杨春桃的思绪回到当下，她把脖子上的项链缓缓地摘下来，拿在手里定定地看着。

柳小红的脑海中浮现出 1938 年她跟随师傅师姐在马池口镇演出遇到鬼子袭击，徐天凯冲上舞台救她受伤的场景。

外屋的刘喜宝脑海中也浮现出一个场景，那是 30 多年前，他和徐天凯被日本人堵在村子里，他俩一个藏在小媳妇的床上，一个藏在一块大石头里。

小媳妇把徐天凯按到床上，对随后赶来的日本人说这是她生病的丈夫，帮徐天凯脱了险。鬼子走后，那小媳妇见徐天凯羞红了脸，开玩笑说："兄弟，这有啥不好意思的，你就当我是你亲姐！"

刘喜宝对里屋的杨春桃和柳小红说："天凯舍不得红三村，我们要帮他实现这个愿望。"

在刘喜宝的张罗下，徐天凯的骨灰一半安葬在西川省的三峰山，一半安葬在曹泽红三村。

松涛滚滚，英魂永驻。

十一

1979 年秋天，徐景辉跟着考上大学的刘鲁黔去了北京。这是小夫妻俩第一次到北京。刚出北京站，刘鲁黔就看到了人群中的母亲。

刘鲁黔拎着行李箱，走上前和母亲打招呼。

柳小红看着眼前的女儿女婿，满脸是笑。"你俩终于来了。你爸整天唠叨，说怎么还不来。"

刘鲁黔说着办理入学手续的种种烦琐，一边的徐景辉脸上带着茫然的笑，内心泛起一种诚惶诚恐的感觉。

这是徐景辉第一次到大城市。看着四周来来往往的人流，他有种手脚无处安放的尴尬。

司机热情地想把刘鲁黔和徐景辉手里的行李接过去，徐景辉死活不松手。一是他不能让司机拎着两个沉重的箱子，二是自己手里如果不拎个箱子，更是不知道把手脚往哪里摆。

一行人回到家，刘喜宝热情地出来迎接，祝贺刘鲁黔考上了北京的大学。

一个多月前，刘喜宝调到北京任某部副部长，主管农林口。吃完饭，刘喜宝和徐景辉在客厅里聊天儿，柳小红和刘鲁黔在房间里收拾东西。

柳小红看了一眼门外，压低声音问刘鲁黔："他人到底怎么样？"

刘鲁黔说："挺好的，是个好人。一开始他妈不同意我考大学，他支持我，整天给我做好吃的。"

柳小红又问："他愿意跟你来北京？"

刘鲁黔说："这件事，他一开始也很矛盾，最后还是选择了跟我来。"

柳小红说："说实在的，你们俩的事，我一开始不是太看好。既然他人不错，你不能变心。"

刘鲁黔说："妈，我才不是那样的人呢。"

柳小红说："不是就好，我是给你打个预防针。能跟着你来北京，他挺高兴吧？"

刘鲁黔说："高兴什么？知道我考上了大学，他还跟我提过离婚呢。"

"离婚？"

"他怕拖累我，也为自己是个初中生自卑。"

柳小红说："那你更不能怠慢了人家，这是个好孩子。"

刘鲁黔低下头说："我知道。"

柳小红又问起亲家母。刘鲁黔告诉母亲，婆婆因为一场急病过世了。柳小红一阵唏嘘。

刚过完国庆节，刘喜宝下班后在书房里帮柳小红收拾东西，徐景辉忙着往厨房里搬煤气罐。秘书进来说，来了一个客人，是西川省半导体研究所的。

刘喜宝脸上顿时绽出笑容，对柳小红说："一准儿是小齐，齐运飞。快请他进来！"

站在大门外的齐运飞身后响起了一个声音："是运飞哥吧？"

齐运飞转过身，见是背着书包一副学生打扮的刘鲁黔。

"鲁黔，你这是放学了？"

刘鲁黔不好意思地笑笑说："下了几年乡，又考上了北京的大学，是个老大学生。"

齐运飞问刘鲁黔学什么专业，刘鲁黔回答："中文。"

两人正说着，刘喜宝和柳小红打开了大门。见门口果然站着齐运飞，老两口特别高兴。徐景辉见家里来了西川省的客人，也十分高兴和热情。

原来，齐运飞是来北京出差的。

说起去年召开的全国科学大会，齐运飞眉飞色舞："中央领导说了，今后一段时间的主要任务就是搞现代化建设。"

柳小红和刘鲁黔做了几个菜。大家在饭桌上谈笑风生，心里有一种久违的兴奋和激动，每个人都铆足了劲儿要大干一场的样子。齐运飞说起即将到来的现代化，一套一套的，大家听得眼睛发亮。

送走齐运飞，刘喜宝和柳小红久久无法入眠。已经退休的柳小红调侃刘喜宝："你大展身手的时候终于来了。"

刘喜宝说出了自己的心声："一晃这么些年过去了，到老了，终于可以施展身手大干一场，想想就激动。"

柳小红突然想起什么似的问："景辉工作的事，还没动静吗？一个大小伙子，老在家里待着也不是个事。"

刘喜宝也为徐景辉的事发愁。徐景辉是初中文化，准确地说是初中肄业，找工作高不成低不就。

前一阵子，招工名单下来了，街道给徐景辉安排了环卫工作。柳小红知道后，连徐景辉都没告诉，直接回绝了。

私下里，刘喜宝数落柳小红："革命工作分工不同，环卫工人怎么就不能干了？"

柳小红说："我不是看不起环卫工人，就是觉得景辉去扫大街，鲁黔面子上过不去，也让我们愧对景辉。"

刘喜宝说："我看是你怕自己面上不好看吧？"

柳小红自知理亏，敷衍说："再等等，这批不合适等下批。反正景辉刚来，也好让他熟悉熟悉北京的环境。"

这样，徐景辉工作的事就耽搁了下来。

刘喜宝上任后还是天天下基层，出差的时间比在家多。

平日里，刘鲁黔白天去读书，徐景辉没事做，就帮着清洁工扫院子。徐景辉跟清洁工有说有笑地干着活儿，恰好被买菜回来的柳小红看到。柳小红觉得没面子，又怕伤了徐景辉的自尊不好当面阻止，笑了笑走过去。刘喜宝出差回来，柳小红就又催他赶紧给徐景辉找工作，还说了徐景辉帮清洁工扫院子的事，她觉得很没面子。

不料，岳父岳母的谈话被徐景辉听到了。他十分郁闷，漫无目的地走在大街上。走着走着，徐景辉意外发现帮人卸车能挣钱，不想吃闲饭，他就干上了装卸工。徐景辉想，反正自己是在外边干活儿，岳父岳母不会看到，不会觉得没面子。

一天晚上，刘鲁黔回来后脸上就带着神秘的笑。吃完饭回到两人的卧室，刘鲁黔伸手从挂在衣架上的外套里掏钱，里面有10张10元的。

刘鲁黔一边往外掏钱一边对徐景辉说："有好事！"

掏着掏着，刘鲁黔发现口袋里原本的100元变成了130元，多了3张10元的。

刘鲁黔问："这3张哪来的？"

徐景辉不说钱是哪来的，只是说："你留着花。"

刘鲁黔把自己那一沓10张10元的数出5张递给徐景辉，说："见面分半。"

徐景辉说："这么多，哪来的？"

刘鲁黔说："一篇论文获奖了，奖金。"

徐景辉羡慕地说："有文化真好，还能挣奖金。"

刘鲁黔又问徐景辉："这30块哪来的？"

徐景辉如实回答："出去帮人搬东西挣的。"

刘鲁黔安慰徐景辉："不用出去帮人搬东西，就在家好好待着，等有了工作就去上班。"

徐景辉说："北京真好，干活儿就能挣钱。"

刘鲁黔说："北京好吧，当初让你来你还死活不肯。"

徐景辉说："我是怕拖累你。"

刘鲁黔用开玩笑的口气说："不会的，我看好你。"

刘鲁黔顺便告诉徐景辉一件事，周末有个同学会，大家都带着另一半，让他准备准备到时候一起去。

聚会的日子到了，徐景辉很上心地准备了，换上了最新的衣服，把一双平日里不穿的皮鞋也拿出来换上，刮了胡子，打了发蜡。经过一通准备，徐景辉更是显得一表人才。

徐景辉还是给刘鲁黔丢了面子。席间大家突然话锋一转，谈起了莎士比亚。一个喜欢文学的女同学先开头，问大家最喜欢的作家是谁。有人说喜欢张三，有人说喜欢李四，有个同学说喜欢莎士比亚，还说最喜欢他的《哈姆雷特》。

大家纷纷说着喜欢莎士比亚哪部作品。有个女同学兴致勃勃地问徐景辉："你喜欢莎士比亚哪部作品？"

徐景辉问："莎士比亚是谁？"

大家大笑起来，想起徐景辉的情况，觉得不妥，又戛然止住了笑。

为了缓解尴尬，几个人赶紧找话题岔开，不料同时开口，一时间，气氛越加尴尬起来。

徐景辉并不觉得尴尬，他觉得知道就是知道，不知道就是不知道，没什么不好意思的。但他心里也不舒服，这不舒服源自内疚，是因刘鲁黔的尴尬而产生的。

聚会结束后回到家里，两个人都不说话。躺下之后，徐景辉像以往那样把一只手搭在刘鲁黔的身上，刘鲁黔马上闪开了，嘴里咕噜了一句："像个锉刀。"

关了灯，四周很静，像是要窒息的感觉。这是两人自结婚以来第一次有这种感觉。

第二天吃过早饭，徐景辉又要出门去当临时装卸工。走在半路上，他伸出双手端详着。快到火车站时，他停下来，拐进另一条街。

眼前是一条商业街，四处都是摆摊的，卖什么的都有。徐景辉心头顿时涌上一股亲近感。在老家，每隔5天他就会去县上赶一趟集。他把家里的特产拿去卖，再买回来一些生活必需品。

结婚后，每次去赶集，他都会给刘鲁黔买一件礼物。要么是雪花膏，要么是发卡，要么是好吃的。每次拿到礼物，刘鲁黔都十分欣喜。

徐景辉在一个卖睡衣的摊位前停下了。他给刘鲁黔买了一件连衣裙款式的睡衣，塞进背包里。走着走着，徐景辉又在一个卖"回力"鞋的摊位前停下了。这种"回力"鞋在老家格外受欢迎，跟脚，耐穿，还好看。

要是在老家的集市上，他肯定会给刘鲁黔买一双，再咬咬牙，也会给母亲和自己买一双。现如今，母亲已经过世，他和刘鲁黔也来到了北京，这种特别适合走山路的"回力"鞋用不大上了。

就在徐景辉要离开的时候，一个和他年纪差不多的年轻人走过来，对着卖鞋的中年妇女说："马姐，再给我拿60双。"

卖鞋的妇女忙得不行，对那小伙子说："要什么码，自己拿，拿完我再数。"

那年轻人说一声"好嘞"，就蹲下身子从箱子里朝外拿鞋。

徐景辉帮他拿："这鞋好卖？"

年轻人说:"好卖!一天一趟郊区,每次都卖光!"

徐景辉问:"郊区?"

年轻人听出了徐景辉的西川口音,一问,果然是西川省的,顿时现出惊喜的神情。

年轻人叫亮子,是北京城里的待业青年,前几年去西川省下过乡,回来没事做就倒腾起了小生意。亮子是个热心肠,见徐景辉好奇,就向他普及起了生意经。原来,亮子每天在这里批发鞋子拿去郊区的集市上卖。亮子说,在郊区,"回力"鞋是抢手货,好卖。批发一双7块,集市上一双涨1块卖出去,一天就是60块,玩儿似的。亮子说,他不想背太多,沉。其实,就是一天200双,照样能卖出去。

徐景辉在脑子里飞快地算着一笔账:一天200双,就是200块。这钱挣得太容易了。

这时,亮子似乎看出了徐景辉的心思,问道:"想不想跟我一块儿干?"

徐景辉想都没想说:"行!"

于是,亮子掏出一沓10元的钞票,对那中年妇女说:"再来100双!"

徐景辉有劲,100双鞋他一个人就拿了,整整两大蛇皮袋。

郊区的集市,不远处就有青山。徐景辉找到了感觉,他恣意地叫卖着,感到从没有过的放松和自在。

亮子没有亏待徐景辉,晚上在回城的公交车上数给他80块钱,利润的一半。徐景辉说,给他50就行。亮子不干,说:"没你帮我扛鞋,我一天只能挣60。"

徐景辉没再推辞,把钱收下了。下车分手的时候,两人约好了第二天继续。见面的地点也约好了,就在批发鞋子的摊位前。

离开亮子之后,走在回家的路上,徐景辉觉得神清气爽,是来北京后从没有过的轻松和喜悦。

晚上，徐景辉把睡衣从包里拿出来递给刘鲁黔。刘鲁黔脸上没现出多少喜色，只淡淡地说了句："放一边吧。"

事情急转直下是因为一片药。

徐景辉和亮子的卖鞋生意做得风生水起。几个月后的一天晚上，徐景辉拿出在集市上给刘鲁黔买的香水。香水不便宜，上海产的，砍了半天价花了11块钱。

刘鲁黔还是爱搭不理的样子，拿在手里摇晃了几下说："你又不是不知道，我不喜欢用这些东西。"说完，就放在了窗台上。

徐景辉卖鞋的事，刘鲁黔一直不知道，她以为徐景辉还在做装卸工。

刘鲁黔眼睛看着别处说："不是告诉你，别再出去干活儿了吗？"

徐景辉觉出一种冷。

睡觉之前，徐景辉发现刘鲁黔遮遮掩掩地吃了一片药，就关切地问："你病了？"

刘鲁黔敷衍地说："没有。"

看到刘鲁黔像是在刻意隐藏小药瓶，小药瓶的样子有几分熟悉，徐景辉一下子明白过来，刘鲁黔是在吃避孕药。

徐景辉想起了上次刘鲁黔吃避孕药的事。那还是刘鲁黔准备考大学时，怕怀孕耽误考试，他们就去县里的医院开了避孕药。徐景辉母亲知道后，坚决反对。自从徐景辉与刘鲁黔结婚，老太太就盼着早日抱孙子，但不顺利，刘鲁黔两次怀孕都因为下地干活儿小产了。医生说一定要注意，再流产就很难保住胎了。

一个早晨，徐景辉准备早饭时，母亲在灶房里叮嘱他："别让鲁黔吃那个药，有了孩子才能拴住她，一定要快些生个孩子。"

徐景辉说："妈，我不想耽误她，鲁黔挺不容易的。"

母亲说："她考上大学走了，不容易的就是你了。"

徐景辉说："那我也不能拖累她。"

母亲说："你这个傻孩子。"

看到徐景辉失望的神情，刘鲁黔心里一颤。她想起了备考时吃避孕药的事。其实，那个早晨婆婆和徐景辉的对话她听到了。那些日子，她没日没夜地复习，深更半夜才休息，早晨起不来床。每天早晨，徐景辉都做好了饭等着。那天早晨，她醒来刚出房门，就听到了徐景辉与婆婆的对话。

当时，她眼里落下了两滴晶莹的泪水。那是感动的泪水，也是感激的泪水。从那一刻起，她就下定决心，这辈子都不能辜负这个男人。时过境迁，她也不明白来到北京后的这几个月，心里怎么就起了微妙的变化。但一切又是在不知不觉中发生的。直到刚刚看到徐景辉失望的神色，她才意识到自己太过残忍。

刘鲁黔想说些安慰徐景辉的话，却一时无法张口。从道理上讲，她知道徐景辉是没有错的，不知道莎士比亚不是他的错，出去干点儿粗活儿挣钱也不是他的错。但与周围的女同学一比，她心里的不舒服就出来了。她希望自己的丈夫知道莎士比亚是谁，更希望自己的丈夫有一份体面的工作。所有这些不如意堆积起来，就让她不那么想要孩子了。

徐景辉先躺下，脸转向了床的外侧。刘鲁黔也躺下了，脸转向床的另一侧。两个人都很安静，背靠背。

在这个漫长的夜里，徐景辉做出了选择。他要离开这里，回老家西川省。虽然母亲已经故去，但那里是他的老家，回去后他依然会生活得很好。

眼前闪过母亲去世时的情景。刘鲁黔接到录取通知书后，母亲突然因心脏病去世。母亲像是早就预见了这个结果，临终时叮嘱他，不管去了哪里，待不下去就回来，回到咱塔村来。

第二天上午，徐景辉和亮子告别。亮子不解，努力挽留他。徐景辉不想多加解释，只是说要回去了，必须回去，再也不回来了。

回到家之后，徐景辉就开始收拾东西，他打算直接去火车站买票，赶一天一趟的夜间车回西川省。出门的时候，想起不辞而别不太好，于是找了纸笔写了张字条放在桌子上。岳父出差了，岳母也不在，刘鲁黔当然是在学校里。家中空无一人，也省去了告别的尴尬。

写完字条，徐景辉又看了一遍，对于上面简单的告别语还是满意的。字条上写着："爸、妈、鲁黔，原谅我不辞而别。事实证明，我和鲁黔是不合适的，我配不上鲁黔。我走了，离婚手续可以随时办理。景辉。"

往外走的时候，徐景辉心里一阵酸楚，走到门口又回头环视了一圈屋子。最终，他毅然走出门去。

来到火车站，徐景辉挤到售票口买了车票。卧铺没了，就买了硬座票。他心想，硬座票挺好的，省钱。

徐景辉拿着火车票看了看，见距离开车还有 3 个多小时，就冒出了一个想法，去批发几十双"回力"鞋带到老家的集市上卖，一定赚钱。想到这里，徐景辉就去了那条商业街，一下子买了 100 双"回力"鞋。

徐景辉批发"回力"鞋时，刘喜宝回家了。他刚说让司机回去，就看到了桌上的字条。看过字条，他忙叫住司机，让司机赶紧拉他去火车站。

到了火车站，得知一天一趟开往西川省的火车还有两个多小时才开，他直接去了候车室。在候车室里转了一大圈，没有找到徐景辉。刘喜宝估摸着徐景辉一定是出去转悠了，就回到进站口等。

距离开车还有一个多小时的时候，徐景辉肩上扛着蛇皮袋，手里拎着大箱子走了过来。

来到进站口，看到刘喜宝，徐景辉一下子站住了。他迟疑地问："爸，您怎么来了？"

刘喜宝说："跟我回家去。"

徐景辉说："爸，不了，我票都买好了，一会儿就要开车了。"说着，徐景辉就要往里走。

刘喜宝说："不急，不是还有一个多小时吗？咱俩先找个地儿聊聊。"

徐景辉有些为难。

刘喜宝又说："给我半小时好不好？这点儿面子都不给？"

徐景辉说："爸，我是不想再拖累鲁黔。"

刘喜宝说："不是谁拖累谁的问题，是你当不当逃兵的问题！你就想这样当个逃兵一走了之？"

火车站旁边的一个面馆里，刘喜宝与徐景辉交谈着。

刘喜宝说："先告诉我，你还爱不爱鲁黔？是不是嫌弃她了？"

徐景辉说："爸，您知道的，是我配不上鲁黔。她有文化，我没文化，她是个大学生，有着大好的前途，而我——"

刘喜宝说："所以，你就打了退堂鼓，不辞而别？你知道这一走意味着什么吗？"

徐景辉茫然地看着刘喜宝。

刘喜宝接着说："你这一走倒是解气，也轻松了，但你想过没有，这样一来，就把鲁黔置于了不仁不义的境地，也把我老刘置于了不仁不义的境地。你是对鲁黔有恩的人哪，她最落魄的时候，你帮了她，娶了她，给她保护和支持，可是如今她进城了，上了大学，却无情无义地把丈夫给甩了！"

徐景辉辩解："不是这样的，是我自己想走的。"

刘喜宝说："是你自己想走不假，那我问你，为什么要走？你和鲁黔之间发生了什么？"

徐景辉不正面回答。

刘喜宝又说："夫妻之间有点儿矛盾很正常，一点儿矛盾就要离婚当逃兵，那日子还怎么过！以后遇上点儿困难你都逃避？"

徐景辉还是那句话："是我配不上鲁黔。"

刘喜宝问："哪里配不上了？就因为她是大学生你不是？现在学文化有多种渠道，电大、夜校都可以。"

徐景辉的眼睛一下子就亮了："电大？夜校？"

接下来，徐景辉似是看到了某种希望，他急切地向刘喜宝咨询起上电大和夜校的事情。正好刘喜宝的司机小伍刚上了夜校，刘喜宝就让小伍给徐景辉讲了讲怎么报考。

费了九牛二虎之力，刘喜宝总算把徐景辉劝了回来。

快到家时，刘喜宝叮嘱徐景辉就跟平时一样回家，不要提火车站的事，剩下的事情他来解决。徐景辉点头答应了。

刘喜宝问起那袋"回力"鞋的事，徐景辉没瞒着他，把这段时间与亮子一起卖鞋的事说了。刘喜宝不但没生气，还夸奖了他，说他走在了市场经济的前列。徐景辉感受到从没有过的温暖。有一个这么通情达理的岳父，他不应该草率地打退堂鼓。

晚上，趁徐景辉去见亮子，刘喜宝找刘鲁黔谈话。对刘鲁黔，刘喜宝没有客气，把徐景辉留的字条拍到她面前。

刘喜宝说："你对人家究竟还有没有感情？如果没了感情，就不要耽误人家。要不是我拦着，这会儿景辉就在火车上了！"

刘鲁黔和柳小红这才知道白天发生的事。

柳小红说："这孩子，怎么说走就走，多亏让你看到给拦住了。"

刘喜宝对刘鲁黔说："一个人找爱人什么最重要？人品。要是人品立不住，学问再高也没用。景辉多好的孩子，这样的人你要是守不住，以后会后悔的。感情终究是两个人的事情，你自己考虑好，该怎么对待人家。你要是也想离婚，人家景辉不会死乞白赖缠着你。"

说完，刘喜宝就先走了出去。

柳小红说："你爸说得对，找男人，人品最重要。"

刘鲁黔说："我也没想和他离婚哪！"

柳小红说："既然你不想离，那就好好过日子。"

几天后，街道办来了通知，徐景辉被安排到辖区内一所大学做后勤工作。徐景辉喜欢上摆摊了，不想去做后勤，此事又引起一阵波澜。柳小红希望徐景辉去大学上班，这是给国家干活儿，刘喜宝却支持徐景辉单干，说这是市场经济的大趋势。

刘鲁黔表示，尊重徐景辉的选择。

就这样，徐景辉光明正大地当起了个体户。

徐景辉报了夜校，从高中课程学起，有不会的就虚心向刘鲁黔请教，小两口又是有说有笑的了。

攒了些钱，徐景辉就和亮子合伙在西单开了一家服装店，又卖鞋又卖衣服。

拿到高中毕业证那天，徐景辉送给全家一人一套西装。饭桌上，徐景辉表示要接着读成人大学。

一天，刘鲁黔把一张化验单递给徐景辉。徐景辉一看，顿时乐了，刘鲁黔怀孕了。得知自己就要当父亲了，徐景辉十分兴奋。他已考上了广播电视大学，得知这个喜讯，当即找出书来，要给刘鲁黔肚子里的孩子朗诵莎士比亚剧本。

刘鲁黔笑得前仰后合，说徐景辉中了莎士比亚的毒。

十二

院子里的牡丹花盛开的时候，柳小红接到了曾美锦打来的电话。

曾美锦上来就说："猜猜谁来北京了？"

柳小红笑着说："还用猜呀？"

曾美锦在电话那头哈哈大笑。

那头的电话早已经让杨春桃抢了过去："小红，我好不容易来一次北京，快点儿让你家刘喜宝请客！"

柳小红笑说："那是必须的！"

刘喜宝请大家吃的是全聚德烤鸭。

几个老战友，似是有着说不完的话。话题不是曹泽，就是西川省，不是红三村，就是五道水。

原来，杨春桃退休了，回到曹泽定居。

杨春桃告诉大家，她回曹泽两个多月了，到处转了转，总体感受是老百姓的生活还是不富裕。

曾美锦调侃刘喜宝："刘部长，这是民声，您可要牢记在心头！"

杨春桃又说起弟弟，她从包里拿出一封弟弟杨春兴辗转从美国寄来的信。弟弟在台湾，不光活着，还开办了实业，成为一家大酒店的董事长。大陆早就欢迎老兵回来探亲了，但台湾还是没有放开，这么多年没见，也不知道弟弟变成了什么样子。

说着说着，杨春桃就哭了。

"我这辈子还能再见到他吗？"杨春桃突然抬起头问大家。

刘喜宝说："回家的路是挡不住的，春兴迟早能回家，台湾也迟早要回家。"

吃完饭，柳小红和曾美锦问杨春桃想去哪里玩，杨春桃想都不想地说："天安门！"

这是杨春桃第一次来天安门广场。她激动地迈着夸张的大步在广场上走着。走着走着，杨春桃不由自主地唱起了《革命人永远是年轻》。

唱着唱着，杨春桃拉着柳小红和曾美锦的手说："天凯要是活着就好了。"

像是为了冲散杨春桃心中那份思念徐天凯的悲凉，刘喜宝、柳小红和曾美锦也跟着唱起来。

几个年轻人从他们身边走过，看到鬓角花白的老人如此忘情地边走边唱，都驻足用好奇的眼神看着他们。

"革命人永远是年轻……"几个人还在不停地走着，唱着，眼里泛起泪花。

晚上回到家，柳小红在卧室里一边梳理着已经有些花白的头发，一边对刘喜宝发着感慨："一转眼就一把年纪了，这人生可真是不扛过。"

虽是嘴上没说，但整个晚上，刘喜宝眼前都晃动着徐天凯的身影，此时他也忍不住感叹："要是天凯活着就好了。"

柳小红说："可惜他走了，没看到现在的改革开放。"

柳小红突然笑起来。刘喜宝问她笑什么，柳小红说："刚才在广场上，你可真不像个部长的样子。"

刘喜宝说："部长应该啥样儿？迈着四方步？板着脸？端着架子？"

柳小红又笑，说："我看你就像个红三村的农民！"

刘喜宝哈哈大笑起来，说："这是对我最大的褒奖，我就是个牡丹花农。"

一看墙上的挂钟，柳小红忙说："赶紧睡吧，明天你不是要早起出差去东北吗？"

傍晚，曹泽红三村大队部门口的石阶上，马三爷正端着碗吃饭。忽然，广播里的新闻节目中传来一段话："……副部长刘喜宝率队到国家商品粮基地三江平原走村串户考察……"

国成和国华听到这个新闻，端着碗出来了。国成一副学武的打扮，一身宽松的中式白褂黑裤，怀里还抱着不到一岁的女儿明荣。国华穿一身旧军装，退伍回来当上生产队小队长的他对马三爷说："刘书记上新闻了！"

不管什么时候，也不管刘喜宝换了什么职务，红三村的男女老少还是习惯称呼刘喜宝为"刘书记"。在村民眼里，他永远都是当年那个刘书记。

国成说："刘书记现在是北京的大官了！"

马三爷把明荣接过来抱在怀里，一边给她喂饭一边逗着玩："明荣呀，要不要和你爹一样，将来拜我做师傅，爷爷教你武术？"

不料，明荣哇哇哭起来，马三爷赶忙笑着说："不学，不学，咱不学。"

明荣果然不哭了。

马三爷似是想起什么，对国成和国华说："要是明荣她爷爷大盛活着就好了，知道喜宝进京当了官，一准儿会高兴得满村哇啦哇啦做宣传。"

不一会儿，大队部门口就站满了人，大家热烈地谈论着刘喜宝。

国华对马三爷说："刘书记再回来可就难了，进了北京城，官大了，也更忙了。"

马三爷沉吟片刻说："不管走到哪里，咱红三村都是他的老根。"

就在红三村的老百姓为刘喜宝在北京当上副部长自豪时，在泽县检察院当检察官的刘阳正陶醉在刚当上父亲的喜悦中。

医院里，产房中传来一声嘹亮的婴儿啼哭声，门外的张桂之激动地对刘阳说："听这大嗓门儿，一准儿是个大胖小子！"

话音未落，护士走出来通报："是个男孩。"

张桂之笑着说："我没猜错吧！快给北京的刘书记写信，他不知会有多高兴！"

刘阳说："娘，我晚上就写。"

北京，出差回来的刘喜宝一进门，柳小红就拿着信高兴地向他报告好消息。得知刘阳生了儿子，刘喜宝十分兴奋。

柳小红说："刘海在西川生了女儿，刘阳又生了儿子，鲁黔也怀孕了，咱们家真是人丁兴旺。"

柳小红约刘喜宝去曹泽看孙子。话音未落，电话铃声就响起来。是秘书打来的，告知刘喜宝明天参加一个紧急会议。

刘喜宝说："你看看，我哪有时间去看孙子，还是你先代表我去吧！"

柳小红说："我先去，小心孙子将来不认你！"

第二天上午，柳小红就大包小包地登上了开往曹泽的火车。

与此同时，刘喜宝来到了单位。听说有紧急会议，他来得比平时早一些。刚进办公室，外面就有人敲门，进来的是关副部长。关副部长是部里的老人了，还是处级干部时就到了部里，在部里待了快20年。关副部长与刘喜宝同龄，都60出头的年纪。

刘喜宝问关副部长："听说今天有紧急会议？"

关副部长关上门："找你就是说这事。"

刘喜宝发现关副部长的表情与平时不太一样，意识到会议的重要性，于是问："什么会？"

关副部长说："号召我们这些老家伙退居二线。"

刘喜宝定定地看着关副部长："退居二线？"

关副部长说："就是主动从领导岗位下来，把位子让给年轻人，60 岁是条硬杠杠。"

关副部长还说："别的部有的已经传达了，这是改革的新举措。"

进了会议室，刘喜宝发现来开会的都是老同志，主持会议的是部长，发言介绍会议精神的是人事部门的局长。

会议内容果然与关副部长说的一样，号召老同志退居二线，60 岁是个硬杠杠。

这是一个新问题。之前，刘喜宝从没想过退休的事。特别是调到北京这几年，整天忙工作，更是没时间去想这个问题。

如今，组织上倡导老同志退居二线，还真是有点儿不适应。

寂静的深夜，想着以后再也不用上班忙工作了，刘喜宝不由得有些失落。

思绪一下子就回到了青年时代。记得 17 岁入党宣誓那天，周田民老师对他说："从今天开始，你的生命就属于党了，只要还活着，就要为党的事业而奋斗。"

时光荏苒，转眼间竟然过去了这么多年。如今都该退休了，还真有些不适应。刘喜宝失眠了。他想，组织的要求要服从，于是提起笔来写离休申请。刚在纸上写下"离休申请"四个字，就再也写不下去了。他无法想象以后不工作的日子该怎么度过。

早晨起来的时候，刘喜宝觉得有点儿头晕目眩，下床时竟然趔趄了几步，差点儿摔倒。这一幕正好被刘鲁黔看到，她忙上前扶住父亲。刘鲁黔和徐景辉把刘喜宝送到医院，一测血压，高压已经到了 180。医生赶忙开了住院单。就这样，刘喜宝住进了医院。

柳小红赶到曹泽城里刘阳家的时候已是傍晚。进了门，柳小红就抱起孙子使劲儿亲。刚出院躺在床上的刘阳媳妇海棠问婆婆："妈，爸给起的名是啥？"

柳小红这才想起，忙说："刘书岩，岩石的岩。"

身为中学老师的海棠忍不住说："岩，高峻悬崖上的石头，很坚强。"

刘阳走了过来。柳小红说："你爸翻了半晚上字典起的。"

张桂之逗着柳小红怀里的孩子说："刘书岩，刘书岩！"

张桂之问："刘书记怎么不回来看看孙子？"

柳小红说："你还不知道他？工作就是他的命，整天除了忙工作就是忙工作。"

张桂之几次想把孩子接过去，柳小红都不舍得给。张桂之问："你就不累？"

柳小红笑着说："抱孙子不累！"

几个人一齐笑起来。

第二天下午，柳小红和张桂之正在厨房里给海棠炖鸡汤，刘阳急匆匆地进了门。

刘阳手里拿着一份电报，递给柳小红："妈，鲁黔发来的电报，我爸病了。"

柳小红一下子愣在了原地："你爸病了？"

刘阳点点头。

柳小红不解："怎么说病就病了？我出门的时候还好好的。"

刘阳说："妈，您先别着急，要不我去一趟北京看看。"

柳小红说："不行，我得回去。"

就这样，柳小红刚到曹泽，第二天就匆匆返京。刘阳不放心，跟着母亲到北京，把正在坐月子的海棠交给了张桂之。

柳小红和刘阳在刘鲁黔带领下来到医院的时候，刘喜宝正无精打采地躺在病床上。看到柳小红来了，刘喜宝的病好像更重了，闭上眼再也不肯睁开，任凭柳小红怎么呼唤，都毫无反应。

这时，徐景辉来了。新开了一家饭店的徐景辉拿出店里厨师精心炖的参汤。刘喜宝还是无动于衷。大家心急如焚。

柳小红去找医生打听病情，医生欲言又止，这越发让柳小红心情忐忑。她猜测刘喜宝八成是得了不治之症，不由得黯然神伤。

柳小红想起刘喜宝得肺结核那次，住院两年多才好，这次要是得了不治之症，一准儿没救了。想着想着，柳小红悲从中来，眼泪不由自主流下来。

她含着泪对一直闭着眼的刘喜宝说："不用怕，不管是什么病，我都陪着你。"

刘鲁黔把柳小红拉到病房外边："妈，您瞎说什么，我爸就是高血压，您可别想多了。"

柳小红说："高血压能把他吓成这样吗？他得肺结核那次，一直说说笑笑的，这次他整个人都垮了。医生说话也是吞吞吐吐、遮遮掩掩，你们不用再瞒我了。"

柳小红认准老伴儿得了不治之症。她也急病了，血压升高，不思茶饭。一看父母都病了，刘鲁黔可急坏了。她找到医生刨根问底，父亲究竟是得了什么不治之症。医生却说，就是高血压，你们想想老爷子最近是不是有什么不高兴的事？

刘鲁黔回到家，把医生的话告诉母亲，又问父亲最近有什么心事。柳小红左思右想想不出来。两人正说着，就看到电视里正播放一则新闻，中央提倡年满60岁的老同志退居二线。

柳小红来到书房，无意间看到写字台上刘喜宝写下了"离休申请"四个字的纸张。

联想到刚才看到的新闻，柳小红一下子明白了刘喜宝生病的原因。她告诉刘鲁黔："放心吧，你爸的病因我找到了，他会好的。"

柳小红的病立刻好了，她带着炖好的鸡汤兴冲冲来到医院。

刘喜宝见柳小红来了，还是躺在床上闭着眼不动。柳小红就附在他耳边说："长江后浪推前浪，一代新人胜前人，这话谁说的来着？"

刘喜宝像是被人窥到了内心的隐秘，顿时不好意思起来，睁开眼说："你这话什么意思？"

柳小红又说："退就退呗，我不相信你会在这件事上想不开。"

刘喜宝更加不好意思，坐起来辩解："谁想不开了？"

柳小红盛了一小碗鸡汤端给刘喜宝，开玩笑说："我知道，谁想不开也不会是你想不开。你最擅长的就是替人解思想上的疙瘩，这个小疙瘩你不会解不开。"

刘喜宝不肯承认自己思想上有小疙瘩，遮掩说："这鸡汤不错，再给我来一碗。"

柳小红笑着说："这就对啦，老头子！"

三天后，刘喜宝把一份离休申请报告提交给部里的人事局。刘喜宝表示，长江后浪推前浪，一浪更比一浪强，他响应号召把位子让给年轻人。

十三

第一个不上班的日子，刘喜宝过得很是滋润。不用早起，吃完饭就看电视，到了傍晚，柳小红早早地拉着他出去散步。

第二天，刘喜宝就觉得日子这么过没意思，吃过早饭，柳小红刚把电视打开，刘喜宝就起身出去了。

柳小红问："你去哪里？"

刘喜宝说："我出去溜达溜达。"

刘喜宝来到女婿徐景辉的饭店。徐景辉受宠若惊，专门派了个服务员陪他。吃饭的时候，更是七碗八碟的不敢怠慢，又是海参又是鲍鱼。刘喜宝不自在，去了一天，第二天就不去了。

第三天，院里的老李邀他去钓鱼，刘喜宝觉得这事能干，修身养性，有收获有乐趣，于是爽快地答应了。到了晚上，刘喜宝满载而归，带回来十几条肥肥胖胖的大鲤鱼。柳小红高高兴兴地收拾鱼，刘喜宝却在一边板着脸高兴不起来。柳小红问他怎么了，刘喜宝说："你看这鱼，长得像是一个模子里刻出来的。"

柳小红说："这不挺好吗？一条条齐刷刷地又肥又大。"

刘喜宝说："人工养殖的，放到鱼池里，没意思！"

柳小红这才明白过来，出主意说："那你不去鱼池，直接去河里钓不就得了？"

刘喜宝突然说："我想回曹泽。"

柳小红问："去带孙子？"

刘喜宝答："对，回去带孙子！"

柳小红哈哈大笑，边笑边说："太好了，正合我意！"

柳小红把这个决定告诉了刘鲁黔和徐景辉，小两口十分赞同，帮父母收拾东西，把他们送上了回曹泽的火车。

到了曹泽，刘阳把刘喜宝和柳小红接到家里。海棠早已为他们收拾好了一间屋子。柳小红抱着孙子刘书岩又是一通亲。刘喜宝也欢喜得不行，把孙子抱在怀里左端详右端详，最后得出一个结论，孙子长了一对祖传的刘家大耳朵，一家人哈哈大笑。这一句"大耳朵"，让张桂之想起当年刘喜宝和柳小红南下时带走烈士的儿子刘海，把刘阳放在红三村的往事，大家忍不住又感慨唏嘘一番。

吃完晚饭，刘阳陪着刘喜宝和柳小红出去散步。漫步在曹泽牡丹大街上，刘喜宝感慨万千。自家以前的老宅，现在是一家国营百货商店，有很多顾客进进出出。

刘阳对父亲说："爸，反正有的是时间，以后多出来转转，咱曹泽这些年变化挺大的。"

不知不觉中，他们来到了牡丹门楼下。夕阳西下，刘喜宝触摸着门楼上一朵朵石刻的牡丹花，许多往事浮上心头。刘喜宝想到了父亲，想到了催花，想到了三棵树的那片牡丹地。

本来，刘喜宝计划过几天再去红三村看望马三爷和乡亲们，但此刻，他仿佛被一股无形的力量催促着，恨不能马上就回到村里。

他对身边的刘阳和柳小红说："明天我想回红三村看看。"

听说刘喜宝第二天就要回红三村，柳小红与他产生了意见分歧。她把刘喜宝拉到一边，悄悄数落："说来看孙子，才刚来就要回村里，你让刘阳、海棠怎么想？"

坐在牡丹门楼附近小公园的椅子上，刘喜宝让柳小红闭上眼。柳小红照做了。刘喜宝问她有什么感觉。没等柳小红回答，刘喜宝就说："你有没有觉得，打仗那会儿的事就跟发生在昨天似的。"

柳小红感慨："时间过得真快，一转眼大半辈子就过去了。"

两个人说起战争年代那些事，刘喜宝喃喃低语："阔别几十年，总觉得我们该为这片土地再做些什么。"

柳小红说："我理解你。"

刘喜宝笑着问："同意了？"

柳小红说："我还不知道你？同意不同意你还不是都要去。"

刘喜宝骑着自行车回到红三村。

早晨吃完饭，刘喜宝就收拾了简单的行李绑在自行车后座上。刘阳不肯让父亲骑自行车，说去单位找个车送父亲。不料，刘阳刚出门，刘喜宝就推着自行车出了门。等刘阳找了车回来，刘喜宝早已不见踪影。他只好让司机回去，自己骑上自行车去追父亲。

刘阳追上刘喜宝，见父亲正默默地站在三棵树那片牡丹花地里。

刘喜宝的思绪早已回到了过去，一幕幕往事像过电影一样浮现在眼前。看到刘阳来了，刘喜宝问他："你知道催花吗？"

刘阳说："听说过，那是老辈人的手艺。"

刘喜宝一回到红三村，就有许多乡亲来看望他。得知这次刘喜宝要在红三村长住，乡亲们大吃一惊。几个乡亲悄悄议论："是不是刘书记犯了什么错？好好的京官怎么说不当就不当了？"

马三爷把这话听到了耳朵里，等来看望的乡亲们走了后，马三爷把刘喜宝拉进屋里问："你没事吧？怎么说退就退了？"

刘喜宝说："年龄到了，组织上提倡老同志退居二线，我不带头谁带头？"

搞清楚了状况，马三爷支持刘喜宝的选择。

刘喜宝回到红三村的事情很快传开，地县两级领导得知当年的老革命回乡，让牡丹镇镇长葛洪洲带路来红三村看望。当地领导告诉刘喜宝，生活上有什么困难尽管开口。刘喜宝说自己就是一个退休老头儿，让他们赶紧回去忙工作。

地县两级领导走了之后，刘喜宝叮嘱乡亲们，以后他回家的事不要告诉领导。这里是他的家，如今退休了，肯定会经常回来，不能每次回来都麻烦领导。如果再把他回家的事情告诉领导，他以后就不敢回来了。

乡亲们知道刘喜宝不搞官架子那一套，纷纷答应。

吃过中午饭，刘喜宝把刘阳打发走，与马三爷聊起天来。

两人想到一块儿了。改革开放后，提倡搞市场经济，曹泽祖辈相传的牡丹催花技术到了启动的时候了。

正聊着，国成、国华两兄弟来了。听说要催花，村支部副书记国华一下子来了精神，他说牡丹镇镇长葛洪洲前几天还过问这事，正琢磨着怎么张罗呢。

国华把这一情况向葛洪洲做了汇报。葛镇长听说老革命刘喜宝对催花这事很上心，迫不及待地到红三村拜访刘喜宝。葛镇长和刘喜宝谈了他的规划和思路。牡丹花是曹泽的地方特色花卉，催花是几百年前就有的技术，这些年没搞。乘着改革开放的东风，现在正好重整旗鼓，把这项技术发展起来。

遇到了知音，刘喜宝喜不自禁。他告诉葛镇长，自己祖祖辈辈是花农，如今他退休了，会和红三村的乡亲们一起把催花这门技术捡起来，让乡亲们过上好日子。

葛镇长回去后就给县里写了材料，把红三村要恢复催花的事向上级做了汇报。很快就有了回音，葛镇长来红三村传达好消息。地县两级领导对此事大力支持，为了发展地方特色经济，还专门调拨一台"东风"车，用作交通工具。

说干就干，在刘喜宝的召集下，红三村的一支催花小分队建立起来了。

困难也来了，催花已经几十年没搞了，村里那几个有名的老花农相继去世，只剩下一个老高头。老高头去年患上脑血栓，记忆力和表达能力都受到了影响。年轻人中除了以前跟着老花农学过种植牡丹的国华之外，都不太懂技术。对于去南方催花，大家更是只听说过，没有亲自干过。

"怎么办？"刘喜宝看着马三爷问。

马三爷脑子转了几转，有些为难地说："我倒是想起一个人，就是不知道人家来不来。"

"谁？"刘喜宝忙问。

马三爷说："秀泽。"

刘喜宝又问："秀泽？"

话刚出口，刘喜宝就想起了秀泽是谁，忙问马三爷："您说的是不是王东明的儿子王秀泽？"

马三爷点点头，说："秀泽是个聪明的后生，来曹泽下乡的几年里对牡丹种植特别上心，跟着当时还在世的老花农学了不少手艺，可惜前年他随着知青返城回西川省了。"

刘喜宝提议："可不可以把秀泽请回来？"

马三爷摇摇头说："人家是吃商品粮的，回去都安排了工作，来咱这里当农民，人家准不乐意。"

这的确是个问题，刘喜宝沉默了。

睡到半夜，刘喜宝突然想到一个方法。他爬起来走到马三爷的房间，对他说："马三爷，有办法啦！"

马三爷睡眼惺忪地坐起来："啥事有办法了？"

刘喜宝说："秀泽的事有办法了。"

"啥办法？"

刘喜宝按捺不住内心的激动："引进人才，迁户口，让他到这里也吃商品粮。"

马三爷沉吟片刻："那倒是好，这事好办吗？"

刘喜宝说："我相信咱曹泽市里和县里的领导有这个眼光。"

马三爷又说："那也得先问问秀泽愿不愿意来。"

刘喜宝说："那是当然。"

刘喜宝和马三爷到邮局排队打长途电话给王东明，让王东明问问王秀泽，愿不愿意调回老家专门种植牡丹花。

电话那端的王东明说："自打回来后，他做梦都想着回曹泽。能调回去种牡丹，他准同意。"

从邮局回来，刘喜宝和马三爷把事情对国华说了，国华又向葛镇长做了汇报。时隔不久，国华就笑着找到刘喜宝和马三爷，说事情解决了，拿出一份商调函交到刘喜宝手上。

原来，县里得知情况后，召开特别会议研究此事，以引进人才的方式特批把王秀泽调到牡丹镇植保站，专门负责种植牡丹和催花。

马三爷说："这简直太好了！"

十多天后，拿到调令的王秀泽来到了曹泽，刘喜宝、马三爷亲自去火车站接站。一起去接站的还有葛洪洲和国华。

王秀泽不光自己来了，还带来了媳妇西西和儿子王小奇。王秀泽一见到大家就笑着说："能回老家种牡丹，真是太高兴了！"

十四

金秋十月，由红三村农户集资筹办的催花小分队就要出发了。大家把精心准备的 1 万棵优良牡丹花苗从三棵树的地里挖出来，装到车上。

马三爷因徒弟国成开办的"曹泽武校"就要挂牌，不能一同前往，他给大家送行。席间，他算了一笔账，一棵牡丹花 50 元，这一趟如果顺利，收入就是 50 万。一听这个数字，大家都十分激动。

大家不敢相信一棵牡丹花能卖 50 块，怎么可能呢？听说镇长一个月的工资都到不了这个数。

去广州做过调查的国华最有发言权，他告诉大家，广州春节期间购买鲜花的主体人群是生意人，有本地的，也有港澳那边过来的。他们或是为了庆祝一年的生意兴隆，或是为了昭示来年的风调雨顺，不惜花大价钱购买很多鲜花摆放在家里。象征着富贵和美好的牡丹花是他们的首选。

　　国华是催花队的队长，这些年家里积攒下的几百块钱都拿出来参加集资了。本来国华的媳妇梅玉有些顾虑，听了大家的交谈，心里踏实了，只盼望着这几百块钱能生出更多的钱来。

　　临行前几天，刘喜宝回到曹泽城里，想对家人说一声，顺便拿些衣服。事先料到柳小红会不同意，刘喜宝说得比较婉转，没说跟着催花队去催花，而是说去南方转转。

　　柳小红早已知道催花这事，还请王秀泽来家里吃过饭。她说："你是去广州催花吧？"

　　柳小红不反对刘喜宝去催花，但担心他跟着催花队的卡车风餐露宿，身体吃不消。

　　两人正闹着别扭，杨春桃在曹泽外事办李科长的陪同下前来求助，请刘喜宝夫妻陪她去香港与弟弟杨春兴见面。

　　原来，自打杨春桃和弟弟联系上之后，两人一直无法见面。杨春兴最近在信中提到一个办法，姐弟俩可以在香港见面。杨春桃的儿子在边防当兵，不能陪她去，于是杨春桃想约刘喜宝夫妻做伴一起去。

　　柳小红当即同意了。想到杨春兴那么小就被国民党抓了壮丁，姐弟相见对杨春桃来说是一件大事，刘喜宝也表示愿意陪同杨春桃前往。

　　想到这里，刘喜宝笑着说："那我就给两位当'护花使者'吧。"

　　刘喜宝安顿好开着"东风"卡车去广州的催花小分队，陪着杨春桃和柳小红乘坐火车来到广州。

　　一行三人又转乘火车来到香港，先行到达的曹泽外事办李科长已经等候在站台上。在李科长的带领下，他们来到香港秀源大酒店。刚进大厅，就见几个人一起迎上来。

李科长把杨春桃拉到杨春兴面前，介绍说："杨总，这是您的亲姐姐杨春桃女士。"又向杨春桃介绍说："杨阿姨，这位是您的亲弟弟杨春兴。"

一边的服务生被这貌似荒诞的介绍方式搞糊涂了，一个个面面相觑，不明白为什么亲姐弟还用别人来介绍。

亲人终于活生生地站在自己眼前，杨春桃再也无法控制住情绪，和弟弟拥抱在一起，喜极而泣。

杨春桃一时间什么也说不出来，只觉得千言万语化作了一股股热流，堵在胸口闷闷的，喘不过气来。

在场的人都被感动得流下了热泪。

杨春桃怀疑眼前这一切只不过是个梦，她伸出双手，不停地轻轻拍打弟弟的身子，触摸他的脸庞。一切都是真的，一切都是活生生的现实。当年的小学生已经变成了中年汉子。从这个中年汉子身上，杨春桃看到了深陷的眼窝、挺直的鼻梁，真是神奇的家族遗传。

杨春桃含着泪水笑了。

服务生悄悄议论："两个人好像，一个模子里刻出来的。"

来到房间，杨春桃向弟弟说起父亲直到临终时还在惦记他。杨春兴告诉姐姐，自己能够活下来，后来还读了大学，全靠着曹泽同乡的资助。他到台湾时还年幼，连吃饭都成问题，要不是靠着众多同乡的资助，他早已饿死街头。

杨春桃听后，心疼得泪流满面，又为曹泽赴台同乡对弟弟的帮助深深感动。

杨春兴说儿子和女儿都去了法国留学，妻子也去陪读，所以这次没能来香港与姐姐团聚。杨春兴拿出全家合影给杨春桃看。看着侄子和侄女那深陷的眼窝、挺直的鼻梁，杨春桃又是一阵唏嘘。

吃饭的时候，杨春兴问起大陆的改革开放政策。

原来，这些年杨春兴除了在台湾开办企业，也在新加坡开办了企业。最近新加坡的经济不景气，他有另辟蹊径的打算，泰国和中国大陆都是他正在考虑的投资方向。他有些犹豫，怕泰国政局不稳定，又担心大陆的改革开放政策会随时刹车，所以举棋不定。

杨春桃让刘喜宝回答这个问题。

刘喜宝说："改革开放的步子一旦迈出去，是绝对不会走回头路的。这一点我敢拿性命担保。"

这话从一个老共产党员的嘴里说出来，杨春兴听了有些心动。

刘喜宝当即向杨春兴发出邀请，要他去改革开放的最前沿——广东考察一下。话刚出口，又沉默了。大陆已经向台湾同胞敞开了怀抱，但台湾一直没有开通两岸探亲通道。

刘喜宝宽慰杨春兴说："回家的路是挡不住的，那一天迟早会到来。"

分别的时刻还是到了，杨春兴到九龙火车站给姐姐送行。一想到不知何时才能团聚，姐弟俩在站台上相拥话别。在刘喜宝夫妇和列车员的催促下，杨春桃不得不松开了和弟弟紧握着的手。

火车启动了，站台上杨春兴的身影越来越远，火车上，杨春桃的眼睛再次湿润了。

一行人回到广州，李科长带着杨春桃和柳小红先回曹泽，刘喜宝直奔催花驻地。

这是一处城乡接合部。刘喜宝一进门，就见十几个同乡正精心侍弄牡丹花。

见刘喜宝回来了，国华和秀泽忙迎上来向他介绍情况。1万株花苗通过火车货运已经全部来到广州。国华和秀泽带刘喜宝到租用的一排排简易平房里查看。一盆盆牡丹花长势喜人，国华如数家珍地给刘喜宝介绍起不同品种。

"长着厚实大圆叶子的是'胡红'和'墨魁'，这边长着薄薄狭长叶子的是'银粉金鳞'。"

刘喜宝说："行呀国华，说实话，这些新品种我都记不全。"

国华说："我这都是跟秀泽学的，秀泽知道的多。秀泽，快来给刘书记好好介绍介绍。"

秀泽抟挲着沾满泥的两手，继续给刘喜宝介绍牡丹。

傍晚，在院子里的樟树下，大家围着几张桌子吃饭。桌子上有米饭和几个炒菜。

大家一边吃饭一边憧憬着即将到来的丰收季。小年之后，牡丹花就将进入热销期。

老顾总是喜欢傍晚时分来院子里转转。老顾是房东，70岁上下的样子，就住在附近的村子里。这回老顾是跟儿子小顾一起来的。

老顾人还没到声音先到："要发财了，要发财了！"

大家都转头看向大门口。老顾和小顾一前一后走进大门。国华忙向刘喜宝介绍："这是咱们的房东顾大叔！"

刘喜宝站起身："多关照呀，顾老哥！"

老顾站在院子里东看看西看看，说："这么多年来，你们是头一批到我们这里催花的。今年天气好，一定会发财！"

王秀泽说："托顾叔吉言，过小年开花没问题。"

老顾猜测刘喜宝是个老花匠，就问了一些关于催花的问题。国华想解释一下刘喜宝的身份，刚开口就被刘喜宝拦住了。

刘喜宝对老顾说："老哥您真是没说错，我家世代是花农，爷爷辈和父辈都来广州催过花。"

老顾自得地说:"就是嘛,我能看出来。"

柳小红回到曹泽之后就给刘喜宝写信,问他什么时候回去。刘喜宝回信说南方气候宜人,要在这里住上一阵子再说。

一天,刘喜宝外出购物,见饭点儿到了,就在大街边一个小食摊上坐下来,要了一碗肠粉。

正吃着,刘喜宝听到身后桌上的两个人在不停争吵。

刘喜宝听明白了,这两人合伙来南方开办电子公司,1万块的注册资金凑齐了,入股的其中一人却变了卦,不管另外一人怎么哀求,变卦的人都要坚持撤回自己4000元的注册资金。

刘喜宝觉得这声音有些耳熟,猛一回头,竟然是齐运飞。

此时,齐运飞正点钞票退钱。

刘喜宝起身凑到齐运飞的桌上,说了声:"慢着!"

齐运飞和那人同时抬起头。齐运飞惊讶地说:"刘书记,您怎么会在这里?"

刘喜宝说:"我的事一会儿再聊,这位同志为什么要退股呢?现在多好的创业机会。"

正在数钱的齐运飞停下了手里的动作。

那人催促:"快点儿!"

刘喜宝又说:"这位同志能不能听我说几句?"

那人更加不耐烦,瞪着刘喜宝说:"你是谁呀?我为什么要听你的?赔了钱你负责吗?"

刘喜宝说:"我就问你一个问题,为什么要退股?"

那人害怕夜长梦多,更加不耐烦地催促齐运飞:"快点儿给我数钱,你们合起伙来蒙我是吧?这可是我砸锅卖铁筹到的,快还给我!"

刘喜宝一看这种情况,就对齐运飞说:"还给他。"

那人拿了钱，匆匆塞进包里，转身走了。齐运飞这才给刘喜宝说起自己来南方创业的经历。

原来，自从齐运飞打定主意辞去公职到广东创业之后，1万块钱的公司注册资金就成了拦路虎。尽管全家都支持他下海创业，但砸锅卖铁也凑不够1万块。

经过朋友介绍，好不容易有个校友愿意来南方与他一起创业，就是刚才这个人。这个叫海子的校友东拼西凑了4000块钱，正好可以补上注册公司的资金缺口。

本来齐运飞和海子商量好今天上午去工商部门办理注册手续，不料海子变了卦，要撤回注册资金，理由是老婆不同意，担心这钱打了水漂儿。

见齐运飞嗓子都急哑了，刘喜宝劝道："运飞，先别急，办法总会有的。"

齐运飞说："工厂的租金交了，招的人都签订了劳动合同，不急不行呀。"

刘喜宝指着桌子上的肠粉，对齐运飞说："先吃饭，再想办法。"

两人分手的时候，刘喜宝要了齐运飞公司的地址和电话号码，让齐运飞等他的消息。

与齐运飞分开之后，刘喜宝就找了个邮局，给曹泽的刘阳打电话，让刘阳转告柳小红，把家里存折上的钱凑凑寄过来，说是有急用。

刘阳给母亲说了，柳小红猜着八成是催花要用钱，虽然有些不舍得，还是把钱凑齐寄了过去。

一周之后，刘喜宝把4000块钱送到了齐运飞的公司。

去公司的时候，齐运飞正在办公室里犯愁。工作人员小王一趟又一趟地催促，齐运飞处于崩溃的边缘。

早晨刚到办公室，小王就告诉他："齐经理，那些工人都问怎么回事，说再没活儿干、再不发工资就走人了！还有，刚才房东又来收下个月的房租了。"

齐运飞烦躁地说："知道了，知道了。先去告诉他们，我正在想办法。"

不一会儿，小王又来了："齐经理，那些工人还在问，您到底有法没法呀？说实在的，我都没有信心了！"

齐运飞耐住性子劝道："小王，你要相信我。我辞了职，大老远跑来创业，不会半途而废的，我在想办法。"

小王只好再次退出。这回齐运飞干脆把办公室的门给插上了，抄起电话继续找熟人借钱。

拨通一个大学同学的电话，齐运飞说明来意，不料对方直接说没有，拒绝了他。齐运飞失落地说："没有呀？好吧。再见！"

齐运飞挂断电话，继续翻看电话本。他的动作越来越快，心情越来越烦躁，似乎没有可以再打电话借钱的人选了。得出这个结论后，他狠狠地把电话号码本扔在桌子上，把双手深深地插到头发里。

就在此时，刘喜宝冲进了院子。

小王问："请问您找谁？"

刘喜宝晃着手里的包说："我找齐运飞，给他送钱。"

小王脸上露出惊喜："我们经理在这边。"

小王转身走到齐运飞办公室敲门。

里面传来齐运飞的声音："小王，你就不能让我安静一会儿吗？"

刘喜宝插话说："运飞，是我！"

齐运飞惊讶地打开门："刘书记！"

刘喜宝从包里掏出一沓钱："有钱了，赶快去注册！"

3天后，齐运飞的公司开业了，刘喜宝到场参加剪彩仪式。

仪式上，刘喜宝和齐运飞的思绪回到了大西南。刘喜宝想到的是很多年前，在五道水中学围剿管小龙那天，齐运飞的父亲齐新隆为了掩护学生，英勇冲上去挡子弹的情景。如今，他为能帮齐运飞做点儿事情感到欣慰。

齐运飞的脑海里闪过的则是当初父亲牺牲后，他无奈辍学，多亏刘书记的关怀才得以重新走进学校。至今，他都清晰地记得，在学校门口，刘书记用一双温热的大手握着他的手，亲切地叮嘱："孩子去吧，好好读书。"从那一刻起，刘书记好伯伯的形象就深深地印在了他的脑海里。大学毕业后，齐运飞加入了共产党，他知道刘书记的形象就是一个心系群众的老共产党员的形象。

此刻，两个人的手又紧紧地握在了一起。齐运飞感受到了一种力量。他对刘喜宝说："刘书记，我会好好干的！"

刘喜宝说："好好干，为国家争光！"

过了元旦，农历新年就不远了。大家都在等待小年的到来，因为过了小年，购花者就会多起来。

不料，刚进了腊月，天就出奇地暖和起来，街头上的三角梅竟然开了花。

不好的预感是从王秀泽满头大汗那一刻开始的。这天，王秀泽蹲在花房里搬动牡丹花盆，越干越热，浑身冒汗。他站起身脱了一件衣服，还是觉得热，连里边的背心也脱了。

国华从外边走进来，也是满头大汗。国华说："这都腊月了，真够热的。快 30 度了。"

王秀泽看着一排排牡丹花盆，脸色突然紧张起来，脱口道："大事不好！"

国华问："怎么了？"

王秀泽说："这花快开了，怕是等不到小年了。"

国华也紧张起来："是呀，那怎么办？"

国华、王秀泽急匆匆找到院子里的刘喜宝商量。

刘喜宝也知道，好的催花节奏，是过小年的时候牡丹花含苞待放，买回去过个两三天就能开花，到了年三十进入盛花期。

听了国华和王秀泽的话，刘喜宝一时没了主意："那怎么办？购花者一般是过了小年才买牡丹花摆在家里。要是现在就开花，小年的时候花期就过了。"

国华惊恐地说："要是那样，我们不就白忙活了吗？"

王秀泽一边擦汗一边说："那可怎么办？"

一行人跑到邮电局给曹泽的刘阳打电话，让刘阳到红三村把马三爷请到邮局，在电话里向马三爷请教。

马三爷一听也急了，答应当天就坐火车南下。马三爷在电话里告诉刘喜宝，要先用冰给牡丹花降温。

催花队除了留下一个看门的，所有人都出去买冰。一些涉外的西餐厅有冰，但数量太少，起不了什么作用。拿着从大酒店打听到的制冰厂地址，刘喜宝、国华和王秀泽来到一家制冰厂的大门口。

得知他们要一下子买30吨冰块给牡丹花降温，工厂厂长惊讶不已。

厂长听完王秀泽的介绍，好奇地说："给花降温？头回听说。我们厂每天最大产量才5吨，要30吨冰，就是24小时连轴转，产量增加1倍，也要三四天时间才能全部到货！"

刘喜宝说："订30吨。第一批货最早什么时候能到？"

厂长说："今天晚上吧，先到6吨。"

晚上，大家把一盆盆冰块摆放在牡丹花盆旁边。刘喜宝把所有门窗都关上，确保降温效果。

身着背心的王秀泽拿起衬衣穿上，说："还真是凉了些。"

国华说："但愿有效果！"

下半夜，制冰厂的师傅来送冰，大家忙着卸车。

刘喜宝上前与送冰师傅打招呼："师傅，下一趟能不能再快点儿？这花要是都开了，就卖不上价钱了。"

司机师傅说："我们也想帮你们的啦，可也要时间的啦，谁让整个广州市只有我们一家制冰厂呢！"

说话的工夫，刚下火车的马三爷拎着包来了。马三爷进门就对刘喜宝说："快带我去看看。"

国华、刘喜宝、王秀泽带着马三爷走进花房。马三爷蹲下身子一盆盆牡丹花看过去，面色凝重。

马三爷在一盆花前停下："花骨朵都开嘴了，就是放上冰，怕也挡不住了！"

国华焦急地问："那怎么办？"

马三爷又说："冰也不能离得太近，过于凉会把花骨朵给激死，就像人得了重感冒。"

天快亮的时候，刘喜宝带着马三爷到自己住的屋子休息。屋子里放了两张单人床。两个人都睡不着，斜靠在床上闲聊。

刘喜宝问马三爷："您看这些牡丹花还能行吗？"

马三爷也拿不准花期，只得说："要听天由命了。"

马三爷说起多年以前，跟着刘喜宝父亲来广州催花的事。他后悔当时把心思都用在了护镖上，对于催花技术了解得不多。

刘喜宝问马三爷："那时候你们来催花，回回都能成功吗？"

马三爷说："八九不离十，有时候前后差个几天，但大都能在小年前后的两三天开花。"

刘喜宝感慨："时间把握得那么准，真是不容易。"

马三爷说："不能现上轿现扎耳朵眼儿，要早做筹谋。"

刘喜宝不解："早做筹谋？"

马三爷说："观天象，看地温……牵扯的事情多了，可惜我都是一知半解。"

两人正聊着，外边传来国华的声音："马三爷，刘书记，不好了！昨天晚上放冰的那些花骨头拉头了！"

一行人又来到花房，地上满是凋谢的花骨朵，没掉的花骨朵也蔫了。

这时，一个花农冲进来说："那边花房里的花已经开了！"

一行人又向另一个花房跑去。灯光下，牡丹已经绽开花苞。

国华说："这还没到腊八就开了，太早了！"

马三爷沉思片刻说："明天只能出花了，不能再等了。"

又一个花农跑进来说："送冰的又来了！"

国华烦躁地说："告诉他们，不要了！"

送冰师傅进来了，他听到国华这话就说："不要不行的啦，我们都送来了，有合同的。"

国华给送冰的师傅结了账。刘喜宝问还有多少钱，国华皱着眉头说："账上总共还有 1000 多块钱，我们要交房租、吃饭，回去还要给汽车加油。本来想卖了花就有钱了，可现在……"

天亮了，大家忙着去各个花卉市场卖花。由于还没到小年，买花的人少，只好降价出售。到最后，5 块钱一盆都没人要。忙活了 3 个月，挣的钱连路费、房租都不够，大家十分难过。看着花房里那些没等到出售就凋谢了的牡丹花，国华急得一个劲儿抽烟，王秀泽蹲在地上哭了。

刘喜宝、马三爷面色严峻。

催花队离开广州的前一天晚上，大家忙着收拾东西，房东顾氏父子向催花队驻地跑去。

老顾在后头，小顾在前头。

小顾边跑边催促身后的老顾："爸，快点儿，听说他们在收拾东西打算跑路，去晚了他们就走了，还欠我们两个月的房租呢。"

老顾急忙跟上："来了来了，花都谢了，卖不出价钱，不跑才怪！千万不能让他们跑了！"

老顾和小顾跑到催花队大门外，催花队正在院子里开会，商量回曹泽的事。

马三爷说："能卖的都卖了，剩下的也谢了，收拾好了我们就回吧。"

国华说："粗略算了下，我们这几天一共卖出去 782 盆花，收入 3385 块，账上还有几百块钱，加一块儿不到 4000 块，不紧着点儿花，怕是到不了家。"

一个花农说："房租能不能跟房东讲讲价，再给我们打个折？生意赔了，也是没办法的事。"

马三爷说："当初说好的多少就是多少，实在不够，大家凑凑。"

另一个花农说："生意做成这样，明年打死也不来了！"

刘喜宝说："明年的事，明年再说，先把欠人家的账结了。老顾的房租，等会儿去找他结了。"

国华说："房租早就准备好了，一会儿我就去给他们。路费实在不够，几个党员凑吧。"

马三爷说："我同意。"

刘喜宝说："我也同意。"

一个花农说："要凑就大伙儿一块儿凑吧，光你们 4 个党员破费，我们过意不去。"

众花农说："就是，一块儿凑吧。"

顾氏父子悬着的心落了下来。老顾的心里是感动，小顾的心里是踏实。

老顾率先走进院子。看到老顾来了，国华让会计过来，把房租交给老顾。老顾却说："我也是党员，知道你们不容易，后边这两个月的房租免了。"

小顾听到父亲这么说，不乐意，追进来打断父亲："爸，您是不是疯了？"

老顾说："我没疯。大老远的来广州做生意不容易，不是说失败是成功之母吗？欢迎你们明年再来！"

小顾死活不同意免去房租，与父亲争执起来。老顾就说："这是我的房子，我做主。这儿还轮不到你说话！"

刘喜宝走上前劝阻："顾老哥，有您这句话我们就知足了。明年我们一定会再来。还是全额房租，一分不少！"

老顾说："这位刘同志，如果没猜错，您是退下来的村支书吧？和我一样，我以前也是村支书。带着大伙儿致富，您比我能干，我老顾服您！"

十五

催花队一行回到红三村是个深夜。国华一进家门，媳妇梅玉就从床上骨碌一下爬了起来。梅玉满脸带笑地说："回来了，我给你做饭吃。刘书记和马三爷呢？让他们也一块儿来咱家吃。"

国华没有情绪，说："不吃了。"

说着，国华就歪在床上躺下了。梅玉知道不好，八成催花的生意出了事，就安慰他说："不就是催花失败了吗？不行明年接着来。"

国华转过头问："你真是这么想的？"

梅玉本来是想试探一下国华，不料还真试出来了，果然催花失败了。梅玉心里不是滋味。再过些天就该过年了，原本指望着国华带回来大把的钱，不料落得个催花失败的结果。

梅玉不死心，又问国华："怎么个失败法？一盆也没卖出去？"

国华不想细说，敷衍道："就是天太热，花提前开了，卖不出价钱来。"

看国华的样子很难过，梅玉不想雪上加霜，安慰说："我说的是真的，今年失败了没事，明年再接着干呗。"

国华还是想不开，蒙上被子睡了。

刘喜宝跟着马三爷回到老屋，两人都沉默着不说话。

马三爷煮好了面条，端给刘喜宝一碗。灶房里的铁锅长时间没使用，生了一层锈，面条味道怪怪的。

马三爷吃了几口，问刘喜宝："这次失败，你怎么想？"

刘喜宝说："还得干！"

马三爷说："这就对了，我就怕你打退堂鼓。"

睡了一觉，天亮了。吃了早饭，马三爷和刘喜宝一起去植保站找王秀泽。不料，到了王秀泽家里，他媳妇西西说王秀泽不在家，一大早就出门了，说是进城有急事。刘喜宝和马三爷刚要离开，王秀泽抱着一摞书回来了。看到刘喜宝和马三爷，王秀泽兴奋地告诉他们，从一本曹泽地方志上找到了关于催花的史料。

刘喜宝笑了，说："明年我们接着干！"

过了年，大家到三棵树的牡丹花地里忙活。资金是个大问题，上一年入股催花的农户都没钱了。听说又要集资入股预备来年再去广州催花，大家一是心有余悸，二是的确拿不出什么钱了。还有一些人见催花赔了本钱，忍不住风言风语起来。

这天，梅玉从外边听了几个集资催花赔了本的妇女的埋怨，刚回到家就发现灶台上的酱油瓶空了，翻遍抽屉也没找出打一瓶酱油的钱来。正郁闷着，国华回来了。国华问梅玉家里的存折上还有多少钱，动员她拿出来，去买肥料培植牡丹花。梅玉气不打一处来，当下就与国华吵起来。

梅玉说："家里没钱了，连打一瓶酱油的钱都没了。"

梅玉让国华不要再折腾催花的事，数落他说："不折腾还好，家里一年养头猪卖了能应付一下日常开销，种的粮食够吃，日子将就着过。你这一催花可好，把家里好不容易积攒的一点儿钱都搭上了不说，还落得全村人埋怨。"

国华问梅玉："谁埋怨了？埋怨什么？"

梅玉一下子倒出了满腹牢骚："谁埋怨？全村凡是参加集资的都埋怨。埋怨什么你还不知道？钱都打了水漂儿，那是家家户户的血汗钱，能不埋怨吗？"

国华给梅玉讲道理："催花是为了让村里人过上更好的日子，这么多年没搞了，刚开始不成功是正常的事。埋怨我倒罢了，人家刘书记图什么？人家放着好好的退休日子不过，从北京回来帮着我们催花，我们有什么可埋怨的？"

不提刘书记还好，国华一提刘书记，梅玉更有话说了："人家刘书记是北京吃国库粮的，赔了钱人家还有国库粮，还有工资，哪像我们一分钱也是一个汗珠子摔八瓣，拼死拼活挣来的。"

这话恰好被刘喜宝和马三爷听到了。两人本来要到国华家商量催花的事，听了梅玉这番话，悄悄离开了。

回到家，刘喜宝一直坐着不说话。马三爷安慰他："乡亲们会理解的，不要把梅玉的话放在心上。"

刘喜宝说："我没把梅玉的话放在心上，我是在想怎么才能让乡亲们快点儿掌握失传的催花技术，让这门技术给大家带来福利。"

这天，刘喜宝出了门，马三爷在村委会门口给大家鼓劲儿。乡亲们还是心有顾虑，纷纷质问马三爷："要是大家砸锅卖铁筹了钱，催花再不成功怎么办？"

马三爷一时无语。说实在话，他也不敢保证下次催花一定成功，再不成功怎么办？他承担不了这个损失。

刘喜宝和葛镇长、国华到了县里，跟朱副县长商量怎么解决催花的资金问题。得知县里能帮助申请一部分无息贷款，刘喜宝、葛镇长和国华十分感动，表示剩下的资金缺口回去再想办法。

刘喜宝和国华回到红三村，村民们还在村委会门口讨论。刘喜宝知道大家的顾虑，主动说："乡亲们，我知道大家的担忧，怕催花再失败，本钱回不来。其实我也有这个担心，但不管怎样，我们都要继续往前走。我就不信了，咱们的前辈能做到的事情，到了我们这里会做不到。一回做不到，就两回，两回做不到，就三回。牡丹催花是我们曹泽的一大特色，我们一定要把这个技术重拾起来。关于资金的问题，大家不用太操心，县里支持一些无息贷款，剩下的缺口，我们再想办法。只要大家还相信我刘喜宝，我就和大伙儿一块儿干，早晚把催花这门技术捡起来。"

大家忍不住给刘喜宝鼓掌。刘喜宝又说："今天我也表个态，催花不成功，我就不回北京了，工资也拿出来催花。"

梅玉回到家，把一张存折拿出来交给国华，里面有 300 块钱，是梅玉挖草药卖的钱，攒了多年，留作急用的。梅玉对国华说："人家刘书记都表态了，这算我的表态吧。"

乡亲们来找国华入股，有的几百，有的只有几十，家家户户都参与了，大家的信心又回来了。

杨春桃得知此事，写信告知远在台湾的弟弟杨春兴。杨春兴得知家乡催花需要资金，二话不说就捐了 50 万台币。

这天，王秀泽和国华刚从邮局取来杨春兴辗转从香港寄来的资金，就见刘喜宝领着一个陌生人走进了村委会。这人正是在广州开办电子公司的齐运飞。齐运飞也向家乡伸出了援助之手，给红三村催花队捐献了 5 万人民币，帮助老家的乡亲们催花致富。

有了资金，国华和王秀泽开始张罗新一年的催花工作。

日子又有了盼头。

这天，刘喜宝正与乡亲们一起在三棵树忙活，柳小红和杨春桃领着曾美锦来了。刘喜宝赶紧来到地头迎接。曾美锦对这块牡丹花地有印象，惊喜地说："这块地还是种的牡丹花，真好！"

说着，曾美锦走进牡丹花地，细细地看起来。

一边的杨春桃说："好好看看吧，去了美国就看不到咱曹泽的牡丹花了。"

刘喜宝这才知道曾美锦要去美国了，这次来曹泽是和大家告别的。原来，曾美锦也退休了，定居美国的母亲和弟弟邀请她去美国。

曾美锦原本是来曹泽与几位老战友话别的。此时，看到刘喜宝满手泥土，她不由得感到钦佩，得知刘喜宝在带领乡亲们催花，她被深深打动了。

杨春桃的介绍绘声绘色："刘书记做的事，是让咱们曹泽的牡丹花开遍祖国各地！"

曾美锦的主意是在饭桌上改变的。柳小红把一个刚端上桌的曹泽烧饼递给曾美锦，说了句："美锦，这是土炉里烤出来的烧饼，吃一个。到了美国，肯定吃不到。"

杨春桃端起一杯"北冰洋"汽水："美锦，敬你一个，祝你到了美国，好好开洋荤，好好享受晚年生活！"

柳小红端起汽水杯子："来来，我和喜宝也一起敬美锦。"

刘喜宝端起汽水杯子："美锦，祝你在美国生活快乐！经常回来看看。"

大家把杯子里的汽水喝掉。

曾美锦放下杯子，低头沉吟片刻说："我宣布个事！"

几个人都看着她。

曾美锦调侃说："我有个提议，咱们都向刘书记学习。"

杨春桃笑起来，她以为曾美锦的提议就是向刘喜宝学习，也调侃说："我同意美锦这个提议！"

曾美锦再次举起杯子，缓缓地说："我改变主意了，不去美国。"

大家惊呆了。

曾美锦接着说："听说黄河滩涂堤岸里面的学校缺少教师，我就去那里支教吧。"

三个人看着曾美锦，一时不知说什么才好。这个曾美锦，总是会做出令人意想不到的事情。此刻，依然是这样。

转眼又到了金秋，刘喜宝和大家一起把2万株牡丹运到广州。开始的时候一切顺利，担心天气过热，国华和王秀泽早早就联系好了广州的制冰厂，一旦发生去年那样的情况，就提前用冰块给花房降温。

不料，过了元旦，天气不是偏热，而是偏冷了。牡丹花骨朵刚鼓出一点儿包就不再变化，显然是生长滞后了。这样下去，到了小年，花朵是开不了的。大家急坏了，在王秀泽的建议下，赶紧生火炉保持花房的温度。催花队一口气买了上百个小煤球炉，每间隔几米就摆上一个，让花房保持着20度的恒温。

像是故意给大家考验，接近腊月十五的时候，偏冷的天气突然热了起来。连着好几天，每天都二十五六度。这样下去会重蹈上一年的覆辙，牡丹花等不到小年就会开放。大家把煤球炉搬出花房，忙着上冰块给花房降温。催花队不敢有半点儿闪失，日夜守候在花房里。马三爷更是把铺盖搬到花房，与牡丹花住在一起。

小年就要到了，牡丹花在这个节点含苞待放。

王秀泽的媳妇西西带着2岁多的儿子王小奇来到广州。

花房里，大片的牡丹花争奇斗艳，美不胜收。王小奇跌跌撞撞跑进花房，大人们随后跟进来。王秀泽拉着王小奇的一只手。大家穿梭在一排排的牡丹花中。王小奇用稚嫩的声音说："花，好漂漂！"

大家一起笑起来。

催花终于成功，临近春节，牡丹花在花卉市场十分畅销。市场里，催花队的每个人都是销售员。晚上回到花房，大家就从各自的袋子里掏出钱来，汇集到一个大筐子里。大家开心地数好钱，第二天存进银行。

王秀泽一边数钱一边说："只要掌握好温度，以后不管到哪里都可以催花。"

几天时间，2万盆牡丹花就卖得差不多了。刘喜宝提议留下些带回曹泽，每家每户送上一盆。过年了，也让大家喜庆喜庆。

催花队一到红三村就开始给家家户户发红利，每家除了发钱，还赠送一盆牡丹花。一时间，整个红三村都被喜气笼罩着。国华趁热打铁，说了明年的计划——催花队兵分多路，去多个省催花，让曹泽的牡丹花开遍祖国各地，家家户户财源滚滚。

寒冷的季节，家家户户都摆上了牡丹花，这可是稀罕事。在曹泽文化馆工作的赵丹虎是美术专业的，擅画牡丹。他听说这稀罕事以后，挨家挨户去画牡丹。

这天，赵丹虎正在张桂之家里画牡丹，来看望张桂之的刘喜宝站在了他的身后。刘喜宝发现赵丹虎画得栩栩如生，忍不住叫起好来。赵丹虎闻声回头，发现身后站着他最敬仰的长辈刘喜宝。

赵丹虎转身之际，刘喜宝看到，他的脖子上还挂着父亲留下的小牛吉祥符。瞬间，一幕幕往事浮现在眼前，刘喜宝百感交集。令他欣慰的是，如今赵丹虎已经成才，继承了赵家祖辈传下来的画牡丹的手艺，还成长为人品端正的好青年。刘书记夸他画得好，赵丹虎就把那幅刚画完的牡丹画送给了刘喜宝。

刘喜宝欣喜地接过去，笑着说："这份礼物是无价之宝。"

十六

刘鲁黔的女儿徐阳阳马上3岁了，她已经会脆生生地叫"姥爷"了，却从来没见过姥爷的面。

北京曹泽两边跑的柳小红，这段时间在北京帮着刘鲁黔带徐阳阳。这天，徐阳阳又指着照片找姥爷，柳小红生气了。掰着指头一算，刘喜宝都3年多没回北京了。柳小红给刘喜宝写信，让他必须回来过年。

接到来信的刘喜宝跑到邮局打电话。电话里，刘喜宝告诉柳小红，年三十北京家里见。

曹泽武校附近一条胡同里的小饭店，走进五个身穿武校校服的半大男孩。他们说说笑笑，一副没心没肺的样子。今天吃这顿饭是因为张猛。张猛是五个孩子中最矮小的，皮肤黝黑，双眼闪着明亮的光。

见五个男孩呼啦啦拥进来，女服务员上前问："吃饭？"

张猛抢先答："吃饭！"

女服务员一挥手，说："坐这边吧。"

五个男孩围着桌子坐下。

今天是张猛请客，因为他拿了学校的散打冠军。

直到大家都坐下了，还有一个鼻头上长痣的男孩不放心："张猛，是你请客吧？我可没带钱。"

张猛豪爽地说："不是早就说好了吗？我请。服务员，还是老六样，凉菜是拍黄瓜、拌萝卜丝和花生米，热菜是辣子鸡、四喜丸子和猪肉炖粉条子。"

女服务员应着去通知厨房。

另一个男孩对张猛说："就该你请，谁让你又得了散打冠军呢！"

这句话惹了祸。听了这句话，旁边桌的四个社会青年转身打量着武校的学生，带着不服气的神情。

鼻头上长痣的男孩没发现身边的异样，说："猛哥，我看你不光是咱们学校的冠军，也铁定是曹泽的散打冠军。"

另外几个学生附和："就是，就是！应该开个擂台，跟《水浒传》似的，比试比试才好！"

旁边桌的四个小青年听后，更是面露不屑。其中一人小声嘀咕："黑子，他是曹泽的散打冠军，那你算什么？"

另一个小青年说："就是，毛还没长全，狂得不轻！不行，得和他练练。黑子，你敢不敢？"

黑子一笑，站起来说："这有啥不敢的？练就练。"

一个小青年来到张猛面前说："哎，这位，敢不敢和我们黑哥练练？看看究竟谁才是曹泽的散打冠军。"

五个武校的学生都有点儿蒙。

张猛笑着说："我为什么要和他练？"

黑子走过来问："怎么，你不敢？不敢就不要吹嘘自己是曹泽的散打冠军！"

鼻头上长痣的男孩说："谁吹了？张猛就是我们学校的散打冠军，今天刚比的！"

黑子的同伴催促："那就少废话，赶紧起来比！"

张猛不表态。

黑子又说："是吓尿了吧？不敢是不是？"

鼻头上长痣的男孩说："谁不敢了？猛哥，你到底敢不敢比？"

另一个男孩说："怕什么，就跟他比。"

张猛站起来说："那咱们出去比。"

这时，女服务员端着菜盘过来："菜好了。"

张猛说："一会儿再吃！"说完，就跟着黑子走了出去。

饭店门口，黑子和张猛拉开架势。

武校的学生和社会青年、饭店服务员在旁边观看。

黑子问："准备好了？"

张猛答："好了。"

话音未落，黑子就先动手了，原来是想分散张猛的注意力。

黑子一个泰山压顶扑了过来。张猛不慌不忙，腰一弯闪身避开了。

黑子扑了个空，差点儿头拱地。张猛一个回身在黑子的两腿前使个绊子，黑子一头摔倒在地。张猛的伙伴不停叫好，黑子的同伴脸上现出惊讶和愤怒。

一个小青年说："小毛孩子耍心眼儿，不算数。"

黑子故作轻松，赶紧从地上爬起来。他头上磕青了一块，双膝渗出了血丝，心里翻腾着一股怒火。

黑子说："小孩，接着来。"

这次张猛没有使技巧，实打实冲着扑来的黑子迎了上去，两人拼力气摔跤。几个回合下来，黑子输了，重重地摔翻在地。到最后，黑子实在是颜面尽失，心里恨透了眼前的小屁孩。

黑子猛地从裤兜里拔出匕首，向张猛扎去。张猛不得不使出绝招，几个飞身旋转，把黑子给转晕了，不知该把手里的匕首往哪里扎。黑子冲着张猛胡乱刺，张猛躲闪及时，没被刺中。

趁黑子一个不注意，张猛在他身后猛推了一把。黑子倒地，整个脸重重地摔在了地上。

黑子爬不起来了，趴在地上。一抬头，嘴里掉出一颗牙，又一抬头，嘴里又掉出一颗牙。

黑子的同伴急了，喊道："要死人了，快报警！"

黑子倒在地上一动不动。

武校的学生吓呆了。

刘喜宝刚买好火车票，住在明台庄的外甥袁涛涛就带着一对 40 多岁的夫妻来找他。这对夫妻是张猛的父母。

袁涛涛是明台庄的治保主任，由于事情棘手，他没敢直接找刘喜宝，先找了马三爷。

说起来这事的确与马三爷有关，因为牵扯到他徒弟国成的武校。

这对夫妻男的叫张亮，女的叫韩花。夫妻俩一见马三爷就像做错了事一样，低着头，不说话。不管袁涛涛怎么引导，夫妻俩就是不开口。没办法，袁涛涛只好把事情说给马三爷听。

原来，张亮的儿子张猛三天前闯了祸，把一个叫黑子的小青年打伤了。如今黑子在医院，张猛在看守所。

张亮和韩花都是老实巴交的乡下人，一想起儿子被公安抓了关在看守所，就觉得见不得人，韩花不停地抹眼泪。

得知张猛是因为打伤了人被关在看守所里，马三爷没有什么好办法。

袁涛涛告诉马三爷，黑子去了医院就装病，一会儿说脑子摔坏了，一会儿说颈椎摔坏了。张亮和韩花去医院看黑子，黑子不理，说要让张猛去坐牢。

张亮和韩花吓坏了，担心儿子会坐牢。思量来思量去，觉得该找马三爷和刘喜宝，让他俩找武校的校长国成出面帮忙，不要判张猛刑事罪。

韩花哭泣着说："要是张猛进去了，我俩也不活了，没脸活了。"

其实，这事马三爷昨天已经知道了。刚出事，国成就告诉了马三爷，国成也正为这事头疼呢。国成了解了事情的经过，一切都是黑子自找的。但不管怎么说，如今黑子受了伤，脑子和颈椎有没有问题不好说，起码是掉了两颗牙。黑子死赖着要让公安严肃处理，如果张猛被提起公诉判了刑，对武校的声誉有影响。

实在是没有办法，马三爷只好去找刘喜宝。

刘喜宝一听就说："还愣着干什么？专业的事找专业的人，找个律师咨询咨询不就明白了。"

于是，刘喜宝带着大家去曹泽城里咨询律师。经过律师调查，黑子是轻伤，掉了两颗牙，而且是他先动手。张猛不满16岁，如果积极赔偿，不会被判刑事罪。

经过一番周折，事情总算解决了，张猛回到了武校。

这件事却让刘喜宝想了很多。一天，他把马三爷和国成叫到一起，聊起武校的办学方针。

"办学方针？"一听这四个字，马三爷和国成都蒙了。

刘喜宝问："你们有没有想过，为什么要办武校？"

国成说："当然是培养人才！"

刘喜宝说："对，培养人才。问题是，要培养什么样的人才？国成，你说说吧。"

国成说:"要有情有义,会武功,就跟《水浒传》里那些好汉一样。"

刘喜宝说:"怎么个有情有义法? 不能是江湖义气,更不能意气用事。办学方针是个大问题,这就是我们常说的校训。"

马三爷和国成同时说:"办学方针? 校训?"

刘喜宝又说:"也许有人认为,武校不就是教小孩子练练拳脚嘛,什么方针不方针、校训不校训的?"

马三爷说:"我就是这么想的呀! 会拳脚,懂礼数,不就行了吗? 还要学什么?"

国成迫切地看着刘喜宝。

刘喜宝说:"办学校是为了培养人才。当初延安大学的校训是'立身为公,学以致用'。我们办武校要培养什么样的人才? 这个问题要想明白了。武校的孩子要会武功,但仅仅会武功是远远不够的,我们要先教孩子怎么做人,不能以暴制暴!"

马三爷说:"你说得对!"

刘喜宝接着说:"我们要'以德树人',先有优良品德,再练武功。武校培养出的孩子是什么样的素质,直接影响武校的声誉和发展,更是会对社会产生巨大的影响。作为当代的武术学校,要给社会输送高素质的人才,而不是输送头脑简单的武夫和打手。"

马三爷听后,向刘喜宝竖起大拇指:"我有点儿明白了。"

国成说:"我也明白了。怎样才能做到'以德树人',培养出既有武德又有过硬素质的人才?"

刘喜宝说:"光有武功没有文化不行,在习武的同时,要根据学生的年龄开设不同层次的文化班,树立'文武兼修'的办学思路。"

马三爷忙说:"对,对,对!"

刘喜宝说："学了武功，再考上大学，将来学有所长，才能成为有用的人才。"

国成说："刘书记，您的话启发了我，来武校的孩子都是十来岁，他们应该考大学，考体育大学。"

刘喜宝说："这个思路就对了！"

经过一系列努力，曹泽武校改为与教育局联合办学，成为一所文武兼修的学校，在传授武艺的同时，根据学生年龄开办不同层次的文化班，树立"文武兼修、以德养武、以文养武"的办学方针。从武校毕业的学生，既能以体育特长生的身份考大学，也可以进入社会就业。

张猛一边习武，一边学习，考上了省城一所大学的体育系。

十七

跨入新世纪那年，刘喜宝的孙子刘书岩考上了北京一所大学。刘书岩报考的是农林专业。快开学的时候，刘阳两口子专程从曹泽来北京送儿子入学。刘阳还约了西川省的刘海一家三口来北京团聚。一大家人总算是聚齐了，刘喜宝和柳小红幸福地忙活着。刘海的女儿秀秀已经参加工作了，在医院做医生。送刘书岩入学那天，一大家人去照相馆照了张合影。照片上，大家都笑得很开心。

又是一些年过去了，这个春天，全民迎奥运。此刻，柳小红在北京的家里，看着墙上的全家福，念叨着好几年没见西川省的刘海一家了。

坐在沙发上看电视的刘喜宝神色严肃起来。他看的是老家的新闻频道，节目中正在报道一起刑事案件，说的是一个画家被打的事。电视画面一晃而过，刘喜宝隐约觉得那被打的人是赵丹虎。文化市场放开后，前些年听赵丹虎说起过，他的牡丹画进入了市场。电视上说殴打画家的两个歹徒在逃。刘喜宝有了心事，这个被打的画家是不是赵丹虎？如果是，他为什么会被歹徒殴打？

刘喜宝拿起电话，打到红三村的马三爷那里，一连串的忙音。刘喜宝突然意识到，马三爷已经离世好几年了。这些年，好多老朋友都离世了，除了马三爷，还有曾美锦、张桂之、胡狗剩。在刘喜宝的心目中，他们从来没有离开过，他时常与他们对话，说些红三村的事。

想到马三爷不在了，刘喜宝一阵伤感。

刘喜宝把电话打给红三村支部书记国华。被打的确实是赵丹虎，目前正在医院接受治疗。

刘喜宝问："赵丹虎是被谁打的？"

国华说："这事复杂了。丹虎不是画牡丹吗？好像因为书画市场的事，具体我也说不清。听说有人想垄断咱曹泽的书画市场，谁出头就和谁干。"

国华又叮嘱刘喜宝："刘书记，您老要保重身体，这事您就别操心了，恶人自然会有恶报的！"

挂了电话，刘喜宝许久没说话。直到保姆冬惠做好了饭，招呼他和柳小红去餐厅吃饭，刘喜宝才对柳小红说了句："我要回曹泽一趟。"

刘喜宝年事已高，每次回曹泽柳小红都替他担着一颗心，生怕有什么闪失。

这会儿听说刘喜宝又要回曹泽，柳小红忍不住劝阻，让他缓缓，等刘鲁黔休假时陪他一起去。

刘喜宝哪里肯等，他偷偷买了火车票，想一个人回曹泽。柳小红放心不下，和冬惠一起跟了去。

为了早些了解情况，到曹泽后，他们没在城里停留，直接打车去红三村，住进没有了马三爷的老屋。

刘喜宝一行刚到红三村不一会儿，刘阳和海棠就赶来了。原来，是国华通知他们的，大家担心刘喜宝和柳小红年纪大了，怕有个闪失。

不光刘阳和海棠来了，到了晚上，刚下班的刘书岩也带着媳妇千千赶来了。刘书岩大学毕业好几年了，当初放弃了留北京的机会，主动回到曹泽。一开始分到牡丹镇，他从乡镇办事员干起，现在已经是泽县县政府办公室副主任。刘书岩对爷爷非常崇拜和敬重，一再表示要把爷爷奶奶请到城里去住，无奈刘喜宝死活不同意。最后，大伙儿没有拗过刘喜宝，老两口还是住在刘家老宅的西院里。

这些年，村里很多人家的房子都翻新了，有的还盖了二层楼。这样一来，刘家的老宅越发显得老旧。当初，刘喜宝捐了老宅东院做"黄河湾解放区首府"，后来东院改成村委会，修缮过几次，看上去还像那么回事。西边的小院一直没有修缮，马三爷去世后，又少了人气，看上去更是破败。

刘喜宝却对这里情有独钟，一踏进小院就像回到了过去。他在这个老屋子里，能感受到父母的气息。

见刘喜宝如此坚持，晚辈们也不好再说什么，于是忙着打扫卫生，添置生活必需品。地扫了，老家具擦了浮尘，里里外外有了人气，看上去也就像那么回事了。

日子安定下来，刘喜宝忙着了解赵丹虎被打的事。

刘喜宝先去医院找赵丹虎。赵丹虎正躺在病床上养伤，得知刘喜宝为他的事专程回来，感动得热泪盈眶，把情况一五一十告诉了刘喜宝。

原来，曹泽这几年兴起农民画牡丹的热潮。村里的大姑娘、小媳妇没事就画牡丹，特别是在红三村和石头村一带，农民画十分盛行，到处都是农民画室。

赵丹虎作为县文化馆的工作人员，不光教农民画牡丹，还帮他们联系画商出售画作。黑子一伙想垄断书画市场，让农民以低廉的价格把画卖给他们，他们再高价出售给外地画商获取暴利。

"黑子？"刘喜宝觉得这名字有些熟悉，"是与张猛打仗的那个黑子？"

赵丹虎说："没错，就是那个黑子！"

农民画师们见黑子要垄断书画市场，坚决反对。黑子联合外地来的画商，让农民的画卖不出去，逼着农民廉价出售。黑子不光欺负农民画师，也欺负外地来的画商，想方设法阻止农民画师与外地画商直接交易。有一次，一个外地画商不信邪，拒绝与黑子一伙同流合污，直接到村子里收购牡丹画。结果那人收了画后，还没离开曹泽，黑子就派小混混把画抢走了，还打了画商一顿。他们专挑无人的地方下手，黑子不亲自出面，报了警也没查出个所以然来。

后来，外地画商只得忍气吞声与黑子一伙合作。

牡丹画象征着富贵和吉祥，销路越来越好。在全国乃至日本、东南亚，曹泽的农民牡丹画都有一席之地。越是这样，黑子一伙越是欺行霸市，得寸进尺，采取各种手段两头打压，确保黑中介的利益最大化。

刘喜宝问："黑子一伙这样做，能从中拿到多少抽成？"

赵丹虎的回答让刘喜宝大吃一惊。一幅画根据尺寸不同，价格也不同。就拿一般尺寸的画来说，农民画家要用一天到几天不等的时间画出来，黑子一伙以几十元最多上百元的低价拿到手，一转手就以数百元、上千元乃至上万元的价格卖给外地画商。

赵丹虎说："刘书记，他们太黑了。"

赵丹虎又说起这次被打的事。在这之前，赵丹虎已经受到过黑子一伙的威胁和警告。有一次甚至把话说到了明面上，再多管闲事就要卸掉他一条腿。但赵丹虎见不得这种不合理现象，同情为了养家糊口而起早贪黑的农民画师。

前几年，石头村是有名的留守儿童村，地少，又远离城镇，没有挣钱的门路。许多家庭都是夫妻俩一起外出打工，把孩子留给老人看管，一时出现了很多社会问题。自打石头村有妇女学会画牡丹以来，很多外出打工的妇女回来了，留在村子里一边画画卖钱，一边照顾家庭。黑子一伙的恶行让农民画师收入越来越少，几乎坚持不下去了。

为了打破这一不合理现象，前几天，赵丹虎约了石头村的几个农民画室负责人到省城的文化市场去销售画作。黑子知道后百般阻挠，派了几个小混混跟踪到省城，对他进行殴打。

赵丹虎还告诉刘喜宝，让黑子这么一折腾，周边村子的妇女，特别是石头村的妇女不得不外出打工。一想起这个，他就气不打一处来。

刘喜宝问："黑子一伙这么猖獗，难道政府和公安不管吗？"

赵丹虎说："管，没有抓到黑子的现行。"

原来，那些事都不是黑子亲自做的，是他暗地里指使小喽啰们干的，指使的还不是同一个人。即便小喽啰们因为打架进去了，也一个个嘴巴闭紧，不把黑子供出来。他们十分狡猾，一般采用威胁、恐吓、骚扰等手段，最多把人打成轻伤，一般判不了重刑，也就是蹲个拘留所，给受害人些经济补偿。蹲了拘留所，在警方挂了号的，黑子就不会再用，给那些人一笔钱，让他们永远闭嘴。几年来，黑子扰乱文化市场，公安拿他没有办法。

刘喜宝与赵丹虎聊天儿时，石头村一个叫江秀美的妇女准备外出打工了。

江秀美正在收拾行李。看着旁边的画架、画纸和半成品牡丹画，想着自己的两个孩子，心里不是滋味。

7岁的女儿宁宁放学回来，觉察到母亲要离开家去打工，露出一副忧心忡忡的神情。

宁宁问："妈，您又要去打工吗？"

江秀美说："宁宁，我下午的火车，你在家多帮奶奶照顾弟弟和你爸。"

宁宁无声地落下眼泪，低声祈求："妈，别走！"

江秀美低沉着嗓子说："我也不想出去，可我不挣钱，这个家咋整？"

宁宁不再说话，默默抹眼泪。

坐在轮椅上的丈夫水根从屋里出来说："咱俩离了吧，不拖累你。"

江秀美继续收拾行李，淡淡地说："说这种话，有用吗？"

水根气哼哼地摇着轮椅出去了。

4年前，水根在广东的工地干活儿，从脚手架上摔下来受了伤。当时，江秀美怀了二胎，跟着丈夫在广东打工，水根干泥瓦工，她在工地上做饭。水根受伤后，两人回到老家。水根伤到了腰椎，性命是保住了，却再也站不起来，整天坐在轮椅上，干不了活儿，一年到头吃药。江秀美生下第二个孩子后，面对残疾的丈夫和两个需要照顾的孩子，一直没有再出去打工。坐吃山空，一点儿积蓄眼看就要花完了。就在她万分焦虑之际，村子里兴起了画牡丹画。看到妇女们一个个加入了牡丹画室，她也找了一个画室学习。3个月之后，江秀美出徒，靠画牡丹也能挣钱了。

后来，江秀美的画技一点点提高，画的牡丹栩栩如生，收入越来越高。不料，后来出了事，先是不能直接把画卖给外地画商，到后来价格越来越低，不管画好画孬，一律50块钱一幅。紧赶慢赶，一天画一幅挣50块钱，还不如打工挣得多。

前几天，县文化馆替农民画师说话的赵丹虎被打，牡丹画怕是还要降价。画师们人人自危，不敢跟黑子一伙硬拼。江秀美就有了外出打工的打算。

现在江秀美收拾行李，丈夫水根着急了。水根不想让江秀美外出打工，他能想象出妻子一走，家里会是什么样子。他知道妻子做出这个决定也是万般无奈。带着绝望的心情，水根摇着轮椅出了门。

刚出门，水根就看到70多岁的老母亲牵着4岁的儿子从外边回来。

母亲问："水根，你这是要去哪里？"

水根不回答，兀自摇着轮椅跌跌撞撞离去。

水根的母亲进屋看到儿媳整理行李，知道她要外出打工，也明白了儿子心情沮丧的原因。

水根要吃药，牡丹画卖不出钱，不能坐吃山空，这些道理水根的母亲都懂。她没有劝阻儿媳，只是坐在椅子上，发出一声叹息。

打上出租车的水根在医院门口下车，摇着轮椅去病房找赵丹虎时，刘喜宝正要起身离开。

一看到水根，刘喜宝愣住了。这不是石头村里玉花嫂子的孙子吗？玉花嫂子就是当年鬼子"扫荡"时救过刘喜宝和徐天凯的俊俏小媳妇。后来，刘喜宝每次回曹泽，都会去石头村看望玉花嫂子，就和水根以及水根的父母熟悉了。几年前，玉花嫂子过世了，想不到水根竟坐了轮椅。

水根想不到会在这里见到刘喜宝，一激动，双眼一下子红了。水根把自己的困境一股脑儿向赵丹虎和刘喜宝说了。他恳求两人管管黑子那伙人的不法行为，还曹泽文化市场公平和清静，否则他一家人真是走投无路了。说到最后，水根告诉赵丹虎和刘喜宝，他妻子江秀美正准备出门打工。两人一听都急了，立刻打电话给江秀美想拦住她。谁知电话无法接通。

一行人赶到石头村，得知江秀美已经把两个孩子交给婆婆出了门。怕家里人找她回去，电话关了机。身上包着纱布的赵丹虎一听就急了，要打车去火车站追人。

正在着急的时候，一行人遇上了牡丹镇的副镇长明荣。明荣是大盛的孙女、国成的女儿，她这次来石头村，也是为农民画师的事。

原来，最近牡丹画师纷纷离家外出打工，引起镇上领导的注意，明荣被派到石头村了解情况。

明荣与江秀美是中学同学，得知江秀美去了火车站，她提出去火车站拦住江秀美。

当明荣赶到车站时，火车就要启动了。已经上了火车的江秀美看到明荣风尘仆仆地来找自己，以为家里出了什么事，忙从火车上下来。

听说赵丹虎答应继续管文化市场的事，江秀美脸上立刻绽出了笑容。江秀美说："真的吗？要能不出远门在家里画牡丹挣钱，真是太好了！"

明荣知道黑子的一些事，但对事情的来龙去脉不是特别清楚。回去的路上，明荣听江秀美仔细说了黑子一伙垄断牡丹画市场的事，气不打一处来。明荣是个眼里不揉沙子的主，爱憎分明，心直口快，当即表示她要拼上一己之力，管到底。

当天晚上，在明荣家里，几个人开了个小会，商量了一下这事该怎么办。赵丹虎说他通过文化系统一级级报告。明荣表示，她通过牡丹镇政府上报。牡丹镇的牡丹画这些年发展不错，不能因为一粒老鼠屎坏了一锅粥，要早日将害群之马缉拿归案，不能让他们垄断、破坏文化市场。

刘喜宝虽然年事已高，但思维清晰，他觉得要找出黑子与那些小混混们私下往来的证据。找不到证据，就拿黑子没有办法，他可以撇得一干二净。擒贼先擒王，只要把黑子拿下，那些靠着黑子混饭吃的小混混自然树倒猢狲散。

果然，当明荣和赵丹虎通过各自的渠道把黑子垄断牡丹画市场的事情向上级汇报后，事情集中到了市里的文化市场综合执法支队。其实，市文化市场综合执法支队早就接到举报，有小混混阻拦牡丹画交易。群众传幕后黑手是黑子，执法支队没有掌握证据。

手机号码没有实名制，查通话记录是行不通的。于是，刘喜宝想了一个笨办法，发动人24小时跟踪黑子。黑子给小喽啰们钱不通过银行转账，采取现金交易，总有办法在碰头的时候抓住他们。

一听说这个办法，各个村子的画师纷纷报名去跟踪黑子。大伙儿一合计，画师跟踪行不通，因为黑子认识画师，容易露馅儿。既然画师不能出面，就发动亲属跟踪。十多天后终于有了线索，黑子在邻县一个小餐馆里，与殴打赵丹虎的两个小喽啰涛子和董翔会面。

黑子和女友开着豪华汽车，停在一家火烧店旁。

服务员隔着窗户看到了车，上前热情招呼。

黑子没有去单间，在大厅里找了一张桌子坐下。他问服务员："有炒菜吗？"

服务员说："火烧、炒菜都有，还有雅间。"

黑子看着门外，说："在这儿吃就行。"

服务员把菜单递给黑子。黑子又把菜单递给女友，让她看着点。

黑子向门外看去。就在此时，走廊一个雅间走出一个人，一副小痞子的模样，冲黑子轻声喊："哥，我们在这儿。"

黑子忙转身，看到了涛子，一时神情复杂。他犹豫了一下，起身向雅间走去。黑子的女友跟上来，黑子停下脚步，示意她在大厅观望，留意外边，自己走进了雅间。

雅间里，涛子和董翔都到了，已经上了菜，还没动筷子。

黑子关上门，厉声问："进单间干什么？不方便。"

涛子指指身后的窗户："不是有窗户吗？"

董翔抱怨："哥，老回不了家，日子长了也不是个事呀！"

黑子说："现在肯定不能回，风声紧，再等等。"

涛子也抱怨："哥，我可不想过这种日子。"

黑子打开手里的包，拿出6沓钞票，扔到桌子上说："一人3万，到外边再溜达些日子吧。"

涛子和董翔眼里一下子闪出亮光，原本板着的脸上泛起笑容。

饭店大厅里，黑子的女友一边翻看菜单，一边关注着外边的情况。此时，两个模样精干、30 多岁的男人走进饭店。黑子的女友十分警惕，一直盯着那两个人的一举一动。又有一个 60 多岁的大妈抱着几个月大的婴儿走了进来。大妈进来就点火烧，坐在一张桌子旁边等。黑子的女友又把注意力放到两个精干男人身上。

高个子男人说："我们吃火锅。"

服务员说："我们这儿没火锅。"

两个男人脸上露出失望神色，起身走了出去。

两个男人出门时，又有一男一女两个 20 多岁的年轻人走进来。

服务员招呼："两位，吃点儿什么？"

黑子的女友不高兴了，说："你到底给谁点菜？"

两个年轻人坐下，其中男青年看着黑子的女友说："先给她点，我们不急。"

黑子的女友指着菜单说："这个，爆炒童子鸡。"

大妈怀里的孩子突然哭闹起来。大妈咕哝着："怎么尿了？"

大妈抱着孩子站起身，用农村土话问服务员："茅房在哪儿？"

服务员指指走廊尽头，说："走到头就是卫生间。"

大妈抱着哭闹的婴儿向卫生间走去。

黑子的女友如释重负地咕哝："真能号，烦死了！"

路过黑子那个雅间门口时，看看走廊没人，大妈熟练地用手机隔着玻璃对着雅间拍照，脚步不停，向卫生间走去。

走进卫生间，大妈把手机里的照片发送出去。

与此同时，曹泽市文化市场综合执法支队 4 位工作人员正在密切地关注着前方的情况。前来配合办案的刑警队周队长接到了何姐发来的照片。何姐是刚退休的老刑警，被请来配合办案。

文化市场综合执法支队的两位工作人员都很激动，让周队长赶紧发给赵丹虎指认。

赵丹虎一直在病房里等候。手机响了几声，他赶忙查看。看着照片上的涛子和董翔，赵丹虎说："就是他俩！"

赵丹虎赶紧给周队长打电话。周队长得到赵丹虎的确认，立刻通知跟踪人员："就是这两人，动手吧！"

火烧店里，刚才要吃火锅的两个男人带着三个人走进餐馆。领头的高个子与化装成食客的青年男女一碰眼神，青年男女迅速站起来。

大家向那个雅间奔去。

黑子的女友一看情况不好，赶忙呼叫："黑子，快跑！"

雅间里，黑子闻声迅速起身，企图夺窗而逃。

推拉窗刚被黑子推开，早已守候在窗外的两个便衣警察同声呵斥："老实点儿！"

执法人员冲进雅间，转眼之间，就把黑子、涛子、董翔三人铐了起来。连同黑子的女友一起，几个嫌疑人被押上警车。

大妈抱着婴儿走出火烧店。为首的高个子警察与大妈打招呼："何姐，实在不好意思，都退休了还麻烦您。"

大妈开玩笑说："你何姐愿意。"

大妈怀里的婴儿又哭了。

大妈说："大孙子，别哭了，我们完成任务回家喽！"

说着，大妈就抱着孙子上了高个子警察的执勤车，向曹泽驶去。

殴打赵丹虎的两个歹徒被抓到，在铁的事实面前，黑子终于认罪。

曹泽的牡丹画市场终于回到正轨。

这天，江秀美在院子里画牡丹，丈夫水根坐在旁边，跟着江秀美学习。

江秀美说："先用浅色勾出花瓣的形状。"

此时，冬惠、赵丹虎搀扶着刘喜宝走进大门。看到这一幕，大家露出了微笑。

十八

又是几年过去了。这年初夏，电视里传来了神舟十号载人飞船与天宫一号成功对接的好消息。刘喜宝与柳小红感慨，科学发达了，我们中国人上太空跟串门儿似的。

两人正聊着，曹泽电视台《天南地北曹泽人》栏目的李编导在王秀泽带领下，来家里采访刘喜宝。

刚进门，王秀泽就打开了手里那盒牡丹籽油。

王秀泽说："刘书记，牡丹籽油已经被国家批准为新资源食品，咱们公司生产的牡丹籽油各项指标都达标，这是检测的样品，您和阿姨尝尝。"

刘喜宝没想到，这牡丹籽还能榨油，不由得赞叹。

王秀泽说："刘书记，您可别小看了咱们的牡丹籽油，经常吃可以降三高、通血管。"

柳小红惊喜地说："是吗？看来适合我们老年人吃。"

王秀泽说："因为牡丹籽油里面含有大量不饱和脂肪酸。"

王秀泽又告诉刘喜宝，牡丹产业开发了很多新产品，从日用化学品到食品，再到中药材，不下几十种。

柳小红说："真是应了那句话，牡丹浑身都是宝。"

王秀泽说："就是，连牡丹根也是上好的中药材。"

刘喜宝看着一边的李编导问："光说牡丹了，李编导，您来找我是不是还有别的什么事？"

王秀泽忙说："忘了正事了。李编导，您直接给刘书记说吧！"

原来，曹泽市领导指示，电视台要做个关于南下工作队的专题片，挖掘红色历史，弘扬革命精神。由于年代久远，这是一次抢救式的拍摄。李编导来拜访刘喜宝有两层意思，一是采访刘喜宝，二是想让他牵个线，到西川省去采访更多亲历者。

刘喜宝听后，不假思索地表了态："好事，我支持！"

李编导看着柳小红说："阿姨，您也是我们的采访对象。"

柳小红笑着说："我也支持！"

说起制作专题片的缘由，李编导说："我们制作这个专题片，就是想让年轻人更好地了解历史，继承老一辈革命者的光荣传统。"

就在这时，王秀泽的手机响了，原来是他正在北京读园林专业博士的儿子王小奇打来的。

刘喜宝让王秀泽把王小奇叫来一起吃饭。不一会儿，王小奇带着女朋友包包一起来了。也是凑巧，刘喜宝在大学团委工作的外孙女徐阳阳也来了，几个年轻人聊得火热。

吃饭的时候，李编导追着刘喜宝讲南下工作队的故事。刘喜宝讲到曹泽南下工作队刚到五道水，在三峰山被国民党残顽和土匪包围的惨痛一仗。说到赵守先为了救妇女儿童牺牲，大家唏嘘不已。

李编导红着眼圈说："刘书记，这位赵部长就这么牺牲了？"

柳小红红着眼圈补充："当时赵部长的妻子在咱老家快生了，他没能见到孩子。"

刘喜宝说："那个孩子就是咱们曹泽画家赵丹虎。那一仗，我们牺牲了很多战友。"

包包在抹眼泪。

王小奇说："太感动了！"

徐阳阳也红着眼圈说："姥爷，以前您怎么不给我讲这些呀？"

柳小红说："你姥爷是好汉不提当年勇。"

刘喜宝说："以前确实是这么想的，这个观念还真得转变转变了，要让年轻人知道我们那辈人的经历才是。"

李编导唏嘘道："让年轻人了解过去，了解我们党走过的艰难历程，是市领导建议电视台做这个专题片的真实意图。"

回到曹泽后，李编导向台里做了汇报，台里又向市里做了汇报。市委领导非常重视，让李编导率领编导组赶赴西川省采访当年的南下老同志，弘扬永远的黄河湾根据地精神。

不料，李编导一行赶到西川省时，并不顺利。那些南下的老同志一听说记者来采访，纷纷回避。他们一是想起当年牺牲的战友，觉得不应该宣传自己，二是担心记者的身份。以前发生过老同志被冒充的记者欺骗的事情。

李编导一连几天吃了闭门羹，躲在宾馆里犯愁，最后拨通刘喜宝的电话，向他求助，希望刘喜宝给西川省的老战友打个电话，同意他们采访。刘喜宝一听就急了，觉得打电话不解决问题，想去西川省一趟。柳小红没有阻拦，好多年没有去西川省了，趁着身体还好，她也想再去一趟，看看那里的老战友，也看看那里的三峰山。

就这样，刘喜宝、柳小红在刘鲁黔、徐阳阳和冬惠的陪同下，来到西川省。

得知刘喜宝来了西川省，当年的老战友纷纷赶到宾馆看望他。王东明、胡小剩、唐大力等都来了，宾馆房间和外面的走廊挤得满满的。

宾馆负责人得知南下工作队老战友聚会，给他们安排了一个会议室，还拿来了茶点和水果。会议室里，大家都把目光投向刘喜宝，围着他问长问短。

胡小剩说："请大家静一静，让刘书记给我们讲两句。"

一阵掌声响过，刘喜宝站起来说："各位战友，各位兄弟，隔了这么多年又能来这里和大家见面，我打心眼儿里高兴！"

又是一阵掌声。

刘喜宝接着说："说句不中听的话，一转眼我们这茬人，这辈子就快走到头了，想想真是感慨！在座的各位都是当年从曹泽出来的老兵，我想说的是，我们值了。最近我常常在夜里想起以前的事，我们在曹泽打鬼子的事，我们来到西南剿匪的事。我常常想到，当初有那么多战友牺牲了，他们没能看到现在的盛世。他们牺牲的时候都很年轻。相信我们的脑海里都有这样的记忆，都有这样的遗憾，替当年牺牲的战友遗憾。我们活到了今天，我们替他们看到了社会的发展和如今的繁华盛世。但是，战友们，我们不能只顾着过自己安稳的小日子，我们要在有生之年，把过去的故事讲给年轻人听，我们要把共产党走过的艰辛道路讲给他们听，这叫传承！"

又是一阵掌声。

刘喜宝说："这回，咱老家电视台来了记者，要采访我们当年的经历，听说有的战友还有顾虑，担心这是在宣传自己。这不是宣传自己，这是在讲我们共产党的故事，这也是传承！至于有的战友担心记者身份的真实性，这个顾虑就更没有必要了，让他们出示记者证就是了。"

一位几天前拒绝采访的老同志站起来说："刘书记，您说得太好了，我怎么就没有意识到这些呢？李编导，回头采访我吧，我泡上茶，欢迎你们！"

老同志纷纷表示，愿意接受采访。李编导忙站起来表示感谢。

接下来的时间，刘喜宝和柳小红在老战友陪同下旧地重游。他们去了五道水，去了三峰山，与老战友愉快会面。

转眼到了要离开的日子。离开西川省的前一天晚上，他们正在刘海家吃饭，一个风风火火的女民警找到他，请他帮助解决家务事。

刘喜宝和柳小红一听都蒙了，不知道这个女民警说的家务事是什么。

刘喜宝把女民警带到刘海的书房，让她坐下慢慢说。

原来，女民警叫季晓，是胡小剩的三儿媳妇。胡小剩的大儿子和二儿子都在外地工作，只有小儿子胡三星与父母住在一起。

季晓说，去年婆婆去世了，为了更好地照顾年过八旬的公公，他们请了50多岁的李阿姨来家里做保姆。不料，最近公公宣布要与李阿姨结婚。

季晓列出种种证据证明李阿姨是个骗子，控制着公公的工资卡和存折，现在又要结婚，明摆着是冲着财产来的。但公公当局者迷，以为找到了第二春，一心要与李阿姨结婚。

刘喜宝说："再婚是老年人的自由，不管多大年纪，都有追求幸福的权利。"

季晓说："刘书记，这个道理我明白，怎么着我也是个警察，基本的法律常识我懂。但我不能眼看着我爸上当呀！那个李阿姨就是个婚姻骗子。这种事电视上报道得还少吗？我爸怎么就不明白呢？"

刘喜宝问："你说她是骗子，有证据吗？'骗子'这个帽子，可不能胡乱给人家戴。"

季晓说："当然有了。我是干什么的？刘书记，我是刑警，火眼金睛，眼里不揉沙子。"

刘喜宝问："你都有什么证据？"

季晓说："她拿着我公公的工资卡和存折不说，还时不时和她前夫、儿子见面，一家三口经常往一块儿凑，这些我都跟踪调查过。她号称离婚了，但经常约着打工的前夫、儿子一起吃饭，这不是离婚的状态。"

刘喜宝伸出手："证据拿出来，我看看。"

季晓说："我没拍。"

刘喜宝说："先拿出证据，我才好判断呀！再说了，人家有孩子，离了婚见面正常。一家人都打工，为了生活也是不容易。如果没坐实，可不能冤枉了人家，要用事实和证据来说话。"

季晓抱怨："刘书记，您怎么向着李阿姨说话呀！您就看着我爸往火坑里跳？"

刘喜宝说："你公公胡小剩是我从曹泽带出来的老同志，他老伴儿去世了，追求幸福，我支持他。如果有人骗他，把他当成发财的工具，我决不答应！"

季晓笑了："那我没找错人。我婆婆在世的时候，整天说您特别厉害，特别神，特别会做思想工作，啥事到了您这里都能解决。反正这事我就赖上您了，谁让我爸是您的老部下呢？也让我看看，您究竟有没有我爸说的那么神。"

刘喜宝笑着说："小季呀，激将法用得不错呀！"

季晓说："刘书记，您一定要阻止我爸，他真和李阿姨领了证，我们家就永无安宁之日了，在外地工作的哥哥嫂嫂也会怪罪我们的。"

刘喜宝说："那得等我掌握了真实的情况再说。"

刘喜宝和柳小红去找胡小剩谈心。胡小剩一脑门子的火气，说正要去找刘喜宝替他做主。自己干了一辈子革命，到头来连基本的权利都被儿女剥夺了，身份证、户口本都给藏了起来。老伴侯月去世了，再找个伴儿共度晚年，犯了哪家的王法？

刘喜宝越加拿不准是季晓冤枉了李阿姨，还是胡小剩被李阿姨骗了。不管怎样，把事情搞清楚再说。

趁着李阿姨出去买菜，胡小剩在刘喜宝和柳小红面前狠夸李阿姨，其中一条是李阿姨很瘦。柳小红一听就乐了，想起当年刚到五道水，胡小剩嫌弃侯护士又黑又瘦的事情，就调侃胡小剩："小剩呀，你的口味也变了呀，以前嫌弃又黑又瘦，现在怎么专找瘦的了？"

胡小剩嘿嘿一笑，说："我这不是与时俱进了嘛。"

胡小剩夸赞李阿姨："这个小琴，就是心细，对我特别关照，整天一门心思变着花样给我做好吃的。实话告诉您，侯月走的头两年，我心灰意冷，觉得活着没意思，有时候一天吃不了几口饭。老大老二在外地，老三和老三媳妇虽说住得不远，都孝顺，隔三岔五来看我，给我送吃的，有时候给我点外卖，但我想要的是个伴儿啊！小琴对我这么好，我给她个名分有什么不对？"

刘喜宝说："要看小李对你的感情是真的还是假的。"

胡小剩警觉起来："刘书记，季晓找你了吧？"

刘喜宝说："小剩啊，信得过我就听我唠叨几句。从理上讲，我是不反对老年人再婚的，无论多大年纪，都有追求幸福的权利。前提只有一个，婚姻要建立在感情而不是物质利益的基础上。"

胡小剩说："刘书记，这一点请放心，小琴愿意跟我，就是冲我脾气好，她以前的丈夫家暴。"

刘喜宝提出在胡小剩家住几天，帮他掌掌眼，问胡小剩晚几天领证行不行。胡小剩十分高兴，说住在一起好，就像一下子回到了红三村。柳小红也不想胡小剩被骗，欣然同意了。

李阿姨买菜回来，得知刘喜宝夫妇要在家里住几天，脸上露出微笑，心里却一百个不乐意。她盘算着，本来这几天就要与胡小剩去领证，这伙人一来，不知会拖到什么时候。

表面上，李阿姨很热情。她做了酸汤鱼给大家吃，把保姆冬惠也当作客人，所有的活儿一个人承包了。

一连几天，李阿姨都很忙碌，不是在家里做饭、收拾卫生，就是出门采购。

这天晚上，胡小剩、刘喜宝和冬惠在客厅里打扑克，李阿姨拎着购物袋出门买休闲小食品。像以往一样，李阿姨刚走出单元门就开始打电话。

李阿姨边走边说："你个死鬼，一天都不接电话，干活儿就不能带着手机吗？什么事？和老头子登记的事没搞成。什么原因？家里来了客人，他的一个什么老战友、老领导。真是烦死了！不急？我能不急吗？行了行了，知道了。什么？要见面？我哪有时间出去。行了，知道了，我请假试试吧。"

一个戴着鸭舌帽、身穿男装的人一直跟在李阿姨身后不远处。

夜色里，李阿姨挂断电话，警觉地四处张望。

那个戴鸭舌帽的人越过李阿姨向前走去。

走到小区大门外一家亮着灯光的小超市，李阿姨拐了进去。

戴着鸭舌帽的人走出一段距离，摘下帽子，露出一头短发，原来是身穿男装的季晓。

季晓发短信，把情况报告给刘喜宝。

果然，李阿姨回来后就向胡小剩请假，说老家来了个亲戚，明天中午想出去见个面。胡小剩一口答应。冬惠让李阿姨放心，说她可以在家照顾三位老人。

与此同时，身穿男装的季晓回到自己家，开门进了客厅。

正在看电视的丈夫胡三星看到季晓，忍不住笑了，问："你咋这副模样，啥案子这么上心？"

季晓说："还能有谁？李阿姨呗！为这事，我都把年假休了。"

胡三星提醒季晓，李阿姨也不容易，照顾老人辛苦，能多给人家点儿好处就多给点儿，只要老爷子高兴就行。

得知刘喜宝夫妇为这事住进了父亲家里，胡三星批评季晓："人家刘书记都那么大岁数了，比咱爸还大一截儿呢，你也好意思去麻烦人家？"

季晓一顿夸赞："人家刘书记还真是名不虚传！确实对咱爸好，我都没想到他这么上心。"

胡三星觉得季晓对李阿姨有误会。季晓把刚才李阿姨给丈夫打电话的录音放给胡三星听。

听过之后，胡三星震惊不已："竟然真是骗子？！"

季晓说："你以为我这刑警白当的，证据加直觉。"

胡三星问："那怎么办？"

季晓说："我已经和刘书记商量好了对策，你就等着瞧吧！"

第二天快中午的时候，李阿姨背着单肩包出了门。过了半个多小时，刘喜宝接到季晓发来的微信，让他们去一个叫"喜滋来"的饭店。

冬惠正准备做中午饭，刘喜宝假装漫不经心地提议出去吃。胡小剩十分赞同，还把周围几个有名的餐馆说出来，让刘喜宝和柳小红挑选。刘喜宝指名去"喜滋来"饭店。胡小剩没听说过这个饭店，以为是个上档次的大饭店，忙说就去"喜滋来"，还说他请客。

几个人打上一辆出租来到"喜滋来"门口，季晓已经在门口等着他们了。胡小剩看到季晓，有些不自在，又见"喜滋来"是个小饭店，就张罗着换地方。刘喜宝坚持说喜欢这里的饭菜，才把胡小剩安抚住。柳小红也说喜欢这里的口味。胡小剩跟着季晓走进一个包间。刘喜宝叮嘱胡小剩，进了包间不要说话，注意聆听。

胡小剩不知道季晓在搞什么鬼，默不作声坐在椅子上。菜已经上好了。季晓让服务员别进来。

包间与包间之间的隔断是竹子做的，隔壁的声音隐隐传过来。

胡小剩不自在，小声问刘喜宝："啥事呀？这么神神秘秘的。"

刘喜宝做了个手势，让胡小剩不要说话。胡小剩越加不自在，只顾低头吃饭。

这时，隔壁传来了李阿姨的声音。李阿姨说："他们两个怎么还不来？"

一个男人瓮声瓮气的声音传过来："再等等，你是急着回去吗？老头子给了你几个小时的假？"

胡小剩惊讶地竖起了耳朵。刘喜宝又做了个手势，让他不要出声。

隔壁李阿姨说："不是急着回去的事，我是说，强子怎么说结婚就要结婚了？上次不是说再等等吗？"

男人说："等什么等？都怀上孩子了！"

李阿姨转为惊喜地说："啊？这也算是好事了！"

那个男人气哼哼地说："我就想问你，不是说好了和那个老头子登记的吗，怎么还没有去？他变卦了？"

李阿姨说："不是老头子变卦，是家里来了客人，我不是在电话里说了吗？还有，老头子的身份证和户口本都不见了，让他儿媳妇藏了起来。"

男人说："啊？那你不是白忙活了吗？你还——"

李阿姨说："那还不都是你同意的？你以为我愿意这么做？低三下四地去侍候一个糟老头子。你想买房，又挣不到钱，想出这么个歪招，倒是怪起我来了！"

男人长叹一声，不再说话。

胡小剩听到这里，气得脸色青紫。刘喜宝示意他不要说话。胡小剩发现被骗，忍无可忍，竟然开门奔了出去。他不管不顾推开隔壁房间的门，冲了进去。李阿姨和丈夫大惊失色。胡小剩还没来得及开口痛斥，就被气得一口气上不来，顿觉一阵胸疼。他捂住胸口，说不出话来，倒在了地上。

季晓和刘喜宝等人围上来，马上拨打了120。

三天后，胡小剩出院了。回去的车上，胡小剩一再承认自己犯糊涂了。

季晓对刘喜宝大加称赞："刘书记，以前听爸妈说起您，总觉得您是大领导，会有点儿官架子。这次接触下来，我觉得您就是我们家的邻居大爷。热心肠！"

刘喜宝说："我就是一个普通老党员。有支歌里不是说嘛，家是最小国，国是千万家。家务事说起来小，处理不好也会影响国家大事。"

季晓对胡小剩说："爸，刘书记也批评我了，不能干涉您再婚的想法。如果有合适的，我替您物色着点儿！"

胡小剩不好意思起来："不说这事了，我请你们去吃大餐。"

十九

这一年春天，刚出院的刘喜宝坐在阳台的椅子上赏花。外面正下着小雨，小区院子里，许多花含苞待放。

旧住宅拆迁，刘喜宝的家从平房小院搬进了楼房大平层。阳台上的视野很好，小区风景一览无余。

柳小红扶着阳台栏杆说："春雨贵如油，这雨一下，花都鲜亮了不少。"

刘喜宝说："老家的牡丹花也快开了。"

柳小红说："我知道你想什么。刚出院，今年就别回去了，电视上看看'世界牡丹大会'直播就行了，鲁黔和景辉也不同意你回去。"

刘喜宝说："回去一趟少一趟。"

柳小红说："我知道我当不了你的家，这事你定吧！"

刘喜宝再次回到曹泽，这次陪同去的除了柳小红和冬惠，还有刘鲁黔。

刘鲁黔事先在网络平台上订了曹泽城里的酒店，一下高铁就打车去酒店。他们到了酒店，才打电话通知刘阳两口子。

刘阳和海棠得知父母已经住进酒店，匆忙赶来。

刘鲁黔赶紧检讨："嫂子，哥，要怪就怪我，都是我的主意，怕打扰你们。"

海棠说："都是一家人，什么打扰不打扰的。"

柳小红说："都别计较这些了。刘阳、海棠，你俩还不知道，这是你爸一贯的风格，现在他就是想赶紧看到牡丹花。"

第二天，刘阳雇了一辆中巴车，拉上一行人去红三村牡丹园赏花。

不料在去红三村的路上，司机故意绕行，引起了刘喜宝的注意。刘喜宝问刘阳，为什么要舍近求远绕行，刘阳支支吾吾地应付了过去，这让刘喜宝觉得不正常。到了红三村牡丹园门口，趁着刘阳、海棠去租观光车的时候，刘喜宝悄悄打了辆出租车沿途查看。

在距离三棵树不远的地方，刘喜宝看到了令人痛心的一幕。沿途大片大片的牡丹花地里，十几台农用机械铲车正在铲除地里的牡丹花。

刘喜宝赶忙叫停车子，下去查看。他一辈子视牡丹花为性命，见此情景，一下子瘫坐在地头。

正在地里忙碌的王秀泽看到刘喜宝，立刻赶了过来。牡丹镇的镇长明荣也赶来了。刘喜宝这才知道，牡丹花是王秀泽亲口下令铲除的。

刘喜宝问王秀泽："为什么？这到底是为什么？"

正是花季，被铲除的牡丹花东倒西歪地躺在地上，让人看了很是心疼。

王秀泽也一屁股坐在地上，眼含着泪说："刘书记，我是迫不得已呀！"

刘喜宝越加迷惑，问："这到底是怎么了？"

原来，这几年政府大力提倡发展油用牡丹，许多企业与种植户看好油用牡丹的前景。红三村牡丹生物科技公司三年前从农户手中流转了3000亩土地作为油用牡丹生产基地，专门种植油用牡丹。由于大批上马，公司的榨油加工流水线能力有限，基地生产的牡丹籽和油用牡丹苗卖不出去，大量积压，导致企业亏损。后来，牡丹籽的价格还不够支付花农采摘的费用，更无法负担土地的租金。为了减少损失，只能忍痛割爱铲除油用牡丹，种点别的农作物自救。

明荣还告诉刘喜宝，不光红三村牡丹生物科技公司存在这种情况，其他牡丹产业公司也存在。

在刘喜宝的强烈要求下，大家暂时停止铲除油用牡丹。

刘喜宝连夜把王秀泽、国华、明荣和红三村的花农召集在一起研究对策。

刘喜宝也把刘书岩叫来了。刘书岩已经升任泽县副县长。刘喜宝批评他："这么重要的事情为什么事先没有重视？如今落到铲除大片牡丹花苗的地步！"

刘书岩深感愧疚，他说："这事我很惭愧，但实在是无奈呀！"

刘喜宝说："无奈？好一个无奈！作为分管农业的副县长，你能心安理得看着花农含泪把辛辛苦苦栽培出来的牡丹铲除吗？"

刘书岩说："这事我也一直在想办法，只是——"

刘书岩这句话触动了明荣的某根神经，她话里有话地说："刘县长有更重要的事情要忙，哪里顾得上这种小事！"

刘书岩用慌乱的眼神看了一眼明荣。

国华赶忙劝阻："不要说了。"

明荣说："对不起，是我冒犯了副县长大人！"

刘喜宝看出明荣对刘书岩有意见，他没多想，围绕着牡丹籽油的话题继续说："既然牡丹籽油作为一种优质食用油被国家认可，而且油用牡丹的用途广泛，在日化、保健等行业都用得上，应该供不应求才是，怎么会落得个卖不出去的结局？"

明荣回到原来的话题："是呀！但现在的实际情况是，牡丹籽大量积压了。"

王秀泽介绍："一条流水线一年满打满算能消化 300 吨牡丹籽。我们公司只上马了一条流水线，根本就消化不了那么多牡丹籽。一条流水线少则几百万，多则上千万，多了一下子也买不起。"

明荣说："好多牡丹籽油企业都是最近两年才上马的，大多是靠贷款，确实负担不起。"

刘喜宝提议："既然当初政府大力支持发展牡丹产业，应该向政府反映反映。"

明荣又把矛头指向刘书岩："这事，我早就向刘副县长反映过了。"

刘书岩说："我一时没法子。明天我去市里找找分管农业的魏副市长。"

魏舒林这个名字刘喜宝是知道的，以前是泽县县长，后来提拔到了市里。得知魏舒林在市里分管农业，刘喜宝说："他应该会关心这件事。"

刘喜宝猜错了。第二天，当刘书岩去魏舒林副市长办公室找他谈这件事时，魏舒林完全是另一种态度。

听完刘书岩的话，魏舒林不紧不慢地说："我也听说了一些情况，确实可惜呀！"

刘书岩试探着问："那市里能不能出点儿帮扶政策，再上马几条榨油流水线？"

魏舒林说："咱们这里是不发达地区，市里的财政你是知道的，我和书记、市长也开不了这个口呀！"

刘书岩想起爷爷的焦虑，也想起明荣的眼神，壮着胆子说："要不我去申请下，反正我就是一个副县长，也不怕他们不高兴。实事求是嘛！"

魏舒林看着刘书岩，说出了心里话："书岩，你想过没有，如果这事解决了，那块地的事怎么办？都觉得种牡丹好，谁还肯卖地？那块地可是已经答应了齐友彪的。他最近追得很紧，我也是没办法。"

刘书岩面有难色，说了句"我知道了"，再也不敢多说什么。

魏舒林说："书岩呀，我也同情花农，想替他们把事情办好，但凡事总有个轻重缓急。等地的事解决了，咱们再想办法解决牡丹籽积压的问题。"

刘书岩走出魏舒林办公室下楼的时候，在一楼大厅遇到了明荣。明荣也来向市里领导汇报乡下正大批铲除油用牡丹的事情。

明荣找的是葛洪洲。曾经在牡丹镇当镇长的葛洪洲如今是市农业局的局长。听了明荣的汇报，葛洪洲十分震惊，表示马上向书记和市长汇报，尽快拿出解决方案。

明荣看到刘书岩，本来想转身离开的，不料刘书岩叫住了她。

还没等刘书岩开口，明荣就说："哟，刘副县长也是为牡丹籽的事来的吗？"

刘书岩说："来了也是白来，没效果。"

明荣说："您应该是不希望有什么效果吧。"

刘书岩狡辩："不是你想象的那个样子。"

明荣说："我没想象什么，我只坚持一件事，那块地我们不卖！"

刘书岩瞪着明荣，没有接话。

明荣追问："红三村那块地的事，刘书记知道吗？"

刘书岩脸色突变。

明荣在回牡丹镇的公交车上，给王秀泽打了电话，把葛局长的态度告诉了他。明荣对这件事充满信心，她了解葛局长的工作作风，后悔没早想到直接去找葛局长，一直在县里打转转，让事情耽误在了刘书岩手上。

想起刘书岩，明荣内心是矛盾的。在红三村，大家因为对刘喜宝书记的敬重，也对刘书岩多了几分尊重。但近来因为那块地的事，明荣对刘书岩一肚子意见。明荣性子耿直，即便在刘喜宝面前，也按捺不住心里的那股火。明荣打定主意，如果刘书岩硬是要卖三棵树那块地，她就去找刘喜宝。

明荣想着这些心事，不知不觉就到了牡丹镇。走到镇政府门口，见父亲国成和叔叔国华正站在那里。明荣走上前，问有什么事。

三个人聊了一会儿。原来，父亲和叔叔找她也是因为刘书岩要卖三棵树那块地。与明荣的想法不同，父亲和叔叔让她一定不要把这件事告诉刘书记。

明荣想不通："难道你们同意把那块地卖了不成？"

国华说："鬼才会同意。那块地是刘书记心尖上的宝贝，我是担心他知道了气出个好歹来。"

明荣说："那就更不能任凭他卖了。"

国成说："你叔的意思是，等刘书记走了，我们再慢慢处理，一定不能卖的。"

明荣不说话。

国成又说："明荣，人要知恩图报，这事你可千万不要告诉刘书记。我们家打你爷爷那会儿，就没少受刘书记的关照，他干革命这么多年，要是刘书岩出了事，他会承受不住的。"

明荣咬了咬嘴唇，淡淡地说："知道了。"

牡丹籽积压问题的解决比预想的要快。明荣去找农业局局长葛洪洲的第三天，市里出台了扶助政策。明荣拿着通知跑到牡丹花地里，告诉王秀泽这个好消息。

花农们听说有了扶助政策，纷纷围了过来。

明荣告诉大家："市里给予花农一定补贴，为了不让牡丹籽烂在地里，一亩油用牡丹补贴200块钱采摘费。市里还决定集中财力添置10条牡丹籽油流水线。"

花农们欢呼起来。

王秀泽和明荣把这个好消息告诉刘喜宝，刘喜宝心里一块石头落了地。接下来的几天，他四处赏花，心情十分愉悦。

有那么几个不愉快的瞬间，在刘喜宝的脑海里一闪而过。闪过刘喜宝脑海的是明荣对刘书岩说话时的语气和眼神。他知道明荣对刘书岩有意见，但到底是因为什么事情，事情到了什么地步，他一概不知，也不好直接去问。这件事困扰着刘喜宝，他就一直在曹泽住了下来，想观察观察再说。

刘喜宝的生日快到了。刘书岩主动表示，爷爷的生日由他来操办。刘喜宝欣然同意。

生日宴设在一家海参馆。进了饭店，刘喜宝就唠叨："吃什么海参呀！现在都不缺营养，找个普通饭店点几个素菜就行。"

柳小红说："这是你大孙子的一片心意。"

餐馆经理亲自送来一个大蛋糕，并告诉大家，后院开了个模拟温泉洗浴的休闲项目，吃完饭可以去体验一下。

刘书岩的儿子刘远航要给祖爷爷切蛋糕，刘鲁黔说："先别着急吃呀，让刘县长先做指示。"

刘书岩说："姑，瞧您说的，在座的都是长辈，哪里轮得到我说话。今天赶上爷爷生日，能给我这个机会，我感到十分荣幸，祝爷爷——"

说到关键的时候，刘书岩放在桌子上的手机响了。刘书岩拿起手机，上面显示"齐友彪"三个字。

刘书岩把手机挂断，接着说："说到哪儿了？对了，祝爷爷身体健康，寿比南山——"

手机又响了，刘书岩不耐烦地接听："回头再说好不好？我在陪爷爷吃饭！"

话音未落，门被推开，怀抱一大束鲜花的齐友彪闯了进来。

齐友彪三十七八岁的样子，瘦高个，一脸精明，西装革履，能说会道。

刘书岩惊呆了，有些恼怒地问："你怎么来这儿了？"

齐友彪说："刘县长，这就是您的不对了，咱俩也算是合作伙伴，爷爷过生日这么大的事怎么也得告诉我一声不是？我就是再不懂事，也得表示一下。"

齐友彪直接把鲜花献给刘喜宝："爷爷，祝您生日快乐！我是齐友彪。"

大家都觉出气氛不对，但不好说话。刘喜宝笑着说："来了就是客，快坐下。"

齐友彪拖过一张椅子坐下："饭我就不吃了，刚吃过，就是来表个心意。"

刘喜宝问："你和刘书岩是同学？"

刘书岩忙说："对，我们是同学。"

齐友彪却故意说："同学嘛倒不是，我和刘县长是合作伙伴。"

刘书岩脸上现出尴尬。

齐友彪故作轻松地对刘喜宝说："爷爷，我和刘县长的合作出现了一些问题。我知道您是老革命，在曹泽说句话，市里不会不听。万不得已，只好求助您了！"

刘喜宝看着齐友彪问："你和刘书岩有什么合作，能不能说给我听听？"

刘书岩严厉地说："齐董事长，今天是家宴，不谈工作！"

齐友彪说："爷爷，既然刘县长不让我说，我就不说了，还是让他亲自向您汇报吧。反正我和他的合作是受法律保护的，我们之间有合法的协议。"

说着齐友彪就站起来告别了。走到门口，齐友彪转身看了刘书岩一眼，见刘书岩没有要送他的意思，就说："刘县长，希望我们的合作顺利。对了，一会儿我顺便把单买了，算我一点儿心意。"

说完，齐友彪闪身出去。

刘书岩追出去："不用你买单！"

包间外面的走廊，齐友彪在前边走，刘书岩在后边追。

走到前台附近，齐友彪站住了，回过头对刘书岩说："你总算是出来了，单独见你一面还真不容易！"

刘书岩怒视着齐友彪："你是来搅局的吗？找我爷爷告状。"

齐友彪说:"我不是告状,我是想让老人家帮我一把。"

刘书岩说:"你打错了算盘!"

齐友彪挑衅说:"我倒要看看他这个老革命会怎么做。咱们走着瞧,给你一星期时间,到时候不盖章,我还会再找咱爷爷。"

说完,齐友彪转身离开。

刘书岩跟着齐友彪出去之后,一大家子人都看出了门道,知道刘书岩有什么把柄让这个齐友彪拿住了。当着刘喜宝的面,刘阳、海棠、千千和刘鲁黔又不好多说什么,各自心里翻滚着不好的预测和猜想,桌子上的美食没了滋味。

柳小红也看出了问题,她不好说什么,一是怕败了大家的兴,二是怕刘喜宝承受不住,于是打着哈哈,说了些无关紧要的话。

刘书岩推门进来,脸上刻意带着笑容:"不好意思,不好意思,我们接着给爷爷过生日。"

刘喜宝慢悠悠地说:"人家很嚣张啊,不光吃准了我会袒护你,还吃准了我会帮你们办事。说说吧,到底什么事?"

刘书岩低着头不说话。

"不肯说?"刘喜宝不紧不慢地说,"没事就好,我也希望你没事。来,咱们继续吃饭。"

齐友彪出了海参馆就开上车走了。他把车速飞快地提高到每小时 120 公里,行驶在观光大道上。一个急刹车,一对小情侣被吓了一大跳,赶紧避开。

齐友彪拿出手机给魏舒林副市长打电话。

齐友彪说:"魏副市长,我去送了花,祝贺老爷子生日快乐。"

魏舒林在电话那边吼:"齐友彪,你是疯了吗?"

齐友彪说:"不这样不行呀魏副市长,你是知道的,那块地建度假村 1

个多亿的信贷款已经到位了，地迟迟办不了手续，光这一天天的资金成本我就受不了呀！"

魏舒林说："你给我小心点儿，老爷子未必是你想象的那样，到头来搬起石头砸自己的脚，不要怪我没提醒你！"

齐友彪得意地说："我知道他不会为我说话，但总会替他孙子说话吧！"

魏舒林说："我看你是疯了！折腾大了大家一块儿完蛋！"

齐友彪说："你能明白这个就好，反正我是没了退路。魏副市长，您就看着办吧！"

齐友彪眼里流露出困兽般的凶光，狠狠地挂了电话。

生日宴结束之后，一大家子人各自回到了小家。

一到家，海棠就忧心忡忡坐到了椅子上。

海棠问刘阳："你说书岩会有事吗？"

刘阳说："有事没事我不知道，但我敢肯定，如果有事，老爷子不会手软！"

海棠低着头，不再说什么，又是种种不好的预测。

刘书岩与千千回到家里，收拾了躺下。千千怎么也睡不着，她实在忍不住，坐起来问刘书岩："到底是怎么回事？"

刘书岩说："你就别管了，睡觉。"

刘书岩睡不着，起来一个人去了书房。千千看着刘书岩消失在门口的背影，眼泪悄悄地流下来。

酒店里，刘喜宝和柳小红也睡不着。两人心照不宣，知道孙子出了事。

柳小红看着黑暗中的天花板说："咱们明天回北京吧。"

刘喜宝说："不能回呀！"

柳小红说："怎么就不能回了？这么大岁数了，装聋作哑一回不行吗？"

刘喜宝忧伤地说："老婆子，要是那样，得有多少人戳我的脊梁骨呀！"

柳小红没说话，过了很久才说："刘阳我们从小就没带过，他就刘书岩这么一个儿子。"

刘喜宝拉着柳小红的手说："睡吧，我心里也不好受。"

明荣坐在办公室里看文件，桌上的电话响了。明荣拿起电话，就听门卫说："镇长，刘书记来找您。"

一听是刘书记，明荣起身迎接。明荣让刘喜宝坐到沙发上，马上倒茶。

明荣在沙发的另一侧坐下，试探着问："刘书记，您找我有事？"

刘喜宝直截了当："三棵树那块地是怎么回事？"

明荣大惊："刘书记，您都知道了？"

刘喜宝问："刘书岩要卖地？怎么个卖法？"

明荣低头不语。

刘喜宝说："明荣，我知道你的顾虑。说实话，找你之前，我已经去找了你父亲和叔叔。虽然他们都对这事闭口不谈，但已经有红三村的村民向我反映了情况。"

明荣又抬起头来。

刘喜宝接着说："我都没有顾虑，你顾虑什么？不要以为闭口不谈就是对我好。"

明荣感动地看着刘喜宝。

刘喜宝说："我们都是党员，讲究实事求是，不要有什么顾虑。刘书岩是我孙子，但有了事，同样要查。"

明荣想起父亲和叔叔的叮嘱，欲言又止："刘书记，我——"

刘喜宝说："我们党能够走到今天，能够兴而不衰，就是懂得'惩前毖后，治病救人'这个道理。指出问题，揭发错误，我们这是在救他，不是害他。知而不报，装聋作哑才是害他。"

明荣这才吞吞吐吐地说："其实，三棵树那块地还没有卖，红三村的村民和镇上一直不同意。"

刘喜宝问："是刘书岩让你们卖地？"

明荣说："是一个叫齐友彪的看上了那块地，想建度假村、大酒店。刘书岩副县长想促成这件事，催促我们尽快走程序。"

刘喜宝愤怒地说："孽障！他不知道吗，那块地是咱们红三村的牡丹苗圃，所有的好品种都是在那块地里孕育出来的！"

明荣说："我们也是这么想的。刘书记，您不要生气。我们不同意，他们不能强迫。"

刘喜宝说："要顶住！"

就在刘喜宝与明荣谈话的时候，刘阳在机场接到了刘海。前一天大半夜没睡着觉，刘阳、海棠想出了这个主意，给西川省的刘海打电话，让他来劝劝父亲，放刘书岩一马。

刘阳火烧火燎地把刘海叫来，刘海还以为父母的身体出了问题。回酒店的路上，刘阳把来龙去脉说了，刘海觉得事情没那么简单。刘阳病急乱投医，让刘海无论如何劝劝父亲，说父亲最听刘海的话了。刘海看着窗外幽幽地说："你还是不了解咱爸。"

晚上，为了迎接"碰巧到北方出差"的刘海，刘阳搞了一次全家大聚会。大家落座之后，刘阳提议："爸，您说几句吧！"

刘喜宝让刘阳说。刘阳说："爸，刘海到北方出差，顺道来看看您和娘。难得见面，好好聊聊家常。"

刘喜宝问刘海："刘海，退了后你最近在做什么？"

刘海说："爸，我在一家公司做法律顾问。"

刘喜宝说："和刘阳一样啊，退休后当上了法律顾问，适合，你俩都懂法。"

刘阳尴尬地笑笑："怎么谈起法律来了？吃饭，吃饭。"

刘喜宝话锋一转，说："谈谈法律也不错。最近反腐，你们都是怎么看的？书岩，你先说说。"

刘书岩纠结地说："应该反。"

柳小红阻止："怎么又扯到反腐上了？这和我们有啥关系？快吃饭。"

海棠也说："吃饭，吃饭！"

刘阳在桌子底下踢刘海，让刘海替刘书岩说话。刘书岩看到了这一幕。他的手机响了，又是齐友彪打来的电话。

刘书岩把电话挂断，齐友彪又打过来。父亲还在桌子底下踢叔叔的脚。刘书岩一阵心烦意乱，瞬间，做出一个决定，拿起桌子上的手机按了接听，又调成免提模式。

手机里传来齐友彪的声音："刘县长，三棵树那块地的事怎么办？我实在是等不起呀！"

刘书岩说："爷爷，吃完饭，咱俩聊聊。我有问题要向组织坦白！"

手机里顿时传来一阵忙音。

海棠哭出声来："书岩！"

刘书岩说："爸、妈，对不起！叔叔，您也不用替我说情了，一人做事一人当。大家都吃饭吧！"

一大家人带着沉重的心情吃完这顿饭。刘喜宝让大家在包间外面等，他和刘书岩在包间里谈话。

柳小红坐在一把椅子上，海棠和刘鲁黔守候在她左右。大家都表情凝重地看着包间紧闭的门。

刘远航问母亲："妈妈，祖爷爷和爸爸在说什么？我能进去吗？"

千千把刘远航揽在怀里，默默无语。

包间里，刘书岩与刘喜宝相向而坐。刘书岩向刘喜宝坦白自己的问题。原来，几年前，他担任泽县县政府办公室主任时，时任县长的魏舒林找到他，说是房地产商齐友彪要开发一个项目，要刘书岩配合办理相关手续。魏县长一向对刘书岩很关照，刘书岩就答应了。那个项目并不违规，进展顺利。项目竣工后，齐友彪请刘书岩吃了顿饭。吃完饭，齐友彪送他回家，搬了两箱水果上楼。刘书岩当时并没在意，等齐友彪走了，打开箱子一看，竟是 100 万现金。随后，刘书岩几次给齐友彪打电话要退钱，都没退成。刘书岩找魏舒林说了这事。魏舒林装聋作哑，让刘书岩看着办。刘书岩一度想找纪委，但那样就会牵扯到魏舒林，事情就拖了下来。

听完刘书岩的陈述，刘喜宝问："钱呢？"

刘书岩说："放地下室了，一分没动。"

刘喜宝问："三棵树那块地又是怎么回事？"

刘书岩说："这几年红三村的牡丹园有了名，齐友彪觉得在红三村附近建个度假村肯定挣钱。他让魏舒林找我，帮他促成这事。我迫于上下级关系，又担心那 100 万说不清，只好从中协调。红三村的村民和牡丹镇死活不同意卖那块地，我是夹在中间两头受气。"

刘喜宝站起来说："糊涂啊糊涂，你知道那块地的过去吗？你祖爷爷就是在那里让日本人打死的！"

刘书岩低头不语。

刘喜宝说："自首吧。"

刘书岩还是不语。

刘喜宝问："想什么呢？"

刘书岩低声说："要是我进去了，千千和远航怎么办？"

刘喜宝说："事情越拖，你的罪过越大。"

刘书岩说："那魏舒林——"

刘喜宝说："他的事，组织会查，有事自然逃不过，你自首吧！"

"爷爷，我错了！"

刘喜宝一挥手："打电话吧，路都是自己走的，这一步，一样要自己走。"

半小时后，纪委的两位工作人员把刘书岩带走了。

一家人目送刘书岩走进电梯。电梯关门的一刹那，刘远航跑向电梯，叫了声"爸爸"。

千千和冬惠把刘远航拉回来。

电梯里，刘书岩面向墙壁，流下悔恨的泪水。

柳小红病了。刘喜宝给她做工作："中央说了，要以'刮骨疗毒、壮士断腕'的决心反腐，否则我们老一辈革命者打下的江山就会变色。咱俩作为老党员，更要以身作则，不能因为书岩是咱孙子，就装聋作哑蒙混过关。"

想了很久，柳小红虚弱地说："老头子，你说得有理。"

二十

刘阳带着明台庄的袁涛涛来了。一进酒店的房间，袁涛涛就向刘喜宝和柳小红发出邀请。

袁涛涛说："舅，舅母，我家的新房子刚收拾好，我媳妇去上海给儿子带孩子了，两层楼就我一个人住，空旷得慌。你们去住一阵，也好和我做个伴！"

袁涛涛家是一座刚盖好的二层楼房，地基打得很高，非常气派。

袁涛涛东侧邻居也新盖了房子，也是很高的地基。西侧邻居没盖新房，没有抬高地基，房子显得十分低矮。

放眼看去，整条街的新房都是高地基，老房都是矮地基，十分不协调。

袁涛涛家的院子里种满了蔬菜水果，堂屋门口两边放了几盆牡丹花，一片生机勃勃的样子。院子的西墙根有通往楼顶的台阶，安装了护栏。滩区的老百姓一看就明白，这是发大水上楼顶用的。

楼顶放了休闲桌椅和阳伞，不光是下大雨避险的时候上楼顶，平日这里也是个乘凉、看风景的休闲场所。

一行人上了楼顶，看到不远处的黄河。

刘喜宝说："好风景呀！"

袁涛涛说："舅，舅母，在我这里多住些日子，天天看黄河。"

刘阳说："想进城逛逛，我和海棠就来接你们。"

刘喜宝和柳小红表示，要在这里住一阵子。

袁涛涛把刘阳和海棠送走了。分手的时候，刘阳提醒袁涛涛，不要在父母面前提起刘书岩的事。袁涛涛让他们放心。

晚饭冬惠做了几个菜，都是在院子里就地取材。

袁涛涛说："舅，舅母，这些菜绿色无污染，放心大胆吃。"

柳小红尝了一筷子说："味道就是不一样。"

刘喜宝说："涛涛，你现在的小日子可真是不错呀！"

袁涛涛说："不错不错，感谢共产党！"

第二天上午，袁涛涛陪着刘喜宝、柳小红在院子里摘黄瓜。村里一个叫二胜的年轻人来通知袁涛涛去村委会开会。

袁涛涛跟着二胜出了门，路上问是什么会。二胜支吾着，说去了就知道了。

袁涛涛刚出门没几分钟，王秀泽就来了。王秀泽喝多了，摇摇晃晃地扶着大门的门框，对正在院里摘黄瓜的刘喜宝和柳小红说："我来看看您二位！"

冬惠把王秀泽扶到院里的石凳上坐下。

刘喜宝知道王秀泽是有什么事，就问："怎么了？"

王秀泽说："唉！小奇博士毕业不回来了，要留北京。"

刘喜宝说："强扭的瓜不甜，要尊重年轻人的选择。"

王秀泽不是这样想的："他学的是园林，回来帮我一把多好？偏偏不想回来，一心留在大城市。"

柳小红说："这个事，要顺其自然。"

王秀泽说："有个植物研究所的工作，已经进入了面试环节，小奇今天去面试，干行政。你说干行政，哪比得上回来干点儿实事好？"

北京，王小奇就读的那所大学门口，包包在约定地点等待面试归来的王小奇。

王小奇从远处走来，包包忙迎了上去。两人边走边聊，心情愉悦。

王小奇把成绩告诉包包。

包包说："祝贺你！面试第一。"

王小奇还在后怕："虽然排名第一，但好危险，只比第二名高出 0.1 分。"

包包感叹："好惊险！赶紧告诉家里，让他们高兴高兴。"

王小奇低头说："告诉了，我爸不高兴。"

包包知道王小奇的父亲想让他回老家发展。包包说："你可不能听他的，咱俩怎么着也得有一个签成北京户口。我是没戏了，这事就指望你了。"

王小奇开玩笑说："遵命！我的公主大人。"

包包憧憬着："等你签了户口，我好好开店，你好好上班，咱们就算在北京扎下根了。"

王小奇关切地问："最近你店里生意怎么样？"

包包忧虑地说："还是不好，实体店都这样。"

包包学服装设计，去年研究生毕业，在一条小胡同里租了间房，开了个工作室，服装设计、制作一条龙，生意一直不太好。王小奇听到包包说生意不好，想给她转点儿钱。包包是个独立的女孩，一口回绝了，说自己能行。

包包的父母已经不在了，他们在包包大二那年出车祸双双去世。这些年，包包除了要挣到自己的学费，也要挣出妹妹的学费。

想到这些，王小奇就说："包包，说句实话，我挺佩服你的。不光自己考上大学，读了研究生，还把妹妹供出来了，不容易。"

包包眼含热泪说："我们要好好干，靠自己的本事过上好日子。"

王小奇深情地点点头。

明台庄村委会里，十几个人围坐在一起，村主任正在讲话，村支书坐在旁边。

村主任说："在座的都是村里的党员同志，我和书记刚从县里开会回来，有个紧急情况，先给大家通报一下——"

袁涛涛打断说："到底什么事？直接说。"

村主任说："我们村，要拆迁了。"

众人一下子就炸锅了，有的支持，有的反对，七嘴八舌地乱嚷嚷。

袁涛涛是反对派，他说："我这楼刚盖好，怎么拆？"

村民马克说："前几年一直吵吵，不是说不拆迁了吗？"

村支书接过话说："这是上级领导对滩区百姓的关怀，这回定了，拆迁。"

袁涛涛想不通："早不迁晚不迁，我这楼刚盖好就迁？反正我是不迁。"

村主任说："袁叔，您是老党员，又干过多年治保主任，我和支书还都指望您给大伙儿做工作呢！"

袁涛涛起身向外走："我不做！"

村民马克又问："怎么个迁法？"

村支书说："这次迁建是个大工程，涉及省里的 17 个县，我们县是大头。"

村支书接着说："完全是惠民工程，跟白给差不多，几百块一平方，就是要彻底解决多少年解决不了的黄泛区问题。"

出了村委会，袁涛涛气哼哼地走在高低不平的街道上。他觉得自己很倒霉，太不赶点儿了，刚盖好了房就要拆。为了盖这座房，他把这些年来的积蓄都搭上了。更恼火的是，刚把舅舅、舅妈接来，就赶上了这事。

袁涛涛担心回家后会忍不住把这事告诉舅舅和舅妈，就一个人来到黄河边。看着滚滚东流去的河水，他还是想不通运气为什么这么差，刚盖好了房子就赶上拆迁。他打定了主意，不拆。

袁涛涛回家的时候，王秀泽已经离开了。袁涛涛本来是不打算向舅舅和舅妈提起拆迁这事的，免得坏了他们的心情，没想到的是，二胜已经把拆迁协议送来了。

见瞒不住，袁涛涛就说："啥时候拆迁不好，我刚盖好房就拆。"

刘喜宝问："早先没有动静吗？"

袁涛涛说："前几年吵吵过，后来就没了动静，这几年不少村民盖了楼房。"

刘喜宝问："哪里组织的拆迁？"

袁涛涛说："说是省里的统一安排。反正我不拆，你们放心在这里住。"

刘喜宝沉默了。

袁涛涛又说："舅，我去城里闺女家住几天，要是有人来找，就说不知道我去哪里了。"

说完，袁涛涛拿上件衣服就出了门。刘喜宝在身后喊，他也没停下来。

这天，王小奇去植物研究所签工作合同，上了一辆双层公交车。车上人很多，他把座位让给一位老人，自己站着。

车载电视上正播放曹泽"世界牡丹大会"的实况。

画面是曹泽各处牡丹花的美景。

女主持人说："由省政府主办的 2015 年世界牡丹大会在曹泽开幕，各方名家共商合作，共话牡丹产业发展，传递世界牡丹大会主题：让世界爱上曹泽牡丹！"

这场景让王小奇感到十分震撼。画面上的地方都是他熟悉的。一时间，他心情复杂。他很想告诉大家，自己就是曹泽人，这盛开着牡丹花的地方就是他的家乡。王小奇什么也没有说，公交车到站了，他默默地下了车。

走了不远，就是即将签工作合同的植物研究所。王小奇停下了脚步。沉思片刻，他似是打定主意，毅然走进大门。

走出二楼的电梯，王小奇向写着"人事处"门牌的办公室走去。人事处夏处长热情地招呼他，旁边的工作人员说："小王来了，正等你签合同呢。"

工作人员从档案柜里拿出一份协议，放在桌子上："小王，你看看，没有异议签个字就行了。"

王小奇沉思片刻说："夏处长，苗老师，我有几句话要说。"

夏处长说："请讲。"

苗老师说："还有什么想法，尽管说。"

王小奇说："我想把这个机会让给更优秀的同学。"

夏处长吃惊地问："为什么会有这样的想法？你不是很想来这里工作吗？"

王小奇说："其实，我一直在留北京和回乡创业之间犹豫。女朋友希望我留在北京。我的家乡是闻名四海的牡丹之乡曹泽，我觉得那里更需要我。"

夏处长说："小王，虽然舍不得你走，但我支持你的想法。"

苗老师说："小王，祝你回乡创业成功，我看好你。"

明台庄的村委会里，村主任正在与村支书商量拆迁的事。工作太难开展了，工作组挨家挨户做工作，村民有的躲了，有的死活不签协议，每天无功而返。

眼看上级规定的日期一天天临近，两个人一筹莫展。

村主任说："本来想让袁叔带个头的，想不到他对拆迁这么反对。"

村支书说："可以理解，毕竟新房刚住了没几天。这几天他还是没露面？"

村主任说："没有，听说进城躲到女儿家了。"

村支书又说："袁叔人缘好，又当过多年治保主任，号召力强，工作还得从他身上做。"

村主任抱怨："找不到人，怎么做工作？现在袁叔的舅舅刘喜宝住在他家里。我们要不要找他给袁叔做做工作？"

村支书说："刘书记是老革命，哪好意思为这事打扰他？"

话音未落，刘喜宝在冬惠的陪同下走进村委会。村主任和村支书忙扶刘喜宝坐下。

刘喜宝开门见山："我来找两位，是想听听关于咱们村拆迁的事情。"

包包正在工作室里与两位员工忙活着，房东阿姨又来收房租了。最近包包手头紧张，就向房东阿姨求情，晚点儿交。

房东阿姨不同意："包包啊，上个月的房租还没交呢，这个月又快到期了，再拖就三个月了。"

包包说："阿姨，再给我几天时间，这批服装卖了我就交，好不好？"

房东阿姨说："包包呀，你的衣服能卖出去吗？我都替你犯愁哦！"

包包低头干活儿，没有回答。

房东阿姨说："说好了啊包包，我过几天再来，三个月的一起交。"

房东阿姨刚走，王小奇进来了。包包知道王小奇今天签合同，心想总算有点儿值得高兴的事情，就问："签了？"

王小奇本来不想马上把放弃签约的事告诉包包，他知道包包会不高兴。但王小奇是个率真的人，这事既然已经做出了决定，包包也在问，还是如实告诉她。

于是，王小奇说："包包，不要生气，我做了一个决定。"

包包抬起头，忐忑地问："你说什么？"

王小奇说："我放弃这份工作了，决定回曹泽创业。"

包包一下子恼怒起来："你——你走！"

王小奇说："包包，你听我解释。"

所有的不顺心和委屈涌上心头，包包把王小奇推出门："从此以后，就当我不认识你这个人！"

包包躲在门后抹眼泪，两个员工吃惊地看着她。

王小奇站在原地发呆。屋子里没有动静，过了很久，王小奇默默地离开了。

是刘喜宝打电话把袁涛涛叫回来的。袁涛涛不想回，刘喜宝就在电话里说："涛涛，你还是个党员吗？是个党员，就赶紧给我回来！"

袁涛涛回来了。吃过晚饭，刘喜宝把他叫上了房顶。两个人对着远处滚滚的黄河水聊天儿。

刘喜宝问："还记得你娘和你妹出事的那个晚上吗？"

袁涛涛说："那怎么能忘？"

刘喜宝说："忘不了就好。你想想，当初你娘和你妹是怎么出的事，不都是因为黄河发大水吗？"

袁涛涛说："舅，我知道您想说什么，可现在不会再出现那种情况了。反正我是不想拆。"

刘喜宝说："黄河养育了我们，但历史上每逢遇到洪水泛滥，都会带来灭顶之灾，很多人丢掉性命。新中国成立后，各级政府一直治理黄河，想让它变成一条温柔的母亲河。以前那种大范围的洪水泛滥是不多见了，但治理黄河是个系统工程，需要不断推进。这次拆迁是原地建村台，是这个大工程中的重要一环。"

袁涛涛问："建村台？"

刘喜宝说："我找村支书和村主任问清楚了，原地拆迁建村台，不影响农耕生活，地基不低于 5 米，房子建在村台上。你现在的地基是几米？"

袁涛涛答："3 米。"

刘喜宝说："你这座房子地基是 3 米，在村里算高的，有的人家不到 3 米。全村高高低低，参差不齐。街道也是，这里高，那里凹，晴天一身土，雨天一脚泥。新规划的地基是 5 米，比你现在的地基高出 2 米不说，还是整体规划，全村统一标准，整体水泥浇筑。涛涛，这是百年大计啊，是政府不计成本的惠民政策啊！你怎么就看不到这一点呢？你是个党员，不能因为刚盖了楼房就拒绝拆迁哪！"

袁涛涛看着远处的黄河不语。

刘喜宝又说："人家村支书和村主任本来高看你一眼，觉得你当过治保主任，又是老党员，指望你带个头。没想到，你倒是跑到城里躲起来了。"

袁涛涛说："那，万一政府不兑现怎么办？"

刘喜宝说："你就那么信不过政府？"

"我这不是怕万一嘛！"

刘喜宝说："你是相信我，还是相信你的万一？"

袁涛涛不语。

刘喜宝又说："全村人都看着你呢，别忘了你是个老党员！共产党啥时候说话不算数了？只要你还信得过你老舅，就去签了拆迁协议。我担保。"

第二天，村主任又动员村民签署拆迁协议。袁涛涛拨开人群，走了过去。他的行动吸引了所有村民的目光。

村民马克说："袁涛涛来了。"

另一个村民说："看他签不签。"

村民们自动闪出一条道。袁涛涛走到桌子跟前，桌子上放着一份份拆迁协议。

袁涛涛说："村主任，我来签协议。"

村主任像是不相信自己的耳朵，问："想好了？"

袁涛涛说："想好了。之前是我犯糊涂。"说着拿过一份拆迁协议。

村主任忙说："那份不是你的，等等，我给你找。"

村主任找出袁涛涛的拆迁协议。袁涛涛拿起笔签上名字。

村主任又在桌子上翻找印泥，说："还要按上手印。"

村主任翻来覆去没找到印泥，袁涛涛说了句"不用了"，就一口咬破手指，用鲜血按上了指纹。村民们看到袁涛涛签了协议，纷纷上前签署。

刘喜宝站在袁涛涛家的房顶上，看到了这一幕。

一年后，袁涛涛新居的屋顶平台上，刘喜宝观赏着四周的风景。

高高的水泥村台上，新建的安置房焕然一新，街道两边的绿化带整齐划一，一片生机盎然。

悠悠东流去的黄河水见证着翻天覆地的变化。

又一届"世界牡丹大会"开幕。

红三村牡丹园里，刘喜宝、柳小红在冬惠、刘阳、海棠的陪同下走进大门。

他们一行来到商家展区，只见"红三村牡丹生物科技公司"赫然在目。

王秀泽和王小奇等工作人员都在忙碌着。

刘喜宝走上前说："生意不错呀！"

王秀泽连忙招呼。王小奇热情地打招呼："刘爷爷，您来了！"

刘喜宝问："小奇回来一年了，怎么样？"

王秀泽说："真不能小瞧现在这些年轻人。一开始我看不上小奇的线上销售，担心不当面交易被骗了怎么办。现在我是服了。出口的生意，有时候一单就能卖出好几万棵花苗呢，比我们过去靠跟客户喝酒拿订单强多了！"

王秀泽告诉刘喜宝一个好消息，国家正大力发展牡丹产业，他们公司与西北几个省、自治区签订了联合种植牡丹的协议。实践证明，牡丹适应各种地质，扎根深，能在各种环境中顽强生长，悠然绽放。

刘喜宝说："太好了！"

来到一片盛开的牡丹花前，年迈的刘喜宝感慨万千。他透过这片盛开的牡丹花，看到了久远的过去，也看到了繁盛的未来。

刘喜宝喃喃自语："这就是我们的牡丹花，百畜不扰，百虫不侵，根深叶茂，繁花似锦。这就像我们的党和伟大祖国的运势啊！"

正聊着，包包与妹妹一起来赏花。柳小红认出了包包。

王小奇看到包包，既惊又喜。

包包妹妹走到王小奇面前，话里有话地说："小奇哥，我姐来这儿创业了，开了演出服装工作室，订单多得忙不过来。"

红三村牡丹园里，刘喜宝和柳小红邂逅了坐在轮椅上的杨春桃。

看着一片片盛开的牡丹花，三个老寿星脸上露出了欣慰的笑容。

2020 年 2 月 6 日动笔

2021 年 2 月 18 日完成

后记

我与菏泽有缘

首先要说的是，我与菏泽有缘。

在 2008 年，因为采访菏泽籍旅台老兵高秉涵老先生，我认识了一些菏泽的朋友，其中就包括报告文学《根据地》的作者之一李庆华老师。2010 年，我创作的以高秉涵为原型的长篇小说《回家》出版了。为了推动《回家》的影视项目，我与菏泽的朋友有了进一步的接触和交往。其间发生了很多事情，这些事情让我和这些朋友彼此更加信任。

2019 年春节过后，李庆华老师联系我，说想把报告文学《根据地》一书中真实记录的战争年代发生在菏泽的故事改编成一部电视剧，邀请我来做编剧。

这里说的根据地，指的是战争年代的冀鲁豫根据地。

看完报告文学《根据地》，我发现里面有许多打动我的真实历史记载，用一句话形容，就是碎金满地。

我与李庆华老师沟通后，产生一个共同的想法，电视剧要紧扣"党群关系"这一主题。这也是李庆华和李延国老师当初撰写报告文学《根据地》的初衷。

除了看报告文学《根据地》，我还多次在电话里对李庆华老师进行采访，并且查阅了大量的历史资料。

我深知电视剧项目会因外界因素存在很多变数，担心万一项目出不来做了无用功，于是向李庆华老师提出一个请求，允许我先写一部长篇小说，在这个基础上写电视剧本。万一电视剧项目无法推进，也有一部长篇小说能记录这段创作历程。

李老师欣然同意。

谈妥这一切之后，我有了一个初步的想法，想塑造一个人物。这个人物不同于以往军事题材电视剧里面的"李云龙"或"姜大牙"，他是个政工干部，并不高大勇猛，但是善于做群众工作，更善于做思想工作。通过这样一个人物，把我们党从战争年代到现在的党群关系生动展现出来。

这个设想，得到了李庆华老师的充分认可。

几经周折，我给这部长篇小说起名为"牡丹花正开"。

在长篇小说《牡丹花正开》中，冀鲁豫根据地被虚拟成"黄河湾根据地"。

我给男一号起名叫"刘喜宝"。

除了刘喜宝这个人物，我还虚构了一组围绕在他身边的艺术人物，他们虽然不是真名真姓的菏泽人，但他们的精神是深深根植于菏泽这块土地的，他们的血脉里流淌着一种菏泽人熟悉的菏泽精神，他们的气息与这块土地息息相关，菏泽这片土地赋予了这组艺术人物以鲜活的艺术生命力。

长篇小说《牡丹花正开》的跨度很长，从1938年延续到当下，分为上下两部分。

第一部分的时间跨度是1938年到1949年。这一部分是写18岁的青年学生刘喜宝受党指派，来到祖籍曹泽，配合主力部队开辟黄河湾根据地。在复杂曲折的斗争中，他目睹黄河湾根据地八路军依靠发动群众，浴血奋战，使这片土地上的人民走出战火，被战火蹂躏的牡丹花迎来春天。这个部分展现的是青春、热血、爱情和理想。

第二部分时间跨度是1949年到当下的新时代。这部分是写曹泽解放后，已经成为地委书记的刘喜宝奉命带领战友挺进大西南。在土匪横行、情况险恶的五道水地区，他和战友又是靠走群众路线打败了国民党残顽和土匪，与战友们一道建立起五道水人民政权。就在刘喜宝要大干一场的时候，他却因患上肺结核不得不长期住院治疗。即便是在大山里的专科医院住院期间，他也时时处处以共产党员的身份要求自己，默默帮助附近的山民过上了能吃肉的好日子。1979年，再次复出的他率先在西川省搞起了特色农业经济。改革开放初期，刚上任国家某部副部长，全身心投入工作，刘喜宝便响应国家号召退居二线。退休后他惦念着无数战友曾经洒下热血的黄河湾根据地，以一个普通党员的身份重新回到这片土地。20世纪80年代，他带领乡亲重拾停滞了几十年的催花技术，大力发展牡丹产业，让牡丹花开遍祖国各地。

进入新时代，主人公刘喜宝虽然年事已高，家乡的大小事情依然牵动着他的心。他弘扬永远的黄河湾根据地精神，参与建设社会主义新农村，协助黄河滩区居民迁建，鼓励青年人回乡创业……在各方共同努力下，牡丹从传统的观赏性植物走向多元化产业，乃至形成颇具地域特色的牡丹文化。

所有这些经历，都润物细无声地融入一个老共产党员的点滴日常生活中，诉说着岁月的痕迹，感人至深，催人泪下。

本书没有生硬的说教，通过对刘喜宝这一平凡人物一生经历的展现，折射出我们党各个历史时期政治工作的无穷魅力。晚年的刘喜宝成为后辈晚生心目中的灵魂人物，大家无论遇到什么解不开的结都向他求助。暮年的他做出惊人之举，把腐败的亲孙子送上法庭，展现了一个老共产党员的坦荡磊落和无私。

本书在成书过程中，得到了菏泽市委宣传部陈强部长和同志们的大力帮助，他们先后两次邀约我到菏泽采访。特别是时任菏泽市委宣传部常务副部长的马喜荣同志，亲自带领我去黄河岸边滩区新建的村台采访，文艺科李语非科长带我去石头村、牡丹园、菏泽电商广场等地采访。另外，牡丹区、东明县以及其他县区的领导也在采访中给予了大力支持。这些都给长篇小说《牡丹花正开》的创作打下了坚实的基础，在此一并感谢！

张慧敏

2021 年 5 月 15 日